엄마와 어머니

엄마와 어머니

Mom & Mother

이명직 장편소설

좋은땅

머리글

서문을 열며.

이 세상의 이야기를 하자면 한도 끝도 없다. 마치 138억 년 전에 만들어진 무한한 우주처럼, 빅뱅 이전에는 아무것도 없었다. 48억 년 전에 생성된 지구는 태양계의 일부로 유한하다. 비행기를 타고 일정한 계도로 지구 한 바퀴를 돌면 지구는 유한한 둥근 공의 별이라는 것을 알 수 있다. 인류의 조상이 지구에 나타난 것은 450만 전이라 한다. 그러나 지혜로운 사람 즉 호모 사피엔스가 이 세상에 나타난 것은 약 5만 년 전이다. 이런 추측성 이야기는 고고학에서나 생물학적으로 관찰하여 만들어진 것이다. 문자가 생기고 인간 최초의 소설은 고대 로마 시대의 황금 당나귀라고 한다. 그러고 보면 이 세상 이야기가 소설로 전해 오는 시기는 길어야 기원전 8세기다. 이 소설 속에는 기쁨과 노여움과 슬픔과 즐거움 그리고 선과 악이 당나귀가 된 인간이 겪는 수난에서 알 수 있다. 이제 나는 한도 끝도 없는 이야기를 창작소설로 남기려 한다.

서문을 열자.

글을 배운 사람이면 누구나 글을 쓸 수가 있다. 표현에 따라 잘 쓴 글 혹은 서툰 글, 다소 차이는 있겠지만 전체적으로 모양새를 갖춘 글들은 오늘도 수없이 쏟아져 나오고 있다. 그런데 창작소설은 어떠한가? 나는 여타의 글과는 차이가 있어야 한다고 생각한다. 우선 주제가 뚜렷하면 좋고, 주제별 구성이 잘되어 있으면 더 좋고, 구성은 시대성도 중요하며, 주제의 혼선을 막기 위해 항상 메시지의 연결 고리가 있어야 한다. 메시지는 주제를 이어 가는 데 선도적 역할을 할 것이다. 주제는 몸이고 구성은 모든 뇌의 중심이다. 이런 생각을 항시 잊어서는 안 된다. 머리가 흔들리면 아무리 창작적이고 열심히 썼다 하더라도 나에게 만족한 글이 될 수가 없으며, 또한 왔다 갔다 흔들린 구성은 내가 더 이상 쓰던 글을 계속 쓸 수가 없어 중도에 포기하게 될 것이다. 자신 없는 글을 남기게 된다면, 나는 그 남겨진 글로 인해 두고두고 후회하게 될 것이다. 이를 방지하기 위해 나는 다음의 대단한 결심을 서문에 끼워 놓는다. 우선 열심히 쓰자. 미치도록 이야기 세상에서 살아 보자. 그래서 글의 절반을 구성의 나라에서 날개를 펴고, 그리고 나머지 절반은 상상의 세계에서 노니는 것이다. 결국 정상인 나를 구성과 상상을 위해 모두 버릴 것이며, 글이 마칠 때까지 비정상의 사람이 되더라도 처절한 고통이 내 속에 배일 때까지 가고 또 가 보자.

2008년 2월 25일 새벽 2시반.

차례

1. 동전 한 닢

그해 12월 마지막 주 월요일 서울 날씨는 매우 차갑고 혹독했다. 하늘이 어두워지며 눈이 내리기 시작했다. 싸락눈이 찬바람에 실려 어린 나무 가지들을 거세게 내리쳤다. 세차던 바람이 잦아지자 싸락눈이 함박눈으로 바뀌어 여기저기 쌓이기 시작했다. 하얀 눈은 시끄러운 마을을 덮고 앙상한 나뭇가지엔 탐스런 눈꽃이 피어나고 있었다.

정오가 조금 지났는데 창밖은 내리는 눈발로 초저녁처럼 어두웠다. 이태종은 창밖을 바라보며 걸려온 전화를 받고 있었다. 훤칠한 키에 민소매 티를 입고 있는 상반신이 매우 우람해 보였다. 전화기를 귀에 대고 있는 이태종의 이마에는 땀방울이 송골송골 맺혀 있다. 그는 크리스마스 장식품을 제조 수출하는 중소기업 사장이다. 여섯 명으로 시작한 작은 회사는 5년 만에 년간 미화 100만 불을 수출하였고 창업한 지 10년에 공장을 세웠으며, 35년이 지난 지금은 직원 수가 200명에 년간 3천만 불의 수출을 달성하여 대한민국 정부로부터 3천만 불 수출 탑을 수상한 건실한 중소기업이 되었다.

"또 어머니, 사금자 어머니가 죽었다."

이태종보다 세 살이 더 많은 친누나 이태빈의 전화였다. 사금자는 이태빈과 이태종의 의붓어머니이며 이태수와 이정빈 그리고 이선빈의 친엄마이다.

"왜 죽어, 그분이 왜 죽어? 우리의 몫과 문중 재산은 돌려주고 죽어야지. 지금 죽으면 안 되지, 절대로 안 되지, 지금 죽어 버리면 장손 명의의 문중 재산을 나 혼자 어떻게 책임지라고. 안 돼 절대로 안 돼, 절대로 안 되지."

이태종은 "절대로 안 되지."라는 말을 몇 번이나 반복하고 있었다.

태종의 문중 재산이란 말은 이태빈의 귓속을 자극했다.

"태종아. 우리의 몫은 알겠는데 문중 재산은 무슨 말이고?"

"예, 그런 것이 있어요."

"그런 것이 있다니, 그게 뭐고?"

"지금은 말하고 싶지 않은데 꼭 듣고 싶으세요?"

이태종의 말소리가 이태빈에게 약간 거칠게 들렸다.

"알았다. 말하고 싶지 않으면 지금 말하지 않아도 된다."

이태빈은 동생 이태종의 입장을 감도로 알아챘다.

어린 시절 태종에게 제일 무서운 사람은 또 어머니 사금자였다. 그녀는 태종의 일본인 친엄마 우에다 모모코를 일본으로 내쫓은 장본인이다. 우에다는 태종의 아버지 이성열의 정실부인이었다. 후처이던 사금자가 태종의 아버지 이성열을 조정하여 본처가 된 것이다. 친엄마를 잃은 이태종은 사금자를 어머니로 인정할 수가 없었다. 사금자 역시 반항하는 이태종을 아들로 인정하고 싶지가 않았다. 그들은 마치 견원지간 같은 관계를 유지하고 있었다. 태종은 사금자가 집에 있는 날이면 밖에서 나돌다 어두워져서야 집에 들어가곤 했다. 이태종의 이러한 습관은 중학교 때까지 이어졌었다. 하지만 태종은 고등학생이 되면서 조금씩 달라지기 시작했다. 이태종과 사금자 사이에서 가끔씩 충돌이 일어났다. 우람하게 커 버린 이태종을 사금자 혼자서 몰아붙이는 데는 한계가 있었다. 사금자는 가정 권력을 이용해 이태종에게 박해를 가했으나 오래가지는 못했다. 그는 다른 가족들과는 이해심이 많고 배려하고 온

화한 편이었으나 오직 또 어머니 사금자와의 관계만은 그렇지 못했다. 그것은 사금자의 천성 때문에 발생하는 충돌이기도 했지만 그보다 이태종이 성장하면서 계모에 대한 선입견이 그렇게 만들고 있었다. 그는 사금자와 충돌이 있고 나면 그때마다 친엄마에 대한 생각에 눈을 감는 습관이 생겼다. 이러한 속내를 가지고 있던 그가 사금자로부터 무시당할 때는 주저하지 않고 언제나 젊은 혈기를 내보였다. 그것은 사금자와 긴긴 싸움이 끝도 없이 이어지고 또 이어지는 시작을 의미했다. 그럴 때마다 곤란한 것은 태종의 누나 이태빈과 그의 아버지 이성열이었다. 사금자는 이태종에게 당한 마음의 상처를 의붓딸인 이태빈에게 욕설로 보복하고 남편인 이성열에게는 심술로 화풀이를 하기 때문이다. 이태빈은 동생과는 달리 사금자의 막말과 욕설을 잘 참고 잘 견디는 편이었다. 그녀를 두고 주위 사람들은 친엄마의 따뜻하고 착한 품성을 타고 났다고 말들을 하곤 했다. 그러나 이성열에게는 큰아들이 아내와 큰 소리를 지르며 싸움이 있을 때마다 그냥 넘어갈 수가 없었고 그에게는 늘 걱정거리가 되곤 했다. 사금자와 이태종의 관계는 수년간 아니 수십 년간 항상 겨울의 냉랭한 날씨와 같았다. 특히 이태종은 아버지가 죽고, 그가 아버지로부터 물려받았던 재산을 사금자에게 빼앗긴 이후로 그녀와는 불구대천의 원수가 되었다. 이렇게 이태종과의 얽히고설켰던 또 어머니인 사금자가 죽었다는 연락을 받고 있는 것이다.

"또 어머니가 죽었다. 영원히 살 것처럼 하던 그 어머니가 죽었다."

이태빈의 목소리가 또 한 번 전화기를 통해 들려왔다.

"잘난 척, 있는 척, 더하다 죽지. 왜 벌써 죽어. 잘난 아들과 딸들은 어떻게 하라고 지금 죽어. 안 되지. 더 살고 잘못도 알고 가야지!"

이태종은 또다시 비아냥거리며 분노에 차 있었다.

"그걸 내가 어떻게 아냐? 늙고 병들어 죽었다는데."

"늙긴 왜 늙어, 그 욕심에 앞으로 100년 200년은 더 살아야죠."

이태종은 지난날의 억울함을 말로 분풀이하고 있었다.

"그러지 마라. 죽은 사람한테 욕하면 안 된다."

"그런 거 없다. 그런데 그냥 하고픈 말이다."

그는 그녀와의 얽혔던 과거를 생각하면 그녀가 죽었어도 쉽게 용서할 수가 없다.

"근데 누나, 또 어머니 죽었다는 걸 어떻게 알았어요?"

"막내 선빈이가 전화로 연락했더라. 분향소는 어떻게 차리고, 빈소는 누가 와서 지키냐고 징징거리더라."

"아니 태수도 있고, 정빈이도 있는데 자기 혼자인가? 징징거리게."

이태종은 이복동생들을 싫어하지는 않았으나, 그들과의 사이에는 또 어머니 사금자가 항상 있다는 것에 지금도 그들에게 마음을 흔쾌하게 다 내주지 못하고 있는 것이다.

"막내 선빈이 말인데, 지금은 소송 중이라 태수와 정빈이하고 연락을 않는다고 하더라. 그리고 연락을 해도 태수는 미국 병원에 매인 몸이라 오지 못할 수 있고, 정빈이도 대학에서 학과장직을 맡고 있어서 서울에 오기가 쉽지 않을 것이라고 하더라. 그리고 정빈이는 박 목사하고 이혼하고 다른 백인 남자와 같이 사는데 생활이 복잡하다네. 그러면서 연락을 어떻게 하여야 할지 모르겠다고 하더라."

이선빈은 그녀의 엄마 사금자의 상가건물을 명의수탁자로서 8년 넘게 관리하고 있었다. 사금자의 병이 깊어지자, 그녀의 딸 이정빈은 사금자의 이름으로 환원하기 위한 명의환원소송을 서울 지방법원에서 진행하고 있었다. 소송 소식은 이태종도 알고 있었다.

"그리고 선빈이 그 애가 이상한 말을 하더라."

"선빈이가 무슨 이상한 말을 했는데요?"

이태빈은 천천히 말을 이어 갔다.

"한국에 있는 우리들끼리만 엄마 장례식을 치르면 안 되냐고 하더라. 태수하고 정빈이가 오더라도 이미 돌아가신 엄마에게 무슨 도움이 될 수 있겠냐고 하더라."

이태종은 일이 잘못되어 가고 있음을 직감했다.

"혹시 무엇 때문에 선빈이가 그렇게 말하는지 그 의도를 알 수는 없었어요?"

"나야 선빈이 속을 모르지."

"선빈이가 뭔가 속이고 있어요. 태수나 정빈이를 만나기 싫은 이유가 있을 겁니다."

"글쎄 나는 잘 모르겠다."

"친어머니가 죽었는데, 그것도 그 어머니가 그들에게 어떤 존재였는데 태수와 정빈이가 장례식에 참석하는 게 무슨 도움 운운하는 건, 말도 안 되는 소리지요."

"나는 뭐가 뭔지 모르겠다."

"분명 일이 잘못되고 있어요."

"나는 선빈이가 말한 그대로 전하는 거다."

"알아요. 그런데 선빈이가 우리를 이용하려고 하는 게 분명해요."

"그리고 정빈이하고 무슨 이유인지 지금은 등돌린 사이라고까지 하더라."

"장례식이 잘못되면 모든 책임을 우리에게 뒤집어씌울 수가 있으니 조심하고 무슨 수를 써서라도 태수하고 정빈이가 서울에 오도록 선빈에게 강하게 말하세요."

"알았다. 오늘 중으로 다시 연락하기로 했다. 전화 오면 그렇게 하마."

한편 이태종은 사금자의 죽음으로 또 다른 일들이 벌어질 것이라고 예감하고 있었다. 그는 생각나는 것이 있었다. 지난 번에 자영이 엄마를 만났을 때 그녀는 이태종에게 이런 이야기를 들려준 적이 있었다.

자영이 엄마는 사금자와 의자매를 맺고 있는 관계이며 현재는 서울 오장동에서 함흥 냉면 식당을 운영하고 있었다.

[태수가 지 엄마를 만나고 나서 우리 집에 왔었는데, 금자는 지금은 안정적이며 병세가 많이 좋아져서 갑작스럽게 나빠지는 일은 없을 것이라고 하더라.]

자영이 엄마로부터 이런 이야기를 들었던 것이 약 두 달 전이었다. 이태수는 미국 유명 대학병원에서 한때 응급의사로 유명했으나 지금은 자신이 설립한 병원에서 병원장으로 일하고 있다. 그런데 사금자는 이태수의 진단과는 다르게 너무 일찍 사망한 것이다. 정황상 사금자의 갑작스런 죽음이 이선빈이 관련되어 있지 않나 이태종은 의심을 하고 있는 것이다. 하지만 추측일 뿐, 이런 생각을 이태빈과 공유하고 싶지는 않았다.

"그나저나 저렇게 생각하고 있으니 죽은 사람이 제대로 눈이나 감겠어요?"

"그게 다 또 어머니가 받아야 할 업이다."

"조상님들이 노할까 걱정입니다."

"저 애들을 그렇게 키운 죄 모두 다 또 어머니에게 있다."

태종과 태빈은 사금자의 죽음을 이렇게 말하고 있었다. 태종은 호적상 사금자의 큰아들로 되어 있다. 그는 인간적인 처신에서 또 어머니의 장례식을 묵인할 수는 없다.

"그건 그렇고요, 누나는 또 어머니의 장례를 어떻게 할 거요?"

이태종은 10일 후에 독일에서 열리는 완구 박람회에 참가하기로 되어 있었다. 그 일정을 맞추기 위해서 그는 5일 후에 프랑크푸르트로 떠나야 한다. 그는 거기에서 일박 하면서 그곳 바이어와 상담 약속이 되어 있었고, 다음 날엔 이미 계약한 박람회장 그들의 부스에 수출품 견본을 전시하기로 일정이 잡혀 있었다.

"어떻게 하기는, 가서 우리가 챙겨야지."

이태빈은 당연히 큰딸로서 그래야 한다고 생각하고 있었다.

"그건 그런데 내가 바쁜 일정이 있어서 그래요."

"또 외국 나가니?"

"예. 유럽과 미국 출장이 있어서요."

"언제 떠나야 하는 거니?"

"5일 후에 저녁 비행기입니다."

"그럼 됐다. 7일장으로 치른다 해도 이미 사흘이 지났으니, 앞으로 나흘 후 아침이 돼야 장지로 나가야 하니까, 태종이 네가 글피까지만 문상객을 맞으면 되겠네."

이태빈은 시어머니의 초상을 치른 경험이 있어서 일정을 정리하는 데 빨랐다.

"모래까지 이틀만 장례식장에 있으면 안 되나요?"

이태빈은 약간 뜸을 들이다 말을 계속했다.

"선빈이가 저러고 있으니 우리가 나서지 않으면 이 초상은 제대로 치를 수가 없다. 설상 태수와 정빈에게 오늘 당장 연락이 된다고 해도 서울 도착하려면 빨라야 모래 저녁 늦게나 글피 정도 돼야 올 거다. 그리고 그네들이 온다고 해도 지금까지 공부만 했던 그네들이 뭘들 제대로 알겠나? 그리고 그네들 손님이 있나? 태종이 네가 나서야지 문상객도 많을 것이고, 더욱이 또 어머니 친인척이나 우리 친인척들은 너를 친아들로 키웠다고 또 어머니가 생전에 여기저기 다니면서 입버릇처럼 말하고 다녀서 큰아들인 네가 자리에 없으면 말이 많을 거다. 그러니 태종이 네가 맏상제 되어 이번 일을 잘 치르면 좋을 것 같다. 그러니 네가 있어야 한다. 그렇게 하자. 태종아."

이태빈은 생전에는 또 어머니를 나쁜 계모로 혐오했었지만, 72세의 그녀는 이미 죽은 사람에게는 그렇게 대하면 안 된다는 생각을 하고 있었다.

"그건 그렇고 내 측 손님들을 다 불러야 되나요?"

"내 생각은 그렇다."

"다 연락하면 8백-9백 명이 넘을 텐데요?"

"그래도 연락하는 편이 이담에 너를 위해서도 좋다."

"알았어요. 장례식장은 제일 넓은 특실로 잡아 주세요."

"알았다. 매형이 옆에 같이 있으니 장래 준비나 절차는 걱정 말고 태종이 너의 문상객이나 잘 챙기도록 해라."

"예. 그렇게 할게요."

태종은 태빈과 전화가 끝나자 샤워실로 들어갔다. 땀을 대충 씻어 내고 수건을 목에 걸친 채 밖으로 나와 전화기를 다시 돌렸다. 태종은 누나에게 못한 이야기가 더 있었다.

"전데요. 할 말이 있어서 다시 전화했어요. 집사람에게 또 어머니의 초상을 내가 치러야 된다는 말을 어떻게 해야 될지 모르겠네요?"

이태빈은 이태종의 말귀를 금방 알아차렸다.

"너 처한테 말하기가 곤란해서 그렇지?"

"왜 있잖아요. 그 사람 생각은 모든 재산은 지들끼리만 나누어 가지면서 무슨 큰일이 생겨나야 큰아들을 찾는다고, 사실이 그랬잖아요."

사금자와 그 집 식구들은 그러했다. 그들은 평소에 이태종을 가급적 멀리하려고 했다. 궂은일이 생기면 장남을 내세우며 이태종을 불렀다. 시집의 그런 요구에 대해 태종의 부인은 늘 불만을 가지고 있었다.

"그렇구나. 그걸 생각 못 했네. 태종이 너 생각은 어떤데?"

"누나. 고민이 조금 되네요."

이태종은 대답을 못 하고 머뭇거리자 이태빈이 먼저 생각을 얘기했다.

"이렇게 해 봐라. 이제 죽어서 마지막 가는 길인데 이번 한 번만 정성을 다해 모시자고 해 봐라. 그러면 이해할 거다."

"그렇게 하는 것이 좋겠네요."

"처한테 얘기가 잘 안되면 나에게 또 연락해라."

"예. 그렇게 할게요."

태종은 누나의 의견에 동의했지만 그때 일을 생각하면 지금도 끔찍하다. 오래되었지만 이런 일이 있었다. 태종의 아버지가 불의의 사고로 죽고 열 번째 돌아오는 제삿날이었다. 사금자는 제사상 준비를 큰며느리인 이태종의 처에게 맡겨 놓고 사금자는 가게 일, 이정빈은 대학원 수업 그리고 이선빈은 대학 수업을 핑계로 모두 다 빠지고 이태종의 처 김세화 혼자서 어린 식모 아이의 도움을 받아 가며 그 많은 음식을 단둘이서 준비한 적이 있었다. 밤이 되어 제사상이 차려졌고 차례가 시작되었는데 교회 목사인 이정빈의 남편이 촛불을 끄고 기독교 방식으로 진행하려고 했다. 그러나 이태종은 아버지 때의 관례대로 유교 전통의 제사 방식을 고수했다. 이정빈과 이선빈은 이정빈의 남편 박 목사의 주장대로 금년부터는 기독교식인 추도식으로 하자고 동조했다. 당시만 해도 사금자는 불교 신자였다. 감정 싸움이 시작되자 사금자는 유교 전통의 제사에 방관자가 되어 밖으로 나가 버렸다. 애써서 잘 차려진 제사상은 주인을 잃고 내동댕이쳐졌고 김세화는 울면서 깨진 제기 그릇과 난장판이 된 제사 음식을 치워야 했다. 이 일 후 김세화는 시댁의 추도식에는 참가하지 않았다. 계모 그리고 또 어머니라는 이름을 가졌던 사금자가 죽고 지금은 그녀와 멀리 떨어져 살아야만 했던 의붓자식 남매가 장례식 준비를 하고 있는 것이다. 사금자가 또 어머니로 왜 그렇게 불렀는지 이태종과 이태빈 이외에 다른 사람들은 그 사연에 대하여 모르고 있었다.

이태빈과 이태종에게는 우에다 모모코라는 일본인 친어머니가 있었다. 어느 날 갑자기 아버지의 둘째 부인이라는 사람이 그들 앞에 나타났던 것이다. 그녀의 등에는 이태수라는 3개월 된 어린 아기가 업혀 있었다. 할머니는 이태빈과 이태종에게 새어머니라고 불러야 한다고 말했다. 처음에 이들은 할머니가 시키는 대로 그렇게 불러 주었다. 친엄마가 일본으로 떠나 버리자 아버지는 이태빈과 이태종에게 새어머니를 그냥 어머니라고 불러야 한다고 말했다. 그들은 아버지 앞에서는 아버지가 시키는 대로 그렇게 어머니라고 불렀다. 그러나 둘만 있을 때는 그렇게 하지 않고 또 어머니라고 불렀다.

사금자는 청주 사씨로 그녀는 1920년 함경북도 기홍군에서 영주의 외동딸로 태어났으며 그녀는 그곳에서 여자 고등여학교를 졸업하여 공무원 생활 2년 차에 같은 부서에서 과장으로 근무 중이던 유부남 이성열을 만나게 된다. 1915년에 태어난 이성열은 경성제대 법문학부를 졸업하고 1940년 그해에 있었던 고등문관 시험에 합격하여 평양시청에서 근무하고 있었다. 훤칠한 키에 미남이고 경성제대 출신인 그는 시청 여직원들 사이에서는 선망의 대상이었다. 사금자에게도 그는 예외일 수는 없었다. 그것은 그녀에게 일생일대의 도전 같은 것이었다. 사금자는 여학교 시절 첫사랑은 조선어 선생이었다. 그러나 그것은 혼자만의 짝사랑이었고 이성열은 그녀가 실지로 사랑한 첫사랑이었다. 그렇지만 이성열에게는 일본인 부인이 있었다. 사금자가 이성열에게 부인이 있다는 것을 알았을 때는 그녀의 배 속에는 이미 첫아이 이태수가 잉태되어 5개월을 넘기고 있었다. 그래서 그녀의 삶에는 안팎으로 여러 번의 위기가 있었다. 사금자가 그녀의 아버지로부터 버림받고 쫓겨났을 때 그녀의 어머니는 사금자를 외할머니 댁으로 보냈다. 그곳에서 사금자의 첫아들 이태수가 태어났다. 그러나 그녀는 외할머니 집에서도 세간의 온갖 구설거리로 오래 있을 수가 없었다. 그녀는 3개월 된 첫아들을 등에 들쳐 업고 한겨울에 부산행 기차를 타야만 했었다. 부산에는 이성열의 본가가 있었으며 이성열은 1년 전에 부산시청으로 발령을 받고 이미 와 있었다. 그곳에는 이성열의 일본인 본처가 홀로된 시어머니를 모시고 같이 살고 있었다. 이성열의 집안은 대대로 일부다처제에 익숙한 집안이었다. 이성열의 홀어머니도 두 번째 부인이었고 이성열의 친할머니는 셋째 부인이었다. 그래서인지 갓난이를 업고 온 사금자는 그녀의 시어머니에 의해 이성열의 둘째 부인으로 쉽게 받아들였다.

그로부터 7년이 지나는 동안 사금자는 이성열의 첩으로서 집안의 궂은일을 도맡아 해야만 했다. 그러던 중 사금자에게 기회가 찾아왔던 것이다. 해방 이후 이북에서 이남으로 내려온 사람들을 위해 일정 기간을 정하여 새로운 호적을 만들 수 있는 기회를 주어졌다. 이성열은 그때까지 일본인 처 우에다 모모코의 반대로 이태수를 자신에 호적에 입적하지 못하고 있었다. 사금자는 이러한 남편의 사정을 잘 알고 있었다. 우에다는 1919년도 이전 법대로 남편의 호적에 사금자를 첩으로 등재하고 그 밑에 이태수를 입적시키자는 주장이었다. 그러나 변경된 새로운 호적법에는 중혼제도는 인정하지 않고 단혼제도에 의한 결혼만을 인정하고 있었다. 1919년 이후 새로운 호적법에서는 일부일처의 결혼만을 인정하게 된 것이다. 이성열은 변경된 호적법에 대해 일본인 처에게 설명하며 이태수를 그녀의 둘째 아들로 입적하자고 제안했으나 그녀는 받아 줄 수 없다고 완강하게 거부했던 것이다. 우에다는 처음부터 사금자의 자식들을 자신에 호적에 입적시켜 줄 의향이 없었다. 우에다는 경성에서 고등여학교를 졸업하고 일본인 부모님과 부산에서 같이 살다 이성열을 만났고 그리고 정식 결혼하여 이태빈과 이태종을 낳게 되었다. 우에다의 부모는 일본군이 연합군과의 전쟁에서 패색이 짙어지자 일본으로 먼저 건너갔고, 그녀는 친정부모님이 남겨 준 재산을 관리하며 부산에서 계속 살고 있었다. 그녀는 부모가 일본으로 건너간 후에도 제3의 교환국을 통해 친정부모와 연락을 자주 하곤 했었다. 국가에서 정해진 호적 변경 기간은 얼마 남지 않았는데 일본인 본처의 완강한 거절로 이성열은 새로운 호적을 만들지 못하고 있었다. 이런 기회를 잘 이용한 사금자는 이태종과 이태빈을 자신의 친자식으로 입적하여 친아들 이태수와 똑같이 잘 키우겠다고 남편을 설득하고 약속한다. 그후 이성열은 사금자를 호적상 정실부인으로 입적했으며 이러한 결심은 일본인 처와 이혼도 각오한 결정이었다. 사금자가 이성열의 정실부인이 된 것은 호적상 본처가 된 것이다. 이태수의 엄마로서의 첫 번째 성공이었다. 그녀는 일부일처제에서 첩이 아닌 정식 부인이 된 것이고 이태수는 첩의 아들이 아니라 정식 부인에서 태어난 둘째 아들이 된 것이다.

이러한 이성열의 결정은 일본인 처를 일본으로 밀항하게 하는 결과를 낳게 되었다. 우에다는 아들과 딸 그리고 모든 재산을 버리고 밀항 배를 타고 부모 곁으로 가야만 했다. 그녀가 두고 간 집과 많은 귀중품들은 모두 사금자의 몫이 되었다. 이때가 이태종의 나이가 열 살이고 이태빈은 열세 살 그리고 이태수는 일곱 살이었다. 결국 1945년 조선해방과 1948년 대한민국 정부 수립은 우에다는 시련과 재앙의 시기였다면 사금자에게는 성공의 기회가 되었던 것이다.

사금자는 우에다 본처와의 싸움에서 이겼다는 사실 그 자체가 매사에 자신감을 가지게 되었다. 이후로 사금자는 그녀의 부모로부터 배운 처세술과 사람 다루는 법을 발휘하여 자신의 세상과 자신의 가정을 만들기 시작했던 것이다. 이렇게 시작했던 그녀의 삶이 그렇게도 간단한 재산문제를 풀지 못하고 향년 88세를 일기로 이 세상을 쓸쓸하게 마감한 것이다. 냉동실 영하의 몸으로 누워 있는 그녀는 누구를 기다리고 있을까? 호적상으로 보면 명복을 빌어 주어야 할 자식들이 2남 3녀가 있으나 사체가 된 지가 사흘이 지났는데도 그녀의 시신 앞에는 자식들 누구도 나타나지 않았다. 망자의 친구이자 의자매인 자영이 엄마만이 빈소도 차려지지 못한 시체실 앞에서 울고 있었다.

자영이 엄마는 어제도 사금자의 아들과 딸들을 기다렸고 오늘도 그들을 기다리고 있었다. 막내딸 이선빈은 간병인의 연락을 받고 그날 오전 10시에 왔으나 간병인이 없어지는 바람에 그녀를 찾는다고 이틀이나 망자의 곁을 비우고 있었다. 간병인은 사금자가 사망하던 날 오후 어디론가 가 버리고 행방을 알 수가 없었다. 이선빈은 이번 소송에 간병인을 증인으로 세우려고 계획하고 있었는데 그녀가 없어진 것이다. 시신을 지켜야 할 이선빈이 증인으로 필요한 간병인을 찾는 게 더 중요했던 것이다.

이제 사금자의 저승길은 누가 도와줄 것인가? 냉동실 관속의 사금자는 육체는 물론 영혼까지 얼어 붙어 있는 것이다. 죽어서 지금도 사금자는 아들 이태수만을 기다리고 있을까? 이태수는 가족들로부터 멀리하겠다는 일념을 가지고 미국 유학을 선택했고, 그가 미국에 정착한 지도 벌써 35년이 지나고 있었다. 이제 그는 미국에서도 유명한 내과 의사이며 그가 설립한 병원의 병원장이다. 그는 예일 의대에서 박사학위를 받을 때까지 편안한 삶을 가져 본 적이 없었다. 그는 엄마 사금자가 기대했던 것 그 이상으로 의사로 성공하여 그녀를 만족하게 했다. 그러한 만족을 친아들 이태수로부터 얻을 수 있었기에 사금자의 삶은 힘들었지만 늘 행복했었다. 사금자는 아들 이태수가 잘되는 일이라면 어떠한 희생도 감수할 수 있다는 생각으로 살아온 지극한 엄마였다.

이러한 사금자와 이태수 간의 모자 관계는 이복 형인 이태종의 입장에서는 편치 않을 때가 많이 있었다. 이태수보다 3살이 더 많은 이태종은 어린 시절 이태수에겐 두렵고 무서운 존재였다. 이태수는 비록 그의 엄마가 호적상 아버지의 정실부인으로 등재되어 있었지만, 동네 사람들이 자신의 어머니가 첩이라고 수군거린다는 것을 알고부터는, 그는 자신이 서출로 태어났다는 열등 의식을 떨칠 수가 없었다. 그에게 서출이라는 꼬리표는 어린 시절을 우울하게 했고 매사 부정적 사고를 지니게 했다. 문중에서도 이태수는 첩의 아들로 서자이고 이태종은 정실부인의 아들로서 이씨 문중을 이끌어 갈 장손으로 우대하고 있었다. 이태수는 아버지를 따라 형인 이태종과 함께 문중 모임에 몇 번 나가곤 했지만 자신이 첩의 서자라고 문중 어른들이 말하는 것을 듣고부터는 이런저런 핑계를 내세우며 참석하지 않았다. 그는 자신이 서출이라는 것이 그렇게도 싫었지만 그 사실을 스스로 벗겨낼 수는 없었다. 이태수는 이러한 잔존 의식은 친인척은 물론 가족들과도 좋지 않은 관계를 만들어 내고 있었다. 이렇게 자란 그에게 미국은 신천지 바로 그런 세상이었다.

이태수가 미국 시민이 되고 그곳에 정착하게 되자 사금자는 아들이 없는 서울에서의 삶은 별 재미가 없었다. 그녀가 낳은 두 딸이 있었지만 딸들은 아들을 대신할 수는 없었다. 그런데다 그녀는 예지동 상가건물 변칙 취득과 이태종의 적금통장 건으로 경찰의 조사를 받았고 경찰이 이 사건을 검찰로 송치되자 검사의 은밀한 내사가 진행되고 있었다. 사금자는 누구의 도움으로 미국 비자를 받아 놓고 도주할 준비가 되어 있었다. 사전 준비 없이 급하게 미국이라는 나라에 가기는 했으나 그곳은 그녀에게 모든 것이 만만하지가 않았다. 한국인 목사가 설교하는 교회에 나가서야 막혔던 귀도 뚫리고 닫혀 있던 입도 열 수 있었는데 그러나 자유롭지가 않았다. 한국 검찰에서 그녀를 체포하기 위해 인터폴과 협력하여 국제적으로 수사망을 좁히고 있었다. 미국에 도착하자 사금자는 아들 이태수가 살고 있는 시카고로 가지 않고 뉴욕에 살고 있는 자영이 엄마의 딸 집으로 가야만 했다. 사금자는 한국 수사 당국이 인터폴과 협조하여 아들의 집으로 수사관을 보낼 것이라고 예측하고 있었다. 그녀는 사건이 잠잠해질 때까지 친구 딸의 집에서 있는 것이 좋다고 판단했던 것이다.

　자영이 엄마의 딸은 뉴욕 대학에서 3년간 포스트 닥터로 연구 활동을 하고 있었다. 사금자는 자영이 집에 기거하면서 서울 소식을 자영이 엄마를 통해 한 달에 두 번 정도 받고 있었다. 사금자는 소식을 통해 그녀가 경찰에 의해 지명 수배가 되었다는 사실도 알게 되었다. 영어를 못하는 그녀는 혼자서 바깥 출입은 할 수 없었고 아들 이태수와도 연락을 끊은 채 거의 2년을 버티고 있었다. 아들 이태수는 시카고 외곽에 새롭게 집을 마련하여 이사했다는 소식과 함께 바뀐 전화번호를 딸 이정빈을 통해 알고 있었지만 인터폴이 무서워 그곳으로 연락할 수가 없었다. 그 후 또 일 년이 지나 딸 이정빈이 엄마는 더 이상 숨어 살지 않아도 된다고 하였고 아들 이태수가 곧 엄마를 모시러 올 것이라고 했다. 사금자는 그날이 빨리 오기만을 기다리고 있었다.

　그 후 사금자 아들 이태수와 같이 살기 시작한 것은 그녀가 미국에 입국한 지 3년이 훨씬 넘은 후였다. 사금자는 아들 이태종의 노력으로 미국 영주권을 취득하게 되고 인터폴 법망도 주소 변경으로 피할 수가 있었다. 그제서야 사금자는 그곳에서 아들 옆에서 친손주를 마음껏 볼 수 있었고 친손자를 키워주는 즐거움도 생겨난 것이다. 친손주가 중학교에 들어가자 사금자는 아들 집에서 할 일이 없어지고 미국 며느리와 갈등이 생겨나기 시작했다. 사금자는 딸 이정빈과 같이 살기로 결심하고 아들 이태수와 상의했다.

　이정빈은 LA 북쪽 변두리에 살면서 대학에서 아동 병리학을 강의하고 있었다. 그녀에게 두 살 난 둘째 아들이 있었다. 그 당시 이정빈은 남편과 사이가 좋지 않아서 별거 중에 있었으며 3룸 주택에서 두 아들과 함께 셋이서 살고 있었다. 이정빈이 출근하려면 둘째 아이는 항상 어린이집에 맡겨야만 했었다. 이정빈은 엄마인 사금자와 같이 살게 되면서 그동안 불안했던 생활을 청산하고 안전한 상태에서 아동 병리학 연구에 전념할 수가 있었다.

사금자가 매월 내놓는 생활비는 경제적으로 이정빈을 여유롭고 넉넉하게 해 주었다. 외손주의 재롱은 날이 갈수록 그녀를 행복하게 했다. 세월은 그렇게 흘러 한국을 떠나온 지가 23년을 바라보고 있었다. 세월은 그녀의 얼굴에 큰 주름을 파놓고 늙은 몸은 그녀를 힘들게 하여 그녀를 우울하게 했다. 그리고 어느 날 그녀는 온몸이 굳어지며 활동이 자유롭지 못했다. 집에 아무도 없던 바로 그날 심근경색으로 쓰러져 하루 24시간이 지난 후에 겨우 힘든 숨을 쉴 수가 있었다. 서너 달이 지나자 그녀는 반신불수가 되어 혼자서는 거동도 할 수 없는 병든 노인이 되었다. 그녀가 미국에 살고 있는 동안 한국은 예지동 상가건물의 가격을 100배 이상으로 늘려 주고 있었다. 하지만 그녀의 그 재산은 자식들 간의 피 터지는 싸움을 유발시키고 있었다. 사금자는 미국 생활을 청산하고 한국에 온 지 2년 만에 사망한 것이다. 사금자가 서울에 와서 본 것은 사랑도 아니고 미움도 아니고 자신이 조성한 재산을 놓고 자식들 간 싸우고 다투고 욕설이 난무하는 것들뿐이었다. 그녀는 가족들에게 마지막 숨결도 들려주지 못하고 혼자서 이 세상을 하직한 것이다. 그녀의 여한이 이 세상 여기저기에 흩어져 저곳에 맴돌며 제 갈 곳을 잃었다. 누가 나타나서 얼음 덩어리가 된 그녀를 수습하여 줄 것인가! 선각자는 이렇게 개탄하고 있었다.

"불쌍한 시신이여! 그대의 파란만장한 과거는 아직도 이 땅에 머물고 있는데 자식들은 아귀다툼으로 머리가둘 달린 뱀 놀이를 하고 있으니 누가 저곳을 건너가 그대의 한을 풀어 줄 것인가? 오호통제라! 그대의 저승길을 누가 가시밭길로 만들었나? 어이구, 남편 덕이 없었으니 자식 덕이 있을까? 그대는 불귀의 몸이 되었다. 이제 얼음 속에서 헤매고 있으니 어찌할까? 그대가 안착할 그곳은 보이는가! 조금만 더 기다리면 이 세상 그대의 딸과 아들이 그대를 불구덩이에 처넣을 것인가! 아니면 흙구덩이에 처넣을 것인가! 결정은 나겠지만, 불귀의 몸인 그대는 이세상 저것들의 온갖 추태를 무슨 수로 막을 수가 있을까? 그대의 자식들은 그대의 몸뚱어리를 외면하고 있네. 지금이라도 내세울 자식이 있으면 내게 보내 주게나. 오호통제라! 하나같이 자식들이 그렇고 그렇구나. 그대는 아는가? 산 자는 아둔하고 죽은 자는 말이 없는 거. 어눌한 시신이여 어서 눈감고 얼음을 깨고 나를 보시오. 나는 선각자요, 내 얼굴은 비록 그대보다 좋을 것은 없지만 그래도 나는 진리를 모토로 하여 여태까지 존재하고 있으니 그대 입에 동전 한 푼 물려 주리라! 내가 주는 동전 한 닢은 그대의 노잣돈이 아니라 이승에서 갖고 있던 전 재산일세. 그러하니 그 한 닢으로 저승에 들거든 그대의 영혼값으로 갖고 있어야 할 걸세. 동전 한 닢이 무겁다. 그대 사자가 거절할까? 그대 아가리 벌려 쳐 넣으니 잘 숨겨서 잘 가져가게. 저승엔 용서나 자비가 없고 오직 그대의 죄값만 심문하고 원형 천정 위에 시커먼 글씨로 사금자 저승재산 동전 한 닢이라 쓰일 걸세. 저기 산에서 사람들이 내려오고, 여기 강 건너 사자가 기다리고 있네."

2. 귀환

2년 전 사금자가 23년간 미국 생활을 청산하고 서울로 가기로 결심했던 것은 그만한 이유가 있었다. 그녀는 중풍 후유증에 당뇨로 인해 신장병까지 앓고 있었다. 병원에서의 그녀의 종합 검진 결과는 치명적이었다. 당뇨와 심혈관 상태도 나쁘지만 그녀의 신장 수치는 10이 넘고 사구체 여과율도 8% 이하이며 신장의 크기도 많이 작아져 있었다. 의사는 그녀는 신장병 말기 환자로 당장 투석을 하지 않으면 위험하다고 했다. 당시 의사의 소견서에는 이렇게 적혀 있었다.

> [고혈압, 뇌경색, 신장병 등으로 입원 치료 중이며 뇌경색의 후유증으로 인한 의식 저하와 운동의 부전마비 등으로 인하여 본인 스스로 활동이 어려운 상태이며 일상생활 위하여는 당장 신장투석과 타인의 도움이 반드시 필요한 환자입니다. 2차 이상의 병원에 입원하여 투석과 기타 치료가 시급한 상태입니다.]

또한 의사는 사견임을 전제로 신장투석을 하고 다른 치료를 받더라도 고령인 것과 다른 합병증을 감안하면 그렇게 오래 살 수는 없으니 환자를 조금이라도 편히 모시는 것이 좋겠다고 했다. 그리고 미국 의사는 환자와 보호자에게 이러한 사실을 직접 알려 주며 별관에 있는 요양병동으로 입원할 것을 권하였다.

사금자는 흑인들뿐인 그 요양병동이 싫었지만 의사의 지시를 따르기로 했다. 그녀가 이곳에서 6개월을 지내는 동안 모든 것이 불편하였다. 그녀는 오랫동안 미국 생활을 했어도 영어가 서툴러 늘 다른 사람의 도움을 받아야만 했었다. 그러나 이 병동엔 한국인 간병인을 별도로 둘 수가 없었다. 입원 환자들은 물론 간호사나 영양사 모두가 흑인뿐인 이곳에서 영어를 못 하는 그녀가 남의 도움을 받기가 쉽지 않았다. 그런데다 사금자는 흑인을 별로 좋아하지 않았다. 그녀는 뉴욕에서 거주하는 동안 흑인에게 돈을 빼앗기고 구타당한 적이 있었으며, 미국에 살면서 미국 말을 제대로 못 한다며 봉변도 여러 번 당한 적이 있었다. 그래서 그녀는 흑인들을 무서워했고 흑인들을 피해 다니곤 했었다. 이러한 사유로 이 병원에 더 있고 싶지가 않았으나 딸인 정빈이가 밀어붙이는 바람에 6개월간 버텨 왔었다. 더는 버티기가 힘들었다. 사금자는 흑인 마을에 있는 이 병원보다 더 좋고 한국인 간병인을 둘 수 있는 사립 요양병원을 알고 있었다. 그녀는 딸에게 여러 번 그 병원으로 옮겨 달라고 했으나 이정빈은 사금자의 요구를 들어주지 못했다. 그보다는 들어줄 수가 없는 입장이었다. 이정빈의 수입으로는 사립 병원의 병원비를 감당할 수 없었다. 사금자의 재산은 미국에도 있고 한국에도 있었으나 모두 부동산이라 현금화가 쉽지 않았다. 그런데다 시카고에 있는 식품가게는 이태수의 명의로 되어 있었고 서울에 있는 상가건물은 이선빈의 이름으로 명의신탁이 되어 있어서 각각 본인들의 동의가 있어야만 팔 수 있었다. 이 외에 자신의 이름으로 되어 있는 또 하나의 부동산을 가지고 있었다. 서울 오장동에 70평 되는 한옥 기와집인데 자영이 엄마가 장사하는 유명한 함흥냉면집이었다. 사금자는 2년 전에도 자영이 엄마가 송금해 온 2년치 세를 받은 적이 있었다.

사금자가 서울을 가야 한다고 작정한 이유는 자신이 죽기 전에 바로 이 가게를 파는 것과 또 그녀가 변칙과 강제로 취득했던 예지동 상가건물을 처분하겠다는 결심이 서 있었기 때문이었다. 사금자에게 무엇보다 급한 것은 당장 냉면집을 팔아서 현금화하는 것이었다. 그렇다고 딸인 정빈에게 이 가게를 팔아 오라고 맡기고 싶지는 않았다. 그리고 그녀는 딸인 정빈에게 의존하여 여생을 마칠 생각도 없었다. 딸 이정빈에게 의탁하기엔 그녀의 재정 능력이나 성의가 부족하다는 것을 입원하고 있는 동안 절실히 느끼고 알았기 때문이다. 그러면서 그녀는 자신 명의로 되어 있는 냉면집만 팔아도 이런 환경에서 병원 생활을 더 이상 하지 않아도 된다는 생각을 하고 있는 것이다.

그녀의 몸은 비록 많이 불편했으나 이러한 생각을 반복하다 보니, 머리 회전 속도나 정신적인 안정이 예전보다 많이 좋아지고 있었다. 그녀의 남은 인생을 지금처럼 남에게 전적으로 의존하지 말고, 늦었지만 이제부터라도 자신의 결심한 대로 살아야 한다며 그녀의 오래된 치부책에 한 자 한 자 기록하고 있었다.

사금자는 병원에 입원하고 있는 동안 자식들에 대한 그녀의 생각에도 많은 변화가 있었다. 친자식들의 행동에 대해 많은 부담을 느끼는 동시에 섭섭함도 많이 가지게 되었다. 그러나 이러한 생각은 혼자 가지고 있을 뿐 누구에게도 말하지는 않고 있었다. 이정빈은 주말마다 면회를 오다가 지난 달에는 한 번, 이번 달엔 한 번도 오지 않았다. 사금자는 이정빈을 통해 아들 태수와 막내딸 선빈에게 여러 번 전화를 부탁했으나 그들로부터 단 한 번의 연락도 없었다. 그들로부터 연락 여부는 이정빈 혼자만 알고 있었다. 답답한 사금자는 교환을 통해 아들 이태수에게 연락을 여러 번 시도했으나 흑인 간병인의 비협조로 그녀는 매번 뜻을 이루지 못했다. 흑인 간병인은 사금자에게 강압적이고 일방적이었으며 영어를 못 한다고 무시하기까지 했다. 이러는 흑인 간병인이 무서워 병원 측에 간병인을 바꾸어 달라고 몇 번을 요청했으나 그때마다 이유도 말해 주지 않고 매번 거절당했다. 사금자는 힘들고 괴롭다며 한국으로 보내 달라고 정빈에게 여러 번 부탁했으나, 그녀 역시 차일피일 미루기만 할 뿐 사금자의 요구를 들어주지 않았다.

사금자는 자신이 얼마 못 산다는 것을 알고 있는 이상 서울에 가야만 된다는 생각은 날이 갈수록 간절해졌다. 사금자는 큰 결단을 내리고 이상한 행동을 하기 시작했다. 그녀는 병원에서 난동을 부리기 시작한 것이다. 침대 위에 똥오줌을 싸고 흑인 간호사가 와서 뭐라고 하면 "Please call my daughter."(제 딸을 불러 주세요.)라고 수없이 외치고 어떨 때는 "Please send me to Korea."(나를 한국으로 보내 주세요.)라며 고함을 치기도 했다. 이런 일이 있은 후 병원에서는 보호자인 이정빈과 협의하여 환자 사금자를 서울에 있는 병원으로 이송하게 되었다. 이정빈은 어머니의 퇴원 수속을 끝마치고 장애인 차량을 카운터에 부탁하고는 사금자의 입원실로 향했다.

"엄마 미안해. 엄마가 요구하는 대로 사립 병원으로 입원시켜 드려야 하는데 미안해요." 이정빈은 말을 멈추고 사금자의 손을 잡고 울기 시작했다.

"그런데 엄마, 지난 달에 서울에 갔다 왔어. 뭐 때문에 갔다 온지 알아요?"

사금자는 무슨 영문인지 몰라 눈을 크게 치켜떴다.

"사실은 사립 병원 입원비를 마련하려고 갔었는데 선빈이가 협조해 주지 않아서 빈손으로 그냥 돌아왔어요."

"선빈이는 왜?"

"왜 있잖아. 엄마 상가건물, 그거 팔아서 엄마 병원비 마련하려고."

이정빈은 어머니의 사정을 고려하여 선빈이와 심하게 다툰 이야기는 하지 않았다. 그러나 선빈에 대해 분한 심기는 감추지 않았다.

"엄마. 그 애가 상가건물은 자기 것이니, 나보고 팔라 말라 하지 말하는 거야. 그러면서 다시 이 문제로 시끄럽게 하면 나를 보지 않겠다고 했어요. 그러고 엄마 병원비는 셋이서 똑같이 마련해야지 이 상가건물을 팔아서 병원비를 마련할 생각은 아예 말라며 악을 쓰면서 대들었어요."

사금자는 정빈이 말하는 동안 상황을 대략 파악했다.

"그 건물 얼마나 간다던?"

엄마의 물음에 이정빈은 간단하게 대답했다.

"복덕방 사람 말에 의하면 300억 이상도 더 받을 수 있다고 하던데요."

사금자는 깜짝 놀라는 표정을 지었다.

"엄마, 그 상가건물 그때는 얼마나 했었어요?"

사금자는 무슨 생각을 하였는지 입을 다물어 버렸다.

"엄마, 내가 끝까지 모시지 못하고 이렇게 된 거 다 내가 모자라서 그래. 정말 미안해."

이정빈은 소리 내어 울기 시작했다. 사금자의 반응이 없자 이정빈은 마음을 억지로 가라앉히며 말을 계속했다.

"엄마, 퇴원 수속 끝냈어요. 엄마 원하는 대로 서울로 보내 드릴게요. 미안해요."

이정빈은 침대에 머리를 대고 큰 소리를 내며 오열하기 시작했다. 사금자는 이러는 딸을 말리지 않고 천장만 쳐다보고 있었다.

사금자는 미국에서 2006년 여름을 끝으로 그렇게 그리던 인천행 비행기를 타게 되었다. 그녀는 서울에 도착하면서 정신적으로 많은 안정을 찾기 시작했다. 그 이유는 그녀가 필요로 하는 것을 스스로 한국어로 말할 수 있고, 또한 그녀의 병원 생활 모든 것을 친구의 딸인 자영이가 도와주기로 되어 있기 때문이다. 그러나 병세는 여전하여 일주일에 세 번 투석하여야 했고 휠체어 없이는 활동도 불가능한 상태였다. 사금자가 새로 입원한 병원의 의사는 여러 곳에 부전마비를 위한 치료는 환자에게 무리라는 결론을 내리고 가벼운 운동까지 중단시켰다. 대신에 신장 투석 전후 심혈관에 관한 검사는 주기적으로 체크되고 있었다. 그녀는 투석 중에는 고혈압 증세가 있다가 투석이 끝나면 기립 저혈압 상태로 바뀌기도 했고 그리고 느린 맥박 부정맥도 있었다. 자신의 병세가 이러한데도 그녀는 크게 걱정 않고 있는 듯했다. 그녀는 한국 의사들의 세심한 진료와 간호사의 친절한 간호에 흡족해하며 또한 그들을 신뢰하고 있었다.

이때까지만 해도 그녀는 한국에 온 것이 아주 잘된 것이고 앞으로 자신의 여생도 서울에서 잘 마칠 수 있을 것이라고 생각하고 있었다. 그뿐만 아니라 그녀의 몸은 비록 병들어 있는 상태였지만, 마음은 전에 비하여 한층 더 밝아졌으며 생각도 깊게 할 수가 있었다. 그녀는 밤에는 충분한 수면을 취할 수 있었고 낮에는 휠체어를 타고 서울 시내 구경도 다녔다. 적어도 거의 3개월 동안은 그러했다. 그러나 그것은 딱 석 달뿐이었다. 3개월 후부터는 그녀는 악몽에 시달려 밤새 잠을 설치곤 했다. 35년 전에 죽은 남편이 꿈에 나타나 며칠 동안 괴롭히고 있는 것이다. 죽은 남편은 연 3일간 똑같은 옷을 입고 나타났다. 남편은 검은 갓을 쓰고 검은 도포를 입고 있었으며 한 손에는 장검을 쥐고 있었다. 그리고는 사금자를 향해 굵은 목소리로 소리를 지르며 성큼성큼 걸어왔다.

"네 이년, 네 이 도둑년. 나를 죽이고 내 모든 재산을 훔치고 그것도 모자라 태종이 재산까지 도둑질해? 이 도둑년, 너는 지옥에 갈 것이다."

죽은 남편이 소리 지르며 다가오는 것이 무서워 겁에 질려 도망치려는데 사금자는 발이 잘 떨어지지 않았다. '엄마, 엄마!' 악을 쓰며 도망 다니다 잠에서 깨어나면 사금자의 온몸은 땀으로 흠뻑 젖어 있었다. 간병인이 이마와 전신의 땀을 닦아 주며 무슨 꿈을 꾸었냐고 물어봐도 사금자는 꿈에 대한 이야기는 일체 하지 않고 다른 쪽으로 얼굴을 돌리며 옆으로 돌아 누워 버렸다.

근래 들어 사금자는 밤에 못 잔 잠을 낮에 깜박 잠으로 대신하고 있었다. 그녀는 깜박 잠을 자면서도 이상한 꿈을 꾸었다. 그녀의 어머니가 여승복을 입고 나타났는데 머리는 삭발한 모습이고 손에는 목탁을 들고 있었다. 그리고 어머니는 딸인 사금자를 보며 대법당 문 앞에서 자기에게로 오라고 손짓을 하는 것이다. 그곳은 사금자도 예전에 많이 다녔던 큰절의 대법당 문 앞이었다. 그녀는 '엄마아!' 소리를 지르며 달려가는데 그곳은 불사의 법당이 아니고 큰 십자가가 높게 세워져 있는 교회였다. 아버지가 긴 나무 의자에 앉아 두 손 모아 기도를 드리고 있었다. '아버지!' 하며 달려가자 아버지는 어디론지 사라져 버리고 그곳엔 성경책 한 권이 놓여 있었다. 성경책은 펼쳐져 있었고 점점 크게 확대되며 사금자의 두 눈을 덮어 버렸다. '주 예수를 믿어라 그러하면 너와 네 집이 구원을 얻으리라.'(사도행전 16장 31절) 깜박 잠에서 깨어난 그녀는 대성통곡을 하며 울기 시작했다. 아버지와 어머니를 향한 서럽고 한이 맺힌 울음 소리였다. 간병인이 놀라서 비상 호출 버튼을 누르자 의사가 달려왔다.

"할머니, 어디 아프세요?"

사금자는 울음을 멈추고 의사의 물음에 대답한다.

"엄마 아버지를 보았어요."

의사가 약간 놀라는 투로 다시 묻는다.

"어머니 아버지를 어디서 보았어요?"

"꿈에서요. 엄마는 절에 있고 아버지는 교회에 있었어요."

의사가 사금자의 침을 옆에 놓인 하얀 수건으로 닦아 주며 조용히 말했다.

"할머니, 그 꿈은 좋은 꿈인데 왜 울어요. 울지 마세요."

좋은 꿈이라는 의사의 말에 사금자는 크게 반응한다.

"선생님, 엄마는 스님이 되었고 아버지는 큰 예배당에서 기도를 하고 있었어요."

의사는 청진기를 가슴에 갖다 대며 의사는 또 한 번 사금자를 안심시킨다.

"그것 보세요. 아버지는 할머니가 아프지 말라고 기도하는 것이고 어머니는 스님이 되어 할머니를 극락세계로 초대하려고 하고 있어요."

사금자는 의사의 말에 반신반의했지만 기분은 좋았다.

"할머니, 맥박 심장 소리 다 좋은데 어디 아픈 데 있어요?"

사금자가 대답한다.

"선생님, 없어요. 아픈 곳이 없어요."

의사는 오후 회진하러 다시 오겠다며 병실 밖으로 나갔다. 그날 오후 늦게 자영이 엄마가 사금자의 병실로 찾아왔다. 자영이 엄마는 사금자와 60년간 친구이자 언니 동생 하는 사이였다. 사금자는 부산에서 살던 시절 곤란할 때 그녀로부터 많은 도움을 받았었다. 그 후 자영이 엄마가 서울로 이사하여 동대문 시장에서 처음 시작했던 장사가 망하는 바람에 그녀는 사금자의 도움을 많이 받은 적이 있었다. 그 당시 사금자는 자영이 엄마에게 오장동 가게를 보증금 없이 반값 정도의 월세만 받고 임대해 주었다. 자영이 엄마는 이곳에서 40년 넘게 냉면 장사를 하고 있었으며 지금은 크게 성공하여 사금자에게 늘 고마워하는 친구다.

"금자야, 어디 아픈 데 없나?"

"온몸이 다 아프지. 하지만 자영이가 잘 돌봐 주고 있어서 모든 것이 다 편하고 좋아."

자영이 엄마가 사금자의 손을 꼭 잡으며 말을 한다.

"그래. 늙으면 다 그러려니 해. 나도 여기저기 다 아파. 병원에 입원을 안 해서 그렇지. 금자야, 나도 따지고 보면 환자야."

“그래. 어디가 아픈데? 아프면 병원에 입원하고 고쳐야지?”

자영이 엄마는 손을 놓으며 그 손으로 절레절레 흔든다.

“걱정 마. 괜히 아프다고 했네. 나 걱정은 말고 금자 너나 마음 편히 하면서 치료를 잘 받아야 해. 그래야 우리가 조금이라도 더 오래 살 수가 있는 거야.”

사금자는 자영이 엄마의 입가를 쳐다보며 그냥 웃는다.

“그건 그렇고 냉면집 판 돈 정리해서 자네가 시키는 대로 수표 한 장과 현금 통장을 만들어서 가지고 왔네.”

자영이 엄마는 사금자에게 수표와 통장 그리고 사금자의 도장을 건넨다.

사금자는 그것들을 모두 받고 수표 한 장을 자영이 엄마에게 도로 내민다.

“자영이 엄마, 이거 사양하지 말고 받아요.”

“그걸 내가 왜 받아?”

사금자는 정색을 하며 다시 수표를 자영이 엄마에게 다시 내민다.

“자영이 엄마, 나 얼마 안 있으면 죽어.”

그리고 말문이 막히는지 흐느낀다.

“나에겐 자영이 엄마뿐이야. 그래서 그러는데 이 돈 꼭 받아 주어야 해. 내 마지막 마음이라 그렇게 생각해서 받아 줘.”

자영이 엄마는 울면서 수표를 받아 쥔다.

“금자야, 나 네가 많이 도와준 덕분에 지금은 돈이 많고 큰집도 가지고 있어요. 이 병원 자네 병원비도 내가 책임질 수 있어요. 그런데도 이 수표를 받아도 되는 거야? 아무튼 네 마음이라고 하니까 받기는 받는데……”

자영이 엄마는 말을 잇지 못하며 그녀의 백에서 손수건을 꺼내어 사금자의 눈물을 닦아 주고 자신의 눈물도 닦는다.

“금자야, 너는 나의 동생이며 친구야. 이제 한국에 왔으니 나와 자영이가 네 옆에 항상 있어 줄 테니 걱정 말고 치료나 잘 받도록 해.”

그녀는 사금자의 손을 꼭 잡았다.

사금자는 아무 일도 없었던 것처럼 친구에게 말을 건넨다.

"자영이 엄마, 저녁은 먹었어?"

"지금 몇 시인데 빨리도 물어본다. 밤 열 시가 넘었어요."

이렇게 말해 놓고는 그녀는 옆에 있는 딸을 부른다.

"선자영, 아 내 정신 좀 봐. 자영아 어서 집에 가라. 오늘은 내가 여기 지킬 테니 집에서 자고 내일 오전 열 시까지 여기로 오너라. 올 때 내가 만들어 놓은 밑반찬들이 작은 냉장고에 있으니 그거 가져오고. 이 수표는 우선은 네 통장에 입금해 놓도록 해라."

그리고 조금 전에 사금자로부터 받았던 수표 한 장을 딸에게 주었다. 딸은 수표를 받고 찍혀 있는 금액을 보고 놀란다. 자영이 엄마는 딸에게 얼른 가라고 손을 내 젖는다. 딸이 밖으로 나가자 자영이 엄마도 같이 따라 나가며 몇 마디 한다.

"자영아, 금자 할머니 어제 이후로 무슨 일이 없었나?"

"엄마, 무슨 일이 있었어."

자영이는 사금자의 꿈 이야기를 자신의 엄마에게 세세하게 해 주었다. 밤 11 시가 넘은 병원 주변은 쥐 죽은 듯이 조용했다. 1인용 병실에는 보호자용 침대 하나가 준비되어 있었다. 자영이 엄마는 미리 준비해 두었던 침대보를 깔고 그 위에 이불을 덮고 환자 침대 옆으로 밀어 놓고 사금자와 나란히 누웠다.

"금자야, 무서운 꿈을 꾸었다며?"

사금자는 대답하지 않는다.

"무슨 꿈을 꾸었는데 많은 땀을 흘렸던 거야?"

그래도 사금자는 아무 말도 하지 않는다.

"말해 버려. 그래야 다시는 그런 무서운 꿈을 꾸지 않는 거야."

그제야 사금자는 입을 열었다.

"죽은 태수 아버지가 나타나서 큰 칼로 나를 죽이려고 하는 거야."

여기까지 이야기하고 숨이 차는지 잔기침을 여러 번 한다.

"힘들면 지금 말하지 마. 나중에 해도 돼."

그녀는 일어나 찻장 위에 놓여 있는 주전자의 물을 컵에 따라 사금자에게 먹였다. 사금자는 물 한 모금 받아 먹고는 말을 잇는다.

"나보고 자기 재산으로도 모자라 태종이 재산을 도둑질했다면서 그 큰 칼로 나를 죽이려는 거야. 그리고 내가 죽으면 지옥으로 간다는 거야."

사금자는 겁에 질린 소리로 말하며 또다시 진땀을 흘리기 시작했다.

"아이고 이걸 어떡해. 웬 식은땀을 이렇게 많이 흘려?"

자영이 엄마는 수건을 찬물에 적시고 얼굴과 목을 닦아 준다.

"오늘밤에도 날 죽이려고 검은 옷을 입고 다시 나타날 거야."

이번엔 몸까지 벌벌 떨고 있었다. 그녀는 보조 의자에 앉아 사금자의 한 손을 잡는다.

"금자야, 왜 그래? 왜 그래? 금자야, 진정해. 제발 진정해 금자야."

그녀는 이번엔 두 손으로 그녀의 등을 약간 끌어당겨 앉으며 어린아이 달래듯이 말했다.

"금자야, 정신 차려. 그냥 꿈이야. 마음이 허해서 그래. 그래서 나쁜 꿈을 꾸는 거야. 나쁜 꿈은 그냥 버리면 되는 거야. 그러니 그 꿈을 지금 버려. 금자야, 이거 천천히 씹어 봐."

그녀의 가방에서 금분색 한약 한 알을 꺼내어 사금자의 입에 물린다. 사금자는 한약을 입에 물고 우물거리다 천천히 씹었다.

"금자야, 이거 모각 사향에서 정제된 진짜 사향이 들어간 거야. 천천히 씹으면서 흘러나오는 침을 조금씩 삼켜 봐. 기분이 훨씬 좋아질 거야."

사금자는 흘러나오는 침을 계속하여 삼키고 있었다.

"금자야, 아까 태종이 재산이라고 했어?"

"응, 태종이 재산."

사금자는 입을 우물거리며 간단하게 대답했다.

"태종이 재산이라면 그 상가 지분을 말하는 거니?"

"응, 그거야."

"그거라면 나도 아는데 그때 태종이 아버지의 빚 청산에 사용했던 것 아냐?"

사금자가 이번엔 대답을 않고 이상한 말을 한다.

"이젠 생각을 바꾸어야 할 때가 온 것 같아. 나 이젠 그 상가건물 필요 없어."

"그건 무슨 말이고."

"남편이 꿈에서 내게 소리쳤던 것이 다 맞는 말이야. 그게 다 사실이고 내가 몹쓸 짓을 했던 거야. 그 사람 죽은 것도 다 나 때문이야."

"무슨 말을 하는 것이고. 뭐가 맞다는 말이고 금자야."

사금자는 감았던 눈을 뜨고 자영이 엄마의 눈을 바라보며 말을 이었다.

"그날 그이가 계단에서 굴러떨어져 일어나지 못하는 것을 보고도 난 무서워서 도망쳤어. 도망가지 않고 119를 불렀으면 태수 아버지는 살았을 거야."

사금자가 잠깐 말을 끊는 순간 자영이 엄마가 한마디 한다.

"금자 네가 무슨 말을 하는 것이고? 도망쳤다고? 그때 경찰 조사는 계단에서 굴러떨어지며 목이 부러졌고 그로 인해 사망했다고 사건 처리가 종결된 거 아냐? 그때 너는 가게가 아니라 집에 있었다고 했잖아. 그러면 네가 경찰에게 거짓말한 거네?"

자영이 엄마는 그때 태종의 아버지 사망 사건 처리 결과를 소상히 기억하고 있었다.

"맞아. 무서워서 거짓 진술을 했던 거야, 그날 밤 태수 아버지가 어떤 사람하고 심하게 싸우다가 태수 아버지가 계단 밑으로 떨어진 거야."

사금자는 말을 조금 멈추었다가 다시 입을 열었다.

"나는 2층에서 모든 걸 다 보고 있었거든."

그날 그런 일이 있었다. 사금자가 말하는 어떤 사람은 무진회사 지점장이었다. 무진회사 정 지점장과 밤늦게 단둘이서 2층에서 술을 마시고 있었다. 이성열은 부산에 출장 갔다가 예정일보다 이틀이나 일찍 돌아왔는데 야심에 술상을 차려 놓고 있는 그런 광경을 본 것이다. 이성열도 그 지점장을 잘 알고 있었으며 지점장은 40대 중반의 건장한 사람이었다. 이성열은 처음부터 지점장과 아내의 사이를 의심했던 것은 아니었다. 몇몇 직원들로부터 사금자와 정 지점장이 밤늦게 사무실에서 만난다는 말을 여러 번 들은 적은 있었으나 그냥 사업차 만나는 것으로 넘겨 버렸었다. 그러나 시간이 흐를수록 두 사람의 관계는 약간의 의심 가는 게 있었다. 그날 이성열은 술상뿐만 아니라 두 사람은 포옹하고 있는 것을 보았던 것이다. 이성열은 바로 달려들어 지점장을 주먹으로 내리치기 시작했다. 두 사람의 싸움은 큰 싸움으로 변해 갔다. 이성열은 시간이 갈수록 젊은 지점장을 당할 수가 없었다.

자영이 엄마가 이상하다는 생각에 한마디 했다.

"뭐 금자 네가 2층 방에 있었다고? 그 사람이 누군데?"

사금자는 그 사람이 누군지를 밝히지 않고 말을 계속했다.

"그 사람하고 싸우다가 뒤로 넘어지면서 계단 아래로 떨어진 거야."

자영이 엄마가 지레짐작으로 넘겨짚는다.

"어떤 사람이 혹시 무진회사(국민은행 전신) 정 지점장이 아니었어?"

사금자는 약간 망설이다가 대답한다.

"맞아. 정 지점장 그 사람하고 같이 있었어."

정 지점장은 자영이 엄마도 잘 알고 있는 사람이었다. 사금자는 무진회사의 큰 고객이었고 모든 거래는 정 지점장을 통해 이루어지고 있었다. 사금자는 자영이 엄마에게도 정 지점장을 소개하였고, 그녀 역시 정 지점장을 통해 수천만 원의 예금을 하고 있었다.

"아이고 어떻게, 그런 일이 있었어!"

그녀는 이 말 한마디 하고는 입을 다물어 버렸다.

"태종이 재산도 내가 뺏은 게 맞아."

병실은 쥐 죽은 듯이 조용했다. 밖에도 주기적으로 지나가는 자동차 소리만 들릴 뿐 고요했다. 하늘에는 반달이 구름을 타 넘으며 서쪽으로 기울고 있었다. 둘은 아무 말도 하지 않고 침묵으로 서로를 더듬고 있었다. 사금자의 두 눈에서는 눈물이 흘러내리고 있었다. 사금자의 눈물을 보자 자영이 엄마는 용기를 주듯이 몇 마디 한다.

"옛날 일이야. 35년도 훨씬 넘은 일이야. 용서를 빌면 되잖아."

사금자는 별 반응이 없다.

"금자야, 나하고 같이 빌면 돼. 같이 빌자 금자야."

그래도 사금자의 반응이 없었다. 자영이 엄마도 목이 타는지 물 한 모금을 마시고 혼잣말처럼 중얼거린다.

"늦지 않았어. 줄 거 다 돌려주고, 진심을 다해서 용서를 빌면 되는 거야. 금자야 걱정하지 마. 내일 내가 절에 가서 불공을 부탁해 볼게."

사금자는 울고 있으면서도 자영이 엄마가 하는 말을 다 듣고 있었다. 사금자는 자영이 엄마의 '다 돌려주고 진심을 다해서 용서를 빌면 된다.'는 말에 귀가 쫑긋했다.

"금자야, 나하고 절에 같이 갈 수 있지?"

사금자는 대답 대신 고개를 끄덕인다.

그러자 자영이 엄마는 자신 있게 사금자에게 제안을 하나 한다.

"금자야, 너 태종이 재산 뺐었다는 그 지분 다 돌려줄 수 있지?"

사금자는 대답은 하지 않고 자영이 엄마 얼굴을 빤히 쳐다보았다.

"생각해 봐. 이제 네가 그 재산 있어 봐야 죽어서 가지고 갈 수 없고, 네가 난 자식들은 모두 다 잘살고 있으니 이젠 옛날처럼 네가 꼭 도와주어야 할 의무도 없을 것이고, 이젠 셋 모두 너 도움이 없어도 잘살 거야. 이제 와서 금자 너에게 하는 말이지만 큰애 태종이가 너한테는 뻣뻣하게 굴었지만 집안에 큰일이라면 손발 벗고 너를 도왔고 네가 낳은 동생들에게도 그만하면 형 노릇 오빠 노릇 잘해 왔잖아. 금자 네가 이젠 태종이 손을 잡아 줄 때가 온 것 같다."

자영이 엄마는 사금자의 반응을 알아보기 위해 하던 말을 멈추었다. 그러나 사금자의 입은 꼼짝도 않고 있었다.

"금자야, 내 말이 듣기 싫어?"

그래도 사금자는 대답이 없었다.

"난 금자 네가 맘 편히 해야 된다는 생각에서 하는 말인데."

사금자는 아직도 요지부동이었다. 병원 복도 귀퉁이에 세워 놓은 괘종시계가 땡땡 두 번 울렸다. 병실 안은 두 노인의 숨소리만 간헐적으로 들릴 뿐 적막했다.

3. 관리인 선택

이태종의 아버지가 사망하자 자식들 간의 재산 다툼으로 집안이 풍비박산이 났으며, 풍비박산의 원인은 사금자의 재산 갈취로부터 시작되었다. 그녀의 갈취 수법들은 교묘했다. 남편이 사망하자 남편이 갖고 있던 예지동 상가건물의 지분 25%를 친아들인 이태수의 몫으로 만들었다. 이렇게 하기 위해서 우선은 남편의 사망 일을 30일이나 늦추어 잡고 한 달 후에 사망 신고를 하였다. 그러고 나서 남편이 살아 있을 때 이태수에게 예지동 상가건물 지분을 직접 증여했다는 형식을 갖추었던 것이다.

두 번째는 의붓아들인 이태종의 정기 적금을 당사자 몰래 해약하고 그 금액 전부를 사금자 자신의 명의로 정기 예금으로 바꾸어 놓았다. 이태종의 아버지는 상가건물 임대료 중에서 10%는 이태종의 몫으로 적금 통장을 개설하여 6년 넘도록 불입하고 있었다. 1억 원 목표인 10년 만기 통장은 이태종이 분가를 대비해 만든 것으로 이태종이 결혼하고 사회에 진출하면 그때 주기로 약속했던 것이다.

이태종은 이 통장 발행 은행과 통장번호 그리고 개설 날짜와 만기일을 그당시 부친의 요구에 의해 그의 일기장에 기록해 놓았다. 이태종은 부친의 장례식을 끝내고 20여 일이 후에 은행에 가서 통장 번호를 적고 주민등록중을 직원에게 내밀었다. 은행 여직원은 이렇게 말했다. "어머니께서 직접 적금을 해약하고 수표 한 장으로 인출해 가셨습니다." 사금자는 남편의 인장이나 인 감 그리고 자식들의 인장도 모두 그녀가 갖고 있었다. 사금자는 부부 혹은 자 식이라는 미명하에 마음대로 서류를 도용하고 남편의 재산과 의붓자식의 통 장까지 갈취했던 것이다. 이태종은 그 즉시 사금자를 찾아가 통장을 달라고 요구했으나 돌아오는 말은 이러했다. "그 통장에 들어 있는 돈은 너의 아버지 빚 갚는다고 모두 다 썼다. 너도 알 거다. 빚 받아 간 사람은 천금당 김성일 사장이다. 이것 봐라. 김 사장이 써 준 영수증이 여기 있다." 사금자는 이태종 이 올 것이라고 대비하고 있었던 것 같았다. 이태종은 돌아가신 아버지의 빚 을 갚았다는 말에 더 이상 할 말이 없었다.

이태종은 이러한 사실을 친구인 강상빈과 의논하였었다. 강상빈은 이태종 의 고등학교 동창으로 법과대학 법학과를 졸업했으며 몇 해 전에 사법고시에 합격하여 사법연수원에서 연수생 생활을 하고 있었다. 친구 강상빈은 이러한 사실을 알게 되었지만 당시에는 이태종에게 큰 도움을 줄 수가 없었다. 그 둘 은 그 이후 이태종은 직장에서 차장으로 강상빈은 변호사로 사회생활에 여념 이 없었다. 그들은 퇴근 후에 자주 만나서 이 문제로 고민하였고 결국 해결을 위해 검찰에 고발하기로 했다. 고발은 친구 강상빈이 서류를 직접 작성하여 검찰에 제출하기로 했다. 이태종은 김상빈이 요구하는 모든 서류를 준비했 다. 강상빈은 대학 3년 선배인 정직한 검사에게 이 문제를 부탁했다. 정직한 검사는 강상빈 그가 사법시험 준비하는 동안 많은 도움을 주었던 선배였다. 정 검사가 고발 서류를 면밀히 검토한 후 내사에 착수한 것은 그 후로부터 2 개월 후였다.

강상빈은 미국의 한 변호사 법인 회사 입사하게 되었고 이태종을 정직한 검 사에게 소개시켜 주었다. 이태종은 정직한 검사가 만나자고 요구하면 언제든지 만났고 그때마다 그가 묻는 말에 답했고 또한 사건이 진행되는 과정도 잘 알게 되었다. 경찰이 이미 다각적인 수사는 끝내고 사금자의 사건을 검찰로 송치되어 있었다. 정 검사가 경찰에서 송치된 사건 내용을 검토하는 과정에서 사금자의 사문서 위조, 횡령 그리고 절취까지 범하고 있음을 적나라하게 드러났다.

수사 과정에서 사금자는 또 하나의 큰 범죄가 있다는 사실을 알게 되었다. 그녀는 예지동 상가건물을 원재료 금과 은을 납품하던 김성일 회장에게 1975년 건물 전체를 넘겼다가 3년 후 1978년 다시 사금자 자신의 명의로 그 상가건물을 구입했고, 그리고 4년 후 1982년 그 상가건물을 딸인 이정빈에게 명의 신탁한 사실이 있었음을 찾아냈다. 그리고 1998년부터 상가건물은 이선빈의 이름으로 등재되어 있었다. 이뿐만 아니라 남편 이성열이 금고에 보관하고 있던 원재료 구입자금 1억 2천만 원 현금도 도난당한 사실도 드러났다. 이 자금도 사금자가 직원들 몰래 빼내어 상가건물 다시 구입하는 데 사용했던 것이다. 정직한 검사는 이 사건을 법원으로부터 압수수색 영장을 발부받아 사금의 자택과 예지동 상가건물 사무실 그리고 금은방 건물을 동시에 압수수색을 진행하려고 계획을 잡고 있었다. 그러나 수색 전에 미진한 사항을 당사자인 사금자에게 알아보려고 형사들을 시켜 현장에 급습했을 때 사금자는 자택이나 사무실, 금은방에 어디에도 없었다. 사금자는 그녀 자신이 내사를 받고 있는 사실을 경찰서의 한 형사를 통해 미리 알아차렸던 것이다. 검찰은 경찰을 동원하여 사금자를 수배하였으나 그녀의 행방은 찾을 수가 없었다. 그녀는 수배 이틀 전에 아들이 있는 미국으로 도망쳤던 것이다. 후에 검찰은 미국에 있는 아들에게 연락하여 사금자의 소식을 물었으나 이태수는 모친의 행방을 모른다고 대답하였다. 정직한 검사는 이 사건을 법원에 기소하였으나 피고인의 행방불명으로 재판은 열리지 못하고 중지 상태에서 23년을 넘기고 있었던 것이다.

　원래 이 상가건물은 이태종과 부모 즉 세 사람의 공동명의로 되어 있었다. 큰아들인 이태종의 지분이 반이고 나머지 반은 사금자와 그녀의 남편이 반반씩 보유했었다. 본래 이 상가건물은 이태종의 할아버지가 장손인 이태종에게 상속된 명지 논밭 6만 평과 문중에서 관리하던 명지 돌산을 담보로 하여 마련한 은행 융자와 이성열의 자금으로 구입한 것이었다. 그래서 이태종의 부친인 이성열은 상가건물을 자신과 큰아들 이름으로 반반씩 하여 등기하려고 했었다. 그러나 아내인 사금자가 반대하는 바람에 자신의 지분에서 아내에게 1/2의 지분을 나누어 주고 이 상가건물의 지분을 조정 등기하였던 것이다. 이후 이 상가건물은 사금자의 하수인이었던 제3자에게 매도되었고 그리고 3년 후 사금자가 이 상가건물을 다시 매수하는 수법으로 변칙 거래했던 것이다. 사금자는 미국으로 도망가기 전에 이 상가건물을 이정빈에게 명의신탁하여 16년 동안 관리를 맡겼었고 이정빈이 미국으로 이주하게 되자 이정빈에 막내 이선빈에게 명의신탁을 하게 되었고 이후 이선빈은 8년이 넘도록 이 상가건물을 관리해 오고 있었다. 이선빈 명의로 등재된 이 상가건물의 임대료 수입은 사금자와 반반씩 나누어 가지고 있었다. 1/4의 지분만을 가지고 있었던 사금자는 이렇게 온갖 거짓과 편법으로 취득한 이 상가건물은 세월이 흐르면서 엄청난 금 노다지가 된 것이다.

　예지동 상가건물이 서울시 재개발사업에 포함되면서 그 값어치는 천정부지로 뛰었다. 이 상가건물을 매입하려는 건설업체도 한 곳에서 세 곳으로 늘어났다. 이정빈을 제외하고 사금자가 서울에 이미 도착하여 서울 모처 병원에 입원하고 있다는 사실을 알고 있는 자식들은 아무도 없었다. 막내딸 이선빈조차도 모르고 있었다. 처음부터 이정빈은 사금자의 서울 귀환을 비밀리에 추진하였던 것이다.

여기에는 이정빈의 철저한 계략이 숨어 있었다. 이정빈은 그녀의 계획이 완성될 때까지 시금자의 서울 귀환을 비밀로 하기로 시금자와 그리고 자영이 엄마로부터 다짐을 먼저 받고 시작했던 것이다. 이정빈은 의사와 변호사 입회하에 시금자로부터 위임장을 받고 이선빈을 상대로 차명 물건 환수를 위한 소송 준비를 하고 있었다. 시금자의 병실은 일정에 의해 당분간 특실로 옮겨져 있었다. 시금자를 중심으로 네 사람이 둘러앉아 있었고, 정 변호사는 시금자의 유언장을 작성하고 있었다.

"시금자 할머니, 바로 앞에 앉아 있는 이정빈 씨는 시금자 씨와 어떤 관계입니까?"

"내가 낳은 큰딸입니다."

"호적상 큰딸은 이태빈이 아닙니까?"

"그 애는 내가 낳지 않고 내가 받아들인 전처 큰딸입니다."

"여기 이분은 누구입니까?"

"의사 선생님입니다."

"그리고 여기 옆에 앉아 있는 분은 누구입니까?"

"내 친구 자영이 엄마입니다."

"저는 정병호 변호사입니다. 시금자 할머니께서 말씀하신 유언장은 완성되었습니다. 이 서류 밑에 배석하신 모든 분들의 주소와 성명 그리고 주민등록증을 기재하고 차례대로 도장을 찍거나 도장이 없으시면 손도장 혹은 사인을 해 주시기 바랍니다."

정 변호사는 서류를 검정 가방에 챙겨 넣으면서 한마디 더 했다.

"예, 수고들 하셨습니다. 제가 여기서 할 일은 이제 끝났습니다. 저는 이제 가 보겠습니다."

정 변호사는 자리에서 일어났다. 이정빈은 밖으로 나가는 정 변호사를 따라 나섰다.

"부장 판사님 수고하셨습니다."

"수고는요. 제가 할 일인데. 이 교수님 지금은 저는 부장판사가 아니고 정 변호사입니다."

"아 예, 습관이 되어서요. 앞으로는 정 변호사님으로 불러도 되겠지요?"

"그럼요. 그렇게 하셔야죠."

그들은 병원 건너편 한옥식으로 꾸며진 한국 전통 찻집으로 들어갔다. 자리에 앉자마자 정 변호사가 가방에서 서류 뭉치를 꺼냈다.

"이 교수님, 이제 소송 준비는 다 되었습니다."

"변호사님, 이 서류가 소송 준비 서류 그건가 봐요."

"예. 그렇습니다."

변호사는 차를 한 모금 마시고 컵을 내려놓으면서 서류 뭉치를 이정빈에게 펼쳐 보였다.

"환수 받기 위한 준비 서류입니다. 그럼 이 사건의 경위를 대략적으로 정리한 것을 읽어드리겠습니다. 의뢰인 사금자는 별지 목록 기재 부동산을 1978년 6월 30일에 매수하여 소유하고 있었으며, 위 부동산을 이선빈에게 명의신탁을 하여 두었습니다. 그 경위는 사금자 자신의 첫째 딸(호적상 둘째 딸) 이정빈에게 명의신탁을 하여 두었다가 다시 이를 이정빈이 이선빈에게 명의신탁하는 형식을 취하였습니다(첨부 등기부등본 1매 참조). 한편 사금자는 1982년 아들 이태수의 초청으로 미국으로 건너가 이태수와 10년 동안 같이 살았고 그 이후는 딸 이정빈과 10년간 같이 살다가 2006년 여름 건강이 좋지 않아 귀국하였습니다. 본인 사금자는 그동안 최종 명의수탁인 이선빈이 관리하던 상가건물을 팔아서 자신의 2남 3녀 자식들에게 알맞게 배분하려 했으나 이선빈이 반대하여 만부득이 소송을 제기하게 되었는데……."

정 변호사는 계속하여 약 10분간 읽다가 서류를 통째로 이정빈에게 넘겨주었다. 이정빈은 안경을 두 번이나 닦아 가면서 서류를 한 장 한 장씩 넘기고 있었다. 이정빈의 소송 서류 검토는 거의 1시간이 지나서야 끝이 났다.

"변호사님, 이 소송이 시작되면 언제쯤 끝날 수가 있어요?"

"그야 피고 측에서 대응하기에 따라 다를 수가 있어요. 예를 들면 1심에서 패소 후에 피고 측에서 1주 내 항소장을 제출하지 않으면 10일 이내에도 끝날 수 있고요. 피고 측에서 항소장이 제출되고 소송기록 접수통지서를 받게 되면, 통지 받은 날로부터 20일 내에 항소 이유를 제출해야 합니다. 이 기간을 불변기간이라 하여, 만약 20일을 넘겨 버리면 항소는 바로 기각됩니다. 그리고 피고 측에서 항소 이유서가 제출되면 나머지 재판과정은 상소를 한다고 하여도 특별한 상황이 발생하지 않는다면 일 년 이내에서도 이 재판이 끝날 수 있습니다."

"변호사님, 소송 서류가 매번 꾸며질 때마다 제가 확인을 하여야 합니까? 소송 서류 내용도 제가 보는데 어렵게 쓰여 있지만 매번 미국에서 나올 수가 없어서요."

"아니요. 오늘은 그간 이 교수께서 말씀하신 내용 중에서 빠진 것이 있나 없나 확인하면 되는 것이고 다음부터는 꼭 그럴 필요는 없습니다."

"예, 변호사님만 믿겠습니다. 그리고 저는 이 소송이 빨리 끝났으면 좋겠어요."

이정빈의 간곡한 바람이었다. 그녀는 오늘 정 변호사를 만나기 전에 오전에 부동산 중계사의 소개로 대형 건설사의 전무를 만났었다. 상가건물이 있는 이곳이 재개발지로 서울시로부터 승인이 나자 자신들의 회사가 수주 건설회사로 선정되기 위해 건설회사 간에 경쟁이 치열하게 벌어지고 있었다. 그중에서도 대형 건설회사 두 곳이 자신들의 지분 확보를 위해 이 상가건물이 경쟁 대상이 되어 서로 눈독을 들이고 있는 터였다. 그 자리에서 이정빈은 매매 조건을 별도로 제시하며 그 조건이 받아들여지면 상가건물 환수가 끝나는 대로 계약을 할 수 있다고 말했다. 이정빈의 별도로 제시한 상가건물 가격은 350억 원이며 매매 조건은 다운 계약서로 300억 원으로 조정하며 나머지 50억은 영수증 없이 별도로 이정빈이 지정하는 사람에게 현금으로 지불하여야 된다는 내용이었다. 건설회사는 이정빈의 매매 조건을 흔쾌히 받아들였다. 이정빈은 이 목적을 달성하기 위해 어머니를 비밀로 한국으로 귀국시켰던 것이다. 이렇게 이정빈의 50억 원을 취득하기 위한 계획은 순조롭게 잘 진행되고 있었다. 정 변호사는 이정빈이 빨리 끝났으면 좋겠다는 말에 한마디 한다.

"특별히 빨리 끝나야 할 이유라도 있습니까?"

"아니요. 어머니가 아프고, 연세도 있고 해서요."

이정빈은 상가건물 매매 조건은 정 변호사에게도 비밀로 하고 싶었다.

"그렇지요. 어머니께서 몸이 많이 아프시죠."

정 변호사는 의사의 소견서를 이미 읽어서 사금자의 병세를 알고 있었다. 사금자와 막내딸과의 소유권 이전등기 청구의 소는 이렇게 시작되고 있었다.

한편 그 시각에 사금자의 병실에서는 큰일이 벌어지고 있었다. 사금자의 막내딸 이선빈이 사금자가 입원해 있는 병원으로 찾아온 것이다. 그녀는 원무과에서 자신의 호적초본을 내보이고 누가 자신의 어머니를 이 병원에 입원시켰는지 확인하고 병실로 올라온 것이다. 병원 기록지에는 자영이 엄마가 사금자의 보호자로 되어 있었고, 그리고 자영이 엄마의 딸 선자영이 사금자의 간병인으로 적혀 있었다. 입원 당시 이정빈이 미국에 거주한다는 이유로 서울에 살고 있는 친구이자 한 살 위 언니뻘인 자영이 엄마가 이정빈의 요청에 의해 보호자로 지정되어 있었다. 병실에는 사금자를 돌보는 자영이 엄마 외에 아무도 없었다.

"엄마, 왜 여기 있어? 누가 엄마를 서울로 보냈어?"

이선빈이 갑자기 들이닥쳐 성질부리며 하는 말에 사금자는 눈만 껌벅거리며 고개를 창가 쪽으로 돌리고 막내딸을 외면한다. 이선빈은 창가 쪽을 바라보고 있는 사금자를 향해 다시 한번 소리친다.

"엄마 왜 여기 있어? 누가 엄마를 서울로 보낸 거야?"

병실이 이선빈의 등장으로 불안하고 산만해졌다. 그 상황을 지켜보던 자영이 엄마가 선빈에게 한마디 한다.

"야야, 너 엄마는 중환자다. 중환자한테 그렇게 소리 지르면 안 된다. 할 이야기가 있으면 조용조용히 말해라. 이렇게 크게 소리지르면 환자한테 안 좋다. 여기에 앉아서 차분히 얘기하거라."

"아줌마, 아줌마는 제3자이니까 빠지세요!"

"야야 무슨 말이고. 내가 너 엄마 제일 친한 친구이고 언니고 너 엄마 보호자다."

이선빈은 어이없다는 듯이 자영이 엄마를 바라보며 음성을 높인다.

"보호자라고요? 그럼 나는 버린 자식이고요? 나는 막내딸이라고요. 막내딸한테 보호자 소리 그만하시고요. 아줌마 필요 없고 보호자도 필요 없어요. 우리 엄마는 내가 지키겠으니, 아줌마는 보호자 타령 그만하고 나가세요!"

자영이 엄마도 일갈하듯 고성으로 내지른다.

"뭐라고? 너의 엄마가 왜 나를 보호자로 지정했는지 아나?"

이선빈은 그녀의 말에 약간 주춤했다.

"너 엄마는 또다시 자매간에 싸우는 것을 못 본다고 하더라. 너 그전에 너 언니 미국에 가기 전에 상가건물을 너 앞으로 등기해 놓고 가라고 서울에 잠시 왔던 너 엄마 앞에서 머리채 잡고 싸운 적이 있었다며? 이번에 너 엄마가 그 건물을 팔아서 5남매에게 알맞게 배분해 주어야 되겠다고 하더라. 그러기 위해서는 자기 자신을 지켜 줄 사람이 필요한데 그게 나라고 했다. 자식들은 하나같이 욕심이 많아서 믿을 수가 없다고 했다. 내가 왜 너 엄마 보호자가 됐는지 이제 알겠냐? 그리고 너 요 몇 달 전에도 너 언니가 서울에 와서 그 건물을 팔아서 엄마 병원비 쓰고 5남매에게 똑같이 나누자고 했더니 너 언니하고 심한 몸싸움까지 해서 경찰서 갔었다면서? 너 엄마가 다 알고 있어요. 제발 이제라도 너 엄마가 하는 대로 편하게 놓아두어라. 제발 그래라. 이제 나도 여기저기 많이 아픈 사람이다. 엄마를 보았으니 할 말이 있으면 조용히 더 하고 없으면 가거라. 더 이상 떠들고 환자를 괴롭히면 보안요원을 부를 것이다."

그러나 이선빈은 자영이 엄마의 말에 놀라거나 긴장하기는커녕 오히려 그녀로부터 또 다른 동정을 듣기 위해 더 심한 말로 그녀의 부화를 돋군다.

"아줌마, 아줌마가 정빈 언니 하수인이에요?"

"너 그거 무슨 말이고? 너 엄마 언니에게 뭣이 하수인이냐고? 그게 나한테 할 말이가?"

자영이 엄마가 화가 많이 나 있었다. 이선빈은 이번엔 빈정거리는 투로 자영이 엄마로부터 보다 많은 정보를 더 얻기 위해 그녀를 더욱 더 압박하고 있었다.

"그럼 아니면 정빈 언니 모사꾼이 되었나요? 어쩜 정빈 언니가 했던 말처럼 똑같아요?"

"뭐가 너 언니 했던 말과 똑같다는 말이고?"

그때 사금자가 그녀의 손을 잡으며 작은 소리로 말했다.

"자영이 엄마, 놓아두세요. 저 성질 아무도 못 말려요. 나한테도 생각이 있으니 놓아두세요."

사금자가 그녀의 귀에 대고 속삭이는 모습을 본 이선빈은 더 큰 목소리로 소리를 지른다.

"엄마, 이제 보니 엄마도 정빈 언니하고 짠 거야? 왜 셋이 한통속이 되어 나를 괴롭혀?"

이선빈은 큰 소리로 울기 시작했다. 우는 모습을 엄마에게 보여 주기 위해 더욱 열심히 우는 아이처럼 이선빈은 자신의 남편과의 힘들었던 지난 일을 생각하며 울음소리는 크고 길게 이어졌다. 간호사와 보안요원이 병실로 달려와서 사태수습 후 사금자를 물리 치료실로 옮겨져서야 이선빈의 울음이 끝났다. 혼자 울고 있던 이선빈은 더 이상 울 필요가 없어졌다. 이선빈은 무슨 생각을 했는지 길 건너에 위치한 함흥식당으로 건너가서 회냉면과 소고기 수육을 사금자의 병실로 배달시켰다. 물리치료가 한 시간 이상 걸린다는 것을 알고 그 시간 대에 배달하라고 돈을 치르고 그녀는 곧장 집에 가고 있었다. 이선빈은 오늘 자영이 엄마를 통해 사금자의 의중을 더 많이 끌어내려고 했으나 중간에 병원 측의 저지로 끝났지만 그래도 상가건물을 매매하겠다는 사금자의 의중을 자영이 엄마를 통해 알아낸 것이다.

"그래 맞아. 이 모든 소행은 정빈 언니가 엄마를 꼬드긴 거야."

생각이 여기까지 이르자 이선빈은 인공폭포 주변에 위치한 장어집 주차장으로 들어가 차를 세웠다. 그녀는 장어 정식을 시켜 놓고 병원에서 있었던 일을 검토하기 시작했다.

"그래, 바로 그거야."

이선빈은 혼잣말로 중얼거렸다.

상가건물을 팔지 않고 해결 방법을 찾아낸 것이다. 그녀는 A 건설회사로 전화를 했다.

"여기 예지동 상가건물주 이선빈입니다. 최 상무님 부탁합니다."

이선빈은 최 상무의 명함을 만지작거리며 최 상무를 기다리고 있었다. 비서가 전화를 받고 보고하는 데 약 1분 정도가 걸렸다.

"이선빈 교수님 안녕하셨어요? 최 상무입니다."

"이선빈인데요. 지난번에 말씀하셨던 특별분양 이야기가 생각나서 전화드렸습니다."

"그래, 어머님하고 상의가 끝났어요?"

최 상무는 상가건물에 대한 내역을 예전에 이 교수로부터 들어서 어느 정도 알고 있었다.

"아니요. 언니가 어머니를 조정하여 상가건물을 B 건설회사에 팔려고 하고 있어요."

"그래요. 그러면 이 교수님 생각은 어떠한지요?"

"저야, 지난번에 최 상무님과 이야기한 것도 있고 해서 상무님과 거래하고 싶죠. 그런데 언니가 먼저 손을 쓰고 있어요."

최 상무는 잠시 통화를 멈추고 누구를 호출하는 소리가 들렸다. 부하 직원을 부르는 것 같았다. 잠시 후에 최 상무가 밝은 소리로 말했다.

"이 교수님, 우리가 그런걸 예견하여 두 가지 방안을 준비하고 있었습니다. 한 가지는 어떻게 하든 어머니로부터 건물 문서를 받아내는 것이고, 이것이 안 되면 또 하나의 방법은 상가건물의 사전 가등기를 우리 회사 명의로 해 놓고 2년 아니 이제는 1년 9개월이 되겠네요. 그때까지만 기다리고 이 교수님 명의로 새로운 문서를 발급 받으면 됩니다. 그렇게만 되면 이 교수님은 우리가 지정한 분양회사와 사전에 조율하여 특별 분양을 받을 수 있게 할 것입니다. 그리고 우리의 설계도면에 의하면 이 교수님 땅 바로 위에 37층 복합 건물이 세워질 것이고, 이 교수님은 이 건물 지하 1층 전체와 지상 1, 2층 전체를 소유하게 될 것입니다. 이렇게 되면 지금 소유하고 있는 귀금속 상가 건평보다도 더 많은 귀금속 상가를 확보하게 되는 것입니다. 대신에 대지 면적은 많이 줄어들 겁니다. 이 교수님께서 우리의 제안에 동의하시면 나머지 일들은 우리가 알아서 진행하게 되므로 이 교수님은 재산을 안전하게 키우는 셈이 되는 것이지요."

"그런데 최 상무님, 조합이 결성되고 승인까지 났으니 분양까지 가려면 앞으로 얼마나 더 기다려야 하나요?"

"이 교수님, 우리는 앞으로 3년 정도로 보고 준비하고 있습니다."

"너무 오래 걸리는 거 아니에요?"

"아이고 이 교수님, 이대로만 가도 빠른 것입니다."

"예, 최 상무님. 잘 알았습니다."

"어떻든 이 교수님의 결정은 빠를수록 좋습니다."

"예, 그렇게 하도록 해 보겠습니다."

건설회사 최 상무의 제안 설명은 이선빈의 마음을 설레게 할 정도로 매우 흡족했다. 이렇게 된다면 그녀는 국내 최대의 보석 상가를 보유하게 되는 것이다. 이선빈은 오늘도 혼자 먹는 밥이지만 그래도 오늘 저녁밥은 입맛을 당기고 있었다.

사금자는 한 시간 지나서 자영이 엄마가 밀어주는 휠체어를 타고 병실로 돌아왔다. 병실에는 병원에서 나오는 저녁 식사가 탁자에 놓여 있었고 그 옆에 테이블에는 이선빈이 배달시킨 도가니탕 두 그릇과 수육 한 접시 그리고 여러 반찬이 먹음직스럽게 차려져 있었다.

"저게 뭐야? 도가니탕과 수육이잖아? 누가 왔었나?"

자영이 엄마가 먼저 보고 하는 말이었다. 테이블 한 귀퉁이에 하얀 쪽지가 접혀 있었다. 그녀가 쪽지를 사금자 손에 쥐어 주었다.

"엄마, 미안해. 엄마가 좋아하는 음식! 맛있게 드세요. 막내딸 선빈."

사금자는 가슴이 뭉클했다.

"누가 놓고 간 쪽지야?"

자영이 엄마가 궁금한 듯 물었다.

"막내. 내가 좋아하는 걸 잊지 않고 차려 주고 갔네요."

사금자는 선빈의 저녁상에 감동을 받는 듯 눈시울이 젖어 든다.

"우리 막내가 성질머리는 저래도 잔정은 있어요."

사금자는 자영이 엄마에게 하는 말인지 자신에게 하는 말인지 분간이 안 갈 정도의 작은 소리로 중얼거렸다.

4. 분배의 원칙

회진 시간이 되어 의사가 간호사와 함께 병실로 들어왔다.

"할머니, 어떠세요?"

사금자는 산소 마스크를 끼고 있었다.

"좋아요. 그런데 이게 답답해요."

그녀는 산소 마스크를 가리키며 대답했다.

"어디 가슴을 앞으로 내밀어 보세요."

청진기를 환자복 속으로 넣고 이리저리 움직였다.

"할머니 숨을 크게 들이마시고 참아 보세요."

사금자는 숨을 크게 들이마시고는 꾹 참았다.

"예, 좋아요. 다시 한 번만 숨을 크게 들이마시세요."

사금자는 또 한 번 크게 숨을 들이마시고 참았다.

"예, 할머니. 많이 좋아졌어요. 이제는 마스크를 떼어도 되겠어요."

사금자는 많이 좋아졌다는 의사의 말 한마디에 기분이 좋아지는 듯했다. 그녀는 걷지 못하는 것과 혈액 투석하는 것을 빼면 예전보다 더 좋은 상태를 유지하고 있었다.

"약 드시는 거 시간 잘 지켜서 드셔야 됩니다."

그녀는 고개를 두 번 끄덕였다. 의사와 간호사는 병실에서 나갔다. 자영이 엄마도 집에 가서 한숨 자고 온다며 자영이를 병실에 남겨 두고 밖으로 나갔다. 자영이가 따뜻한 차 한 잔을 올려놓는다.

"아줌마, 의사 선생님이 이제는 이 차를 마셔도 된다고 했어요. 조금씩 천천히 마시세요. 그러면 몸이 훨씬 더 잘 풀릴 거예요."

자영이는 환자가 마시게 좋게 손잡이를 그녀의 오른쪽으로 놓아주었다.

"자영아, 저기 저 가방 속에서 내 핸드백 갖다주렴."

자영이는 병실 구석에 놓여 있는 큰 가방을 열고 핸드백을 꺼내어 그녀가 앉아 있는 침대 위로 올려놓았다.

"자영아, 이 차 한 잔 마시는 동안 밖에 나가서 좀 쉬고 오너라."

자영이는 괜찮다고 몇 번 거절하다가 사금자의 거듭되는 말이 요청인 듯싶어 병실을 나갔다. 병실에는 사금자뿐 다른 사람은 아무도 없었다. 그녀는 핸드백에서 중간 크기의 수첩을 꺼냈다. 거기에는 그녀가 꼭 필요한 내용들이 적혀 있었다. 수첩을 들여다보며 정 변호사가 했던 말이 떠올랐다.

"앞으로 1년 6개월이 지나면 차명으로 관리되고 있는 상가건물은 법적으로 이선빈 씨 재산이 될 수가 있습니다. 그러니 자식들에게 알맞게 재산을 나누어 주기 위해서는 명의수탁자인 이선빈의 이름이 등기상에서 지워지고 사금자 씨 이름으로 다시 등재 환원하는 것이 먼저입니다. 그리고 환원소송에서 승소해야 할머니께서 원하는 대로 자식들에게 알맞게 재산을 분할하여 나누어 줄 수가 있습니다. 이 서류가 그 소송 서류입니다."

사금자는 수첩에 뭔가를 한 자 한 자 적기 시작했다. 정성스럽게 기록하는 데 30여 분이 걸렸다. 사금자는 식어 있는 차 한 모금을 목으로 넘겼다. 8년 전에 이 상가건물 관리권을 서로 갖겠다고 정빈과 막내가 심하게 다투던 때가 있었다. 또다시 그런 싸움이 벌어지면 어떻게 하지? 지금까지 조용하던 사금자의 마음이 뛰기 시작하며 불안해진다. 그녀의 가슴속을 향해 이태수와 이정빈 그리고 이선빈의 항의가 빗발쳐 오는 듯했다. 사금자는 두 손으로 가슴을 짓누르며 혼잣말로 중얼거렸다.

"그래도 반은 태종이 꺼야. 내가 벌어 놓은 일이니 내가 정리하여야 해. 그렇게 해야 해."

사금자는 이를 악물며 결심을 굳혔다. 사금자는 중간 크기의 수첩을 핸드백으로 집어넣었다. 자영이가 여름 과자 한 봉지를 사 들고 병실로 들어왔다. 봉지를 뜯으며 아이스 케이크 하나를 꺼내어 사금자에게 주었다. 팥이 듬뿍 들어간 아이스 케이크였다.

"이거 아줌마가 좋아하는 아이스 케이크 맞죠?"

사금자가 반가워하며 오른손으로 받는다.

"이거 내가 좋아하는 걸 어떻게 알았지?"

자영이도 아이스 케이크 하나를 들고 있었다.

"옛날에 이거 우리 엄마하고 내기까지 하면서 드셨다면서요?"

"그래 맞아. 감천당 아이스 케이크. 여름엔 이것이 최고였어. 내기하면 내가 많이 이겼지."

자영이도 들고 있던 아이스 케이크를 깨물어 씹는다.

"그런데 가끔은 우리 엄마가 일부러 져 주기도 했다던데요?"

"바로 이 맛이야. 이거 남겨 두었다가 너 엄마한테도 주자."

"예. 많이 남아 있어요. 근데 아줌마는 투석하기 때문에 하루에 한 개 이상은 안 돼요."

"나도 알아요. 인이 많다며. 근대 내가 살면 얼마나 산다고."

자영이는 가제수건으로 사금자의 턱에 묻은 팥물을 닦아 주며 한마디 한다.

"들은 얘긴데요, 요즘은 당뇨에도 좋은 약이 많고 투석기도 좋아서 아줌마는 관리만 잘하면 10년도 넘게 살 수가 있대요."

"10년도 넘게? 그렇게 오래 살아서 뭘 해?"

"아줌마, 아줌마는 큰 재산을 가지고 있잖아요?"

선자영도 미국에서 사금자와 같이 살면서 그녀의 재산이 미국과 한국에 많다는 것을 그녀의 모친으로부터 들어서 잘 알고 있었다. 그뿐만 아니라 상가건물로 인하여 형제자매 간에 큰 싸움이 벌어지고 있다는 것도 잘 알고 있었다.

"큰 재산? 그거 조상님들 재산을 이용해서 만든 거야. 그러니까 조상님 거지."

"아줌마, 왜 그렇게 생각하세요. 아줌마 재산 맞아요."

사금자는 말을 멈추고 자영이의 얼굴을 얼마간 쳐다보다가 입을 열었다.

"자영이 엄마는 참 좋겠다. 어디서 이렇게 맘씨 고운 딸을 낳았을까?"

자영이는 자신이 하고자 했던 말을 계속했다.

"아줌마, 지금은 특별히 쑤시거나 아프지는 않으니까 얼마든지 즐길 수가 있어요. 그러니 이제부터는 돈도 아낄 생각 마시고 미국에서 같이 살 때처럼 서울에서도 좋은 데도 놀러 다니면서 재미있게 같이 살아요. 그리고 아줌마가 퇴원하면 우리 집에 있을 수 있도록 엄마가 방 하나를 크게 넓히고 있어요. 우리 엄마는 이제 여생의 꿈이 하나 생겼다는데 그게 순수한 우정을 나누고 있는 아줌마를 저세상에 편안하게 가시게 하는 거래요. 그래서 저도 힘이 모자라는 엄마를 도와서 아줌마에게 최선을 다하기로 결심한 거예요. 근데 우리 엄마가 먼저 타계할지도 몰라요."

차분하게 이야기해 주는 자영이가 고맙고 기특했다.

　　[서울이 이렇게 좋고 편한데 미국에서 내가 왜 그 고생을 하며 힘
　　들게 살았을까?]

그녀는 이렇게 생각하고 있었다. 그러나 자영이에게는 말하지 않았다.

"자영아, 고마워. 자영이도 학교 일이 많을 텐데 나 때문에 고생이 많지?"

"아니에요. 제가 어렸을 때 아줌마가 나를 많이 업어 주었다면서요?"

"그래. 그때는 네가 많이 울었었어. 그럴 때 너 엄마가 바쁘면 대신 내가 업어 주곤 했어. 넌 이상하게도 내가 업어 주면 심하게 울다가도 뚝 그치곤 했지. 지금도 자영이가 예쁘지만 그때는 더 예뻤어."

자영이는 사금자의 침대 위로 앉으며 사금자의 어깨를 주물러 준다. 자영이는 사금자를 침대에 엎드리게 하고 등부터 시작해서 팔다리까지 자근자근 손과 발을 이용해 마사지하듯이 주물렀다. 그녀는 사람의 신체 부위를 잘 알고 있었다. 그녀는 미국에서 신체 부위별 운동 방식을 공부했던 체육학과 교수였다.

"아이 시원해. 어쩌면 손이 이렇게 부드러우면서 힘이 있냐. 시원해. 목도 좀 주물러 도."

그러면서 사금자는 침대에서 일어나 앉았다.

"자영아, 태종이가 너희 가게에 자주 들렀다던데 너도 알고 있었나?"

자영이는 사금자의 목을 계속 주무르며 고개를 들어 거울에 비친 사금자의 얼굴을 쳐다보았다. 사금자의 얼굴은 밝아 보였다. 자영이는 이태종과 사금자의 관계를 엄마가 하는 이야기를 들어서 오래전부터 어느 정도 잘 알고 있었다. 둘 사이는 서로가 싫어한다는 것도 잘 알고 있었다. 그래서 자영이는 얼른 대답을 못 하고 약간 망설였다.

"그럼요, 알고 있었어요. 그 오빠는 우리 가게에 오면 홍어나 소고기로 만든 냉면보다 가자미 식해로 만든 이북식 냉면을 좋아했어요. 사금자 어머니가 해 주던 그대로의 맛이라며 항상 곱빼기로 시켜 드시곤 했는데요."

자영이가 하는 말에 사금자의 마음이 약간 덜컹했다.

"그리고 저보고 막냇동생이라며 내 동생들에게 못 주었던 용돈이라며 대신 받으라며 가끔씩 주시곤 했는데요."

그녀의 가슴은 또 한 번 물결처럼 일렁거렸다.

[난 너무 오래 살고 있는 거야. 이젠 마음까지도 늙었어.]

사금자는 속으로 이렇게 말하고 있었다.

나는 산이 좋다.
오늘도 이곳엔 소리도 색깔도 어제와 같은 게 없다.
그렇게 오른다.
오르다 힘들면 앉아서 이래저래 저것들 건들다 가자.
산이 좋아 저 멀리 얼굴 내밀며
흙 냄새 풀 냄새 바람 길 따라
하늘과 한 짝이 되어 오늘도 오른다.
내일 가 힘들면 이럭저럭 오르다,
긴 숨, 저기 내 님 무덤에 두고 가자.

자영이 엄마가 오늘은 자작시 한 구절을 읊으며 산 소식을 가지고 사금자의 병실로 들어왔다. 그녀들의 4월은 우정의 계절로 꾸미고 있었다. 자영이 엄마는 사금자에게 산자락과 산등성이에 핀 벚꽃, 개나리, 진달래 그리고 산수유 이야기를 들려주며 사금자를 휠체어에 태우고 병원 뜰을 거닐다가 작은 연못으로 향했다. 며칠 전에 참개구리가 알을 낳고 있었던 연못이다. 늪처럼 알맞게 꾸며진 작은 연못에는 여기 저기에 알 덩어리가 물위에 떠 있었다.

"아구야 개구리 알이네. 아이구 많이도 낳았네. 우리 동네 어른들은 이른 봄에 개구리 알을 먹으면 몸에 좋다고 온 산을 찾아다니곤 했는데. 그 사람들이 보면 모두 건져 가겠지?"

옆에서 같이 보고 있던 자영이 엄마도 한마디 했다.

"그 사람들은 이미 죽었겠지. 지금까지 살고 있겠어?"

"그렇지. 그때가 언젠데. 세월을 모르고 한 이야기네."

사금자는 한숨을 크게 내쉬었다.

"나도 그래. 세월이 흘러도 마음은 그대로라서 그래. 저게 뭐야? 참개구리가 죽어 있네."

자영이 엄마가 가리키는 그곳을 바라보니 참개구리가 죽어 있었다. 참개구리의 수명은 약 10년이다. 그리고 보면 죽은 참개구리는 마지막 알을 다 낳고 죽은 것이다.

"아구야 저 새끼들은 누가 지켜 주지?"

"다 살아가는 방법이 있다. 저 봐라. 저 큰 덩어리는 물 한가운데 있다. 아무도 저곳까지는 침범 못 한다. 그런데 요 물가에 있는 것들은 누구의 밥이 되겠다."

두 노인네의 계속되던 개구리 이야기는 사금자의 이 말에서 끝나 버렸다.

"자영이 엄마, 내 아이들을 오라고 해야겠어요."

사금자와 자영이 엄마는 왔던 길을 되돌아 병실로 향했다.

4월 말이 되자 사금자는 조금씩 걷는 연습을 시작했다. 그녀의 하루 활동 반경도 날이 갈수록 조금씩 넓어지고 있었다.

이정빈은 미국으로 들어가기 전에 상가건물소송 건에 대한 마지막 점검을 하기 위해 정 변호사와 식사를 하고 있었다.

"정 변호사님, 이번 소송이 끝나고 승소하면 저 상가건물을 어떻게 처리하면 좋을까요?"

그는 이정빈의 묻는 말에 대답을 못 하고 머뭇거렸다.

"변호사님, 저 상가건물을 팔아서 현금으로 나누어 갖는 게 나을까요? 아니면 지분으로 나누어 갖는 게 나을까요?"

정 변호사는 그제야 그녀의 물어보는 의도를 이해한 듯했다.

"그야 팔아서 현금으로 나누어 갖는 것이 편하죠. 지분으로 쪼게 가지려면 증여세, 취득세가 부과될 것이고 또 어머니 부양 문제가 대두되면 또 한 번 5남매 간 법정 시비가 발생될 것입니다. 그러니 현금으로 나누어 가지는 것도 약간의 문제는 있지만 그래도 모든 면에서 쉽고 편할 것입니다."

"변호사님, 약간의 문제가 있다는 것이 뭔데요?"

"아, 그거요. 현금으로 나누어 갖는 것도 법적으로 세금이 있습니다. 그러나 사금자 할머니가 상가건물을 팔아서 공시가로 인정하는 만큼의 양도세를 내고 현금을 갖고 있다가 자식들에게 알맞게 나누어 주고 돌아가시게 되면 누가 이의를 걸지 않은 한 그것으로 끝날 수가 있습니다."

이정빈은 잘 알았다는 뜻으로 고개를 끄덕였다.

"변호사님, 제 몫을 받으면 서초동 법원 근처에 법률 사무소를 위한 건물을 하나 짓고 싶은데 어떻게 생각하세요."

"참 좋은 생각입니다. 지금은 서초동 그 일대 땅값이 싸고, 적당한 법률 전용 빌딩이 그곳에 별로 없어요. 좋은 생각이라고 판단되는데 혹시 누구의 도움을 받고 계신 겁니까?"

"예. 건설회사 사장하고 이야기하다가 그런 생각을 해 봤어요."

건설회사 사장은 종로나 명동보다 땅값이 저렴한 서초동을 적극 추천했었다.

"예. 건설회사 사장들은 땅값에 대해서 예민하니까 앞을 내다보고 하는 말일 겁니다. 어떻든 누가 하든 그곳에 법률 전용 건물이 세워지면 인기가 있을 겁니다."

이정빈은 정 변호사의 이야기를 들으면서 또 하나의 확신을 갖게 되었다.

"그럼 변호사님도 제가 그곳에 건물을 지으면 그곳으로 올 수 있는 것이지요?"

"그럼요. 저도 변호사 사무실을 서초동 법원 근처로 옮길 생각을 하고 있었어요."

이정빈은 만족한 웃음을 지으며 마무리 말을 했다.

"변호사님, 미국에서 정년이 되면 더 이상 연장하지 않고 서울에서 살려고 해요. 변호사님 많이 도와주세요."

"저야 당연히 그렇게 해야죠. 이 교수님도 친지들에게 많이 소개해 주세요."

이정빈은 식사가 끝나자 정 변호사와 헤어지고 사금자가 입원하고 있는 병실을 찾았다. 그리고 사금자에게 다짐을 받고 있었다. 그녀 역시 딸의 이야기를 자세히 듣고 있었다.

"엄마, 저 상가건물 엄마 이름으로 되면 얼른 건설 업자에게 처분해 버려야 해. 그렇지 않으면 엄마가 힘들어져. 엄마는 이제 남은 생을 좋은 환경에서 살 수 있도록 내가 책임지고 만들어드릴 테니 걱정 말고 내가 이야기한 대로 그렇게 할 수 있는 거지?"

사금자는 대답을 즉시 않고 옆에 있는 자영이 엄마를 쳐다보았다.

"금자야, 나는 잘 모르겠는데 정빈이 말도 맞는 것 같다. 그런데 금자야, 나는 네가 생각하는 게 더 중요하다고 생각한다."

"그런데 소송 서류는 접수했나?"

사금자는 정빈에게 위임한 소송 건 진행이 궁금했었다.

"그래요. 접수 끝내고 정 변호사님하고 식사까지 했어요."

이정빈은 소송 접수증을 사금자에게 보여 주었다.

"그럼 재판은 언제부터 시작되는 것이고?"

사금자는 법정에서 막내와 싸움을 하여야 한다는 생각에 벌써부터 마음이 떨린다.

"아 그거, 한 달 이내에 막내에게 연락 가면 그때부터 시작이야. 근데 엄마는 하나도 걱정할 것이 없어. 이 건은 엄마가 나에게 명의신탁했다가 내가 막내 선빈에게 명의신탁으로 그대로 넘긴 물건이기 때문에 막내가 아무리 발버둥 쳐도 우리가 확실히 이긴다고 했어요. 그러니 엄마는 아무 걱정 말고 병원에서 치료만 잘 받고 있으면 돼요."

확실히 이긴다는 정빈이 말에 사금자는 막내딸 생각에 가슴이 아려 옴을 느끼고 있었다.

"금자야, 이제 약 먹을 시간이다."

사금자는 9개의 약을 한 번에 삼키다 입속에 몇 개가 남았는지 물을 더 달라고 입을 벌리고 있다. 자영이 엄마는 컵에 남아 있는 물을 사금자에게 먹였다.

"약이 늘었네요. 무슨 약이 더 추가된 거예요?"

그녀는 처방전을 보여 주며 대답했다.

"이뇨제하고 혈액 순환제가 추가됐다."

그때 병실 전화기에서 소리가 울렸다.

자영이 엄마가 전화를 받고 한 손으로 수화기를 막고 사금자를 바라봤다.

"선빈이다. 전화 바꿔 줄까?"

사금자가 손사래를 치며 거절했다.

"엄마가 지금 전화를 받을 수 없으니 나중에 전화했으면 좋겠다."

자영이 엄마는 몇 마디 더하고 수화기를 제자리에 놓았다.

"정빈아, 내가 말을 미처 못 했는데 그제 선빈이가 이곳에 와서 난리를 피우다가 갔다."

이정빈은 당황하는 기색이 역력했다.

"어떻게 알고 왔었어요?"

"그건 나도 모르겠다."

이정빈은 무슨 생각을 하다가 전화 다이얼을 돌렸다.

"선빈아, 나 언니야. 나 엄마 병실에 있어."

이선빈은 아무 말도 하지 않고 전화를 끊어 버렸다. 이정빈은 또다시 전화를 했다.

"너한테 꼭 할 말이 있어. 중요한 내용이야. 전화 끊지 말고 들어 봐. 네가 꼭 알아야 해."

이선빈은 전화를 끊지 않고 듣고만 있었다.

"상가건물 문제로 너를 만나서 꼭 상의해야 하는데 오늘 좀 만나자."

엄마 이름으로 소송을 제기했다는 말은 하지 않았다.

"상가 문제라면 만날 필요 없어. 지난번에 이미 다 끝난 이야기야."

이선빈은 전화를 또다시 끊어 버렸다.

이정빈은 미국으로 가기 전에 막내를 직접 만나서 상가건물을 팔자고 설득하고 싶었다. 선빈이 동의하면 소송도 취하할 수 있다고 얘기하고 싶었다. 그리고 상가건물이 매각되는 즉시 5남매가 알맞게 나누어 갖자고 말하고 싶었다. 그러나 마지막 시도는 끝난 얘기가 되어 버렸다. 이정빈은 선빈을 상대로 말로는 안 되겠다는 결심을 갖게 했다.

이선빈 역시 상가건물 문제라면 어떻게 하든 시간을 끌면서 1년 반 이상을 넘기자는 생각뿐, 그 누구도 만나고 싶은 생각이 없었다.

그리고 한 달 후 이정빈은 답답한 마음을 안고 미국으로 떠났고, 이선빈은 법원에서 보내온 예지동 상가건물 반환청구소송 서류를 받고 까무러칠 정도로 몹시 놀랐다. 이선빈은 서류를 모두 읽고 나서 손발이 떨리고 가슴이 답답하여 자신이 쓰러질 것 같아 책상 모퉁이를 힘주어 잡았다. 그리고 눈물과 아우성을 동반한 분노가 폭발했다. 엄마가 밉고, 언니는 마귀 같고 모두 다 내 편이 아닌 것만 같았다. 그녀는 불안하고 초조하고 죽을 것만 같았다. 그날 이선빈은 누구에게 선물할 양주 두 병을 전부 마시고 실성하고 말았다.

이틀이 지나서야 이선빈은 침대에서 일어나 겨우 정신을 차릴 수가 있었다. 이선빈은 바로 그날 사금자가 입원하고 있는 병원으로 가서 호적 초본을 내밀며 자신이 막내딸이라는 것을 입증시키고 자영이 엄마를 보호자에서 빼내고 자신을 사금자의 보호자로 만들었다. 그리고 사금자가 입원하고 있는 병실로 향했다. 자영이 엄마가 큰 딸기를 반으로 잘라서 사금자에게 하나씩 집어서 먹여 주고 있었다.

"아줌마, 이제 가세요. 이제부터는 내가 할 테니까 집으로 가세요. 그리고 병원도 옮길 거예요. 옮기는 병원 알고 싶으면 모레 오세요."

이선빈이 갑자기 들이닥쳐 일방적인 말에 자영이 엄마는 어안이 벙벙했고 사금자는 눈을 부라리며 막내딸을 쳐다봤다.

"너 선빈이 이거 무슨 말이고? 나보고 집에 가라고?"

자영이 엄마는 젓가락을 손에 쥔 채로 침대에서 내려와 이선빈과 마주 섰다.

"나보고 지금 집에 가라고 했나? 네가 나보고 집에 가라 마라 말할 자격이 있나?"

자영이 엄마는 여차하면 한바탕 싸움도 할 판이었다.

"나보고 자격이 있냐고요? 그래요. 나는 사금자 씨 막내딸입니다. 그거면 자격이 있잖아요? 그러면 딸로서 엄마를 모실 수 있는 충분한 자격이 있잖아요?

딸이 모시겠다는데 아줌마가 뭔데 그렇게 토를 다세요? 병실에서 나가세요!"

"너 병실에서 이렇게 고성을 지르고 난장판 치면, 너 언니 정빈한테 전화하고 병원 보안요원도 부를 것이다."

"전화하시든 보안요원을 부르든 아줌마 마음대로 하세요. 나는 오늘부터 엄마 간병인을 따로 구할 때까지 엄마 옆에서 내가 지킬 테니 제발 나가 주세요. 안 그러면 잡아 끌어 내칠 거예요."

이선빈의 목소리는 점점 높아졌다. 그러면서 이선빈은 힘으로 자영이 엄마를 옆으로 약간씩 밀쳤다. 자영이 엄마는 약간씩 밀려나면서 소리를 질렀다.

"야, 이것이 나를 힘으로 미네. 어디서 어른한테 하는 짓이고. 이거 가만두지 못해? 내가 다치면 너 감옥 간다."

큰 싸움으로 변질될 일촉즉발의 순간에 사금자가 머리 위에 있는 비상벨을 눌렀다. 간호사와 보안요원이 병실로 급히 달려왔다.

"할머니, 무슨 일이에요?"

간호사가 환자의 두 손을 잡으며 묻는 말이었다.

"저 애를 내보내 주세요. 늙은 사람을 죽일 것 같아요."

약간 떨리는 듯한 사금자의 목소리였다. 보안 요원이 서로 밀치고 밀리는 이선빈과 자영이 엄마 사이를 겨우 떼어 놓았다. 그러면서 보안 요원이 이선빈의 두 팔을 잡고 문가로 끌어당겼다.

"아저씨, 왜 이러세요? 내가 저 환자의 막내딸이라고요. 내가 보호자인데 왜 이러는 거예요? 이거 놓아요!"

이선빈은 보안 요원을 보고 악을 쓰며 고래고래 소리를 지른다. 자영이 엄마도 가쁜 숨을 쉬며 이선빈을 향해 소리를 지른다.

"아프고 힘든 중환자 앞에서 무슨 꿍꿍이가 있어서 이 난리를 쳐. 너 이년! 너 엄마 재산을 통째로 가로채려고 이 짓거리하는 거지?"

그래도 분이 안 풀리는지 자영이 엄마는 사금자를 향해 한마디 더 한다.

"야 금자야, 정신 똑바로 차리고 저 애를 잘 봐라. 자칫하면 큰일 난다. 어서 태수도 부르고 정빈이도 불러라. 그래서 저 짓거리하는 저 애 앞에서 엄마의 위험을 보여야 한다. 저게 도대체 뭐고. 내가 살다 살다 왜 이런 욕을 봐야 하니?"

자영이 엄마는 힘에 부치는지 눈물을 흘리고 있었다. 이선빈 역시 고래고래 악을 쓰다 소리 내어 울기 시작한다. 경찰과 담당 의사가 오고서야 사태가 진정되었다. 다음 날 자영이 엄마는 이정빈에게 전화를 하여 전날에 있었던 사건에 대해 낱낱이 전해 주었다. 그러나 이정빈은 뜻밖에 엉뚱한 말을 하여 그녀를 놀라게 했다.

"아줌마, 또다시 와서 그렇게 소란을 피우면 엄마를 모시라고 하세요."

자영이 엄마는 자신의 귀를 의심했다.

"야 정빈아, 그게 무슨 말이고? 너 엄마는 나하고 같이 살고 싶다고 해서 네가 그렇게 결정했었고 지금 나는 너 엄마가 퇴원하면 나하고 같이 살려고 우리 집에 큰방을 수리하고 있었는데. 너 그거 무슨 말이고?"

이정빈은 차분하면서도 여유로운 목소리로 자영이 엄마를 설득했다.

"아줌마 그 애는 자기가 한번 한다면 꼭 하는 아이예요. 그런데 걔는 엄마를 오래도록 모시지 못할 게 뻔해요. 나중에는 엄마가 아줌마하고 같이 살 수가 있게 될 테니 또 한 번 그러거든 지는 척하고 양보하세요. 걔는 절대로 엄마를 오래 모실 수 없어요."

이정빈의 말에 자영이 엄마는 할 말이 없어졌다. 그러면서 자신의 딸과 이 집의 딸들은 달라도 너무나 많이 다르다는 생각을 했다.

"아줌마, 다음 달 중순에 태수 오빠하고 같이 서울로 엄마 보러 가기로 했어요. 저가 그렇게 하자고 제안했어요. 그런데 오빠나 저 역시도 엄마를 곁에서 모실 수가 없으니 선빈이가 모시겠다고 하면 그렇게 할 수밖에 없어요. 그러니 아줌마, 너무 걱정 마세요."

이정빈은 어머니의 문제로 친오빠 이태수와 사전에 어떤 의견 교환이 있었던 것 같았다. 이정빈은 이렇게 말하고 전화를 끊었다. 이선빈은 그 후 병원에 여러 번 찾아왔었고 자영이 엄마는 이정빈의 말한 대로 지는 척하며 이선빈에게 사금자를 잘 모셔야 한다고 했다. 자영이 엄마는 이선빈과 싸우기에는 너무나 늙었음을 인정하는 것 같아서 쓸쓸하기도 하였지만 어쩔 수 없이 안타까운 마음을 남긴 채 스스로 접기로 하고 사금자를 설득시켜야만 했다. 사금자는 그때 그녀의 손에 들고 있던 가방 하나를 자영이 엄마에게 건네 주었다. 그 가방에는 사금자의 수첩이 들어 있었다. 수첩 속에는 변호사와 이야기했던 분배에 대한 내용도 적혀 있었다.

"근데 이 가방을 왜 나에게 주는 거고?"

"잘 보관했다가 태수가 오거든 태수에게 전해 줘요."

사금자의 목소리는 힘이 없었다.

"알았다. 근데 태수가 서울에 언제 오는지 알고 있었나?"

사금자는 태수가 분명 한 번은 서울에 올 것이라고 믿고 있었다. 사금자는 눈만 깜박거릴 뿐 말이 없었다. 자영이 엄마는 더 이상 묻지 않았다. 이선빈은 영등포 중심에 위치한 큰 종합 병원으로 그녀의 엄마 사금자를 입원을 시켰다.

5. 엄마는 누구 편이야

이선빈은 자신의 뜻대로 어머니를 큰 병원으로 모셔오기는 했지만 환자를 돌본다는 것은 결코 쉽지가 않다는 것을 일주일이 지나자 그녀의 몸이 말하여 주고 있었다. 그녀도 보조 침대에 누어서 영양제 주사를 맞아야만 했다. 그녀는 누어서 세 번째로 지원한 간병인 면접을 보고 있었다.

"아줌마, 몇 살이에요?"

"52살입니다."

"고향은 어디에요?"

"중국 심양입니다."

"학교는 어디까지 졸업했어요?"

"여기로 치면 여자 고등학교까지 졸업했지요."

"남편하고 아들딸들이 있어요?"

"남편은 죽었고요, 딸 하나가 있습니다."

"아줌마, 특별히 잘하는 것이 있어요?"

"잘하기보다는 안마사 자격증이 있습니다."

"그럼 지금 나를 안마할 수 있어요?"

"할 수는 있지만 링거주사를 꼽은 상태에서는 곤란합니다."

이선빈은 간호사를 불러서 주사를 뽑도록 했다. 그리고 면접인에게 안마를 받기 시작했다. 얼마 후에 그녀는 안마 결과에 만족해하며 면접인에게 말을 했다.

"아줌마, 월급으로 식비 포함 100만 원에 상여금은 별도로 드리겠으니 저희 엄마를 간병할 수 있겠어요?"

면접인은 약간 놀라는 투로 대답했다.

"우리 월급은 식비 포함 70만 원입니다. 월급 100만 원은 너무 많습니다."

"아줌마, 월급을 더 주고 고용하는 데는 그만한 이유가 있어요. 월급 더 받는 거 싫어요?"

그녀는 잠자코 있었다. 이선빈은 면접인의 이력서와 글씨체를 보면서 다음 말을 이었다.

"아줌마, 저희 어머니를 간병하는 것 외에 간병인 일기를 매일 기록하고 그것을 나를 만날 때마다 주셔야 합니다. 그렇게 할 수가 있겠어요?"

"그런데 그 간병인 일기를 어떻게 쓰면 됩니까?"

"그날그날 엄마 병세와 약 복용하는 약, 그리고 환자가 요구하는 거, 뭐 대체로 이렇게 쓰면 됩니다. 아, 그렇지요 누가 방문을 했을 때는 그 사람이 환자와 무슨 말을 하는지 그 이야기를 알아내고 일기에 꼭 적어야 합니다. 그렇게 할 수 있지요?"

"그럼요. 그런 거쯤이야 할 수 있습니다."

그녀는 생각보다 머리회전은 빠른 편이였다. 이선빈이 원하는 대답이었다.

"아줌마 다음주 월요일부터 나오세요. 월급은 후불이고 고용 기간은 1년이고 아줌마가 잘하면 더 연장도 가능합니다."

"선생님 감사합니다. 열심히 하겠습니다."

그녀는 가고 이선빈은 사금자 옆으로 의자를 당기고 앉았다.

"엄마, 아까 면접 볼 때 엄마도 보았지?"

사금자는 말을 않고 고개만 한 번 끄덕였다.

"그 여자 나이가 오십둘이니 젊은 편이고, 얼굴도 그만하면 예쁘고, 글씨체도 좋고 특히 마사지 솜씨가 보통이 아니었어요. 엄마가 어디 아프거나 불편하면 주물러 달라고 하면 좋을 것 같아요. 그러니 엄마도 간병인을 잘 부리도록 하세요."

사금자는 무슨 말을 하려다가 그대로 입을 다물어 버린다.

"엄마 할 말이 있으면 해 봐? 왜 말 하려다 말고 그러는 거야?"

그때 사금자는 크게 한숨을 쉬며 입을 열었다.

"태수, 태수가 보고 싶으니 오라고 해라. 앤드류도 같이 오면 좋겠다."

이선빈은 엄마의 말에 약간 놀라기는 했으나 이내 마음을 진정시켰다. 이선빈이 생각하기에 엄마의 병세가 좋지 않거나 아니면 그 반대로 좋은 상태에 있다고 생각했다. 그러나 엄마가 갑자기 태수 오빠와 앤드류를 찾는 것을 보면 뭔가 있을 것만 같았다. 우선은 엄마에게 말을 더 시켜 보는 것이 좋겠다고 생각했다.

"엄마, 엄마가 원하니까 전화는 하겠는데 내 생각은 태수 오빠는 병원 일로 못 온다고 할 것 같고, 모르지. 엄마가 위독하다면 올케언니를 대신 보낼지. 엄마가 잘 알고 있잖아. 태수 오빠는 융통성 없는 거. 그 오빠는 병원 일과 공부하는 거 외에는 관심이 없잖아. 지금도 모든 거 다 올케의 주도하에 생활할 걸. 오빠 집에 다녀온 사람들은 모두 다 그렇게 이야기하더라고요. 전화해서 올케언니가 온다고 하면 어떻게 해? 엄마 그래도 태수 오빠한테 전화해야 해?"

이선빈은 이태수에게 전화하고 싶은 생각이 없었다.

"내가 많이 아프다고 해라. 그리고 내가 태수하고 앤드류만 찾는다고 해라. 너 올케는 필요 없다. 아마 오라고 해도 내가 싫어서 안 올 거다."

"그런데 엄마, 태수 오빠한테 무슨 말을 하고 싶은 것이 있지?"

사금자는 막내가 또 무슨 구실을 삼아 괴롭힐까 봐 대답을 않고 머뭇거렸다.

"엄마, 오빠한테 할 말이 있는 거지? 괜찮아. 말해 봐."

"없다. 그냥 보고파서, 너무 보고파서 그렇다."

사금자는 아들 이태수를 본 지가 5년도 넘었다. 이선빈은 사금자의 대답이 긴가민가했으나, 그래도 그녀는 핸드폰으로 미국 시카고에 있는 이태수의 병원으로 전화했다.

"오빠 나야, 선빈이. 잘 있었어요?"

이태수는 막내로부터 몇 년 만에 걸려온 전화라 반가워할 것 같았는데 덤덤한 말투였다.

"Yeah, it's me. It's always like that. How about you?"

(응, 나야 항상 그래. 너는 어떠냐?)

"오빠, 여기 한국이야. 한국말로 해요."

"그래 알았어요."

"오빠, 나는 요즘 정빈 언니하고 엄마 땜에 조금 힘들어."

이태수는 정빈과 선빈이 다투고 있다는 것을 알고 있었다.

"뭐 때문에 전화한 거야? 내가 지금 좀 바쁘거든."

"오빠, 엄마가 오빠 보고 싶대요. 오빠, 서울에 올 수 있어요?"

"당장은 안 되고, 내달 초에 정빈이하고 어머니 뵈러 서울 가기로 했으니 자세한 것은 정빈 언니한테 물어봐라. 지금 회진 시간이라 바쁘다."

이태수는 레지던트와 인턴 그리고 간호사 둘과 함께 회진 중이었다. 정빈이란 언니 이름이 오빠 입에서 나오자 선빈은 섬뜩하고 오싹했다.

"오빠 알았어요. 오빠 잘 있어요."

오빠와 하고 싶은 말이 더러 있었으나 지금은 아니라는 생각이 들어 이내 전화를 끊었다. 이선빈은 눈으로는 창밖을 보고 있었지만 얼굴은 넋 나간 사람처럼 보였다. 정빈 언니가 이미 오빠를 만나고 있었다는 사실에 선빈의 머리는 지근지근 아파 오기 시작했다.

"태수가 뭐라 했나?"

사금자 우두커니 서서 창밖을 보고 있는 막내에게 하는 말이다.

"어, 어. 엄마, 태수 오빠가 서울에 온대요."

"언제 온다고 하던?"

"다음 달 초에 정빈 언니하고 같이 온대요."

"왜 정빈이하고 같이 온대?"

"그건 나도 몰라요."

이선빈은 이태수가 이정빈과 서울에 같이 오는 목적을 대충 짐작할 수는 있었지만 그것을 엄마에게 말할 수는 없었다.

"앤드류도 같이 오라고 했나?"

"아니, 오빠가 회진 중이고 바쁘다고 해서 그 말은 못 했어요."

"그럼 내일이라도 다시 전화해서 같이 오라고 해라."

이선빈은 엄마 말에 화가 치밀기 시작했다.

"엄마, 그렇게 친손자를 보고 싶으면 직접 엄마가 전화하세요."

사금자는 딸이 신경질적으로 퍼붓는 말에 고개를 돌렸다.

"엄마, 왜 나를 상대로 고소했어?"

사금자는 가슴이 덜커덩 내려앉는 듯했다.

"말해 봐. 무슨 생각으로 나를 고소했냐고요?"

그녀의 음성이 점점 높아지기 시작했다. 사금자의 몸이 움츠러들면서 마음이 불안해진다.

"엄마, 그거, 그 건물 나에게 말로 증여한 거 아냐?"

그녀는 아니라고 말하고 싶었지만 입을 꼭 다물고 있었다.

"엄마, 그거 알아? 지금 그 건물은 텅텅 비어 있어서 도둑놈 소굴 같고 그 일 대가 폐허 상태로 방치되어 있어요. 그렇게 된 지가 1년도 넘어요. 세입자들에 게 보증금을 내준다고 내가 얼마나 힘들었는지 엄마는 알아? 보증금들 받아 서 엄마도 가졌잖아. 그걸 전부 내가 갚았다고요. 왠지 알아요? 내가 엄마한 테서 증여 받을 거라고 생각했기 때문에. 그런데 엄마가 되돌려 달라고 막내 딸을 상대로 고소해요. 내가 엄마한테 뭐를 잘못했는데 그 짓거리를 해요?"

이선빈은 크게 소리 내며 울기 시작했다. 이선빈이 이러는 걸 보고 있노라 면 사금자의 젊었을 때와 거의 흡사했다. 다만 다른 것이 있다면 사금자는 어 른들이 무서워 조용히 울기만 했지만 이선빈은 막무가내식 떼를 쓰며 크게 소리 내어 운다는 것이다. 이선빈의 울음 소리가 어찌나 애절하고 크게 들리 는지 카운터 쪽에 있던 간호사 2명이 병실로 달려 들어왔다.

"할머니, 어디가 많이 아프세요?"

한 간호사가 사금자의 침대 곁으로 다가왔다. 사금자는 말이 없고 눈매가 휑해 보이고 얼굴이 많이 피곤한 듯했다. 간호사가 사금자의 손을 잡으며 또 다시 천천히 말을 했다. "할머니, 어디 많이 아프세요?"

사금자는 말 대신 고개를 양옆으로 흔들었다. 그때 또 한 간호사가 울고 있 는 이선빈에게 말을 걸었다.

"보호자님 할머니에게 무슨 일이 있으세요?"

이선빈은 울음을 그치며 대답했다.

"아니요. 가정사 문제로 엄마하고 조금 다투는 중이었어요."

"보호자님 사금자 할머니는 중환자입니다. 절대 안정이 필요한 환자입니다. 환자 앞에서 소리 지르거나 울면서 자극을 주시면 안 됩니다. 보호자님 이제 진정하시고, 환자를 위해서 앞으로 이러시면 안 됩니다."

간호사의 말에 이선빈은 울음을 멈추었다.

"죄송해요 간호사님. 예, 조심할게요."

한 간호사는 혈압기로 할머니의 혈압을 체크한 후에 고개를 흔들었다.

"할머니, 혈압이 200에 100이에요. 그리고 맥박도 100이 넘어요. 머리 아프지 않으세요?"

사금자가 대답했다.

"아파요. 머리가 아프고, 여기가 더 아프고 숨도 잘 쉴 수가 없어요."

사금자는 간호사의 손을 잡고 자신의 가슴을 만지게 했다. 선빈은 간호사에게 그렇게 말하는 엄마를 보고만 있었다. 간호사 서로 간에 무슨 대화가 있은 후 한 간호사가 의사에게 전화를 했다. 의사의 지시가 내려진 것 같았다. 두 간호사는 서둘러 병실 밖으로 나갔다. 벽에 걸려 있는 시계는 저녁 9시 반을 가리키고 있었다. 사금자는 기침을 하기 시작하며 목에 뭐가 걸린 듯한 느낌에 칵칵 소리 내며 가래를 밖으로 내뱉으려고 애를 썼다. 이선빈이 핸드백에서 손수건을 꺼내 엄마에게 건네자 사금자는 손을 내 저으며 옆에 놓여 있는 휴지를 몇 장 빼내고 거기에 가래를 뱉었다. 사금자는 기침하기가 힘든지 눈에는 눈물이 흐르고 있다. 남자 간호사가 수레에 산소 통을 끌고 병실로 급히 들어왔다. 간호사가 산소 호흡기를 사금자의 코에 끼우고 산소 통에 연결했다. 얼마 후에 사금자는 기침을 멈추고 머리 쪽을 올려 준 침대에 누우며 눈을 감았다. 사금자의 두 눈에는 여전히 눈물이 흐르고 있었다.

"할머니, 조금 전보다 편하세요?"

간호사는 휴지로 사금자의 눈물을 눌러 주었다.

사금자는 코 막힌 소리로 대답했다.

"예, 좋아요. 고마워요."

"할머니, 이젠 됐어요. 이거 조금 답답하더라도 빼시면 안 돼요?"

사금자는 고개를 끄덕이고 간호사는 코에 끼워진 호흡기 줄을 가지런히 챙겨 가슴 쪽으로 내려 주었다.

"의사 선생님이 지금 다른 급한 환자를 보고 있어서 그 환자 진료가 끝나는 대로 이곳으로 오신다고 했어요. 그 환자도 중증환자라 시간이 좀 걸린다고 했어요. 그때까지 보호자께서 잘 지켜봐 주세요. 만약 무슨 일이 발생되거든 비상벨을 눌러 주세요."

"예, 간호사님."

이선빈은 간단하게 대답했다. 밤 열 시를 넘긴 병실은 아까와는 달리 조용해졌다. 똑딱거리는 시계 소리가 오히려 크게 들리는 듯했다. 밖에서 앰뷸런스 소리가 점점 크게 들려온다. 누군가가 또 한 사람이 구급차에 태워져 응급실로 들어오고 있다. 이선빈은 병실 문 옆에 세워 두었던 보조 침대를 끌어서 환자의 침대 옆으로 붙이고 나무로 짜 맞춘 작은 장문을 열고 담요와 이불을 꺼냈다. 하얀 운동복으로 갈아입은 그녀는 침대로 올라갔다.

"엄마, 오늘은 엄마 손 잡고 이야기하다가 자고 싶어."

그러면서 사금자의 손을 잡았다.

"엄마, 엄마 손이 왜 이렇게 차가워? 꼭 얼음을 만지는 거 같다."

사금자가 손은 빼려고 하자 선빈은 더욱 세게 엄마 손을 잡아당겼다. 사금자는 딸이 하는 대로 내버려 두었다.

"엄마, 내가 엄마 손을 따뜻하게 해 줄게."

이선빈은 자리에서 일어나 사금자의 두 손을 잡고 비비기를 반복했다. 사금자의 손은 하얗고 얇아서 핏줄이 선명하게 보일 정도였다. 사금자는 누워 있는 자세로 막내딸이 그렇게 하고 있는 모습을 보고 있노라니 그 옛날 꼬마 선빈이의 어린 모습이 떠올라 눈을 감았다.

영하 10도가 오르내리던 한겨울 어느 날, 마포 나루터 앞에 스케이트장이 개장되어 사금자는 다섯 살 된 막내딸 선빈이와 종로 5가에서 마포 종점까지 가는 전차를 탔다. 어린 선빈은 처음 타는 전차에 신이 나서 창밖을 내다보며 별의 삼형제 동요를 야무지게 부른다. 아이의 눈에 들어온 풍경들이 빠르게 지나간다.

"어른들, 아이들, 노란 차, 빨간 차, 검은 차, 불자동차도 지나가네. 전차도 지나가네."

어린 선빈은 작은 두 손으로 손뼉까지 치며 떠들어댄다.

"엄마, 엄마, 우리 어디까지 가는 거야?"

"마포 종점까지."

"마포 종점이 뭐야?"

딸이 말하는 표정이 너무나 귀엽다.

"이 전차가 맨 끝까지 가서 서는 곳. 거기가 마포 종점이야."

어린 선빈은 알겠다는 뜻으로 고개를 끄덕인다.

"마포 종점에 가면 거기서 여의도 비행장도 보인다. 선빈이 비행기가 뭔지 알지?"

"하늘에서 날아다니는 거."

손가락으로 위쪽을 가리키며 대답하는 게 앙증맞다.

"그래 맞아. 마포에 가서 강 건너에 있는 비행장도 보자?"

선빈이는 신이 나서 창틀을 잡고 깡충깡충 뛴다. 큰 눈과 하얀 얼굴을 가진 어린 선빈은 정말 예뻤다. 보는 사람들마다 한마디씩 했다.

"아이고 어쩌면 저렇게도 예쁘고 복스럽게 생겼을까?"

지나가는 말 같지만 듣는 엄마 입장에서는 행복했다.

옛 생각에 기분이 좋아진 사금자가 입가에 미소를 지으며 입이 살며시 벌어졌다.

"엄마, 엄마 웃는 거야? 이렇게 손을 비벼 주니까 좋아?"

갑자기 들리는 선빈의 목소리에 사금자는 화들짝 놀라며 아름다웠던 그날의 회상을 접어 버렸다.

"으응. 그래 좋아."

사금자는 얼떨결에 이렇게 대답하였다.

"엄마, 이제는 손이 많이 풀렸어. 어디 발도 봐야겠어요?"

엄마의 양말을 벗겼다.

"어이구 발도 많이 차네."

이선빈은 뼈가 앙상하게 올라온 발과 발목을 주무르며 한숨을 쉬었다. 발을 주무르기 시작한 지 10분이 지나자 사금자는 코를 골기 시작했다. 이선빈은 그제서야 홑이불을 덮고 보조 침대 위에 누웠다. 하루 종일 환자를 돌보는 일에 피곤은 했지만 엄마가 너무 야위고 가벼워졌다는 생각에 그녀의 가슴이 미어진다. 얼마간 훌쩍이다 베개에 눈물이 흥건히 적신 후에야 그녀도 잠을 잘 수가 있었다. 다음 날 아침 회진 시간이 되자 담당 의사가 엑스레이 필름 한 장을 들고 사금자의 병실로 들어왔다.

"할머니, 아침 밥은 다 드셨어요?"

의사는 환자의 얼굴색부터 먼저 살피며 묻는 말이었다.

"입맛이 없어서 남겼어요."

사금자는 느리고 작은 목소리로 대답했다.

"할머니, 할머니 아침 식사는 할머니에 맞게 고단백 식품 위주로 적은 양을 드리고 있으니 그 정도는 다 드셔야 합니다. 아침에 제가 드린 식염수로 양치질했어요? 혓바닥도 칫솔로 50번 이상은 하시고요. 오늘 아침에 그렇게 했어요?"

그녀는 그렇게 하지 않았다.

"대답이 없으신 거 보니까 그렇게 하지 않으셨죠? 내일부터는 꼭 그렇게 하셔야 해요. 그래야 입맛을 되찾게 하고, 먹는 아침 밥이 맛있고 다 비울 수가 있어요. 할머니는 지금 영양소가 많이 부족한 상태입니다."

사금자는 그 말이 옳다고 생각을 하면서도 그녀 스스로는 그렇게 할 수가 없었다.

"선생님, 오늘은 영양제 주사 한 병만 놓아 주세요."

"안 돼요."

의사는 단호하게 거절했다.

"할머니는 폐에 질환도 있지만 지난번 CT 촬영 결과가 나왔는데 간이 좋지 않아요. 간경화가 많이 진행되어 있어요. 간에 염증이 있어서 작은 덩어리가 생겨나서 간 기능이 많이 저하되어 있어요. 배에 복수가 차고 발이 부종이 생기는 것도 간경화 영향도 있어요. 그래서 할머니에게는 영양 주사보다 식단에 공을 많이 들이고 있어요. 보호 자는 잘 들으세요. 이 환자는 협심증, 신장병, 폐렴, 그리고 간경화 질환을 가지고 있어요. 그런데 협심증은 수술로 최악의 상태는 넘겼고 지금은 혈압약으로 조절하고 있으며 폐렴 치료는 지금부터 시작입니다. 이것을 보세요."

의사는 들고 있던 엑스레이 필름을 선빈에게 보여 주며 말을 계속했다.

"그리고 신장병과 간경화가 문제인데 신장이나 간은 말기 전까지도 고통을 크게 느끼지 못하는 병입니다. 그래서 환자의 콩팥이 말기에 이르기까지 증세를 몰랐던 것이고 간 역시 섬유화 조직으로 바뀌어 있었는데 전혀 증상을 모르다가 이번 CT 촬영 결과를 보고 알게 되었어요. 신장은 미국에 있을 때부터 인공신장실에서 이미 투석으로 대체하고 있으니 생명에는 당장 큰 문제는 없지만 문제는 새로 발견된 간경화가 문제인데, 한번 나빠진 간은 원상회

78

복이 어렵고 다만 질환을 느리게 진행되게 약으로 관리하는 방법밖에 없습니다. 그러니 보호자께서 이 점을 명심하여 의사의 진단과 처방에 협조해 주셔야 합니다. 보호자께서는 환자에게 지정된 횟수에 맞춰서 약을 매일 같은 시간에 드시도록 하여 주셔야 합니다.”

이선빈은 엄마가 아프다는 것은 알고 있었지만 이 정도로 많은 병을 앓고 있었는지는 몰랐다. 이선빈은 의사의 설명을 들으면서 엄마의 몸이 저렇게 야윈 것이 다 저런 병 때문이고 엄마가 얼마나 힘들었을까? 그런데도 우리는 아직까지 이렇게 불쌍한 엄마에게 도움을 청하고 있으니 얼마나 나쁜 자식들인가? 생각이 여기까지 이르자 눈물이 솟구쳐 오른다.

“선생님, 우리 엄마 불쌍해요. 우리 엄마 조금이라도 편히 오래 살 수 있게 도와주세요.” 이선빈은 흐르는 눈물을 그대로 삼키며 의사에게 간곡하게 부탁한다.

“예. 우리 병원에서는 환자를 위해 최선을 다하고 있습니다. 그러니 보호자께서는 우선 환자의 식사에 신경을 쓰셔야 합니다. 그래서 환자의 원기회복부터 먼저 하셔야 합니다.”

의사는 벽에 걸린 시계를 한 번 쳐다보더니 병실을 나갔다. 이선빈은 의사를 배웅하고 반으로 접은 침대 끝에 기대어 앉아 있는 엄마의 얼굴을 자세히 살폈다. 어떤 엄마보다도 예쁘고 아름다웠던 엄마였는데 그 얼굴은 간데 없고 주름진 얼굴에 광대뼈가 드러나 있고 맑던 눈은 퀭하고, 입가엔 팔자 주름, 머리는 새하얗게 세 버렸다. 이선빈은 자기보다 더 곱고 건강했던 엄마가 이제는 죽을지도 모른다는 생각에 너무나 두렵고 무서웠다. 엄마는 그녀에게 지금까지 버팀목 같은 존재였다. 엄마는 언제까지 자신을 지켜 주리라 믿고 있었다.

“엄마도 죽을 수 있다.”

이선빈은 단 한 번도 그런 생각을 해 본 적이 없었다. 야위고 쭈글쭈글한 엄마의 얼굴에서 죽음의 그림자가 보이는 것 같았다. 그녀는 속으로 절대 안 된다는 생각에 엄마를 와락 끌어안았다. 사금자의 몸이 으스러질 정도로 힘 있게 껴안았다.

"선빈아, 왜 이래 숨이 막히겠다."

"엄마. 조금만 가만히 있어요. 내가 죽을 것 같아요."

선빈이가 죽을 것 같다는 말에 사금자는 겁이 났다.

"왜 그래, 막내야. 어디가 아파? 선빈아, 의사를 불러야지."

선빈은 이번엔 사금자의 앙상한 얼굴에 자신의 얼굴을 비벼 댔다.

"엄마 사랑해, 엄마 미안해, 엄마 내가 잘못했어."

그때 이선빈의 핸드폰 소리가 계속 울렸다. 배 변호사의 전화였다. 이선빈이 며칠 전에 만났던 그 변호사였다. 그녀는 소송 건을 그에게 부탁했었다.

"안녕하세요 변호사님, 제가 급한 일을 하고 있어서 5분 후에 전화를 드리겠습니다."

그리고 전화를 끊었다.

"엄마 배 변호사 알지? 옛날에 내 명도소송을 맡아서 일해 주었던 그 변호사. 엄마가 서울에 왔었을 때 만난 적 있잖아?"

"알지. 그 젊고 잘생긴 변호사."

사금자는 배 변호사를 잘 기억하고 있었다. 그녀는 딸의 소송을 잘 끝마치게 해 주었던 배 변호사에게 감사의 표시로 순금 열 돈으로 만든 열쇠를 선물했던 기억도 생생했다.

"엄마, 나 그 배 변호사에게 부탁할 일이 있어서 그러는데, 밖에서 전화 좀 하고 올게. 엄마, 침대 머리 쪽을 내려 드릴 테니 잠시만 누워 있어요."

사금자는 대답 대신 눕겠다는 표시로 몸을 약간 뒤로 젖혔다. 이선빈은 전화기만 들고 밖으로 나갔다.

"변호사님, 이선빈입니다. 생각해 보셨어요?"

이선빈은 하고 싶은 말부터 먼저 꺼냈다.

"이 교수님 일이 좀 복잡하게 되어 가네요."

배 변호사의 첫마디였다.

"변호사님, 무슨 말이에요?"

"경찰이 사금자를 횡령죄로 사건을 검찰로 송치했어요. 검찰이 구속영장을 법원에 청구해 놓고 있어요. 특별히 사유가 없는 한 영장이 곧 발부될 것 같아요."

선빈은 엄마가 횡령죄라는 말에 뭐가 잘못이 있는 것 같다는 생각이 들었다.

"변호사님, 엄마에게 왜 횡령죄로 구속당하는 일이 생겨요?"

"35년 전에 사금자가 회사의 자금과 이태종의 적금을 편취하고 은닉한 사건인데, 그 자금이 당시의 금액으로 무려 3억 6천만 원이었다고 합니다. 당시 경찰이 밝힌 바에 의하면 이 금액은 당시 여의도에서 가장 비싼 최고급 아파트 76평을 18채를 살 수 있는 어마어마한 돈이며 개인 사건으로는 가장 큰 금액이라고 첨부하고 있어요. 그리고 이 사건이 검찰로 송치될 무렵 피고인 사금자는 이 사실을 미리 알아채고 아들이 살고 있는 미국 도망쳤고, 그 후 경찰과 검찰이 사금자의 행방을 추적하여 미국으로 도망간 것까지는 알아냈으나 범인 인도가 불가능하여 중단되었던 사건입니다. 그래서 도주로 인정되어 사금자의 이 사건은 계속 중지되어 묻혀 있다가 사금자가 한국에 다시 들어와 병원에 입원하게 되면서 이 사건이 다시 불거져 튀어나온 것이지요. 이 사건을 검찰청에 고발했던 사람은 이태종이고 그 당시 증거로 회사의 이중장부 이태종의 적금통장, 그 밖에 가짜 거래 명세서가 첨부되어 있었어요. 그리고 또 다른 증거로 사금자의 예금과 사금자의 모든 거래 내역 그리고 동업했던 업자들의 통장에서도 부정 거래가 있었음이 모두 밝혀져 있었어요. 이태종은 이 교수님의 큰오빠가 아닙니까? 이 교수님 이 사건에 대하여 아는 것이 없으세요?"

선빈은 한번 크게 숨을 내쉬며 잠깐 생각하고 나서 대답했다.

"예. 이태종은 제 큰오빠가 맞아요. 그런데 배다른 오빠예요. 그리고 변호사님이 이 사건에 대하여 아는 것이 없느냐고 물으셨는데, 저는 그 당시 중학생이라 어려서 모르고 있었어요. 엄마가 어느 날 태수 오빠의 초청장을 받고 미국에 간다고 했을 때 잠깐 다니러 갔다가 오는 줄로 알았지요. 나중에 알았지만 그때 엄마는 미국으로 갔지만 엄마는 오빠 집에 가지 않고 우리와도 소식을 몇 년간 끊었었어요."

배 변호사는 이선빈의 말을 듣고 나서 별 반응 없이 자신의 말을 계속했다.

"아 그랬었군요. 만약 엄마가 한국에 들어와 병원에 등록을 하지 않았더라면 이 사건은 그대로 영원히 미제 사건으로 묻힐 수 있었는데 신원 조회 중에 발각되었네요. 우리나라 형법에는 범죄를 저지른 피의자가 도피 기타 사유로 인하여 공소시효가 정지된 경우에는 공소시효가 진행되지 아니하므로 단지 달력상 기간이 지난 것만으로 공소시효가 완성되지는 않는다고 되어 있거든요. 이 교수님 엄마는 오래된 사건이라 공소시효가 끝난 줄 알았을 겁니다."

"변호사님, 엄마는 어떻게 되는 거예요?"

이선빈은 떨리는 듯한 목소리를 내고 있었다.

"재판을 받아야죠. 언젠가 형사가 영장이 갖고 갈 것이고, 출두하면 피의자 신분으로 영장 실질 심사를 받게 될 겁니다. 구속 여부가 내려지기 전에 피고의 중증 환자이며 고령이라 사실이 인정된다면 불구속 상태로 재판을 받게 될 겁니다. 그러니 사전에 구비서류를 완벽하게 잘 준비해 놓고 있어야 할 것입니다. 어떻든 사금자가 실소유주로서 이정빈에게 위임하여 제출한 명의환원소송 사건은 형사소송 건으로 인해 재판이 다소 늦어질 수 있겠습니다. 엄마를 모시고 계신다고 했죠?"

"예, 변호사님."

"형사소송 건은 이 이상 더는 말씀드릴 것은 없고요, 형사소송 건이 진행되는 상황을 참고해야 교수님이 의뢰한 사건을 처리하는 데 도움이 될 것입니다. 제 설명 이해가 되시지요?"

그러나 이선빈은 뭔가 더 알고 싶었다. 전화기를 반대 귀로 옮기며 말을 계속했다.

"변호사님, 엄마가 이 형사소송 사건에서 패소하면 태종이 오빠가 전 재산 중 절반을 가져가는 거예요?"

"절반이라는 걸 어떻게 알고 있었어요?"

"태종 오빠가 엄마를 상대로 고소한 적이 있었는데 그 당시 오빠 지분이 건물의 반이었다는 것을 이전에 어른들이 이야기하는 것을 듣고 알고 있었어요."

"그랬군요. 어떻든 당시 오빠가 반을 소유하고 있었다면 그 반은 오빠의 것이 되고 부모의 재산에서 1/5을 더 가지게 되면, 결과 적으로 이태종이 가져갈 재산은 전체의 60%가 되겠지요. 하지만 소송에는 다툼의 결과가 중요하니까 속단을 내리기는 이릅니다. 왜냐하면 이태종 역시 민사소송을 하여야만 그 재산을 찾을 수가 있는 것이지요. 그러니까 이번 형사소송 사건은 이태종의 재산을 찾아주기 위한 소송이 아니라 사금자에게 국가의 형벌권을 실현하는 절차인 것이지요. 아마도 이태종은 사금자를 상대로 별도의 민사소송 준비를 하고 있을 것입니다."

"변호사님 지금 바쁘세요? 따로 한번 만나서 도움을 받아야겠어요. 오늘 아니라도 좋으니 약속해 주세요."

이선빈은 우선은 다시 만나야 된다는 생각뿐이었다.

"예, 그러세요. 시간 나는 대로 제 사무실로 연락 주세요."

"예, 배 변호사님 그렇게 하겠습니다."

이선빈은 전화를 닫고 그 자리에 우두커니 서서 창밖을 바라보았다. 밖은 일기예보대로 큰비가 쏟아지고 있었다.

한참 그렇게 서서 창문 틈으로 들려오는 빗소리와 큰 나무 사이로 윙윙거리는 바람 소리를 듣다가 환자의 생각에 병실 문을 열었다. 사금자는 깊은 수면을 취하고 있었다. 산소 호흡기를 끼고 있는 모습이 변호사가 말한 대로 엄마는 중증 환자임에 틀림 없었다. 산소 호흡기 사이로 숨쉴 때마다 푸푸 소리가 났다. 이선빈은 잠옷 겸 운동복을 청바지와 티셔츠로 갈아입고 카운터로 향했다.

"간호사님, 지하 식당에서 늦은 저녁 하려고 가는데 806호실 환자 좀 부탁해요."

"예. 걱정 말고 다녀오세요."

간호사들이 합창으로 대답했다.

늦은 밤이라 한식당은 한산했다. 넓은 장소에 겨우 네 테이블에만 사람들이 앉아 있었다. 벽에 붙어 있는 메뉴에서 육개장을 주문했다. 그녀는 깔깔한 음식을 먹고 싶었다. 생각하지 못했던 큰오빠 이태종의 등장에 이선빈은 놀랍기도 했지만 당혹스러웠다. 먼저 엄마에게 형사소송 사실을 알려야 할 것인가 아니면 당분간 연락이 올 때까지 기다려야 하나에 대해 계산해 봤다. 좋은 생각이 나지 않아 육개장을 크게 한 숟가락을 떠서 입으로 넣었다. 고기와 토란대 그리고 야채와 고추장으로 어우러진 맛이 예전에 먹었던 그 맛에 비해 밍밍하여 제맛이 나지 않았다. 크게 또 한 스푼을 입에 넣었지만 깔깔하고 상큼한 뒷맛이 없다. 아줌마를 큰 소리로 불렀다.

"아줌마, 아주 매운 청양고추 있으면 5개만 주세요!"

이선빈은 맵게 아주 맵게 입안을 절이고 싶었다. 청양고추 다섯 개를 식탁에 가져다놓았다. 작은 것이 어찌나 매운지 그때서야 정신이 나는 듯했다. 맨입에 또 하나를 통째로 씹었다. 그녀의 입안에서 불이 나는 듯했다. 그녀는 차가운 물로 입을 가시었다. 나머지 고추 세 개를 손으로 몇 등분하여 육개장 국물 속으로 던졌다. 뜨거운 육개장 국물이 저절로 '하하' 소리를 내게 하며 이마에 땀이 주르르 흘러내렸다.

그녀는 떠오르는 생각을 정리했다. '엄마와 단판 싸움을 벌이고 내가 이겨야 한다. 그래야 태종 오빠에게 이길 수가 있고 정빈 언니와 싸움도 내가 이길 수가 있다. 태수 오빠와 태빈 언니에게는 응원만 요청해도 충분하다.' 이렇게 결론이 내려지자 마음이 바쁘기 시작하였다. 매운 육개장 한 그릇은 어느새 다 비워지고 식탁 위에는 휴지가 가득했다. 아줌마를 다시 불렀다.

"아줌마, 너무 지저분하게 어질러 놓아서 미안해요. 이거 청양고추값이에요. 너무 잘 먹었습니다."

아줌마는 거절하다가 만 원 한 장을 받았다. 이선빈은 커피 한 잔을 들고 병실로 들어왔다. 사금자는 침대에 누운 채로 천장을 보며 눈만 껌벅거리고 있었다.

"엄마, 일어났어요?"

사금자는 말이 없었다.

"엄마, 나 지하 한식당에서 육개장을 맛있게 먹고 왔어요."

그래도 사금자는 천장 위를 향해 누워 있을 뿐 말이 없었다.

"엄마, 옛날에 태종이 오빠하고 상가건물 건으로 법정에서 재판했던 거 기억 나?"

"그건 왜 물어?"

사금자는 눈을 돌려 막내딸 얼굴을 쳐다봤다.

"그 건으로 옛날에 태종 오빠가 검찰에 신고한 게 있었나 봐."

사금자는 굳은 표정을 지며 다음 말을 기다리고 있었다.

"당시 검사가 경찰 형사계에 태종 오빠의 신고했던 그 사건을 조사하라고 했었나 봐."

사금자는 역시 침묵하고 있었다.

"그 사건 얘긴데, 엄마가 형사소송을 당한 적이 있었지? 그거 엄마는 알고 있었지?"

사금자가 입을 열었다.

"난 모르는 일이다."

사금자에게는 35년을 훨씬 넘은 지나간 사건이었다. 생각조차 하기 싫은 그때의 사건을 떠올리게 했다. 사금자는 당시 10년만 지나가면 공소 시효가 소멸된다고 알고 있었는데 지금 이 사건에 대해 막내딸이 묻고 있는 것이다. 우리나라의 형사소송법은 이미 오래전에 변경되었다는 것을 사실을 사금자는 모르고 있었다.

"엄마, 왜 이래. 거짓말하는 거야?"

"난 모른다."

사금자는 계속 부인했다.

"형사가 체포영장을 가지고 언젠가 엄마를 체포하려 올 거라고 했어. 그래도 아니야?"

사금자는 체포영장이란 말에 동요하기 시작했다.

"누가 그런 소릴 해?"

"배 변호사가 그랬어요. 정빈 언니가 접수한 소장 내용을 법원에서 알아보다가 엄마에 대해 형사소송 건이 또 있다는 것을 알았대요."

그녀는 독특한 목소리로 한마디 했다.

"그게 다 너희 때문에 그랬던 거야."

"그럼 엄마 알고 있었던 거네."

이선빈은 사금자의 약한 심정을 건들기 시작했다.

"형사가 잡으러 오면 어떻게 할 거야?"

그녀는 뭐가 잘못되어 가고 있다는 것을 직감했다.

"언제 나를 잡으러 온다 하던?"

선빈은 엄마가 애써 겉으로는 태연한 척하고 있지만 속으로는 초조하고 불안한 마음에 떨고 있다는 것을 그녀의 숨소리로 느낄 수가 있었다.

"빠르면 며칠 내로 올 수도 있대요."

사금자는 화려하지는 않았지만 열심히 살았다는 자신의 인생이었다고 생각하고 있었지만, 말로에 와서 횡령과 갈취의 기로에 빠져 법의 심판을 받아야 한다는 생각에 몹시 괴로웠다. 사금자는 그녀만이 가지고 있던 특유의 재능을 발휘하여 자신을 닦달하기 시작했다. 그녀의 몸은 늙었으나 마음은 아직까지는 쓸 만했다.

"선빈아, 비행기표는 있으니 지금 당장 대한항공에 연락해서 뉴욕이든 LA이든 아니면 시카고도 좋으니 오늘 저녁이나 내일 오전 비행기를 예약해라."

선빈은 엄마의 옛날 본성을 보는 것 같아 약간 당황스러웠다.

"미국 가려고? 엄마, 그 몸으로 미국 간다고? 누가 엄마를 받아 준대? 오빠가? 언니가? 절대 안 그럴 걸."

이선빈은 항공사에 전화할 생각이 전혀 없었다. 그보다는 사금자의 생각을 혼란스럽게 하여 단판 승부를 준비하고 있는 중이다.

"엄마, 형사가 온다니까 겁나서 그렇지? 걱정 마요. 엄마는 나하고 법원에 같이 가서 영장실질심사를 받기만 해요. 엄마를 절대로 구속시키지 않도록 내가 책임지고 미리 준비할 수 있어요."

사금자는 선빈의 말을 반신반의했다.

"선빈이 네가 어떻게 책임지고 준비하겠다는 거냐?"

"그거, 변호사에게 시키면 돼요. 엄마는 걱정 마요. 내가 알아서 모든 서류를 완벽하게 꾸려서 법원에 제출할 거예요."

사금자는 그래도 의심이 가는지 한마디 더 했다.

"무슨 서류를 만든다는 건데?"

"서류가 궁금해요? 엄마는 고령에 위급 중증 환자예요. 그것만 지금부터 준비시키면 돼요. 내일까지면 충분히 나올 수 있어요. 변호사만 사면 돼요."

변호사란 말에 사금자는 정 변호사를 생각하고 있었다.

"변호사는 있다."

선빈도 정 변호사가 누구인지 알고 있었다.

"엄마, 정 변호사란 바로 그 사람이지?"

사금자는 그렇다고 고개만 약간 끄덕거렸다.

"엄마, 그 변호사는 안 돼요. 왠 줄 아세요?"

사금자는 그냥 그대로 있었다.

"그 정 변호사는 언니의 변호사이니까."

사금자가 무슨 말을 하려다가 참았다.

"배 변호사가 엄마의 구속을 면하게 해 줄 거예요."

사금자가 말했다.

"배 변호사가 그렇게 얘기했나?"

"엄마 그거 걱정 마요. 내가 시키면 돼요."

사금자는 조금은 안심이 되는 듯 옆에 놓여 있던 물을 한 모금 마셨다.

"엄마, 내가 이렇게 엄마를 위해 노력하는데 엄마는 내게 줄 선물이 없어?"

사금자는 이선빈이 요구하는 선물이 뭔지 다음 말을 기다렸다.

"엄마, 누구 편이야. 오빠 편이야? 언니 편이야? 아니면 내 편이야?"

사금자는 이번엔 주저하지 않고 바로 대답했다.

"나는 너희 셋 편이고 너희 셋은 다 내 편이라고 생각하며 살아왔다."

사금자 대답은 의외로 간단했다.

"그래도 조금씩은 다를 수 있잖아? 나는 지금 언니보다는 오빠 편이고 오빠보다는 엄마 편이거든 그러니 엄마도 약간은 내 편이 되어 주었으면 좋겠어요."

그녀는 막내딸 얼굴을 꼼꼼히 올려다보았다. 선빈 역시 엄마의 얼굴을 천천히 내려다보았다. 두 사람은 동시에 놀라운 표정을 짓고 말았다. 두 사람 다 예전에 느껴 보지 못한 감정이 느껴지고 있었던 것이다. 사금자는 막내의 얼굴에서 그 옛날 자신을 보는 것 같아서 전신에 소름이 돋아날 정도였다. 선빈은 엄마의 사십 대 중반의 얼굴 바로 그 얼굴이었다. 말하는 모습까지도 똑같았다. 선빈은 영락 없는 사금자의 분신이었다. 그래서 막내딸이 엄마에게 무엇을 요구하는 것까지 알고 있다. 선빈 역시 자신이 늙으면 저렇게 될 것이라는 생각을 하며 한 번 더 엄마의 얼굴을 천천히 내려다보았다. 선빈은 엄마가 안쓰럽고, 불쌍해서 울고 싶었다. 그러나 그건 그거고 지금은 단판 승부가 더 중요했다.

"엄마, 내편이 되어 주어요. 그래야 엄마가 편해질 수가 있어요. 그래서 말인데, 저 상가건물은 엄마가 나에게 증여한 것으로 해 줘요."

사금자는 막내의 욕심을 이미 알고 있었다.

"그건 안 된다. 그거 내 꺼가 아니다."

사금자는 다음 말을 계속했다.

"그거 원래는 태종이 것이 반이고, 너 아버지 것이 1/4이고, 내 것이 1/4이었다. 그거 지금까지 너희 셋을 위해 쓰려고 했던 것인데, 이제는 원래대로 다 돌려주어야 한다. 너도 이제는 그 욕심을 버리고 너 몫만 가지면 돼."

시금자는 말하기가 힘든지 한숨을 돌리고 말을 끝맺는다.

"선빈이 욕심을 버리고 나처럼 살지 마라. 부탁이다. 네 몫만 갖도록 해라."

이선빈은 시금자의 말에 동의하지 않았다.

"엄마, 그런 생각을 하면 안 돼. 엄마 그러면 큰일이 날 수가 있어. 그러면 엄마가 그 몸으로 모든 재판을 감수해야 되는 거야. 나한테 증여했다면 모든 것이 간단히 끝나는 것인데 왜 지금에 와서 큰일을 만들고 있어요. 다시 한번 곰곰이 생각해 봐요. 엄마, 그렇게 해요?"

그리고 이선빈은 시금자에게 또 다른 심각한 제안을 꺼냈다.

"엄마, 그리고 생각해 보았는데, 엄마가 이렇게 형사 사건에 말려들고 있는데, 태종이 오빠를 만나 보는 게 좋지 않겠어요? 엄마 내 생각은 태종이 오빠와 협상을 위해서도 만나 보는 게 좋을 것 같은데 생각은 어때요?"

시금자는 선빈의 얼굴만 쳐다볼 뿐 이렇다 저렇다 말을 하지 않았다. 이선빈은 녹음기를 틀어 놓고 엄마의 음성을 기다리고 있었다.

6. 장손 이태종

사금자가 요양병원에 입원하고 2년이 지나자 사금자를 중심으로 많은 이야기가 돌기 시작했다. 그중에서도 이정빈과 이태수의 의기투합한 일거일동은 선빈에게는 암초 중에 암초였다. 그뿐만 아니라 이태종에 의해 23년 전에 고발되었던 형사소송 건은 당사자 사금자는 물론 그녀의 친자식 이태수, 이정빈 그리고 이선빈에게 각각의 이해관계에 따라 꼭 해결하여야 하는 복잡한 문제로 다가오고 있었다. 특히 이선빈은 언니 이정빈이 제기한 반환청구소송에 대응해야 하고 그리고 검찰에서 진행하고 있는 형사소송 건도 사금자를 대신하여 잘 방어하여야 하는 입장이었다. 형사소송의 승패에 따라 앞으로 제기될 이태종의 민사소송에 큰 영향이 미칠 수 있다는 것을 이선빈은 배 변호사의 설명을 듣고 잘 알고 있었다. 만약 잘못될 경우 이선빈이 자신의 재산이라고 주장하는 예지동 상가건물은 거의 잃을 수도 있는 것이다. 그러기에 이선빈은 그녀의 재산을 지키기 위해 수단방법을 가리지 않고 사력을 다하고 있었다. 이선빈은 이런저런 이유로 배다른 큰오빠 이태종을 만나야 한다고 생각을 굳혔다. 그녀는 병원에서 차도 건너편에 있는 호텔로 건너갔다.

반면 이태종이 사금자에게 빼앗긴 상가건물 지분과 적금 통장에 대한 고발 사건은 검찰로 이미 송치되어 있었다. 사건에 관하여 이태종은 강 변호사와 전화로 거의 매일 의논 중에 있었다. 그는 잃었던 자신의 권리를 되찾을 수 있다는 강 변호사 말에 마음이 한층 들떠 있었다. 이태종은 형사소송의 결과를 믿고, 민사소송도 강 변호사에게 부탁해 놓고 있었다.

이러한 이태종의 계획을 예상하고 있는 이선빈은 정신적인 고통까지 더해지고 있었다. 이선빈은 더 이상 기다리지 말고 이태종을 직접 만나서 형사소송 건에 관해 좀 더 정확히 확인하고 싶었고 또한 자신에게 유리한 입장으로 만들고 싶었다. 그녀는 사금자와 이태종의 관계가 원수처럼 지내고 있다는 사실도 너무나 잘 알고 있었다. 그래서 엄마와 큰오빠가 만나서 직접 부딪치게 하면 서로 간의 주장이 분명해질 것이고 그리고 그 속에 해결책이 있을 것이라고 그녀는 굳게 믿고 있었다.

이태종은 어느 날 갑자기 막냇동생 이선빈의 전화를 받았다.

"큰오빠, 나 선빈이야. 잘 계셨어요?"

막내의 뜻밖의 전화에 태종은 조금 이상하다는 생각부터 들었다.

"선빈이 너 웬일이야? 나한테 전화를 다 하게."

그동안 서로가 떨어져 제 생활을 하면서부터는 둘 사이는 전화할 일이 없었다.

"큰오빠, 내가 큰오빠에게 전화하면 안 되는 거야?"

"아니, 무슨 그런 말을……. 너한테서 처음 받아 보는 전화인 것 같아 하는 말이지."

"그러고 보니, 큰오빠한테 전화로 통화하는 거 이번이 처음인 것 같아요."

"그래, 선빈아. 무슨 일이 있어?"

이선빈은 대답하기 전에 조금 머뭇거렸다.

'엄마 이야기? 정빈 언니와 태수 오빠 이야기? 예지동 상가 문제 그리고 선빈 자신 문제?'

"엄마가 많이 아파요. 엄마가 큰오빠를 보고 싶다고 해요."

"뭐 어머니가 나를 보고 싶어 한다고? 나를 그렇게 홀대를 하다가 살아갈 준비도 안 된 나를 쫓아낼 때는 언제이고, 이제 와서 내가 보고 싶다고? 세상이 많이 변하다 보니, 그렇고 그런 사람도 변하기 마련인가 봐."

조금은 귀에 거슬렸으나 이선빈은 이태종이 하는 말을 잘 듣고 있었다.

"선빈아, 나는 사금자 어머니를 만나고 싶지 않다. 그러니 그렇게 전해라."

이선빈은 당황했으나 맘을 바로잡으며 전화가 끊기지 않도록 대화를 계속 이어갔다.

"큰오빠, 그런데 엄마가 아주 위독한 상태야. 그래서 태수 오빠와 정빈 언니도 다음 달 초에 서울에 온다고 했어요. 의사 선생님 말씀이 모실 수 있는 가족들이 있으면 빨리 연락하는 것이 좋다고 했어요. 그래서 큰오빠에게도 알려야 된다는 생각에 연락하게 되었어요. 엄마를 만나는 거 이번이 마지막일 수도 있는데 하루 빨리 뵈었으면 좋겠어요."

이태종은 사금자와 만나는 게 이번이 마지막일 수도 있다는 막내의 말에 마음이 약간 흔들렸다. 사금자와 형사소송이 이미 시작되었고, 그리고 민사소송도 준비 중에 있는데 만약 사금자가 사망한다면 큰일이라는 생각에 이르자 이태종은 마음이 조급해졌다. 그리고 미국에서도 이태수와 이정빈이 같이 온다고 하니, 죽어 가는 사금자 앞에서 그들이 또 다른 무슨 일을 꾸밀지? 예전의 경험으로 보아 그들을 충분히 의심할 수밖에 없었다. 그런데다 사금자와 만남을 적극적으로 주선하고 있는 이선빈이 뭔가 숨겨 놓은 것이 있을 것 같았다. 이런저런 생각이 이태종의 머릿속을 흔들어 놓았다.

"막내야, 생각해 보니 사금자 어머니를 만나야겠다. 언제 만날까?"

"나는 내일도 좋은데 큰오빠 시간은 어때요?"

"내일이 토요일이지. 나도 내일이 좋을 것 같다. 내일 오후 2시면 어떻겠니?"

"좋아요, 큰오빠. 그럼 제가 엄마가 입원한 병원과 병실을 큰오빠 전화에 남겨 놓을게요."

이선빈은 전화를 끊고 나서 모든 게 자신이 원했던 방향으로 잘 가고 있다고 생각했다. 이태종 역시 이번 기회에 사금자의 근황과 막내와 정빈의 대립 관계를 이해하는 데 어느 정도 도움이 될 수 있을 것이라고 믿고 있었다.

한편 병원에서는 사금자의 병세가 갑자기 나빠져 주치의 직권으로 환자를 중환자실로 옮겨졌다. 사금자는 심근경색과 호흡 곤란의 위기를 겨우 넘기고 중환자실로 옮겨진 것이다. 주치의 말에 의하면 30분만 늦어서도 큰일 치를 뻔했다고 했다. 이런 와중에 경찰이 체포영장을 가지고 사금자를 연행하려 왔었다. 사금자의 상태를 직접 목격한 경찰은 병원장과 주치의를 만나 사금자의 병세를 알아본 후 영장집행을 다음 주로 미루고 돌아갔다. 이선빈은 상황이 모두 끝난 후에야 사금자가 입원한 병실로 돌아왔다. 병실 문을 열자 사금자의 침대는 비어 있었고 한쪽 구석에 앉아 있던 조선족 간병인이 놀란 얼굴을 하며 이선빈을 쳐다보았다. 간병인은 일어서며 약간 떨리는 목소리로 이선빈을 향해 입을 열었다.

"교수님, 할머니 큰일 날 뻔했어요."

이렇게 한마디 하고, 조금 전에 있었던 일들이 생각나서 간병인은 말문이 막혀 더 이상 말을 계속할 수가 없었다. 몸부림치고, 억지 숨쉬는 할머니가 곧 죽을 것 같았다. 그 광경이 떠올라 지금도 간병인은 겁에 질려 있었다.

"아줌마, 왜 그래요. 어디가 안 좋으세요?"

이선빈의 목소리에 간병인은 정신 차리고 조금 전에 있었던 상황을 차근차근 말하기 시작했다. 사금자가 중환자실에 입원한 이야기, 두 경찰관이 영장을 가지고 사금자를 연행하러 왔던 이야기, 경찰이 병원장과 주치의를 만난 이야기 그리고 다음 주에 경찰관이 할머니를 연행하려 다시 온다는 이야기까지 이선빈에게 낱낱이 알려 주었다.

이선빈은 간병인의 어깨를 몇 번 쓰다듬어 주고는 병원장과 주치의를 만났고, 바로 그길로 엄마가 입원한 중환자실로 직행했다. 중환자실 문 앞에는 '면회 시간이 지났습니다.'라는 팻말이 걸려 있었다. 이선빈은 문 옆에 있는 초인종을 눌렀다. 안에서 간호사가 문을 열고 나왔다.

"실례합니다. 사금자 환자의 보호자입니다. 담당 간호사님 뵙고 싶습니다."

"예. 제가 사금자님 담당 간호사입니다."

"주치의 선생님이 간호사님을 만나 보라고 해서 찾아왔습니다."

"예, 이선빈 교수님이세요? 주치의 선생님으로부터 조금 전에 이미 연락을 받았습니다. 보호자가 오시거든 모니터실로 모셔서 환자의 모습을 보여 드리라고 했어요. 오늘은 면회 시간이 지나 누구도 중환자 면회실을 이용할 수가 없습니다. 그리고 특히 사금자 님은 3일간 면회 금지를 시켜 놓았어요."

간호사는 옆방 모니터실로 안내했다. 여러 대의 모니터가 각 방의 환자들 모습을 보여 주고 있었다.

"이 교수님, 저쪽 컴퓨터 앞으로 가서 앉으세요."

모니터에서 사금자 모습이 선명하게 보였다. 사금자의 머리에는 헬멧이 씌워져 있었고 코에는 산소 호흡기가 끼워져 있었다.

"간호사님, 저 헬멧은 왜 씌워져 있는 거예요?"

"아, 저거요? 저 헬멧은 그냥 헬멧이 아니고 촬영 칩이 내장되어 있어서 머릿속의 혈관과 혈액의 흐름을 1분 단위로 촬영할 수 있는 장치입니다. 앞으로 48시간 동안 지켜본 후 상태가 괜찮으면 헬멧을 제거할 예정입니다."

"그렇군요. 근데 머리에도 이상이 있어요?"

"주치의 선생님으로부터 좌측 관상동맥에 스텐트 삽입 시술을 했다는 설명은 이미 들으셨죠? 그리고 머리 쪽으로 연결된 혈관도 약간 부어 있었어요. 주치의 선생님이 약물로도 치료가 가능하다는 판단을 내리고 시술을 않기로 했어요. 부어 있는 그 부위가 아주 민감한 부분이었어요. 그래서 약물 투여 후 혈관과 피의 흐름을 체크하고 있는 겁니다. 5시간이 지난 지금까지 모든 상태가 좋아요. 시술 결과나 약물 반응이 좋아서 큰 걱정은 안 해도 되겠어요."

간호사의 설명에 의하면 사금자는 위험한 고비는 넘겼다는 것이다. 그러나 간호사는 3일간은 계속 지켜보아야 한다고 했다. 간호사의 말에 약간은 안심이 되었으나, 이선빈은 그래도 걱정을 놓을 수는 없었다. 이선빈은 약 1시간 동안 이곳에 더 머물다 배 변호사의 전화를 받고 밖으로 나갔다.

다음 날 오후 이태종은 사금자가 입원하고 있는 병원으로 가고 있었다. 토요일 오후 1시 마포대교는 차량으로 주차장을 방불케 했다.

"사장님, 돌아서 갈까요?"

"돌아서 가면 어디로 가게?"

"양화대교로 가는 것이 좋을 것 같은데요."

이태종은 핸드폰으로 교통상황을 체크하며 말했다.

"거기도 마찬가지야. 천천히 가도 돼."

10분이 지나도 자동차들은 움직이지 않고 그 자리에 멈추어 서 있다. 이태종은 자동차 뒷문을 열고 밖으로 나왔다. 눈앞에 펼쳐진 한강은 집에서 보던 그 한강이 아니라 물결은 살아 움직이고 태양을 삼킨 너울이 금빛을 내뿜는다. 그리고 한강은 뛰고 거닐고 앉아 있는 사람들을 모두 다 품고 있었다.

이태종은 여의도에 있는 주상복합아파트 37층에서 살고 있었다. 아파트에서 동북쪽을 향하면 언제든지 한강의 경치를 볼 수 있었다. 이태종은 불어오는 강바람을 향해 코로 길게 공기를 들이마시고, 입으로 길게 숨을 내쉬며 배 속에 있던 공기를 내뱉는다. 심호흡을 여러 번 반복하니 답답했던 가슴이 탁 트이는 느낌이 들었다.

'빵-빵!' 태종의 자동차에서 울리는 클랙슨 소리였다. 자동차는 천천히 움직이기 시작했다. 다리 중간 정도에서 큰 사고가 있었다. 자동차 두 대가 정면 충돌한 사고였다. 죽은 사람은 담요로 덮혀 있고 검정 구두를 신고 있는 두 발만 보였다. 태종은 죽은 사람에게 고개 숙여 명복을 빌었다. 이태종은 의붓어머니가 입원하고 있는 병원에 도착했다.

이태종이 사금자를 직접 만나는 것은 거의 30년 만이다. 그동안 여러 사람을 통해 사금자에 관한 이야기는 많이 듣고 있었으나, 너무 오랜만에 다시 보게 되니 이태종의 마음은 착잡했다. 이태종은 대충 마음이 정리되자 밖으로 나왔다. 이선빈이 병원 문 앞에서 이태종을 기다리고 있었다.

"큰오빠, 어떻게 해요."

이선빈은 초췌해진 얼굴로 이태종을 맞이했다.

"밖에는 왜 나와 있어? 무슨 문제가 있나?"

"큰오빠, 엄마가 심근경색으로 쓰러져 중환자실에 입원해 있어요."

이태종은 사금자가 심근경색으로 쓰러졌다란 말에 가슴이 철렁했다. 5년 전에 이태종의 장인도 심근경색으로 쓰러져 병원에 입원한 지 4일 만에 사망했다.

"그래, 지금 상태는 어때?"

"의사 선생님 말씀이 신속한 대처로 고비는 넘겼는데 앞으로 3일간 잘 지켜봐야 한다고 했어요."

이태종은 고비를 넘겼다는 말에 한숨을 내쉬며 사금자가 3일간을 잘 버티어 살아 주기를 바랐다.

"그런데 언제 쓰러지신 거야?"

이선빈은 약간 울먹이는 소리로 대답했다.

"어제 오빠와 전화하고 있을 그 시간인 것 같아요. 빠른 대처로 엄마를 살렸어요."

"즉시 내게 알리지 않고 왜 지금껏 그냥 있었던 거야?"

"경황이 없었어요."

이선빈은 경황보다는 이태종을 아예 염두에 두지 않고 있었다. 그녀는 오로지 이태종을 만나야 한다는 생각뿐이었다.

"엄마 뵈러 중환자실로 가야지? 면회가 가능해?"

"큰오빠, 그게 아니라, 따라와 보면 알아요."

두 사람은 2층에 위치한 중환자 모니터실로 향했다. 모니터실에는 사금자 환자를 담당하고 있는 바로 그 간호사가 와 있었고, 그 간호사는 환자의 치료 과정과 하루를 넘긴 환자의 건강 상태를 이태종과 이선빈에게 소상하게 설명해 주었다. 사금자는 노령임에도 불구하고 살아야 한다는 일념으로 잘 견디고 있는 듯했다.

"환자가 이대로 잘 견디어 주면 다음 주말쯤 일반병동 일반실로 옮길 예정입니다."

간호사의 말에 둘 다 안도의 한숨을 쉬었다. 그제서야 이선빈이 간호사에게 이태종을 인사시켰다.

"간호사님, 저희 큰오빠예요. 큰오빠, 담당 간호사님이셔요 인사하세요."

"감사합니다. 이태종입니다."

간호사는 꾸벅 절부터 했다.

"그럼 선생님께서 우리 원장님과 동기 동창이며 미국에서 그 유명한 의사 선생님이세요?"

"아니에요. 그분은 둘째 오빠고요. 여기는 큰오빠예요."

이선빈의 말에 간호사는 조금 당황했다.

"죄송해요. 저희 원장님께서 그분에 대한 말씀을 많이 하셔서 제가 큰 실수를 했습니다."

"아니요, 간호사님. 제가 처음부터 인사를 시켰어야 하는데 제가 죄송해요."

이 병원 원장과 이태수는 의과대학 동기 동창이다. 그리고 그들은 친한 사이이며 지금도 자주는 아니지만 가끔씩 연락을 하는 편이다. 이선빈도 이런 사실을 알고 사금자를 이 병원에 입원시킨 것이다.

간호사는 모니터 사용법을 이태종에게 알려 주고 밖으로 나갔다. 이선빈도 간호사를 따라 같이 나갔다. 이태종은 모니터 앞에 앉아 커서를 움직여 가며 사금자를 자세하게 살피고 있었다. 이태종이 또 어머니 사금자를 이렇게나 편한 자세로 상세히 보는 것은 이번이 처음이다. 비록 모니터 장치로 사금자를 보고는 있으나, 만져 볼 수만 없다 뿐이지, 시각적으로나 감각적으로 더 많은 곳을 찾아보고 더 많은 느낌을 가지며, 이태종은 모니터에서 눈을 떼지 못하고 있었다. 이태종은 어렸을 때부터 사금자를 똑바로 쳐다보지 못했었다. 사금자는 어렸던 그에게 어렵고 무섭고 그리고 도도한 존재였다. 이런 것들이 몸에 배어 성년이 된 후에도 이태종은 그녀를 만나면 그녀를 똑바로 쳐다보지 않고 먼 곳을 바라보는 게 습관처럼 되어 버렸다.

사금자의 머리에는 여전히 이상한 헬멧이 씌워져 있었고, 코에는 산소 호흡기가, 팔에는 수액용 주사바늘이 그리고 사타구니로 연결된 소변 통이 침대 난간에 걸려 있었다. 환자는 갑자기 괴로운 듯이 이리저리 몸부림을 치기 시작했다. 간호사 두 명이 사금자 침대 옆으로 달려왔다. 남자 간호사는 변기 통을 들고 있었고 여자 간호사는 기저귀와 물티슈를 들고 있었다. 남자 간호사가 환자의 몸을 돌려 눕히자 여자 간호사가 기저귀를 빼내고 그 밑에 묻은 똥을 물 티슈로 여러 번 닦아 냈다. 환자가 설사를 심하게 하고 있었다. 남자 간호사가 엉덩이 쪽을 들어 주자 여자 간호사가 새로운 기저귀를 채워 주웠다. 환자의 몸을 되돌려 눕히고 환자의 얼굴과 손을 그리고 발까지 깨끗이 닦아 주고는 녹색 담요를 덮어 주었다. 두 간호사는 수거한 똥과 오줌통을 들고 어디론가 나갔다. 사금자는 그제서야 몸부림을 멈추고 편한 자세로 잠을 자기 시작했다.

이태종은 이러한 사금자의 모습을 하나도 빼놓지 않고 지켜보았다. 더럽거나, 추하거나, 기분 나쁘게 느껴지지가 않았다. 오히려 또 어머니 사금자가 불쌍하고 가련하게 보였다. 태종은 깊은 생각에 잠겼다. 이렇게 무기력해진 환자와 소송전을 벌이고 있는 자기 자신이 밉고 허탈했다. 그러나 이내 생각을 고쳐먹었다. '나는 약한 환자와 싸우고 있는 것이 아니라 올바른 방도를 택하고 있는 것이다. 또 어머니 사금자에게 착취당했던 나의 재산을 제자리로 돌려놓아야 한다.'

"큰오빠. 나 배고파."

조금 전에 그 간호사와 같이 밖으로 나갔던 이선빈이었다.

"놀랐잖아. 어디 갔다 온 거야?"

"큰오빠, 나 어제 저녁부터 굶었어요. 큰오빠, 우리 밥 먹으러 가요?"

"그러고 보니 나도 여태까지 점심을 굶고 있었네."

그들은 병원 뒤쪽에 있는 기와집 식당에서 함흥식 비빔냉면에 수육 그리고 가자미 식혜를 곁들여 먹었다.

"큰오빠, 그거 기억하고 있어요?"

"뭔데?"

"왜, 있잖아, 태수 오빠가 함흥냉면을 먹고 싶다고 해서 엄마가 직접 함흥식 회냉면을 만들었고 우리도 더불어 그 냉면을 같이 먹을 수 있었잖아요."

"그리고 태수 오빠는 삭힌 상어 회와 삶은 달걀 반쪽이 비빔냉면 위에 고명으로 올려 있지 않으면 먹지 않았잖아요?"

"태수는 입이 좀 까다로운 편이었어."

어느 날 사금자는 삭힌 상어 회가 없어서 가자미식해를 상어 대신 고명으로 사용한 적이 있었다. 그날 이태수는 사금자가 직접 만든 가자미식해 비빔냉면을 한 젓가락 먹어 보고는 함흥식 홍어회 냉면보다 더 맛있다며 두 그릇을 비운 적이 있었다. 그 이후로 사금자는 여름이면 가자미식해 비빔냉면을 만들어 아들 이태수에게 먹이곤 했었다. 그 덕분에 그 당시 다른 자식들도 가자미식해 냉면을 먹을 기회가 많았었고, 이태종의 경우 지금도 그 맛을 잊지 못해 가자미 식해를 내놓는 식당을 자주 찾는다.

"큰오빠, 가자미 식해 먹어 본 지 오래지?"

"그렇지 않아. 자영이네 식당에 가면 언제든지 먹을 수 있어. 그거 그 식당 특별 메뉴야."

이선빈은 자영이 엄마란 말에 가슴이 뜨끔했다. 얼마 전 그녀와 싸웠던 생각도 그랬지만 그보다 이태종 오빠가 자영이 엄마 식당에 다닌다는 말에 더 놀랐다.

"그럼 자영이 엄마로부터 우리들 이야기도 들었겠네?"

"너희들 무슨 얘기?"

이선빈은 약간 당황한 모습으로 말을 이었다.

"아니야 큰오빠. 생각나는 것이 있어서 그래."

이태종도 알고 싶은 것이 있었다.

"선빈아, 태수와 정빈이가 다음 달 초에 서울에 온다고 했지? 나 태수를 만나고 싶은데 선빈이 네가 주선 좀 해 줄 수 있겠니?"

이태종은 자기 이름으로 된 문중 재산에 대해 이태수가 잘 모르고 있을 것이라고 생각하고 있었다. 그래서 이번 기회에 사실대로 알려 주어 재산 문제를 바로잡고 싶었다. 이선빈은 대화가 엉뚱한 곳으로 흘러가고 있다고 생각했다. 그래서 이태종을 만나기 전부터 준비했던 이야기를 꺼냈다.

"큰오빠, 엄마부터 먼저 만나야 되지 않아?"

"어머니? 어머니는 오늘 만난 거 아냐?"

"그건 큰오빠가 모니터를 통해 혼자 본 것이지 엄마가 큰오빠를 본 것은 아니잖아?"

사금자와 이태종이 만나서 그들의 이야기를 직접 들어 봐야 그들의 의중을 확실히 간파할 수 있다고 이선빈은 그렇게 생각하고 있는 것이다.

"큰오빠, 엄마도 큰오빠 만나고 싶어 하니까 일반 병실로 오면 그때 만나기로 약속해요?"

이태종은 이선빈의 제안을 그대로 받아들였다.

사금자는 중환자실에 입원하여 여러 날을 넘기고 있었다. 사금자의 좌관상동맥에 스텐트 삽입 시술은 CT 검사 결과 이상 반응이 없었고 호흡 곤란도 5일이 지나자 정상을 되찾았다. 일주일이 지나자 사금자는 일반병동 특실로 병실을 옮겼다. 특실 내부는 1인실에 비해 두 배는 더 넓어 보였다. 훤하게 트인 창가 옆으로 환자용 침대가 놓여 있었고, 바로 앞에는 벽걸이용 TV, 그 옆으로는 보호자용 침대, 일반용 대형 TV, 4-5인용 소파, 그리고 주방까지 겸비되어 있었다. 사금자는 수액도 끊고 그 대신 지금은 입으로 미음과 고기 다진 것을 먹기 시작했다.

사금자는 간병인의 도움을 받아 가며 아침 식사 중이었다. 선빈은 창가 쪽에 서서 식사하고 있는 사금자를 보고 있었다.

"엄마, 형사가 엄마를 데리러 지난 주에 왔었어요."

사금자는 씹던 고기를 뱉으며 막내의 얼굴을 쳐다보았다.

"엄마, 이거 다 드셔야 해요. 왜 뱉어요?"

"이거 치워라. 다 먹었다."

"엄마 이거 엄마를 위해 특식으로 나온 아침 식사야. 다 드셔야 해요."

"다 먹었으니 치우라니까?"

사금자는 약간 신경질적이었다.

"엄마, 형사 얘기해서 그렇지? 근데 엄마가 그거 대비해야 되는 거 아냐? 근데 엄마는 왜 그래? 피한다고 되는 게 아니잖아."

사금자는 선 채로 말하고 있는 막내딸 얼굴을 빤히 쳐다보았다.

"엄마, 걱정 마요. 당분간은 형사와 경찰이 오지 않을 것이라고 했어요. 의사 선생님이 엄마는 중증 환자이며 아주 위독한 환자이기 때문에 병원 밖으로 나가는 것을 동의할 수가 없다고 했어요. 그리고 어제 저녁에 의사 선생님께 여쭈어보았는데 앞으로 열흘간은 경과를 더 봐야 한다고 했어요. 아마도 내 생각엔 의사 선생님이 연락을 해야 그 형사와 경찰이 다시 올 거 같아요. 그리고 설상 엄마를 그 형사들이 잡아간다고 해도 지난 번에 내가 엄마한테 말했잖아. 배 변호사를 시켜서 엄마를 절대로 구속 수사하는 일은 없게 할 거라고. 그러니 엄마는 이 막내와 배 변호사를 믿고 안심해도 돼요. 재판을 받게 되더라도 나와 배 변호사가 알아서 잘 처리할 테니 걱정하지 마세요."

사금자는 안도의 숨인 듯 길게 밖으로 내쉬었다. 그리고 나서 2주 후 형사들이 실재로 체포영장을 가지고 왔었으며 사금자는 휠체어에 앉은 채 법원에서 구속영장 실질 심사를 받았고 판사는 피고인의 중증환자이며 88세의 고령임을 감안하여 불구속 상태에서 재판을 받을 수 있도록 판결을 내렸다.

"엄마, 오늘 아침에 태종이 큰오빠가 온다고 했어요."

"왜 오는데?"

"큰오빠가 엄마를 봤으면 하길래 그냥 내가 오라고 했어."

"근데 왜 온다고 하던?"

"뻔한 거 야냐. 예지동 상가건물 찾으러 오는 거 아냐?"

사금자는 눈을 아래로 내리며 앉았던 자세를 바꾸고 돌아앉았다.

"근데 엄마, 태종 오빠에게 말을 잘해야 해요. 잘못하면 엄마가 큰 낭패가 나는 걸 알고 있지?"

사금자는 막내의 이야기를 잘 듣고 있었지만 대답은 한마디도 안 했다.

"아버지가 사업하다가 큰 빚이 지었고, 아버지가 사망하자 빚을 갚기 위해 할 수 없이 상가건물을 팔아서 아버지의 모든 빚을 갚은 거야. 그리고 금은방을 판 자금과 엄마가 그동안 모아 둔 돈을 합쳐서 3년 후에 그 상가건물을 다시 사드린 거야. 그 건물은 언니에 이어 결국은 나에게 증여한 거야. 엄마는 태종 오빠 오거든 꼭 이렇게 말을 해야 해요. 알았지? 나머지는 내가 알아서 태종 오빠를 설득시킬 거예요. 그리고 엄마의 안전을 지켜 줄 자식은 이 막내밖에 없다는 걸 엄마가 잘 알아야 해요. 엄마 내 말 명심하세요. 알아들었지?"

사금자는 대답은 않고 몽롱한 얼굴로 천정만을 쳐다보고 있었다. 그리고 두 손을 꼭 잡고 고개를 숙이고 두 눈을 감았다. 순간 사금자는 꿈에서 보았던 어머니, 아버지에게 도와 달라 간청하고 싶었다.

"엄마, 아버지 도와주세요. 이 난관을 어떻게 넘겨요? 엄마, 아버지 도와주세요?"

사금자는 두 손을 꽉 잡고 있었다.

"엄마, 내 말 알아들었어요?"

막내딸의 큰 소리에 깜짝 놀라며 사금자는 눈을 떴다.

"엄마, 내 말 알아들었냐고요?"

또 한 번 선빈의 큰 소리에 사금자는 정신을 차리고 고개는 들었지만 가슴이 벌렁거리며 아파 오기 시작했다. 그녀는 가슴을 쥐며 아버님 어머님을 게

속 속으로 연호했다.

"엄마, 왜 그래, 대답하기 싫어?"

이선빈은 사금자의 두 손을 잡아 내리며 사금자의 귀에 대고 천천히 말을 했다.

"엄마, 태종이 오빠가 오거든 예지동 상가건물은 막내 선빈에게 이미 증여한 것이라고 꼭 그렇게 이야기해야 돼요?"

이선빈의 말이 먹혔는지 사금자는 고개를 끄덕거렸다.

"엄마 지금 그렇게 하겠다고 고개를 끄덕인 거다."

사금자는 눈물을 흘리며 고개를 여러 번 끄덕였다. 그때 밖에서 노크 소리가 들렸다. 이태종이 장미꽃 한 다발을 들고 서 있었다. 이선빈이 문을 열어주자 이태종이 들고 있던 꽃다발을 이선빈에게 내밀었다.

"큰오빠, 이거 엄마에게 주려고 사온 거 아냐?"

이태종은 그렇다고 대답했다. 이선빈이 꽃다발을 침대에 기대어 앉아 있는 사금자의 가슴에 안겨 주었다.

"엄마, 이거 큰오빠가 엄마에게 줄려고 사 온 거야."

"많이 힘드시죠? 빨리 쾌차하시길 바랍니다."

이태종의 굵은 목소리였다. 사금자는 예전에 많이 들었던 목소리라고 생각했다. 장미꽃을 받아 든 사금자는 꽃다발에 얼굴을 몇 번이고 파묻는다. 장미꽃 냄새는 별로였으나 꽃잎의 촉감은 싱싱하고 부드러웠다. 사금자는 이태종에게 무슨 말부터 할까? 곰곰이 생각하고 있었다. 의붓딸 이태빈 소식? 문중 사람들 이야기? 태종의 친모 전처의 근황? 이제는 이런 것들이 사금자에겐 관심 밖의 일이 되어 버렸다. 그렇다고 막내가 시킨 대로 증여에 대한 이야기는 꺼내는 것은 더더욱 싫었다.

사금자가 고개를 들어 이태종을 보는 순간 이태종 역시 사금자를 보고 있었다. 2주 전 머리에 이상한 헬멧을 쓰고 코에는 산소 호흡기를 한 채로 누워 있던 사금자 모습이 아니고 생얼굴에 환자복을 입고 앉아 있는 사금자의 모습이었다. 얼굴은 굵고 작은 주름으로 그어져 있고 얼굴 색은 창백했다. 코와 눈은 예전과 비슷했으나 입은 비틀어졌고, 머리는 완전 백발이었다. 왼손을 오른손 위에 올려놓은 채 사금자는 침대 끝에 제대로 앉아 있지도 못하고 비스듬하게 앉아 있었다. 그러나 그녀의 눈빛만은 아직도 살아 있었다.

사금자는 이태종을 보는 순간 '사별한 남편과 그 모습 하나하나가 어쩌면 저렇게 꼭 닮았을까?'라는 생각에 놀라움을 금치 못했다. 그뿐만 아니라 이태종의 행동거지나 말소리까지 남편과 똑같았다. 죽은 남편이 살아 돌아온 것 같아서 무섭기까지 했다. 오히려 남편보다도 늠름하고 잘생긴 이태종을 보면서 사금자는 어떤 힘에 눌려 자신을 더 이상 지탱하기가 힘들었다. 사금자는 약해진 마음을 가다듬으려고 길게 숨을 내쉬었다. 만약 사금자는 이런 것을 예상했다면 이태종을 만나지 않았을 것이다. 그녀의 오래된 경험과 경륜에 의존하여 이태종의 힘을 눌러 보려 했으나 이제는 모든 게 제구실을 못 하고 소용이 없었다. 이 세상에서 제일이라고 생각하는 친자식 이태수보다 훨씬 멋져 보이고 위용까지 갖춘 60대 중반의 신사 장손 이태종이었다.

이태종은 엉거주춤한 자세로 이선빈이 잡고 있던 사금자의 손을 잡았다. 얼음을 만지는 것처럼 손이 차가웠다. 풍 맞은 손이었다. 이선빈이 그 손을 잡고 주무르고 있었다. 사금자는 이젠 이태종에게 늙은 환자일 뿐 친모를 위해 싸워 줄 상대도 아니었다.

"바쁠 텐데 왜 왔나?"

말을 먼저 시작한 쪽은 사금자였다.

"바빠도 와야죠."

이태종의 대답이었다.

"큰오빠, 엄마를 마주보고 이 의자에 앉아요."

막내가 둘 사이에 끼어들었다.

"큰오빠, 엄마가 난청이 있어서 잘 못 들어, 그러니 큰 소리로 말해요."

이태종은 알았다는 뜻으로 막내의 어깨를 한 번 만져 주었다.

"나는 괜찮다. 이제 봤으니 가 봐라."

사금자의 뜻밖의 말에 태종은 약간 주춤했지만 옆에 있던 이선빈은 황당한 기색이 역력했다. 사금자는 며칠간 선빈의 부탁과 압력이 있었음에도 불구하고 지금은 입을 열고 싶은 생각이 없었다.

"할 말이 있어서 왔는데요?"

이태종은 어머니란 말을 빼고 말하고 있었다.

"나는 들을 얘기가 없다."

사금자는 선빈의 요구에 이태종을 만나긴 했으나 이태종의 위엄에 눌려 더 이상 버티기가 힘들어 죽을 것만 같았다. 이태종은 지금까지와는 달리 성질이 거칠어질 것만 같았다.

"그래도 물어볼 말이 있습니다."

사금자의 얼굴이 굳어지며 무서운 표정을 지었다. 이태종은 또 어머니의 이런 표정을 보며 한마디 더 했다.

"내 말을 꼭 들어야 합니다."

이선빈이가 이태종의 손을 끌며 한마디 했다.

"큰오빠, 지금 말하지 말고 조금 있다가 회진 후에 다시 얘기해요."

"난, 할 얘기도 들을 이야기도 없다."

사금자의 태도는 단호했다.

"그럼 지금 들으세요."

이태종은 사금자에게 말할 기회를 주지 않았다.

"내 재산을 착취한 죄로 벌을 받아야 합니다. 예지동 상가건물은 아버님이 돈을 벌어서 마련했던 것이 아니고 조상님 재산을 담보로 해서 장만한 것입니다. 그러기 때문에 문중 어른들의 뜻에 따라 장남인 나에게 건물의 반을 제 이름으로 한 것입니다. 아버지는 살아 있을 때 저에게 조상님이 물려준 재산을 잘 지키고, 늘리는 건 장손에 달려 있다고 그랬어요. 그리고 후대에 재산을 잘 물려주어야 그 집안이 화목하고, 융성하고 발전이 계속될 수가 있다고 하셨습니다. 그런데 온갖 거짓말로 그 재산을 착취해 가셨습니다. 나는 잃어버린 그 재산만큼 돈을 벌기 위해 지금까지 죽을 힘 다해 일하고 있는 중입니다. 현재도 눈코 뜰새 없이 바쁘게 일하고 있습니다. 이제는 저에게도 그만한 건물을 사서 후손에게 남겨줄 재력이 있습니다. 그렇지만 훔쳐간 우리의 모든 재산은 무슨 수를 쓰더라도 꼭 찾을 겁니다. 그리고 돌아가신 아버님과의 약속을 지킬 것이고 문중 어른들의 노여움을 풀어 드릴 것입니다."

이태종은 잠깐 말을 멈추고 사금자의 얼굴을 내려다보았다. 사금자는 눈을 감고 있었다. 이태종은 하던 말을 계속했다.

"미국에 아들을 찾아갔으면 거기서 잘 살지 한국엔 왜 다시 와서 끊겼던 재판을 다시 하게 합니까? 나는 그 재산을 잃어버린 것이라고 생각했어요. 왠지 아세요? 그 재산으로 동생들 셋을 번듯하게 키웠으니 아버지도 조상님들도 저승에서 좋아할 것이라고 믿었기 때문입니다."

눈을 감고 있던 사금자의 두 눈에서 눈물이 흘러내리고 있었다. 이태종은 할 말이 더 있었으나 많이 늙어 버린 사금자의 눈에서 눈물을 보고는 더는 말할 수가 없었다. 이태종은 사금자에게 간다는 말도 없이 뒤돌아서 현관문을 나섰다. 자동차는 병원 앞 주차장에 대기하고 있었다. 차를 타는 순간 막혔던 가슴이 터지게 이태종은 길게 한숨을 내뿜었다.

태종이 떠난 뒤 사금자는 소리 내어 울기 시작했다. 선빈은 엄마가 속상하면 으레 잘 운다는 것을 알고 있다. 지금도 엄마가 조금 울다가 끊일 것이라는 것을 잘 알고 있다.

"자영이 엄마를 병원으로 오라고 해라."

사금자가 울다가 막내에게 하는 말이었다.

"왜 갑자기 그 집 사람들을 불러?"

이선빈은 약간 신경질적이었다.

"내가 지금 꼭 해야 할 말이 있다. 지금 오라고 연락해라."

사금자가 재촉하자 이선빈은 더 이상 거절할 수가 없었다.

"예 엄마. 그렇게 할게요."

이선빈은 사전 계획은 성공하지 못했으나 상가건물에 대한 두 사람 간에 타협이나 결정적인 이야기가 없었다는 데 안도의 한숨을 쉬었다.

7. 계략

이태종은 사금자와의 언쟁 10일 후에 이선빈의 전화를 받았다. 엄마가 오빠의 말에 충격을 받고 5일째 식음을 전폐하고 있다고 했다. 코로 미음을 먹이고 있으나 정신이 또렷할 때는 이것마저 거부하고 있다고 했다. 그러니 큰오빠가 다시 한번 엄마를 만나 달라는 요청이었다. 이태종은 선빈의 요청을 단호하게 거절했다. 악랄하고 추하고 욕심 많은 계모들의 근성을 그녀는 지금까지도 버리지 못하고 일방적이고 편파적인 그 옛날 그 방식 그대로 가지고 있다고 이태종은 그렇게 결론을 내렸다. 이태종은 의붓어머니 사금자를 법정에 꼭 세우겠다는 생각뿐이었다. 그는 강 변호사가 작성하여 보내온 추가 서류를 경찰에 넘기기 전에 검토하고 있었다. 자영이 엄마로부터 추가로 확보한 매출원장과 매입원장 그리고 영수증들은 당시의 상황을 잘 증명해 주고 있었다. 강 변호사가 추가하여 보내 준 서류 중에는 이태종의 당시 적금 통장도 확보되어 있었다. 적금 불입 금액 합계가 4천 3백만 20만 원이었다. 이태종은 재판이 하루 속히 재개정되는 날만을 고대하고 있었다. 이태종이 서류 준비로 동분서주하던 차에 미국에서 살고 있는 이정빈으로부터 전화를 받았다.

"오빠, 잘 있었어요? 나 정빈이에요."

이정빈은 대학에서 병리학 교수로 재직하고 있었다.

"아니 네가 어쩐 일이냐?"

수년 만에 받아 보는 전화였다.

"오빠에게 급히 해 줄 이야기가 있어서 전화했어요. 엄마하고 상가건물 건으로 소송까지 했던 그 건물 어떻게 되었는지 알고 있어요?"

태종은 어떻게 대답하여야 할지 순간 망설여졌다. 그는 정빈에게 알고 있다고 말하지 않았다. 정빈이 무슨 말을 하려고 전화를 했는지 태종은 그것부터 먼저 알고 싶었다. 그는 반문하듯이 대충 대답했다.

"그거 옛날 빚쟁이들한테 넘어간 거 아니었어?"

"아니야. 지금도 그 상가건물 가지고 있어요."

"아니 그럼 지금까지 어머니가 거짓말했다는 얘기네?"

이정빈은 이태종의 이 말에는 답하지 않았다.

"엄마가 병원에 입원해 있는 거 오빠 모르지?"

대답할 수가 없었다. 그가 사금자와 언쟁이 있었던 것도 정빈은 모르고 있었다.

"그게 무슨 말이야?"

"내가 그럴 줄 알았어."

"그럴 줄 알았다니 무슨 뜻이야?"

"막내 그 애가 엄마를 세뇌시키려고 영등포에 잘 아는 병원에 입원시켜 놓고 있어요."

"그건 또 무슨 말이야?"

처음 듣는 말에 태종은 모친에게 큰일을 저지를 수도 있다는 생각이 들었다.

"간병인 말에 의하면 선빈이가 툭하면 윽박질러 엄마를 불안하게 한다고 하네요."

태종은 8일 전 사금자가 당당하게 말하던 모습이 떠올랐다.

"윽박지르는 이유가 뭔데?"

"뻔하지. 상가건물을 자기에게 증여한 걸로 해 달라는데 강요지요."

"그래. 어머니는 어떤 생각을 가지고 있는데."

"엄마? 엄마는 팔고 싶어 해요."

이정빈은 이태종에게 하고 싶었던 이야기를 계속했다.

"그 상가건물은 엄마가 미국에 들어가면서 내게 명의신탁해 놓고 내게 관리하라고 했었어요. 대신에 관리비와 제세 공과금을 제외한 임대료 전부를 엄마 통장에 입금하도록 했고, 엄마는 나에게 처음에는 매월 200만 원씩을 주었고 5년 후에는 매월 300만 원을 주었어요. 그런데 내가 미국으로 떠나게 되어 그 이후로는 이선빈이 이름으로 명의신탁하게 되었고, 건물 관리비 조로 막내는 엄마로부터 매월 400만 원씩을 엄마로부터 받았어요."

이정빈은 그동안 있었던 상가건물에 대한 이야기를 상세하게 설명하면서 이태종을 자기 자신의 말에 관심을 갖도록 적극적으로 유도하고 있었다. 이정빈은 이태종이 꼭 알아야 할 문제점을 털어놓았다.

"선빈이 그 애가 그 상가건물을 관리하고 있는 것이 벌써 8년 반이 지났어요."

이정빈은 선빈에 대해 또 다른 새로운 사실도 들려주었다.

"그 애는 그동안 모은 돈으로 영등포 사거리에 5층 빌딩도 보유하고 있어요."

이태종은 이정빈이 재산은 어느 정도 되는지도 궁금했다.

"정빈이 너도 어머니로부터 받은 돈이 몇십억은 될 것 같은데?"

정빈은 태종의 물음에 약간 망설이다 이내 말이 이어졌다.

"오빠, 나는 투자를 잘못해서 마포에 있는 오피스텔 두 채가 전부인데 15년 전 가격 그대로이고 미국에 주택 한 채 가지고 있는 게 전부예요. 근데 선빈이가 가지고 있는 빌딩은 그동안 많이 올라서 지금은 30억 정도가 된대요."

이태종은 이정빈의 이야기를 들으면서 사금자에 대한 생각으로 마음이 울컥울컥했으나 정빈에게는 말하지 않았다. 사금자는 빼앗은 건물 임대료로 친자들에게 돈 잔치할 때 이태종은 사업자금이 모자라 숱한 어려움이 있었다. 전화기에서는 정빈의 목소리가 계속 이어지고 있었다.

"몇 달 전에 서울에서 선빈이를 만난 적이 있어요. 그때 엄마의 의견이라며 저 상가건물을 팔아서 우리 5남매가 똑같이 나누어 갖고, 엄마를 미국 LA에 있는 사립병원에 입원시켜 우리 다섯이 똑같이 입원비를 부담하자고 제안했으나, 선빈이가 절대 그럴 수가 없다고 해서 그냥 빈손으로 미국으로 돌아간 적이 있었어요."

태종은 정빈의 이야기를 듣고만 있었다. 이정빈은 이태종의 반응을 물었다.

"오빠, 엄마와 내 생각이 잘못됐어요?"

이태종에게 관심거리가 별로 못 되어 대답을 회피하자 정빈은 자신의 이야기를 계속했다.

"선빈이는 엄마가 자기에게 상가건물을 증여했다고 엉뚱하게 주장하고 있어요."

태종은 이정빈의 이 말에는 관심을 가지며 잘 듣고 있었다.

"엄마한테 들었는데 그 건물의 반은 오빠 거였다며?"

"그래. 그 건물의 반이 내 명의였지. 너는 모르고 있었나?"

"나는 그때는 공부 중이라 그런 데 관심이 없어서 모르고 있었어요."

"그 당시 너는 대학원생이라 그럴 수 있었겠다."

"오빠, 그런데 선빈이가 엄마의 말을 듣지 않고 있어요."

"선빈이가 그러는 이유가 뭔데?"

이정빈은 이선빈과 싸우며 주고받던 말을 그대로 옮겼다.

"그때 건물 큰오빠와의 재판은 이미 끝난 것이고 지금은 자기 거래요."

이태종은 말하고 싶은데 할 말이 생각나지 않았다.

"그 애 억지가 이만저만이 아니에요."

그녀는 엄마를 핑계로 자신이 하고 싶었던 말을 계속했다.

"그렇지만 엄마가 시키는 대로 해야 되는 거 아냐?"

이정빈은 이태종의 마음까지 흔들기 의해 복잡하게 작전을 펴고 있는 것이다.

"오빠, 잘 들어요. 그 애가 저 건물 혼자 가지려는 거예요."

이정빈은 자신이 계획한 생각을 또박또박 말하기 시작했다.

"오빠가 나서서 그 상가건물에 대한 주장을 해야 해요. 그러기 위해서 먼저 그 건물을 엄마 이름으로 되돌려 놓아야 해요."

이정빈은 커피 한 모금 마시고 전화를 계속했다.

"저 상가건물을 엄마 이름으로 되돌려 놓아야 한다고?"

이태종은 이렇게 듣고는 있었지만 이러한 내용을 강 변호사로부터 들어서 이미 잘 알고 있었다. 어떻게 보면 이태종이 할 일을 이정빈도 같이 하고 있는 것이다. 이정빈은 이태종의 의중을 확실히 알고 싶어서 더 솔직하고 쉬운 말로 설명했다.

"선빈이가 그 건물을 자기 명의로 관리하고 있는 지가 벌써 8년 반이 넘었어요. 앞으로 1년 반만 넘기면 법적으로 완전히 자기 것이 된다는 것을 알고 있어요. 엄마가 그때 가서 상가건물을 되돌려 받으려 해도 법적으로는 안 되는 것을 이미 그 애는 잘 알고 있어요."

"그렇다면 선빈이는 그 건물을 자기 것으로 생각하는 것 같은데 어머니는 이러한 사실을 알지 못하고 있었던 거야?"

태종은 상가건물에 대한 사금자의 현재 생각을 알고 싶었다.

"엄마는 내가 이야기해 드리기 전까지는 본인 재산으로 생각하고 있었지요. 나중에 정 변호사가 자세하게 법적으로 설명해 주어서 지금은 엄마도 잘 알고 있어요."

이정빈은 한숨을 내쉬며 전화를 계속했다.

"그러니까 엄마도 명의신탁하고 10년이 지나면 명의신탁자가 자신의 재산이라고 주장하면 그렇게 될 수도 있다는 것을 이제야 알았던 것이지요. 그러니 엄마는 얼마 전까지만 해도 그 건물을 팔아서 다섯이 똑같이 나누어 주겠다고 했었어요."

이태종은 새롭지는 않았지만 중요한 소식을 정빈으로부터 듣고 있다고 생각했다.

"어머니가 그 건물을 팔아서 우리에게 똑같이 나누어 준다고 했다고?"

똑같이 주겠다는 말은 사금자가 한 말이 아니라 이정빈의 생각에서 나오는 말이었다.

"엄마가 그렇게 해 주겠다고 했어요."

"그런데 선빈이가 반대하고 있는 거라고?"

"그래요. 그 애는 그 건물을 자기 것으로 만들려고 하고 있어요."

이태종은 선빈으로부터 이러한 이야기를 들은 적이 없었다.

"선빈이 생각이 확실한 거야?"

"오빠, 지금까지 내 이야기 어떻게 들은 거야? 확실한 이야기예요. 오빠, 선빈이가 그 건물을 지키려고 이미 오래전부터 배 변호사란 사람과 재판을 준비하고 있다고 해요."

"그 이야기를 누구한테 들은 거야? 확실해?"

"선빈이 남편 강 교수 있잖아. 지금은 둘이 별거 중인데 3개월 전에 한국아동복지 협회에서 주최한 세계아동기근을 위한 세미나가 소공동에 위치한 조선호텔에서 개최됐었는데 초빙 교수들 중에 강 서방도 있었어요. 거기서 세미나가 끝나고 강 서방하고 엄마 이야기를 하던 도중에 그러한 사실을 자세하게 알게 되었어요."

이태종은 이정빈의 말을 심각하게 받아들이고 있었다.

"그래. 그러면 선빈이 생각이 굳혀졌다는 이야기 아냐?"

"그렇다니까요."

"오빠, 선빈이 자기 남편하고 별거하면서부터 예전하고는 많이 달라졌어요. 지금은 아주 엉큼하고 자기밖에 모르고 욕심이 보통이 아니에요."

이정빈은 동생에 대한 비판이 계속 이어졌다.

"그동안 엄마가 그만큼 도와주었으면 고맙다 해야지, 이제는 엄마를 세뇌까지 시켜 가며 그 큰 상가건물을 통째로 가지려 하고 있어요."

"그러면 안 되지."

"오빠 내 생각인데, 오빠가 자영이 엄마를 한번 만나 봐요."

"자영이 엄마를 만나라고?"

이태종은 자영이 엄마라는 말에 직감적으로 어떤 느낌이 들었다. 그는 며칠 전부터 자영이 엄마를 한 번 더 만났으면 하는 계획을 가지고 있었다. 이정빈은 이태종의 이러한 계획을 미리 알고 있는 사람처럼 태종에게 말하고 있는 것이다.

"왜? 자영이 엄마가 나를 만나고 싶다는 거야? 뭐야?"

"오빠, 그런 것은 아니고 자영이 엄마가 오빠와 엄마의 관계에 대해 많을 것을 알고 있던데요? 그리고 엄마는 자영이 엄마에게 많을 것을 의존하려고 하는데 선빈이 저 애가 중간에서 차단시키고 있어요. 하여간 오빠가 자영이 엄마를 만나면 무슨 얘기를 들을 수 있을 거예요."

이정빈은 자신이 계획한 대로 자영이 엄마가 자연스럽게 이정빈 자신에게 도움을 주리라고 믿고 있었다. 그녀의 계획은 이선빈의 명의로 되어 있는 상가건물이 엄마인 사금자의 명의로 환원되고 동시에 건설사에 매매하는 것이었다. 이 계획을 달성하기 위해서 그녀는 이태종에게 전화를 했던 것이다.

"알았다. 지금은 바빠서 안 되고 시간이 되는 대로 차후에 자영이 엄마를 만나 볼게."

이태종은 언제 자영이 엄마를 만나겠다고 답하지는 않았다.

"오빠, 자영이 엄마 만나면 8월 초에 태수 오빠하고 서울에 갈 것이라고 전해 줘요."

이태종은 태수라는 이름을 너무 오랫동안 잊고 있었지만 이번에 오면 한번 만나고 싶은 생각이 있었다. 이태수가 미국으로 이민 간 지가 거의 35년이 되고 있었다. 그동안 태수는 한 번도 한국에 다녀간 적이 없었다. 그러한 태수가 서울에 온다는 소식은 대단한 일이 있을 것만 같았다. 이태종은 그렇게 생각을 하고 있는 것이다.

"태수에게 무슨 일이 있는 거야?"

"무슨 일? 태수 오빠는 엄마를 보려고 서울에 가는 건데요."

"그래? 난 무슨 일이 있어서 오는 줄 알았지."

"그리고 태수 오빠가 서울에 가면 할 일이 있다고 했어요. 그건 나도 몰라요."

"그래. 어떻든 반가운 소식이다. 그리고 나는 독일 박람회 그리고 뉴욕 박람회까지 참석하고 오려면 적어도 1개월 이상이 될 거야. 자영이 엄마를 만나는 것은 그 이후가 될 것 같다. 그러니 너와 태수가 온다는 연락은 정빈이 네가 직접 자영이 엄마에게 연락하는 것이 좋겠다. 나는 너희들을 보려면 아무래도 달포는 넘어야 될 것 같다."

"알았어요. 오빠. 그럼 잘 다녀오시고 그때 서울에서 봐요."

이태종은 전화기를 내려놓고 벽에 걸린 아버지의 초상을 쳐다보았다.

"남을 도울 수 있는 사람이 되자'라는 가훈 바로 위에 보타이를 매고 크림색 재킷을 입은 이태종의 아버지는 큰아들 이태종을 내려다보고 있었다. 이태종은 아버지의 초상을 올려보며 두 손을 모으고 고개를 숙였다.

"아버지 가훈대로 잘 살고 있습니다. 고맙습니다."

한편 이선빈의 전화를 받은 자영이 엄마는 가슴이 덜커덩했다. 그녀는 혹시 사금자에게 무슨 큰일이 생긴 것이 아닌가? 하고 겁부터 먹고 있었다.

"선빈아, 무슨 일로 너 엄마가 나를 보자는 것이고?"

이선빈은 쌀쌀하게 대답했다.

"몰라요. 그런 거 모르고요. 만나고 싶다고 해서 전화한 겁니다."

"야야, 선빈아, 너 엄마가 어디가 많이 안 좋나?"

"그런 거 없고요, 내일 올 수 있어요?"

"그래. 지금이라도 갈 수 있다."

"지금은 안 되고요. 내일 오후 2시에 오세요."

"그래 그래 알았다. 내일 간다. 선빈아 고맙다."

자영이 엄마의 얼굴엔 식은땀이 흘러내리고 있었다.

자영이네 집은 서울 서쪽 안산 자락에 위치한 단층 한옥집이다. 이곳 안산 서쪽 자락에는 지금도 30여 채가 단독 주택으로 남아 있었다. 이곳은 2년 전만 해도 위험지역으로 지정되어 있어서 매년 장마철만 되면 큰 위험에 노출되어 있었다. 그러나 지금은 산 위쪽으로 철근 콘크리트 3중 벽과 철골 기둥이 설치되어 있고 밑으로는 양쪽 배수로 공사가 잘되어 있어서 큰비가 내려도 별 문제가 없다. 이 동네는 예전에 비해 지금이 훨씬 안전하고 더 좋아졌다. 자영이네 집은 넓은 앞마당과 뒷마당을 가지고 있으며 오래된 나무들이 심겨 있다. 이 집을 향해 산바람에 실리어 내려오는 맑은 공기는 온 집 안을 하루 종일 깨끗하고 쾌적하게 한다. 동남쪽을 향해 서 있는 아담하고 아름다운 한옥집 주변엔 새들이 노니는 모습을 언제라도 볼 수가 있다. 자영이 엄마는 사금자와 이 집에서 여생을 같이하고 싶었으나 이선빈의 반대로 그 뜻을 이루지 못했다. 그동안 산 아래쪽 넓은 방은 깨끗이 수리되어 있어서 사금자 온다면 언제든지 같이 기거할 수 있도록 만반의 준비가 되어 있었다. 그 방의 창가 앞에 뜰에는 오래된 과일 나무가 수십 그루 심겨 있어서 봄이 되면 매년 벌과 나비가 찾아오는 곳이기도 했다.

약간 두꺼운 겉옷을 걸친 자영이 엄마는 이른 새벽에 뒤뜰로 나와 나무와 나무를 연결하여 만든 그네에 앉아서 하루를 시작하고 있었다. 자영이가 따 뜻한 차를 잔에 받쳐 들고 엄마 옆으로 왔다.

"엄마, 이거 꿀 차인데 냄새가 향긋하고 맛도 좋아요."

자영이 엄마는 두세 번 후후 불고 한 모금 마셨다.

"자영아, 그렇네. 꿀맛이 강하고 향이 아주 좋구나."

"엄마 이거 아카시아 완숙 벌꿀인데 그냥 아카시아 꿀보다 품질 좋고 맛도 더 좋아요."

자영이는 인증 마크가 붙어 있는 상호 선전문을 보며 말해 주었다.

"자영아, 이거 금자에게도 좋을 것 같다."

"엄마, 금자 아줌마네 병실에도 이 꿀이 있어요."

"그래? 나는 못 본 것 같은데."

"그래요? 금자 아줌마가 찾을 때마다 제가 타서 드렸었는데요."

"자영아, 그랬었나?"

"예, 그랬어요. 이 꿀도 금자 아주머니께서 엄마가 꼭 드시게 하라며 주신 건데요."

그녀는 무슨 생각을 했는지 자영이를 보면서 서둘러 말했다.

"자영아, 이럴 때가 아니다. 어서 준비해라. 병실로 가자."

자영이는 엄마와 오후에 병실로 갈 것으로 생각하고 있었다.

"엄마, 약속 시간이 오후 2시인데 벌써부터 준비해요?"

"그게 아니라 금자에게 무슨 일이 있는 것 같으니 지금 서둘러 가자는 게다."

자영이는 엄마가 서두르는 맘을 이해하고 있었다.

"엄마, 나는 옷만 입으면 돼요. 그러니 엄마부터 준비하세요."

"알았다. 자영아, 간병인에게 우리가 간다고 전화해라."

둘은 서둘러 뒤뜰 문을 열고 집 안으로 들어갔다. 자영이는 엄마가 나갈 채비를 하는 동안 토스트 몇 장을 구워 놓고 늙은 호박죽을 레인지에 올려놓고 버튼을 눌렀다.

이른 새벽 연희동 길은 한산하고 조용했다. 자영이가 운전하는 자동차는 동교동과 마포를 지나 영등포까지 오는 데 20분밖에 걸리지 않았다. 병원에 도착하자 사금자는 간병인과 함께 병실을 나와서 응접실에 앉아 있었다. 응접실에는 이른 아침이라 그런지 이들 둘 외에는 아무도 없었다. 자영이 엄마는 두 손으로 사금자의 얼굴을 감싸 안았다. 사금자 역시 자영이 엄마의 얼굴을 감싸 안았다. 둘은 한참이나 말없이 그렇게 있었다.

"아이고 괜찮았나?"

"보고 싶어서 내가 전화하라고 했다."

사금자는 자영이 엄마가 많이 보고 싶었었다.

"그래 잘했다. 내가 먼저 전화하려고 했는데 선빈이가 걸려서……."

말끝을 흐렸다.

자영이가 들고 있던 토스트와 늙은 호박죽을 테이블에 올려놓았다.

"이게 뭐야? 내가 좋아하는 호박죽이네."

사금자는 숟가락을 오른손으로 들었다.

"참 맛있다. 자영이가 나를 위해 새벽부터 만들었구나."

"아줌마, 천천히 드세요. 보온병에 더 있어요. 이것도 호박죽에 찍어서 드세요."

자영이는 토스트를 손으로 먹기 좋게 잘라서 쟁반에 놓았다.

"엄마, 엄마도 아줌마와 같이 드세요."

자영이가 하는 말에 자영이 엄마도 토스트 한 장을 들었다.

아침 6시에 만난 셋은 간단한 식사와 그동안 하고 싶었던 이야기를 나누기 시작했다.

"자영이 엄마, 지난번에 내가 준 가방 잘 보관하고 있나?"

"그럼 잘 보관하고 있지. 태수가 서울에 오면 전해 주라고 했잖아?"

자영이 엄마는 중요한 가방이라는 것을 알고 장 속에 잘 보관하고 있었다.

"근데 그 가방 속에 내가 정리해 놓은 노트를 읽어 보았나?"

사금자의 말은 정리해 놓은 자신의 치부책을 읽어 봤냐고 묻고 있었다.

"아니. 내가 그걸 왜 봐? 태수가 오면 전해 주면 되는 거 아냐?"

"자영이 엄마, 오늘 집에 가거든 그거 꺼내 봐요. 언니가 알아야 할 것이 있어요."

"왜? 태수가 서울에 못 오는 거가?"

"아니다. 온다. 태수는 꼭 올 거다. 다만 그걸 보라고 부탁하는 건 그 안에 걱정거리가 있어 그렇다. 그러니 그걸 꼭 한번 봐 주었으면 좋겠다."

"그래 알았다. 걱정 말거라. 내가 그걸 꼭 볼 거다."

사금자는 자영이 엄마의 말을 듣고 나서 가방에서 뭔가 꺼냈다. 사금자는 봉투 하나를 자영이 엄마에게 내밀었다.

"이게 뭐고?"

자영이 엄마가 묻는 말에 사금자가 대답했다.

"이거 내가 죽거든 태종이에게 전해 줘요."

"이거 편지 같은데 읽어 봐도 되나?"

그녀는 무슨 중요한 내용 같다는 생각이 들었다.

"여기서 말고 집에 가서 자영이하고 같이 읽어 봐라."

자영이 엄마는 사금자가 준 하얀 봉투를 자영이에게 주었다.

"자영아, 네 엄마나 나에겐 내일이 없다. 그러니 엄마한테 할 얘기가 있거든 오늘 다 해야 한다."

벽에 걸린 괘종시계가 7시를 가리키고 있었다.

"아침 식사가 늦었어요. 아침밥이 병실에 와 있을 겁니다."

간병인이 자리에서 일어나 사금자의 휠체어 뒤로 갔다. 병원의 아침 배식 시간은 오전 7시이다.

"우리 다 같이 병실로 올라가요."

간병인은 휠체어를 엘리베이터 쪽으로 밀었다. 간병인의 말은 계속 이어졌다.

"병실에 선빈 교수님이 녹음 장치를 해 놓았어요. 그러니까 말 조심 해야 합니다."

"병실에 무슨 녹음 장치를 해?"

자영이 말에 그녀는 조심하라는 뜻으로 입에 검지를 갖다 대었다.

"간병인 아줌마가 조금 전에 한 말 새겨 들어야 한다."

자영이 엄마는 이선빈과 이정빈이가 전부터 녹음한다는 이야기를 사금자로부터 들어서 이미 알고 있었다. 사금자는 이들 모녀가 하는 말을 듣고서도 지금은 아무 말도 하지 않고 있다. 병실에 도착하자 아침상이 환자 침대 테이블에 놓여 있었다.

"어디 보자, 흰 쌀밥에 무 고깃국, 물김치와 숙주나물, 두부와 삶은 계란 그리고 이게 뭐야. 빙수네? 딸기와 팥 그리고 감귤과 우유를 곁들인 투석환자용 후식이라고 쓰여 있네. 아이고 유리컵에 예쁘게도 담았네요. 여기 꿀도 있네."

자영이 엄마는 사금자가 먹을 아침 식사를 점검하듯 하나하나 살폈다.

"엄마, 투석하는 환자용 아침이야. 아주 싱겁게 했을 거야, 엄마도 맛 한번 봐요."

자영이의 말에 그녀는 물김치와 숙주나물 그리고 고깃국을 차례로 조금씩

맛을 보았다.

"아구야, 정말로 싱겁네. 금자야, 매일 이렇게 먹어야 하나?"

"자영아, 엄마 모시고 아래층 식당에 가서 아침 식사 하고 와라."

자영이가 대답하지 않자, 그녀의 엄마가 나섰다.

"금자야, 우리는 아침을 열 시에 먹는다. 요즘 말로 아점으로 먹는다. 우리보다 간병인 아줌마가 먼저 해야지. 아줌마, 우리가 여기에 있을 테니 아줌마가 먼저 식사하고 오세요?"

간병인은 웃으면서 말했다.

"아닙니다. 할머니 식사를 먼저 해결하여야 합니다. 할머니가 식사하는 동안 두 분이 커피라도 한잔 하시고 오세요."

자영이가 그녀의 엄마를 쳐다보았다.

"엄마, 오늘 아침 새벽 시간에 바쁘게 서둘다 보니 커피 한 잔도 못 하고 왔네요. 우리 지하로 가서 커피 한잔하고 와요."

자영이 모녀는 병실 밖으로 나가고 사금자는 밥술을 몇 번 뜨다가 디저트로 손이 갔다. 요즘 사금자는 식사량이 많이 줄었다.

"할머니, 식사를 조금 더 하시고 후식을 드세요. 이러는 거 교수님이 아시면 내가 혼나요. 그러니 밥을 몇 숟가락 더 뜨세요."

사금자는 달콤하고 담백하게 만들어진 딸기 디저트에만 숟가락이 갔다.

"밥은 됐다. 좀 전에 먹은 게 있으니 아침은 됐다. 밥상 저리로 가져가 자네가 먹어라."

사금자는 테이블에서 쟁반을 미는 시늉을 했다. 할 수 없다는 표정을 지으며 간병인은 쟁반을 들고 문가에 있는 책상으로 갔다. 이렇게 하면 의사는 환자가 식사를 잘하는 것으로 알고 이선빈은 의사로부터 식사를 잘한다는 소리를 듣게 되는 것이었다. 간병인은 자신의 매끼 식사를 위해 이러한 사실은 의사나 이선빈에게 보고 하지 않고 있었다. 간병인이 식사가 끝나고 사금자가 후식을 먹는 동안 자영이 모녀가 병실로 들어왔다.

"금자야, 아침 식사는 많이 했나?"

"그래. 많이 먹었다."

자영이 엄마가 책상 위에 놓인 쟁반을 보며 좋아했다.

"아구야, 금자가 아침을 싹싹 비웠네."

자영이가 한마디 했다.

"아줌마, 나하고 있을 때보다 식욕이 좋아졌나 봐. 근데 얼굴은 푸석푸석해 보여요."

간병인이 무슨 말을 하려다가 참았다.

사금자는 식욕이 줄고 있다는 것은 자신의 생이 얼마 남지 않았음을 스스로 감지하고 있다고 그렇게 생각하고 있었다. 사금자는 이렇게 약해진 자신을 정신적으로 이겨 내려고 주위 사람들에게 혼신의 힘을 다 쏟고 있는 것이다. 그 힘은 오로지 이태수를 기다리는 데서 나오는 듯했다.

"아래층 커피 맛있었나?"

사금자가 자영이 엄마에게 하는 말이다.

"우리 딸이 타 주는 아침 커피가 훨씬 더 맛이 있어요."

자영이 엄마는 사금자를 웃기고 싶어서 하는 말이었는데, 사금자는 웃지 않았다. 사금자는 어디가 불편한 듯했다. 자영이는 그것을 알아차렸다.

"아줌마, 지금 눈가를 보니까 많이 졸린 것 같은데 그렇죠?"

간병인이 대신 대답했다.

"아침엔 식사를 하자마자 잠자는 습관이 생겼어요."

"그러나, 그럼 어서 자야지. 오늘은 나도 새벽에 일어나서 그런지 금자 옆에서 같이 자고 싶다. 자영아, 보조 침대를 금자 옆으로 붙여 줘라."

자영이 엄마가 자영이에게 보조 침대를 가리키며 자영이 등을 떠밀었다. 자영이가 얇은 이불을 꺼내며 보조 침대를 환자 침대 옆으로 붙였다.

"우리 둘은 오전 잠을 자겠으니 너희들은 의사 회진 시간 맞추어서 오도록 해라."

자영이 엄마의 말이 끝나자마자 자영이는 간병인과 팔짱을 끼고 병실 밖으로 나갔다.

"금자야, 우리가 이렇게 같이 자 보는 것이 얼마 만이고?"

"벌써 수십 년이 넘은 것 같다."

"그렇지 세월은 너무 빨리 가는 거야."

둘은 누가 먼저라 할 것도 없이 코를 골기 시작했다.

그때 노크도 없이 이선빈이 병실 문을 열고 들어왔다. 두 노인이 둘이 코를 번갈아 골아 가며 정신 없이 자는 모습에 이선빈은 황당했다. 이선빈은 침대 옆에 서서 자고 있는 모습을 한참 동안 쳐다보다가 환자 침대 아래쪽으로 윗몸을 엎드려 모서리 안쪽에 녹음장치에 파란 불이 켜 있는지 확인했다. 간병인이 녹음장치 버튼을 눌러 놓고 나간 것이 분명했다. 이선빈은 아침에 무슨 일이 병실에서 있었다는 것을 직감하며 조용히 병실 문을 열고 나갔다. 혹시 간병인이 응접실에 있나 하고 그리로 향했는데 거기에는 없었다. 이선빈은 간병인에게 전화를 할까 하다가 자판기 쪽으로 가서 믹스커피를 눌렀다. 이선빈은 컵을 들고 구석진 자리로 걸어갔다. 가방에서 수첩을 꺼냈다. 이선빈은 혹시 자신이 약속시간을 착각하고 있지 않나 수첩을 몇 장 넘겼다. 자영이 엄마 약속은 오늘 오후 2시로 적혀 있었다. 자영이 엄마보고 분명 오늘 오후 2시에 오라고 했는데 아침 일찍 온 것을 보면 무슨 일이 있을 것이라고 생각했다. 벽에 걸린 둥근 시계가 아홉 시를 알렸다. 이선빈은 먹던 커피를 쓰레기통에 버리고 곧장 병실로 갔다.

의사의 아침 회진 시간은 보통 열 시 반이었다. 병실에는 간병인과 자영이가 와 있었고 두 노인도 일어나서 앉아 있었다. 간병인은 사금자의 입에서 턱으로 흘러내리는 침을 물티슈로 닦아 주고 있었다.

"할머니, 제가 자리를 잠깐 비우더라도 자리에서 일어나면 옆에 있는 물티슈로 손과 얼굴을 꼭 닦아야 해요. 그래야 할머니도 좋고 병문안 오는 사람도 예쁘게 봐주는 거예요. 알았죠? 할머니."

간병인이 매일 되풀이하는 소리에 사금자는 짜증이 날 법도 하지만 언제나 그때마다 고개를 두어 번 끄덕거려 주었다.

"아줌마, 오늘 오후 2시에 오시라고 했는데 왜 이렇게 일찍 왔어요?"

이선빈이 뚫어지게 자영이 엄마를 쳐다보며 하는 말이었다.

"그냥 왔다. 일찍 일어나 생각해 보니 금자에게 꼭 무슨 일이 있는 것 같아서 오후까지 참지 못하고 그냥 왔다. 왜, 안 되나?"

자영이 엄마는 선빈의 눈초리를 보면서 저번처럼 당할 것 같아서 조심스럽게 말을 했다.

"아줌마, 엄마에게 아무 일도 없다고 했잖아요? 내 말이 말 같지 않아요? 아줌마, 엄마에게 내가 그렇게 나쁜 년으로 보여요?"

이선빈의 음성이 높아지기 시작했다.

"아니다, 아니다. 내가 잘못했다. 일찍 와서 미안타, 선빈아."

두 사람 이야기를 듣기만 하던 자영이가 나섰다.

"야, 선빈이, 너 어른한테 말버릇이 그게 뭐냐?"

자영이는 선빈이보다 나이가 2살이 많고 키도 더 크며 선빈의 여고 선배였다.

"언니는 상관 말아요. 아줌마가 나를 우습게 알고 아줌마 맘대로 해서 나도 한마디 하는 거니까 언니는 나서지 말아요."

선빈이는 살벌하게 분위기를 만들어 자영이 엄마로부터 무슨 이야기를 들고 싶어 하고 있었다.

"너 나한테 그렇게밖에 말 못 해?"

자영이는 지난번에 선빈으로부터 엄마가 크게 욕 본 것을 알고 있었다.

"왜? 언니가 나한테 뭐가 되나? 내 말에 왜 시비야?"

일부러 자영이의 성질을 북돋으려는 선빈의 의도를 모르고 자영이는 큰 소리를 내며 주먹으로 책상을 내리쳤다. 그 주먹으로 선빈의 얼굴을 때리고 싶었던 것이다.

"자영아, 이게 무슨 짓이고? 가만 있어라. 안 그러면 너 엄마한테 혼난다."

그녀의 한마디에 자영이는 밖으로 나가 버렸다.

"누구한테 성질이야. 내가 자기 말 한마디에 주눅 들 줄 알았나?"

이선빈은 빈정대는 말로 사건을 만들고 싶었지만 자영이가 밖으로 나가는 바람에 그렇게는 못 하고 대신 자영이 엄마를 상대로 분풀이를 계속했다.

"아줌마, 아줌마는 요즘도 정빈 언니하고 전화로 나를 모함하고 있다면서요. 그거 다 죽으면 죄가 되어 지옥으로 간다는 거 알아요? 그리고 태종이 오빠도 만나서 '이렇다 저렇다' 지난 일에 대해 이야기해 준다면서요? 아무리 그래도 그 오빠는 우리 엄마처럼 우리에게 붙어먹게 그렇게 호락호락하지는 않을 걸요."

자영이 엄마는 기가 차서 이선빈에게는 할 말을 못 하고 사금자 얼굴만 쳐다보고 있었다.

"아줌마, 지금까지 누구 덕에 먹고살았는지 알아요? 우리 엄마가 없었으면 아줌마네는 망해서 벌써 거지가 다 되었을 걸요. 그런데 이게 뭐예요? 여기저기 다니면서 우리들 사이를 이간질하고 있잖아요."

자영이 엄마는 이선빈이 하는 말은 더는 못 듣겠다는 시늉을 하며 팔을 걷어붙였다.

"금자야, 저 애 금자 네 배 속에서 나온 딸이 맞나? 왜 저러는 거고. 내가 무슨 스파이가? 아니면 게릴라 짓이라도 하고 다닌다는 게가? 늙은이한테 할 말이 있고 안 할 말이 있는데 교수라는 선생이 뭐 저런 나. 틀렸다. 금자 네가 한마디 해라."

사금자는 이선빈을 그냥 바라볼 뿐 아무 말도 하지 않았다. 그러나 사금자는 자영이 엄마의 손을 잡으며 크게 한숨만 내쉬었다. 이선빈이가 말을 또다시 쏟아대기 시작했다.

"아줌마, 아줌마가 이렇게 사는 거 다 우리 엄마 덕인 거 잘 알잖아요. 그런데 이제는 우리 엄마가 아줌마 도와줄 능력이 없어요. 그러니 다음부터는 우리 엄마는 물론 우리 집안 사람들과 더 이상 접촉하지 않는 게 좋을 거예요. 안 그러면 아줌마가 우리 엄마 돈을 가지고 있다고 고소를 당할 수가 있어요. 누가 그럴지 모르죠? 내가 될지 다른 사람이 될지. 하여간 이번이 우리 엄마 만나 보는 거 마지막이라 생각하세요."

자영이 엄마는 머리와 가슴에 불이 붙은 것 같았다.

"누가 누구 덕으로 산다는 거고? 교수라는 선생이 그리도 없는 말을 만들어도 되나. 나는 이제껏 너희 엄마와 둘도 없는 친구로, 언니로 일생을 같이 하며 살아왔지만 너희 엄마 덕을 보려고 도움을 받으려고 그렇게는 살지 않았다. 서로가 곤란할 때 친구처럼 때로는 언니처럼 살아온 우리를 너는 그렇게 폄하해야 네 맘이 시원하냐? 나는 고소할 일도 고소당할 일도 없다. 네 엄마가 쓰라고 준 돈 그거는 너 엄마 죽으면 장례비로 내놓을 것이다. 너는 세상을 다시 살아야겠다. 절대로 그러면 안 된다."

자영이 엄마의 돈 소리에 침대에 누워 있던 사금자의 가슴이 철렁했다. 자영이 엄마 역시 돈 이야기를 괜히 했다고 후회했으나 이미 엎질러진 물이라고 생각했다. 자영이 엄마는 지금 오가는 모든 말들이 이선빈이 설치한 녹음기에 녹음되고 있을 거라고 생각하면서도 너무 억울한지 한마디 더 했다.

"너 내가 도와주지 않았다면 이 세상에 태어나지도 못했어. 너 엄마가 40세에 너를 임신하고 너를 지우려고 병원으로 가고 있을 때 막아선 사람이 바로 나야. 그때 나가 너 엄마에게 뭐라 했는지 아냐? 생명을 함부로 죽여서는 안 된다. 그 애가 태어나면 효자가 될지 효녀가 될지 누가 아냐? 여기 너 엄마 있으니 물어봐라? 그래서 태어난 아기가 바로 너야. 이제는 컸다고, 이제는 어른이되었다고 나에게 막말하고 모함까지 해, 에이 나쁜 년. 에이 짐승만도 못한 년."

이선빈이 전혀 모르는 과거 이야기에 기가 꺾이고 묘한 기분이 들었다.

"그래도 아줌마가 싫어요. 더 이상 저하고 마주치는 일이 없었으면 좋겠어요."

자영이 엄마는 말을 바로 받아쳤다.

"알았다. 더 이상 너하고 말을 섞고 싶지 않다. 당장 너 앞에서 사라지는 게낫겠다."

그녀는 사금자의 얼굴에 두 손을 갖다 대었다.

"금자야, 미안하다. 우리가 가야겠다."

둘은 눈물을 흘리고 있었다. 둘은 이것이 살아 있는 동안 마지막 상봉이라는 것을 모르고 있었다. 벽시계가 오전 10시 50분을 가리키고 있었다. 오전회진을 위해 의사와 간호사들이 사금자의 병실로 들어왔다.

8. 의사 이태수

이태수와 그 일행을 태운 미국 시카고발 항공기는 인천국제공항의 상공에서 착륙 준비를 하고 있었다. 하늘에서 내려다본 공항의 모습은 아름답고 멋진 환상이 아닌 실상의 파노라마였다. 사방으로 펼쳐진 푸른 바다는 맑고 파란 하늘과 짝이 되어 세계인을 부르고 있는 듯했다.

이태수는 계단을 밟으며 눈앞에 펼쳐진 공항의 크기와 규모 그리고 조형미에 또 한 번 압도당하는 느낌이 들었다. 지금도 35년 전 한국을 떠날 때 하늘에서 보았던 김포공항의 아름다운 그 모습이 생생한데, 그에 비해 인천공항은 조용한 아침의 나라의 정체를 잘 살려 광폭의 그림으로 탄생시켜 놓았다. 광폭의 그림은 미래지향적이며 현대적으로 건설된 거대 공항이었다. 이태수는 여객터미널로 향하는 리무진 버스에서 아름다운 건물들을 바라보며 말로만 듣던 발전된 한국을 처음으로 직접 눈으로 확인하고 있었다. 그리고 그동안 조국에 대한 자신의 편견이 얼마나 우매하였는지 자괴감을 떨칠 수 없었다.

그가 미국 이민을 본격적으로 계획하였던 시기는 1968년 의과대학을 졸업하던 해였다. 그는 졸업 후 바로 국방의 의무를 위해 육군 군의관으로 입대하였고 3년 후 육군 대위로 국방의 의무를 마쳤다. 그해 7월 미국으로 건너가 예일 의대에서 인턴과 레지던트 그리고 전문의 과정을 마치고 내과 전문의가 되었다.

그가 한국 전문의 면허를 포기하고 미국에서 전문의 면허를 취득했던 것은 그만한 이유가 있었다. 그는 당시 한국을 떠나는 이유로 열악한 한국의 경제력도 문제가 있었지만, 그에 앞서 가족들 간의 사소한 감정으로 형성된 분쟁은 그를 위축시키는 결과를 낳게 되었다. 특히 이복 형 이태종의 맏형 노릇은 그를 늘 자유롭지 못하게 하였으며, 사금자의 그에 대한 지나친 기대감 역시 그에게는 큰 짐이 되고 있었다. 이 굴레에서 벗어나기 위해서는 미국으로 이민밖에 없다고 그는 생각했었던 것이었다. 가족들로부터 해방! 자기만의 세계! 미국에서 재탄생! 그래서 그는 한국의 국적을 버리고 미국 국적을 취득했으며 그가 만든 가정에서 가문의 제1세가 된 것이다.

미국에서의 의사의 길은 사전 준비가 철저했던 그에게는 비교적 무난한 시작이었다. 1972년 인턴 첫해 연봉은 숙소를 제공 받고 1만 8천 불이었다. 한국 인턴 초봉에 비해 20배가 더 많았다. 당시 인턴 초봉은 현재 그가 벌어들이는 연봉 비하면 1/30 정도밖에 안 되는 금액이었다.

몇 년 전 문중에서 30년 만에 새로 발간되는 족보에 그의 부인과 그의 아들을 등재하려고 이태종이 이정빈을 통해 이태수에게 연락을 했으나, 그는 자신은 물론 가족들 누구도 그 족보에 등재하지 못하도록 거부했다. 그때까지도 그는 문중 사람들을 무시하고 고리타분하게 여기고 있었다. 이태종은 이태수가 원하는 것은 아니었으나 후에 그의 자손들이 그들의 뿌리를 찾기를 원한다면 쉽게 찾을 수 있도록 이태수 족보 란에는 1942년 부산 출생. 1968년 서울의과대학 졸업 그리고 1972년 미국 이민이라고만 기록하여 올려놓았다. 그는 계획대로 미국 시민권을 취득하고 대한민국 국적을 포기했으나 35년이 지나, 한국 땅에 내리는 순간 60대 초반인 그에게 조국은 있었다.

이태수가 혼란스러워할 때 뒤에서 같이 걷던 이정빈이 이태수를 올려다보며 말을 붙였다.

"오빠, 35년 만에 한국 땅을 밟는 기분은 어때요?"

"That's great. The airport is so big and beautiful!"

(대단해, 공항이 정말 크고 아름다워.)

이태수는 가족들 간에는 영어로 소통해 왔고 아들에게도 한국어를 가르친 적이 없었다. 그의 가족은 미국인 부인과 아들이 있었으나 부인이나 아들은 한국말을 전혀 못 했다. 그는 부인이나 아들에게 한국어를 가르칠 생각이 조금도 없었다. 이정빈은 이태수에게 미국에서는 생각하지 못했던 문제들이 이제부터 한국에서 그의 주변에서 많이 일어날 수 있다는 생각이 들었다. 이정빈은 약간 망설이다가 이태수의 생각을 무시하고 말을 했다.

"오빠, 지금부터 한국을 떠날 때까지는 오빠의 가족에게만 영어로 말하고 한국 사람들을 만날 때는 항상 한국말로 말해야 해요."

이태수의 부인과 그의 아들이 이태수에게 이정빈이 한국말로 하는 것을 보고, 정빈의 얼굴을 빤히 바라보며 이태수의 부인이 항의하듯이 말했다.

"What's going on? Why, do you speak Korean? If you speak Korean, the two of us can't understand it. Who can translate what Jung-bin said?"

(무슨 일이 있어요? 왜 한국말로 해요? 한국말을 하면 우리 둘은 이해할 수 없잖아요. 정빈이가 한 말 누가 통역해 주세요.)

이정빈이 어떻게 설명해야 되나 생각하고 있는 동안 이태수가 부인과 아들을 번갈아 보며 이해를 시켰다.

"My sister just said, from now until you leave Korea, you should only speak English to your family and always speak Korean when you meet Korean peoples."

(나의 여동생이 방금 말한 것은 지금부터 한국을 떠날 때까지는 너의 가족

에게만 영어로 말하고 한국 사람들을 만날 때는 항상 한국 말로 말해야 한다는 거야.)

그때 이정빈이 정리된 생각을 강한 톤으로 말을 했다.

"Koreans who remember your husband still know him as a Korean. But if your husband tries to speak to them in English, they will turn a blind eye to your husband and say he is arrogant. Because most other immigrants want to communicate with Korean people by having their families or children teach and learn Korean. But your husband has never shown us all to speak Korean in America. That's why I told your husband in advance not to make such a mistake in Korea. Jessica and Andrew, do you understand what I mean?"

(너희 남편을 기억하는 한국인들은 아직도 너희 남편을 한국인으로 알고 있어. 그러나 만약 너희 남편이 그들에게 영어로 말하려 한다면, 그들은 너희 남편을 외면하고 거만하다고 말할 거야. 왜냐하면 대부분의 다른 이민자들은 그들의 가족이나 아이들에게 한국어를 가르치고 배우도록 함으로써 한국 사람들과 의사소통을 하고 싶어 하기 때문이야. 하지만 너희 남편은 우리 모두에게 미국에서 한국어를 말하는 것을 보여 준 적이 없어. 그래서 한국에서 그런 실수는 하지 말라고 미리 말한 것이야. 제시카, 앤드류 무슨 말인지 알겠어요?)

그제서야 태수의 부인과 아들이 고개를 끄덕였다.

그들은 입국심사를 통과 후 짐을 찾기 위해 1층으로 내려와 회전식 컨베이어 앞에 서서 그들의 짐이 나오기를 기다리고 있었다. 이정빈의 짐이 수취대에서 돌고 있었다.

"내 짐이 먼저 나왔어요. 오빠, 나는 한국인 검색대로 먼저 갈게요. 오빠도 짐이 나오거든 외국인 물품 검색대로 가세요. 검색이 끝나면 밖에 입국장 밖에서 만나요."

"알았다. 호텔까지 차는 준비됐나?"

"예. 우리는 KAL 리무진 버스를 타면 돼요. 출국장 밖에서 저만 따라오면 되니까 짐을 찾는 대로 밖으로 나오세요."

"알았다. 거기서 보자."

이태수와 이정빈이 말하는 동안 앤드류는 그들의 짐을 발견하고 이태수 앞에 놓았다.

"All right, let's each pack up and line up in front of the inspection table."

(자, 각자 짐을 챙겨서 검사대 앞에 줄을 서자.)

그들은 각자 자기 가방을 챙기고 외국인 전용 검사대 앞으로 갔다. 여러 대의 비행기가 한꺼번에 도착하는 바람에 입국장 물품 검색대 앞에는 여러 개의 줄이 길게 늘어져 있었다. 그들은 외국인들이 서 있는 줄을 따라 맨 끝에 서 있었다. 그들 셋은 모두 미국 여권을 가지고 있었다. 이정빈은 이미 그녀의 가방을 열고 세관원의 검사를 받고 있었다. 그녀의 세 번째 가방을 열자 모두 선물용 기념품으로 가득했다. 세관원이 물었다.

"많이도 사 오셨네요. 직업이 어떻게 되세요?"

"스탠포드 의대 병리학 교수입니다."

"교수님께서 왜 이렇게 많이 사 오셨어요? 세금을 부과해야 되겠는데요?"

세관원은 계속 물품을 이리저리 들여다보며 말을 했다.

"거의 20불 미만들입니다. 여기 영수증이 있어요."

그녀는 세관원에게 영수증을 보여 주었다. 세관원은 영수증을 체크했다.

"그렇군요. 그런데 수량이 너무 많네요."

"예. 제가 3년간 연구 중인 논문이 있는데 2명의 교수와 실습원 10명 정도가 각 분야별로 실험 연구에 참가하고 있습니다. 수고하는 그들에게 한 개씩 나누어 주려고요. 이렇게 샀어요. 세금을 얼마 내면 됩니까?"

세관원은 영수증을 또 한 번 들여다보고는 여권을 돌려주었다.

"그냥 가세요. 연구 논문 꼭 성공하십시오."

이정빈은 짐을 챙겨 밖으로 나오자 이미 이태수와 그 가족들은 그녀를 기다리고 있었다.

"우리 셋은 검사하지도 않고 나가라고 하던데 왜 이렇게 오래 걸렸어?"

이태수가 걱정했다는 듯이 말을 했다

"세관원이 선물을 너무 많이 샀다며 이것저것 체크하는 바람에 시간이 많이 걸렸어요."

"괜찮은 거야?"

"예. 잘되었어요. 우리 밖으로 나가요. 저만 따라 오세요."

그들은 이정빈의 뒤를 따라 건물 밖 주차장 쪽으로 나갔다. 넷 모두는 6702번 KAL 리무진 버스에 올라타고 이태수와 제시카는 중간 좌석에 같이 앉았다. 이정빈은 이태수가 앉은 바로 뒷자리에 앉았다. 이정빈이 앤드류에게 자기 옆으로 오라고 하는데 그는 싫다고 하면서 맨앞 자리로 갔다. 앤드류는 앞이 트인 자리에 앉아서 처음 방문하는 아버지의 조국, 한국의 풍경을 생생하게 영상에 담아 기록하고 싶었다. 리무진 버스가 인천국제공항을 떠나 고속도로에 들어서자 시속 100km로 달리기 시작했다. 앤드류는 미국에서의 고속도로와는 다르게 펼쳐지는 주위 환경에 감탄을 연발하며 그만의 영상을 만들고 있었다. 영종 대교에 진입하자 그는 다리의 곡선미를 살리려고 그의 카메라는 여기저기로 천천히 움직이며 주위의 경치를 담고 있었다. 그리고 그는 미처 담지 못하는 바다와 하늘 그리고 지나치는 풍경들은 카메라 마이크에 입을 가까이 하여 자신의 느낌을 소리로 표현하고 있었다. 제시카는 피곤했던지 고개를 창가에 기대어 선잠에 빠진 듯했다.

"태수 오빠, 조금 전에 간병인에게 전화했는데 엄마가 낮에 계속 잠만 자고 좋지 않다고 하네요. 오빠네만 호텔로 모셔 드리고 나는 엄마 병원으로 곧장 가 봐야겠어요."

"그래? 그럼 나도 같이 가야지."

"오빠, 올케와 앤드류는 어떻게 하고?"

"내가 호텔 방까지 데려다주고 알아서 할 테니까, 정빈이 너는 차만 잡아두고 있어."

"차는 준비됐어요. 자영이가 자기 차를 가지고 호텔로 온다고 했어요."

자영이가 호텔로 온다는 말에 이태수는 한마디 했다.

"함흥냉면집 외동딸, 그 자영이가 온다는 거야?"

이태수는 자영이에게 1년간 영어와 수학 공부를 가르친 적이 있었다.

"예. 자영이가 자기 차를 가지고 온다고 했어요."

"그 꼬맹이가 벌써 그렇게 컸나."

"꼬맹이가 뭐예요. 자영이가 이제 오십 하나인데."

이태수는 자신의 나이만 계산하고 상대의 나이는 잊고 있었다.

"그 애가 중학교 1학년 때 내가 영어하고 수학을 가르친 적이 있어."

이태수가 자영이에게 공부를 가르쳤다는 말은 이정빈은 처음 듣는 말이었다.

"오빠, 우리에게는 영어 단어 하나 수학 한 문제 하나 가르쳐 주지 않으면서 자영이에게는 공부를 가르쳤어요?"

이정빈은 섭섭한 투로 말했으나 진정은 아니었다.

"너에게는 과외 선생이 따로 있었잖아."

이정빈은 중1 때부터 고3까지 항상 과외 선생들이 있었다.

"그건 나도 알아요. 멍청이 과외 선생도 있었지만."

"멍청이 과외 선생이 누구였는데?"

과외 선생들은 모두 다 그가 추천한 이태수의 친구들이었다.

"그건 잊어버렸어요. 나는 이번에 자영이네 집에서 머물기로 했어요."

호텔에 도착하여 운전기사가 내려주는 그들의 짐을 챙기는 동안, 호텔 안에서 기다리고 있던 자영이가 손을 흔들며 밖으로 나왔다. 늘씬한 키에 미인형의 숙녀였다. 정빈이는 두 팔을 벌려 반갑게 포옹했다.

"자영아, 인사해. 태수 오빠 알지?"

자영이가 약간 멈칫거렸다. 그동안 기억하고 있었던 이태수의 젊었을 당시의 모습을 찾아볼 수가 없었다. 약간 앞 이마가 벗어진 머리에 불룩 나온 배그리고 통통한 얼굴이 그저 낯선 사람처럼 느껴질 뿐이었다. 서울의대 배지를 달고 언제나 단정한 이태수의 젊은 시절의 멋진 그런 모습을 그녀는 아쉬웠다.

자영이는 멈칫멈칫하다가 그냥 태수 오빠라며 작게 입을 열었다.

"자네가 자영이야? 몰라 보겠네. 그때보다 정말로 더 좋아졌네."

이태수는 자영이를 보고 아름답다는 말은 하지 않았다.

"태수 오빠, 우리 엄마가 보고 싶다고 했어요."

자영이는 두 손을 꼭 쥐고 이태수의 얼굴을 다시 한번 바라보며 말을 했다.

"너희 엄마가 나를 보고 싶어 한다고?"

이태수는 재차 확인하듯 물었다.

"예. 엄마가 오빠를 만나야 한다며, 오빠를 만나거든 이 말부터 전하라 하셨어요."

이태수는 자영이 엄마가 만나야 한다는 제안에 즉시 답을 주지 못했다.

"언제 만나면 돼?"

자영이는 여전히 그 자리에서 꼼짝하지 않고 서 있었다.

"오빠가 편리한 대로 정하면 돼요."

"그래. 그러면 나중에 내가 연락할 수 있게 전화번호를 줘."

"오빠 휴대폰 있으면 주세요."

자영이는 자신의 전화번호를 입력하고 난 후에 태수에게 휴대폰을 돌려주었다.

"오빠, 올케언니하고 앤드류가 오빠를 보고 있네요. 어서 가 보세요."

이정빈은 호텔 로비에서 이쪽을 보고 있는 올케에게 손을 흔들어 주었다.

"오빠, 자영이 차에 짐을 싣고 있을 테니 오빠 일이 끝나는 대로 전화를 주세요."

이태수는 호텔 회전문 통해 안쪽으로 들어갔다.

같은 시각, 이선빈은 간병인의 전화를 받고 있었다.

"정빈 언니가 언제 온다고 했어요?"

"교수님, 미국 언니가 언제 온다고 시간은 알려 주지 않았어요."

간병인은 사금자의 얼굴을 쳐다보며 전화를 하고 있었다.

"아줌마, 정빈 언니 혼자서 온다고 했어요?"

"아니요. 미국에서 유명한 의사를 모시고 같이 온다고 했어요."

간병인은 이선빈이 지시한 대로 오늘 방문자가 있다는 것을 사전에 보고하고 있는 중이었다. 이선빈은 미국에서 정빈 언니가 유명한 의사를 모시고 같이 온다는 말에 태수 오빠라고 확신했다.

이태수는 전문의 과정을 이수하고 그 당시 미국에서 처음 시행하는 응급의사 자격 시험에서 전미 합격자 500명 중 1등으로 합격했었다. 그는 응급의사 10년간 재직하는 동안 머릿속에 파편이 박혀 인사불성이 되었던 미국의 유명 정치인을 살려 낸 적이 있으며, 갱 두목이 가슴에 총을 맞고 쓰러져 있는 것을 응급 처치한 후 병원으로 옮겨 심장에 박혀 있는 총알을 빼내는 데 성공하여 미국 신문과 방송에서 화제가 된 적도 있었다. 그는 수많은 경험을 통해 응급의사로서 미국에서 유명한 의사가 되었으며 현재 미국 유명 상원의원과 주지사 그리고 유명 배우의 주치의를 맡고 있었다. 이정빈이 스탠퍼드 의대 병리학 교수로 재직하게 된 동기도 이태수의 추천이 있었기 때문이었다.

"아줌마, 정빈 언니가 와서 나를 찾거든 엄마 일로 법원에 갔다고 전해 주세요."

이선빈은 배 변호사를 만나려고 법원으로 가고 있었다. 이선빈은 그녀가 소지하고 있었던 사금자의 중환자 진단서를 배 변호사에게 전달했다. 배 변호사는 진단서를 살펴보고 임시 판사실로 향했다.

그 시각 이정빈의 변호사 정명호는 사금자의 녹음을 검사에게 전달하고 법정에서 오늘의 재판 일정을 체크하고 있었다. 검사에게 전달한 녹음 속에는 사금자의 의중이 담긴 상가건물에 대한 유언이 있었다. 이선빈은 정 변호사를 알고는 있었으나 그가 법원에 온 이유는 모르고 있었다.

이선빈은 민사소송도 중요하지만 이태종의 지분이 걸려 있는 형사재판 역시 아주 중요하다고 생각하고 있었다. 그녀는 정 변호사 쪽으로 걸음을 옮기고 있었다.

법정엔 생각보다 의외로 많은 사람들이 앉아 있었다. 많은 사람들이 소리도 없이 앉아 있는 모습은 마치 유령들을 보는 것과 같았다. 새롭게 단장한 벽에서 그나마 향긋한 냄새가 풍겨 다행이었다.

이태수와 이정빈을 태우고 자영이가 운전하는 자동차는 을지로 입구에서 우측으로 돌아 명동 입구에 이르자 뒤엉킨 차들로 꼼짝 못 했다. 이태수는 명동 쪽을 바라보며 옛날에 친하게 지냈던 친구들이 생각났다. 김도균, 박승철 그리고 양종환 이들은 이태수의 경기고등학교 동기 동창이었으며 죽을 때까지 서로 돕고 살자고 약속했던 사이였다. 그러나 서울 법대를 졸업한 김도균을 제외하고 다른 친구들과는 소식이 끊겼다. 김도균 친구의 말에 의하면 박승철은 서울대 상대를 졸업하고 아버지의 회사에서 부회장을 하고 있으며 그리고 서울 문리대 영문과를 졸업한 양종환은 영국에서 교수로 있다는데 자기하고도 소식이 끊겼다고 하였다. 이태수가 서울의대를 졸업하고 미국으로 이민 가기 전에 이들 넷은 한 달 동안 서울 시내 이곳저곳 전전하며 젊음을 만끽했었다. 그러다 배고프면 이곳 명동에 가서 삼겹살 안주에 막걸리로 배를 채우곤 했었다. 이태수가 전문의가 되면서 이들과의 소식이 뜸해졌고 병원을 설립하면서 완전 끊겼다. 다행히 김도균과는 십여 년 전부터 그가 미국 방문이 가끔씩 있어서 시카고에서 몇 번 만난 적이 있었다. 김도균은 검사에 이어 국회의원 3선까지 했으며 지금은 법무법인 대표 변호사로 서울 강남에 집과 사무실이 있었다.

꽉 막혔던 자동차가 서서히 움직이기 시작했다. 남대문을 지나 서울역 앞을 지날 때는 서울역 시계탑은 옛날 그 모습 그대로 걸려 있었다. 만리동길을 지나 병원에 도착한 시각은 오후 네 시가 조금 지난 후였다. 병실 문을 열자 간병인이 이정빈을 반갑게 맞이했다. 환자 사금자는 그녀의 침대에서 자고 있었다.

"엄마가 언제부터 잠을 자고 있는 거요?"

이정빈이 사금자의 얼굴을 자세히 들여다보며 간병인에게 물었다.

"점심 식사 후 30분에 약 드시고 오후 1시 반부터 주무셨습니다."

간병인은 이정빈의 옆에 서 있는 이태수를 힐끔힐끔 쳐다보며 이정빈의 물음에 대답하고 있었다.

이태수는 어머니 사금자의 모습을 보다가 의사인 자신의 직업을 잊은 채 눈물을 입으로 삼키고 있었다. 이태수는 국민학교 졸업 당시 어머니의 모습만을 늘 간직하고 있었다. 그의 머릿속에 간직했던 어머니는 눈은 크고, 코는 오뚝하며 입술은 엷은 자주색 연지를 늘 바르고 있었고, 갸름한 얼굴에 얼굴색은 하얗고 검고 빛나는 긴 단발 머리에 항상 투피스 정장 차림으로 다른 엄마들보다 매우 단정하고 아름다웠다. 학교 친구들도 부러워할 정도로 이태수의 어머니는 멋이 있고 아름다웠다. 국민학교 졸업식 날 학교 정문에는 〈축 합격 경기 중학교 입학 이태수 장하다〉라는 현수막이 걸려 있었다. 그 당시 어머니와 같이 찍었던 흑백 사진이 지금도 이태수의 지갑에 들어 있었다. 그런데 지금은 코에는 산소 호흡기를 끼고 있고 이마엔 주름이 가득하고 머리는 허옇고 얼굴색은 창백하다. 누렇고 광대뼈가 보일 정도로 여위었다. 그동안 이태수는 어머니를 위해 무엇을 해 드렸나를 생각해 보니, 바쁘다는 핑계로 엄마는 관심 밖이었다. 자신이 너무나 부끄럽고 원망스러워 가슴을 세차게 치고 싶었다. 산소 호흡기를 낀 엄마의 코에서 가느다란 숨소리가 이태수의 귓전을 맴돌고 있었다.

"아줌마, 엄마가 먹는 약을 가져와 보세요."

이정빈은 환자가 복용하는 약부터 보고 싶었다. 간병인은 사금자의 약이 들어 있는 약통을 이정빈에게 내밀었다. 봉지에 들어 있는 약이 있고 병에 들어 있는 약이 있었다

"이렇게 포장된 것은 병원에서 처방해 준 약이고, 병에 들어 있는 이 약들은 이선빈 교수님이 가져오신 겁니다. 이 포장에 들어 있는 약과 병에 들어 있는 약 한 알을 아침 저녁으로 함께 드시고 계십니다."

이태수는 의학 박사로서 이정빈은 병리학 교수로 약에 대하여 해박했다. 이태수는 고개를 갸우뚱 기울이며 약들을 하나하나 살폈다.

"This is benzodiazepine, which is used as a sleeping pill, so why did the doctor prescribe this medicine to my mom?"

(이건 수면제로 쓰이는 벤조디아제핀인데 의사가 왜 이 약을 엄마에게 처방

했을까?)

"오빠, 우리말? 한국말로 하세요."

"그런데 그게 말이지, 습관이 되어서."

"오빠, 나는 알아들었으니까 여기 의사에게는 한국말로 하세요?"

"중환자인 엄마에게 이 약을 투여하면 안 되는데 왜 그랬을까?"

이정빈도 이태수와 같은 생각하고 있었다.

"아줌마, 이 약들을 언제부터 엄마가 복용하고 있었어요?"

간병인은 달력에 표시해 놓은 날짜를 확인 후에 대답했다.

"포장되어 있는 약은 1년이 넘었고 병에 든 약은 한 달이 됐어요. 여기 달력에 표시해 놓았어요."

"아줌마, 포장된 이 약들은 혈압 약, 이뇨제, 심장 약, 부정맥 용제인데 엄마가 복용해야 하는 약입니다. 그런데 병에 들어 있는 이 약은 수면제 벤조디아제핀? 3일 이상 복용시키면 안 되는 약이에요."

"오빠, 의사 선생님을 만나 봐야겠어요."

간병인을 앞장 세우고 이정빈과 이태수는 담당 의사의 방을 찾았다. 의사는 오후 회진을 마치고 차 한잔하는 중이었다. 그는 50대 중반의 의사였으며 하얀 의사복 가운을 입고 있었다. 간병인이 의사에게 먼저 이정빈을 인사시켰다.

"의사 선생님, 미국에서 오신 따님입니다."

이정빈은 고개를 반쯤 숙이며 인사했다.

"안녕하세요. 환자의 첫째 딸 이정빈입니다."

사금자의 호적상 첫째 딸은 의붓딸 이태빈인데 이정빈은 자신이 사금자의 첫째 딸이라고 소개하고 있는 것이다. 의사는 일어서며 공손히 같이 고개를 숙였다.

"김진홍입니다. 존함은 익히 들어서 알고 있었습니다."

이정빈은 의아하다는 듯이 반문했다.

"저를 알고 있었다고요?"

"예. 현재 미국에서 교수로 계신다고 이선빈 교수로부터 여러 번 듣고 있었습니다."

"그러셨군요. 스탠퍼드 대학에서 병리학을 맡고 있습니다."

"반갑습니다. 이렇게 만나 뵙게 되어서."

이정빈은 옆에 있는 이태수를 인사시켰다.

"저희 오빠입니다. 병원을 운영 중이며 뉴욕 벨브병원 신경과 출강도 하고 계십니다."

이태수가 두 발 앞으로 다가서며 의사에게 악수를 청했다.

"이태수입니다. 고맙습니다. 저희 엄마를 잘 돌봐 주셔서."

의사는 고개를 한 번 더 숙이고 두 손으로 이태수의 손을 잡았다.

"선배님, 저는 학교 5년 후배입니다."

이태수는 순간 대학인가 고등학교인가 궁금했다.

"경기고 나오셨어요?"

"예. 경기고 나오고 서울 의대 졸업했습니다."

이태수는 환한 웃음을 지으며 말했다.

"그래요? 그럼 중학교는 어디 나왔습니까?"

의사는 주저함이 없이 대답했다.

"1964년도에 경기중학교 졸업했습니다."

이태수는 놀라는 표정을 지었다.

"와, 정말 귀한 후배님을 만나 정말 반갑습니다."

"선배님, 말씀 놓으세요."

"아니지요. 그럴 수는 없지요. 같이 늙어 가는데, 그리고 의대 졸업은 한국에서 했지만 한국 전문의 자격증이 없어요. 오늘은 환자의 아들로서 말을 놓아서는 안 되죠."

"선배님, 뉴욕 대학 교환 교수 시절 밸브 병원에서의 선배님 명성이 어느 정도인지 이미 알고 있었습니다."

"그래요. 왜 그때 찾지 않았습니까?"

"선배님, 당시는 그럴 처지가 못 되었지요."

"그래요. 하여간 반갑습니다."

이태수는 또 한 번 의사의 손을 잡았다.

"아줌마, 엄마 병실에 가서 엄마를 살피고 계셔요."

이정빈은 간병인에게 의사와의 대화 내용을 들려주고 싶지 않았다. 간병인이 방문을 열고 나가자 이정빈은 의사에게 약병을 보이며 말을 했다.

"선생님, 이 약을 저희 어머니에게 처방하셨습니까?"

의사는 병에 들어 있는 약 한 알 꺼내었다.

"교수님, 이 약은 제가 처방한 약이 아닙니다."

이정빈은 이태수의 얼굴을 쳐다보았다.

"오늘 지금부터 당장 이 약을 끊도록 하세요."

태수는 정빈에게 지시하는 투의 말로 했다. 의사는 약간 당황하는 모습이었다.

"이 약을 사금자 할머니에게 누가 드시게 한 겁니까?"

이태수는 상황파악을 정리하고자 했다.

"후배님, 내가 정리할 테니 여기서 끝내 주세요."

의사는 들고 있던 약병을 이정빈에게 돌려주었다.

"예. 선배님 그렇게 하세요."

144

"그래요. 후배님, 오늘은 이만 얘기하고 근일간에 연락 한번 합시다."

"예, 선배님. 꼭 그렇게 하겠습니다.

9. 야망과 소망

재판은 휴정 중이었다. 이선빈은 직감적으로 앞줄에 앉아 있는 사람이 정 변호사라는 것을 알 수 있었다.

"정 변호사님 맞으시죠?"

"예. 제가 정병호 변호사입니다."

정 변호사는 뒤를 돌아보며 대답했다.

"정 변호사님, 안녕하세요. 제가 사금자 씨의 막내딸 이선빈입니다."

정 변호사는 일어서서 고개를 숙여 인사를 했다.

"예, 막내 따님. 이정빈 교수님으로부터 말씀은 여러 번 들었습니다."

그때 판사가 좌측 문으로 들어서자 법정 경위가 큰 소리로 말했다.

"모두 일어서 주십시오."

재판장이 자리에 앉고 검사에게 진술 여부를 묻는다.

"검사는 추가로 진술할 것이 있습니까?"

"예. 별도 진술할 것은 없고 이미 제출된 증거 자료와 피고 사금자의 진술서로 대신하겠습니다. 이상입니다."

"증거 조사를 모두 마치겠습니다."

판사는 검사를 바라보며 말했다.

"검사는 최종 의견진술을 해 주십시오."

검사는 최종 의견진술 없이 판사에게 다음과 같이 형벌과 벌금에 처할 것을 요구했다.

1. 피고인을 징역 15년에 벌금 5억에 처한다.
2. 사금자는 편법으로 취득한 상가건물을 환원 이전시켜야 한다.

"변호인은 최후 변론하시오."

배 변호사가 자리에서 일어서며 판사에게 고개를 숙여 인사를 했다. 30대 후반으로 보이는 판사에게 50대 중반의 변호사가 피고인 사금자를 위해 정중한 목소리로 최후의 변론을 시작했다.

"존경하는 판사님, 피고인 사금자는 병원 담당 의사의 말대로 그녀는 중증 환자로 혼자서는 일체의 거동은 물론 대소변 조차도 못 가리는 실정입니다. 그뿐만 아니라 죽음에 임박하여 산소 마스크로 연명을 하고 있습니다. 피고인 사금자가 사회 질서를 어지럽게 한 범죄행위가 있다면 처벌받아 마땅하오나 검사에게 진술서 내용이나 재판장에게 제출한 호소문을 보면 그녀 자신은 불쌍한 인생을 살아왔습니다. 그녀는 친자식과 의붓자식을 차별하여 잘못하였다는 죄를 인정하기도 했습니다. 지금은 작은딸 이선빈 명의로 되어 있는 재산도 일부 잘못이 있었음을 인정하였습니다. 하여 이에 대한 죄는 별도로 달게 받겠다고 하고 있습니다. 피고인은 세상을 하직하면서 마지막 진정한 뉘우침이라 사료됩니다. 피고인은 고 이성열의 재산과 장자 이태종의 재산을 이용했던 것은 사실이오나 검사가 주장하는 대로 갈취한 재산을 팔아 넘기거나 없애지는 않았습니다. 지금도 그 재산은 자식들을 위해 쓰여지고 있습니다. 그러나 현재 이 재산은 피고인 사금자가 구두로 막내딸 이선빈에게 증여를 한 터라 피고인 마음대로 결정할 수 있는 권리가 없습니다. 하여 막내딸과 원만한 합의를 위해 의논 중에 있습니다. 존경하는 판사님, 검사의 구형에 대해 피고인을 위해 본 변호인은 더 이상 다툴 생각이 없습니다. 그러나 존경하는 판사님 본 변호인이 그동안 피고인 사금자를 접하면서 느낀 점 하나는 그녀의 일생은 새벽하늘에 작은 별처럼 오롯이 빛나고 있었다는 것입니다. 그녀는 자신을 포기하고 오로지 자신이 낳은 자식들의 성공만을 위해 살아온 엄마였습니다. 그 결과 아들은 세계적인 의사가 되어 의학의 선도적 역할을 다하고 있고 두 딸 역시 교수가 되어 미국과 한국에서 후배 양성에 매진하고 있습니다. 홀어머니로서의 자식들 지간에 다소의 교육이 부족한 점은 있으나 그것은 어머니로서의 모성에 굴종되고 있음을 본 변호인은 발견할 수가 있었습니다. 존경하는 판사님 한 가지만 추가로 말씀드리면 피고인 사금자는 넉넉한 재산을 가지고 있었으면서도 자신의 개인적인 취미나 그녀 자신을 위한 삶은 전혀 없이 살아온 인생이었습니다. 존경하는 판사님, 이제 그녀는 엄마로서의 희생을 끝내고, 어머니로서의 책임을 다하고, 그리고 인간으로서의 역할을 끝으로 이 세상을 작별하려고 하고 있습니다. 하오니 이러한 점들을 감안하여 존경하는 판사님의 현명하고 이 사회에 귀감이 될 판결을 남기시길 기대하면서 본 변호인의 변론을 모두 마치겠습니다."

배 변호사는 또 한 번 판사를 향해 고개를 숙이고 자리에 앉았다. 판사는 10분간 다시 휴정한다고 의사봉을 세 번 쳤다.

재판장이 10분 후에 좌측 문을 통해 들어왔다.

"검사의 제출된 서류의 정황을 보면 명의신탁으로 보는 것이 타당하나 변호사의 증여확인서를 보면 다툼이 더 있을 필요가 인정된다. 하여 다음 달 10일에 재판을 재개합니다."

판사는 오늘 재판을 종결하고 다음 재판 기일을 다음 달 10일 오전 10시로 고지했다.

이선빈은 검사의 구형에 대해 자세한 설명을 배 변호사에게 부탁했다.

"배 변호사님, 그러면 앞으로 어떻게 되는 거예요?"

"판사가 변론인의 최후변론을 참조하여 판결하는데 이미 결정이 났는데 검사와 우리가 제출한 서류에 확실한 증거를 요구하고 있네요."

이선빈은 조바심을 지긋이 누르면서 물었다.

"어떻게요? 결정이 난다는 거예요?"

"피고인의 중환자 진단서와 판사에게 제출한 진술서 모두를 참조하면 판사의 판결이 쉽게 나올 수가 있다는 것이지요. 그리고 보면 사금자의 진술이 결정타가 된다는 거죠."

배 변호사의 대답은 간단했다.

다음 달인 8월 10일 재판 선고 결과는 다음과 같았다.

1. 피고인 사금자에게 징역 5년 집행유예 5년, 벌금 3억에 처한다.
2. 피고인 사금자는 예지동 상가건물을 취득 이전으로 환원 이전
   시켜야 한다.
본 법정에서의 공판은 이것으로 종결한다.

형사공판의 1심은 검사의 승소로 끝났다. 이것이 끝인 줄 알았는데 그것은 소송의 시작일 뿐이었다. 이정빈은 사금자를 대신하여 이선빈을 상대로 상가건물 반환청구 민사소송을 서울 남부지방법원에 제출한 상태이고, 이선빈 역시 배 변호사를 통해 반환할 재산이 없다는 내용으로 항소의 뜻을 분명히 밝히고 있었다. 이선빈의 항소에 포함할 서류에는 사금자의 자필 증여확인서,

양도영수증, 이선빈이 그동안 납부한 취득세와 재산세 각종 영수증 그리고 사금자와 형제자매의 녹음까지 포함하고 있었다. 그뿐만 아니라 경우에 따라서 증인으로 간병인을 내세우는 방안도 고려하고 있었다. 그녀는 방대한 증거를 준비하여 항소심에 대비하고 있었다. 이러한 이선빈의 움직임에 대해 이정빈은 간병인을 통해 하나하나 체크하고 있었다. 또한 이정빈은 이러한 모든 내용을 이태종과 이태수 그리고 이태빈에게 직접 또는 전화로 알려 주고 있었다. 그렇게 하여 이정빈은 이들로부터 우선은 팔겠다는 동의부터 얻어내고 자신이 지정한 건설사에 제시했던 가격에 상가건물을 매도하여 그녀의 마지막 대망을 실현하기 위해 새로운 계획을 구상하고 있었다.

정빈은 사금자의 투석실에서 이태수와 마주하고 있었다.

"오빠, 선빈이 미친 거 아냐? 어떻게 그 재산 모두를 혼자서 가지려고 항소까지 해요?"

이태수는 이정빈의 이야기를 들으며 엄마의 얼굴을 살피고 있었다.

"그런데 우리 문중의 선조들은 그들이 가지고 있던 재산은 장자에게 상속하는 것이 관행이었지. 그래서 우리도 전통에 따라 태종이 형으로 전부 가야 하는데 엄마가 좀 복잡하게 만들어 놓았던 거야. 사실 문중에서 관여했더라면 우리는 선조들이 남긴 재산에 대해 상속 받을 자격이 없어요. 그러니까 막내 선빈이가 항소할 자격이 없는 거란 말이다."

태수의 말에 사금자는 눈을 몇 번 깜박거렸다.

"그럼 오빠는 형사재판을 인정하는 거네?"

"그보다 장자의 재산을 놓고 싸우면 안 된다는 뜻이지."

이태수의 말에 이번에도 사금자는 눈을 몇 번 깜박깜박했다.

이태수의 아버지 이성열은 성종 임금의 둘째 아들 계성군의 17대 장손이다.

계성군은 성종 임금과 후궁 사이에서 성종의 넷째 아들로 태어났으나, 성종의 첫째 아들 대군과 그리고 셋째 대군이 각각 한 살과 두 살 때에 요절하는 바람에 둘째 아들로 태어난 연산군을 첫째 아들로 그리고 넷째 아들로 태어난 계성군은 둘째 아들이 되었던 것이다. 그리고 지금의 경상남도 김해시에 선대로부터 내려오는 논과 밭이 있었는데 제7대 한장수 할아버지가 왜구의 침입을 물리친 공로로 임금으로부터 하사 받은 땅이 있었다. 제7대 할아버지는 이 땅에 연접한 돌산을 매입하고 하사 받은 땅과 더불어 문중의 재산으로 편입시키지 않고 장손 집안의 장자의 몫으로 상속하는 유산이 되었던 것이다. 이태수가 말하는 장자에게 상속하는 재산이란 바로 김해시 명지에 남아 있던 논밭과 돌산을 두고 하는 말이었다. 이태수의 아버지 이성열은 이 논과 밭 그리고 돌산을 담보로 하여 1958년에 종로구 예지동에 상가건물을 마련하는 데 보태었던 것이었다. 이러한 사실은 그 당시 이태수가 비록 어린 중학생이었지만 잘 기억하고 있었다. 의붓형 이태종은 계성군의 18대 장손이었다.

"그럼 오빠는 태종이 오빠에게 재산의 반을 주어야 된다는 말이네?"

"내 말은 그 재산은 우리 집안의 장자 몫이라는 말이다."

이정빈은 이번에는 사금자의 얼굴을 바라보며 말을 했다.

"오빠, 그 말이 그 말 아니야? 엄마 그렇지?"

사금자의 눈은 이번에도 이태수를 향해 두 번 깜빡깜빡했다.

투석실 침대에 누워 있는 사금자의 오른쪽 팔에는 위와 아래로 굵은 주삿바늘 두 개가 꽂혀 있고, 두 개의 주삿바늘에 연결된 라인은 투석기에 이어져 있었다. 사금자의 혈액을 투석기에서 요독과 수분을 걸러 낸 다음, 이 혈액을 그녀의 혈관으로 넣어 주는 혈액투석을 받고 있는 중이었다. 투석기로 들어가는 피와 투석기에서 정화되어 나오는 붉은 피는 선명한 붉은 색채로 처음 보는 사람에게는 무섭게 보였다. 그녀는 일주일에 월, 수, 금 이렇게 3일간

투석을 받아야 하며, 한 번 투석을 받을 때마다 4시간 동안 침대에 꼬박 누워 있어야 한다. 이렇게 혈액시술을 받아야 그녀의 생명이 하루하루가 연장되는 것이다. 이정빈은 침대 위쪽에서 라인을 통해 흐르는 엄마의 피를 그녀의 손으로 살며시 쥐고 있었다. 그녀의 손에서 느껴지는 엄마의 피는 온기가 있어서 따뜻했다. 이정빈은 엄마의 볼에 자신의 얼굴을 갖다 대며 뭐라고 소근거렸다.

"엄마, 태수 오빠 말 이해해요?"

사금자는 아주 작은 소리로 딸에게 응답했다.

"정빈아, 너는 태수가 하자는 대로 따라 하면 된다."

이태수 역시 정화되어 라인 관으로 들어오는 엄마의 붉은 피를 손에 쥐고 있었다. 정화된 어머니의 혈액은 미지근했지만 차갑지는 않았다. 그는 고개를 갸우뚱하면서 간호사 쪽을 바라 보았다.

"간호사님, 혈압이 높아서 투석기 온도를 내렸습니까?"

이태수의 물음에 간호사는 상냥한 말씨로 대답했다.

"예, 선생님. 혈압도 높고 열도 있어서 0.5도를 낮추었습니다. 혈압이 120으로 내려오고 열이 정상으로 돌아오면 체온이 36.5도를 유지하도록 투석기 온도를 조정할 것입니다."

이태수는 간호사의 대답에 만족한 듯 눈짓으로 가볍게 인사했다. 그때 갑자기 어디서인가 큰 소리가 들려왔다. 투석실 간호사들이 소리 나는 쪽으로 달려 갔고 조용하던 병실이 어떤 젊은이에 의해 난장판이 벌어지고 있었다.

"넌 새끼야, 죽을 때까지 맞아야 해. 넌 죽을 때까지 주사 맞아야 해 새끼야."

벌겋게 얼굴이 달아오른 한 젊은이가 소리를 지르며 환자가 누워 있는 침대의 위쪽 모서리를 주먹에서 피가 나도록 내려치고 있었다. 간호사들이 달려들어 젊은이를 진정시키는 데 깨나 오랜 시간이 걸렸다. 알고 보니 그 젊은이는 투석을 받고 있는 자신의 아버지에게 소리를 지르고 있었던 것이다. 그 젊은이는 정신분열증을 앓고 있는 정신질환환자였다. 수간호사의 말에 의하면 평소 그 젊은이는 면회 왔어도 조용히 아버지를 보고 가곤 했었는데, 오늘은 어떤 기분 나쁜 일이 있었는지, 아니면 투석기에 연결된 라인에서 흐르는 피를 보고 놀란 것인지, 하여간 오늘은 평소와는 많이 다르다고 했다. 간호사들이 그 젊은이게 사탕과 과자를 주면서 투석실은 정리되었지만 투석을 받고 있던 많은 환자들을 불안하고 놀라 있었다. 사금자 역시 많이 놀랐던 모양이었다.

"태수야, 나도 죽을 때까지 주사를 맞아야 하니?"

태수는 어머니의 갑작스런 질문에 대답을 못 하고 있었다. 그는 어떻게 대답을 하여야 할지 생각 중이었다. 이태수는 엄마의 손을 살포시 잡았다. 엄마의 손은 겨울의 나뭇가지처럼 앙상하고 차가웠다.

"제가 도와드리면 주사를 맞지 않아도 됩니다."

사금자는 아들의 손을 놓지 않았다. 이태수는 대답 대신에 어머니의 손을 자신의 손으로 비벼 주고 있었다.

"오빠, 밖에서 나 좀 봐요."

옆에 같이 서 있던 이정빈이 태수의 옷소매를 잡아당겼다. 이태수는 이정빈의 뒤를 따라 병실 밖으로 나섰다.

"오빠, 그런 생각하고 있었어요?"

"무슨 생각?"

이태수의 눈은 이정빈의 얼굴 전체를 덮고 있었다.

"오빠, 그게 가능하다고 생각하세요?"

이태수는 정빈의 얼굴에서 눈을 떼지 않고 있었다.

"하나님이 도와주면 못할 것도 없지."

"오빠, 그게 말이라고 해요? 엄마 연세가 몇 세인지 아세요?"

이태수는 얼른 대답을 하지 못했다. 그는 자신의 어머니 나이를 계산하고서야 대답할 수가 있었다.

"올해 88세이시네!"

"맞아요. 88세가 맞아요. 88세 노인이 신장이식 수술이 가능해요?"

이태수는 사금자의 나이가 88세라는 것을 잊고 있었던 것이다.

"연세가 많기는 한데 미국에서는 77세에 성공한 사례가 있어."

"오빠, 77세하고 88세하고 같아요?"

이정빈은 이태수의 말이 못마땅하다는 뜻으로 말을 했다.

"그야 노인 연세라 크게 다를 수가 있지."

"오빠, 그 생각 아예 접어요. 엄마의 그 나이에는 신장 공여 제공도 받을 수 없고요. 개인도 누가 88세 노인에게 주겠어요? 있다 해도 수술할 이식외과 의사가 있을까요?"

이태수는 이정빈의 눈을 응시했다.

"내가 공여하면 되는 거 아냐?"

"오빠 생각이 그거였어요?"

이정빈은 놀라 눈이 크게 떴다.

"나는 지금껏 엄마로부터 받기만 했고 해 드린 것이 하나도 없어. 그리고 내두 개의 신장은 내 나이에 비해 아주 좋아요. 나는 하나 갖고도 충분해."

태수는 말을 계속했다.

"이러는 게 엄마의 소망과 나의 소망이 동시에 이루어지는 것이라고 생각해."

"오빠, 그러면 안 돼요. 그런 생각하지 말아요."

이정빈이 무슨 생각을 했는지 이태수의 등에 두 손을 대며 흐느낀다. 이태수가 돌아서서 두 손으로 이정빈을 안아 주었다.

"그러지 마. 아무 문제도 없을 거야. 걱정할 것 없어."

"오빠, 그 생각 접어요. 오빠가 그렇게 생각해도 올케가 동의하지 않을 거예요."

이정빈은 울면서 말을 이었다.

"그리고 한국에서는 가족 전체의 동의 없이는 장기를 기증할 수가 없도록 법이 그렇게 되어 있어. 그러니 오빠가 그런 말을 해서 오빠 집안에 불란 만들지 말고 그 생각 접어요. 그렇게 해요."

이태수는 이정빈의 말에 귀를 기울이고 있었지만 그의 생각은 이미 굳어 있었다. 그는 엄마 사금자만을 생각하고 있었다. 한국 방문 5일째 되던 날 이태수는 아내와 아들과 함께 제주도 여행을 마치고 곧장 사금자의 병실로 찾았다. 사금자는 코를 골며 낮잠을 자고 있었다. 아들 앤드류가 사금자를 깨우려 하자 옆에 서 있던 제시카가 말렸다.

"Andrew, don't wake your grandma."

(앤드류, 할머니 깨우지 마라.)

그러면서 앤드류를 자기 옆으로 잡아당겼다.

"Mom, I want to talk to grandma."

(엄마, 나 할머니랑 얘기하고 싶어요.)

"Grandma is sleeping soundly now, so it's better not to wake her up."

(할머니는 지금 푹 자고 계시니 깨우지 않는 것이 좋겠다.)

앤드류는 아버지인 이태수의 얼굴을 쳐다봤다.

"I agree with your mother."

(나도 네 엄마 말에 동의해.)

앤드류는 더 이상 할머니를 깨우지 않았다. 사금자가 그렇게 애타게 기다리던 친손자와의 상봉은 이것이 끝이었다. 제시카와 앤드류는 예정된 스케줄대로 바로 인천 공항을 경유하여 중국으로 여행을 떠났고 이태수는 이들을 배웅만 하고 다시 모친이 입원하고 있는 병원으로 돌아왔다. 그는 엄마의 생각에 억눌려 가족과 같이 동행하기로 했던 중국 여행을 포기하고 병원으로 다시 돌아온 것이다.

이태수는 모친의 담당 의사를 만나고 있었다.

"김 박사, 한 가지 물어보고 싶은 게 있어요."

물 두 잔이 놓여 있는 탁자를 중간으로 둘은 의자에 마주 앉아 있었다.

"예, 선배님. 말씀하세요."

이태수는 두 손을 모아 자신의 가슴 아래쪽 배를 만지며 말을 꺼냈다.

"김박사 나 여기에 있는 키드니 하나를 어머니에게 드리고 싶은데 한국에서는 가족의 동의가 있어야 가능하다던데 그게 사실인가요?"

"예, 그렇습니다. 가족 중 한 사람이라도 반대하면 기증을 할 수가 없도록 현재까지는 법이 그렇게 되어 있습니다."

의사는 이태수의 물음에 답은 하면서도 자신의 신장 하나를 그의 어머니에게 들이고 싶다는 말에 부정적인 생각을 하고 있었다.

"선배님, 우리나라의 통계에 의하면 본인은 기증하고 싶은데 가족 한 사람의 반대로 기증하지 못한 사례가 작년까지 64%나 된다고 합니다."

의사는 여기까지 대답하고 환자 사금자에 대한 이야기를 하여야 하나 말아야 하나 생각하다 계속 미루고 이태수의 질문에만 답하고 말았다. 이태수는 자신이 알고 있는 장기 기증에 관한 미국의 실정법을 의사에게 들려주었다.

"미국에서는 기증자 본인이 서명하면 자기 의사 존중법에 의해 기증이 가능토록 1980년부터 그렇게 되어 있습니다. 한국에는 이런 법이 별도로 없나요?"

"예, 선배님. 저가 알기로는 현재까지 그런 법이 없는 것으로 알고 있습니다. 우리나라는 아직까지 장기 기증에 관한 인식이 미국에 비해 낮은 편입니다. 조금 더 말씀드리면 OECD 국가 중 장기 기증은 최하위에 머물고 있습니다. 이렇게 된 이유에는 여러 가지가 있으나 기증자에 대한 예우나 사후관리가 미흡하다는 것이지요. 예를 들면 순수 기증자가 국가기관에 장기 기증을 했는데 그 장기로 인해 또는 다른 병으로 기증자의 건강에 이상이 있을 경우 1년간은 무상 치료가 됩니다만, 그 이상은 국가에서 책임지지 않고 있습니다. 물론 별도로 민간기관을 통하면 무상 혜택이 이와는 다르다고 하지만, 이보다는 장기 기증자나 그 가족에 대한 예우가 매우 미흡한 실정입니다. 제가 알기로는 미국에서는 장기 기증자를 위한 추모공원도 있다고 하던데 우리나라에서는 아직까지 그런 공원조차도 없는 실정입니다."

이태수는 앞에 탁자에 놓여 있던 물을 한 모금 마셨다.

"이야기 잘 들었어요. 그런데 김 박사, 신장 이식에 관해서 나의 모친에게 도움이 될 만한 말을 해 줄 수 있겠어요?"

"모친께 도움되는 말이란 선배님 신장을 어머니께 이식하는 문제를 말씀하시는 겁니까?"

"그래요. 그 말을 하고 있어요."

"선배님의 가족이 모두 동의한다고 해도 환자의 현재 입장을 고려하면 불가능하다고 생각합니다. 그리고 요즘은 환자에게 알츠하이머 증상도 일어나고 있습니다."

이태수는 의사의 말에 불쾌하다는 생각은 들지 않았다. 그리고 그는 자신이 그동안 미국에서 경험했던 일들이 떠올라 반대 이유에 대해 더 이상 묻지는 않았다. 둘은 서로 아무도 말하지 않고 몇 분이 지나갔다. 몇 분 후 의사가 분위기가 어색한지 먼저 말을 이었다.

"선배님께서 어떤 느낌을 가지고 계신지 충분이 이해는 합니다만, 현재 환자의 건강 상태는 누구의 신장도 받을 수 없을 정도로 심각합니다."

이태수는 엄마가 많이 여의고 힘든 투병 생활을 하고 있다고는 생각하고 있었으나 자신의 경험으로 수술을 못 할 정도의 상태라는 것까지는 감지를 못

했었다.

"그 정도로 심각한 상태입니까?"

"예, 선배님. 환자의 경우, 중환자실에서 있는 동안 어떻게 되는 줄 알았습니다. 환자의 끈질긴 인내로 한 고비를 넘겼습니다만 언제 또다시 같은 경우가 닥칠지 장담을 할 수가 없습니다. 그런데 선배님 환자가 그렇게 힘들어하면서도 태수, 태수야 하다가 앤드류, 앤드류 하던데 앤드류가 누구입니까?"

이태수는 가슴이 내려앉는 느낌을 들었다.

"김 박사, 앤드류는 나의 아들이오."

"아, 그랬군요."

의사는 태수 부자가 환자를 살렸다고 그렇게 말하고 싶었다. 의사는 다른 말을 계속했다.

"선배님, 제 소견은 선배님이 다른 것으로 어머님을 도와드렸으면 합니다."

이태수는 가라앉아 있던 머리가 의사의 말에 번쩍하는 느낌이 왔다.

"그래 김 박사, 내가 할 수 있는 것이 있다는 게 뭣인가?"

의사는 선배가 의사라는 것을 의식하며 한참 뜸 들이다 조용히 입을 열었다.

"환자는 아들과 손자를 애타게 기다리고 있었습니다."

의사는 더 이상 말을 하지 않았다. 이태수도 의사에게 한마디만 했다.

"김 박사, 고마워요."

둘은 탁자에 놓인 물컵을 들고 한 모금씩 마셨다.

이태수가 의사와 저녁을 같이 하고 병원 문을 들어서자 괘종시계가 밤 11시를 땡땡 알리고 있었다. 병실 방문을 열자 환자와 간병인은 깊은 잠에 빠져 있었다. 이태수는 산소 호흡기를 끼고 자고 있는 모친부터 살펴본 후 구석진 곳에 놓여 있는 의자에 앉았다. 낮에 의사가 넘겨준 그동안의 환자 진료 기록지를 아들로서 또는 의사로서 한 장씩 면밀히 넘기며 밤을 지새우고 있었다.

평상시 그가 하던 내과 혹은 신경 분야 같았으면 한 시간이면 충분히 살폈겠지만, 3권 분량의 기록지를 검토하는 데 2시간이 지나고서야 끝났다. 진료 기록지에 의하면 의사가 말했던 대로 어머니의 몸은 매우 위중한 상태였다. 신장과 간장은 이미 밝혀진 대로 이식을 해야 하는 상태에 와 있었다. 다행이 뇌의 손상은 골든 타임을 놓치지 않아 약물로 어느 정도 치유가 되었으나 폐렴으로 인한 후유증은 계속 남아 있었다. 특히 폐에 물이 고이는 것을 투석 시술로 빼내고 있으나 환자의 현재 상태로 보아 매우 위험했다. 그리고 치매기는 두 달 전부터 발병하고 있었다. 이태수는 진료 기록지 위에 두 손을 놓고 그 위에 이마를 얹히고 두 눈을 감고 하나님께 기도를 드리고 있었다. 그리고 몇 분이 지나자 손등 옆으로 눈물이 떨어지기 시작했다. 그는 이렇게 기도하고 있었다.

"……하나님 아버지, 저는 그동안 자만에 빠져 있었습니다. 제 논문을 발표할 때마다 학계에서는 지대한 관심과 강의 요청이 있었고 결과로 저는 현재까지 미 동부에서 서부의 유명 대학에서 수백 번 강의를 해 오고 있습니다. 그러나 하나님 아버지, 저를 낳아 주시고 길러 주고 이렇게 키워 주신 저희 엄마에겐 바보 멍청이 아들이었다는 것을 이제야 깨닫고 있습니다. 모친 신장은 90% 손상되었고 간의 수치는 10%만이 남아 있으며 뇌는 80%가 굳어 있습니다. 특히 엄마의 심장은 물이 고여 있어서 일주일에 두세 번 폐렴 증세가 나타나고 있습니다. 이뿐만 아니라 모친을 지탱하여야 할 뼈는 조금만 힘을 가해도 부서질 것 같은 현상이 나타나고 있으며 엄마의 아름답던 눈도 녹내장 말기가 되어 신경이 거의 10% 정도 남아 있어서 매일 안압 하강을 위해 안약과 인공 눈물에 의존하고 있습니다. 하나님 아버지, 멍청하고 바보 같은 의사인 저는 모친에게 해 드릴 게 아무것도 없습니다. 하나님 아버지 저는 어떻게 엄마를 도와야 합니까? 하나님의 은혜를 기다립니다. 예수님의 지혜를 기다립니다."

이태수의 모친을 위한 기도는 두 시간이 넘도록 계속되었다.

사금자가 깨어난 시각은 아침 다섯 시 반이었다. 그녀는 간병인을 깨우고 침대의 머리 쪽을 올려 달라고 했다. 사금자의 침대가 반 정도 올렸을 때 방 구석에 엎드려 있는 사람을 발견했다. 사금자는 직감적으로 엎드려 있는 사람이 태수라는 느낌이 들어 간병인에게 휠체어를 요구했다. 사금자는 아들이 곤하게 자고 있다고 생각한 것이다. 그녀는 간병인이 밀어주는 휠체어에 앉고 문 앞 구석으로 다가갔다. 사금자는 정지하여 엎드린 사람을 살폈다. 손등에 눈물이 흘러내리고 있었다. 사금자의 마음이 섬뜩했다. 그녀는 감병인의 얼굴을 쳐다보았다. 감병인은 누군지 모르겠다는 뜻으로 고개를 좌우로 흔들었다. 사금자는 눈물이 떨어져 있는 손등에 그녀의 손을 얹었다. 이태수가 고개를 들었다. 그의 눈은 퉁퉁 부어 있었다. 엄마를 보는 순간 그는 입술을 깨물었다. 사금자는 아들의 얼굴을 확인하는 순간 얇은 그녀의 가슴이 터질 것만 같아 두 손으로 가슴을 눌러야만 했다.

"아이고 태수야, 이게 뭐고? 우리 태수가 맞지? 이게 얼마 만이고. 내 아들 태수가 맞지? 아이고 하나님, 부처님 고맙습니다."

사금자의 목소리는 중환자가 아니었다. 그녀는 며칠 전에 투석실에서 아들을 보았던 것도 잊고 있었다. 목소리는 그 옛 시절로 돌아간 느낌으로 흉내 내고 있었다. 그녀의 머리도 옛날로 돌아가 있었다. 정상적이 아니었다. 기록지에서 첨부된 사진들이 증명하듯, 예견되었던 가장 나쁜 모습이 이태수의 앞에서 지금 전개되고 있는 것이다. 이태수는 이러는 엄마를 온몸으로 안았다.

"엄마, 제가 왔어요. 태수가 엄마 곁에 있어요. 제가 이태수입니다."

이태수는 엄마의 어린 아들이 되고 싶었다.

"엄마, 내가 누구예요?"

160

사금자는 대답했다.

"내 아들 이태수, 1942년 음력 4월 초 이레 유시 생. 그리고 너무나 착해서 엄마 속을 단 한 번도 썩이지 않았어요. 공부는 영도에서 1등 부산에서 1등, 경기 중학 1등으로 합격해서 학교 교문 위에 현수막이 걸렸어요……. 그런데 내 머리가 이상해. 아아 어지러워. 여기가 어디에요? 아저씨 누구야? 나 집에 갈래요."

휠체어 밑으로 물이 떨어져 방바닥에 홍건히 고이기 시작했다. 간병인이 황당해하며 소리를 질렀다.

"할머니 안 돼. 여기서 오줌을 또 싸면 어떡해? 할머니 참아요."

간병인은 휠체어를 밀고 화장실로 향했다. 이태수는 완전 폐쇄된 공간에 혼자 있는 듯했다. 그는 하늘을 향해 고개를 뒤로 젖히고 또 젖혔다. 그는 소리를 지르기 시작했다.

"God's father, God……. Jesus Christ, Jesus Christ……."

("하나님, 하나님……. 예수님, 예수님…….")

이태수의 울부짖음이 폐쇄된 공간을 뚫고 하늘로 향하는 듯했다. 그는 무릎을 꿇고 두 손을 모았다.

"Father God! My mother is very sick. Take care of my mother and relieve her pain. I pray in the name of Jesus."

("하나님 아버지, 저희 어머니가 많이 아픕니다. 저희 어머니를 보살펴 그녀의 고통을 덜어 주시옵소서. 예수님 이름으로 기도하나이다.")

이태수는 이렇게 기도하고 무릎을 꿇은 채 30분을 꼼짝하지 않고 그자리 그 자세로 앉아 있었다. 그리고 이태수는 중얼거렸다.

"Thank you, Father. Thank you, Father. Yes, I will. Yes, I'm sure I will."

("하나님 아버지, 감사합니다. 하나님 아버지, 감사합니다. 예, 그렇게 하겠

습니다. 예, 틀림없이 그렇게 하겠습니다.")

그는 하나님으로부터 어떤 계시를 받았는지 하나님께 계속 감사를 드리고 있었다.

다음 날 이태수는 입국하던 날 자영이와 약속한 대로 안산 끝자락에 위치한 그녀의 집으로 가고 있었다. 단독 주택 30여 채로 옹기종기 모여 작은 동네를 이루고 있었다. 주택으로 둘러싸인 가운데에는 작은 노인정이 있고 그 옆에는 물이 적당히 채워진 작은 연못이 있었다. 서울 서쪽 안산 끝자락에 자리 잡은 이곳은 조용한 시골 동네 같았다. 자영이네 집은 산 끝자락과 붙어 있어서 산을 올려다볼 수 있고 산의 향취도 사시사철 맛볼 수 있는 곳이었다. 이태수는 35년 만에 처음으로 한국인 집에서 한국식 밥상 앞에 앉아 있었다. 최근의 한국인 밥상에 비하면 그렇게 융숭한 밥상은 아니었으나, 이태수가 미국에 이민 가던 해 1972년 한국인들의 밥상에 비하면 그래도 잘 차려진 한국식 밥상이었다. 하얀 쌀밥에 쇠고기 미역국, 갈비찜에 가자미 식혜 그리고 시금치 무침과 김장 김치가 전부였지만 이태수의 옛 입맛을 끌어들이게 했다. 사금자가 아들 이태수에게 차려 주었던 그 옛날 어머니 밥상과 비슷했다. 이태수는 오랜만에 한국식 집밥을 편안한 마음으로 모두 비웠다. 자영이가 곶감 한 개가 들어간 수정과를 쟁반에 받쳐들고 들어왔다.

"태수 오빠, 이거 좋아했었다고 해서 후식으로 수정과를 준비했어요."

그녀는 쟁반을 바닥에 내려놓고 수정과 그릇만 이태수의 오른쪽 밥상 위로 올려놓았다. 그녀는 스승을 대하듯 대접에 정성을 다하는 반듯한 모양새를 갖추었다.

"자영아, 정말로 맛있게 먹었어요. 아, 이건 수정과?"

"예. 이거 작년 가을에 뒤뜰에서 딴 감으로 만든 곶감과 앞마당에서 재배한 계피를 넣어서 만들었어요."

이태수는 투명 유리잔에 가득 채워진 수정과를 한 모금 마셨다.

"그래요. 바로 이 맛! 수십 년 전의 맛이야! 자영아 고마워."

자영이는 고개를 엄마 쪽으로 돌렸다. 이태수는 계속 수정과를 음미하고 있었다. 자영이 엄마가 옆에 놓여 있던 가방에서 뭔가를 꺼내기 시작했다. 그 가방은 사금자가 병실에서 보관해 달라고 했던 바로 그 가방이었다.

"태수야, 밥 잘 먹었나?"

"예. 35년 만에 처음 먹는 밥이라 정말 맛있게 먹었습니다. 고맙습니다."

"그랬나? 참말로 그랬었겠다."

자영이 엄마는 이태수의 얼굴을 자세히 들여다보며 말을 이었다.

"태수야, 이거 너 엄마 치부책이다."

가로 11cm 세로 18cm 그리고 두께가 1cm가 되는 분홍 표지의 노트였다. 분홍 색이 바랠 정도로 아주 오래된 적어도 50년도 넘은 사금자의 치부책이었다.

"이거 너 엄마가 보라고 해서 보았는데 정말로 귀한 치부책이다. 시카고 가게 문서, 예지동 상가건물 지분 문서, 돈이 오고 간 것뿐만 아니라 너희 집 경조사, 별거 다 써 있더라. 태수 너 어린 시절 이야기도 있더라. 이거 너를 만나거든 꼭 전해 주라고 신신당부한 거다. 이거 받아라."

자영이 엄마는 이태수에게 사금자의 치부책을 넘겨주었다. 그리고 가방 속에서 여러 개의 귀금속과 현금 뭉치도 있었다. 가방 속에는 하얀 봉투에 들어 있는 편지도 있었다. 편지 겉봉에는 이태종에게로 쓰여 있었다. 이태종은 그의 배다른 형이다.

"태수야, 이것 때문에 너 보고 우리 집에 오라고 했던 것이다. 안 오면 어쩌나 걱정했었는데 와 주어서 고맙다."

그녀는 사금자의 생각에 울컥 울음이 나올 것만 같았다. 이태수는 아무 소리 않고 자영이 엄마의 말만 듣다가 그녀의 얼굴을 보며 말했다.

"아주머니, 어디 안 좋으세요?"

"아니다. 그저 너 엄마 생각하면 이상하게 눈물이 나오려고 한다."

이태수는 아무 대답도 않고 자영이 엄마의 두 손을 잡았다.

"아주머니, 이거 제 명함입니다. 시카고에 오시거든 꼭 연락 주세요."

이태수는 선자영에게도 명함을 내밀었다. 이태수는 그날 곧장 호텔로 와서 가방을 챙기고 시카고로 향했다. 그는 하나님과의 약속한 대로 어머니를 자신이 경영하고 있는 병원에 모실 준비를 하고 있었다. 그러기 위해서는 현재의 병원을 증축하고 의사 몇 분을 더 초빙하고 노인들을 위한 별도의 병동을 개관하는 것도 필요했다. 이태수는 엄마를 위해 자신의 퇴임도 보류키로 했다. 그는 엄마를 위한 그의 마지막 사업은 미국 노인들의 의료요양을 위해서도 많은 도움이 될 것 같다고 생각했다. 그는 기내에서 이 생각 저 생각하다가 그동안 설쳤던 깊은 잠에 빠져들었다.

10. 상가건물

이태종은 아내를 시켜서 상가건물의 현재 시세를 알아보도록 했다. 운전기사나 직원을 시킬 수도 있었으나 괜한 소문이 날 수도 있을 것 같아서 아내에게 시켰던 것이다. 부인은 남편으로부터 상가건물에 대해 대충 설명을 들었으나 좀 더 자세하게 알아보기 위해 우선 양천구에 위치한 서울 남부지방법원에 등기사항전부증명서를 신청하였다. 상가건물은 종로구 예지동에 있었으며 지하 1층 지상 4층 건물로 토지 면적은 500평이고 건평이 1,250평으로 종로 쪽 세운상가 바로 옆 세운 지역에 위치하고 있었다. 권리자 및 기타 사항에는 소유자가 이선빈 명의로 되어 있었다. 이태종의 부인 김세화는 종로 위치한 복덕방 세 곳을 다니며 상가건물의 시세를 알아보았다. 복덕방 사람들의 말에 의하면 이 상가건물은 세운 지역 중 몫이 제일 좋은 곳이라고 했다. 복덕방 사람들마다 약간의 가격 차이는 있었으나 그들의 말에 의하면 땅값은 현재 공시지가가 250억이고 주변 시세를 감안하면 현재 시세는 300억이 넘을 것이라고 했다. 그리고 이곳은 상가 지역이므로 새로운 건물을 건축할 경우 37층까지 허가가 날 수 있다고 했다. 이태종의 부인 김세화는 복덕방 사람들이 시세를 말할 때마다 내색은 하지 않았지만 300억이라는 엄청난 금액에 크게 놀라지 않을 수가 없었다. 그러나 그녀는 그들 앞에서는 태연한 척하면서 그들에게 남편이 부탁한 사항을 자세히 알아보고 있었다. 마지막 복덕방을 나섰을 때 어둠이 내리기 시작했고 주변의 전등은 하나둘 켜지기 시작했다. 김세화는 세운상가 옆길로 내려 오면서 앞서 보았던 그 상가건물 앞에 서서 다시 한번 이곳저곳을 살펴보았다. 상가건물은 지하 1층 지상 4층으로 반듯한 모양세로 서 있었으나 퇴색된 간판이 여기저기 층층마다 다닥다닥 붙여 있고 벽에 붙여 있던 타일은 군데군데 떨어져 아주 오래된 건물임을 말해 주고 있었다. 그리고 건물 전체가 불이 꺼져 있어서 음산하고 무섭기까지 했다. 김세화는 "이런 건물이 어떻게 300억이야?"라며 혼자 중얼거렸다. 그녀는 붙여놓고 걸려 있는 간판들을 세기 시작 했다.

"하나, 둘, 셋, 넷, 다섯, 여섯, ……."

스물까지 세었을 때 그녀의 남편으로부터 전화가 왔다.

"예지동에 다녀왔어요?"

"아니요. 아직 예지동 상가건물 앞에 있어요."

"뭐 하는데 그렇게 오래 걸려요?"

"그렇게 됐어요. 지금 출발할게요."

"주문은 좀 받았어요?"

"30만 불은 넘을 것 같아요."

"이번에 지난해보다 많이 했네요."

"수량은 늘어 났는데, 가격은 못 올렸어요."

"아침에 당신이 걱정하는 것 같아 불안했는데 잘되었네요."

"미국 시장도 어렵다고 하는데 여기서 만족해야지 별 도리가 없어요."

"그래요. 잘했어요. 근데 아침에 바이어와 저녁을 같이한다고 했는데 식당은 잡았어요?"

"조선 호텔 뷔페로 예약했는데 당신 같이 갈 수 있어요?"

"나는 감사하지요. 가도 되는 자리예요?"

"거기도 부부가 같이 왔는데, 안 될 것 없지."

"그럼 나도 끼워 주세요."

"알았어요. 가급적이면 투피스 차림으로 오는 게 좋겠어요."

"예. 그럼 집에 가서 화장도 좀 고치고 회사 말고 조선 호텔로 직접 갈게요."

"그래요. 저녁 8시까지 도착하세요."

"예. 알겠습니다. 그럼 이따 봐요."

핸드폰을 접고 지나가는 택시를 잡았다.

"아저씨, 여의도 전경련회관 쪽으로 가 주세요."

택시는 세종로 네거리를 지나 충정로로 향하고 있었다.

"오늘은 좋은 날, 오늘은 행복해, 내일은 오늘보다 더 낫겠지?"

김세화는 지나가는 여자들의 옷차림을 유심히 바라보며 속으로 가곡 그리운 금강산을 중얼거렸다. 그녀에게 이태종은 순한 짝꿍이고 산소 같은 존재다. 김세화는 집에 도착하자 서둘러 샤워부터 했다. 화장을 고치고 지난번에 마련해 두었던 터키블루 투피스를 꺼내 입었다. 그리고 유화 인물화 5호 사이즈 그림을 보자기에 싸고 그녀의 명함도 잊지 않고 챙겼다. 그녀는 미술 대학에 출강하는 중견 여류화가였다. 그녀가 호텔로 들어서자 이태종이 호텔 로비에서 기다리고 있었다.

"여보, 내가 조금 늦었나요?"

김세화는 왼손에 차고 있는 시계를 보았다.

"아니, 바이어하고 약속한 시간이 아직도 10분이 남아 있어요."

이태종은 아내가 들고 있는 보자기를 바라보며 말했다.

"아, 이거 애들 공기 놀이하는 그림인데요 부인하고 같이 만난다고 해서 부인에게 선물하면 어떨까 하고 가져왔어요."

"좋은 생각이네. 안 그래도 뭘 선물할까 생각하고 있었는데 잘되었네요."

둘은 엘리베이터 쪽으로 걸어갔다.

"먼저 올라가요. 창가 쪽으로 예약해 놓았으니까 내 이름을 말하고 그쪽에 앉아 있으세요. 나는 바이어 내외분을 모시고 10분 내로 가겠으니 거기서 보도록 합시다."

"그래요. 나중에 오세요."

김세화는 20층에서 내려 여종업원의 안내를 받고 창가 쪽에 앉아 창밖에 풍경을 내려다보고 있었다. 20층 높이에서 덕수궁이 보이고 그 너머로 어둠이 내리는 하늘이 보였다. 하늘 끝은 아직도 저녁놀이 약간 남아 있었다. 얼마 남지 않은 저녁놀은 더욱 아름다웠다. 화가의 머릿속에는 이미 그림이 그려지고 있었다.

이태종은 바이어 내외와 함께 창가로 걸어왔다. 이태종이 인사를 시키자 그녀는 인사를 하고 들고 있던 명함을 바이어에게 주었다. 바이어는 그의 부인에게 화가의 명함을 보여 주며 둘만의 얘기를 했다. 김세화가 고운 천에 싼 그림을 미국인 부인에게 선물이라며 내밀었다. 그날 저녁은 그림 이야기로 화기애애한 분위기가 만들어졌다. 미국인 부인은 김세화가 그림과 함께 선물한 세 권의 전시회 책자를 한 장씩 넘기며 원더풀, 뷰티풀 그리고 베리 나이스를 연발했다. 이태종 역시 평소 아내의 그림을 좋아했으나 오늘 선물한 공기 놀이하는 아이들의 그림은 정말로 좋았다. 이태종은 공기놀이는 옛날부터 전해 오는 한국 아이들이 놀이라며 바이어에게 열심히 설명해 주었다. 바이어와 미국인 부인 역시 귀한 그림에 감사하고 자신들의 거실에 잘 보관하겠다고 했다. 김세화의 그림 한 점은 서로 간의 교분을 더욱 돈독하게 하고 있었다.

호텔 식사는 밤 열 시가 지나서야 끝났다. 운전기사를 먼저 보내고 부인이 운전대에 앉았다. 이태종은 와인 몇 잔을 했으나 취한 상태는 아니었다. 평소에 이태종은 소주 한 잔만 마셔도 운전석에 앉지 않았다. 김세화도 이러는 남편을 잘 알기에 술 하는 날이면 으레 자신이 운전을 하여야 한다고 생각하고 있었다. 자동차는 여의도를 향해 마포대교를 반쯤 지나고 있었다. 둘은 오늘 상담 결과에 대해 이야기하다가 이태종이 예지동 상가건물에 대해 말을 시작했다.

"당신 오늘 예지동에 갔다 온 이야기 좀 해 봐."

김세화는 운전대에서 앞만 주시하면서 남편의 물음에 대답했다.

"한마디로 놀랐어요. 그렇게 허름한 4층 건물이 복덕방 사람들 말에 의하면 300억 정도는 주어야 만질 수가 있대요."

이태종도 놀랍다는 뜻으로 부인의 말에 즉시 반응했다.

"뭐라고? 300억?"

"예, 그래요. 300억. 그 이상도 될 수가 있대요."

"와, 엄청 올랐네. 아버지가 3억의 비용을 들이고 매입한 건물인데."

이태종은 그 당시의 기억을 잊지 않고 있었다.

김세화도 한마디 했다.

"그때 3억이 지금은 300억? 50년 만에 100배가 올랐네요."

"그렇게 되네. 정말 많이 올랐네."

이태종은 많이 놀라고 있었다.

"시아버님 살아생전 큰일을 하셨네요."

"그렇지. 당시 그 건물은 건물주의 부도로 인해 준공식도 못 한 상태에서 우리에게 매도된 것이라 건물 매입 후 4층 공사를 우리가 마무리시키고 준공식도 우리가 했지요. 준공식 때 나도 아버지 옆에서 테이프를 끊었어요. 우리로서는 처음으로 상량식과 준공식을 경험한 건물이지요. 당시 나는 고등학교 3학년 학생으로 교복을 입고 참석했었지요."

이태종이 잠깐 말을 멈추자 김세화가 한마디 했다.

"여보, 당신 말 중에 우리라는 말이 두 번씩이나 하는데 그 우리가 뭐예요."

"아, 그 건물을 나와 아버지가 공동 매입한 것이거든."

"당시 당신은 고3이었다면서 공동으로 그 큰 건물을 구입할 만한 자금이 있었어요?"

"내 명의로 된 명지 논밭과 돌산을 담보로 하여 2억을 마련한 것이지."

"아, 그래서 우리우리 하셨구나."

이태종은 하던 말을 계속했다.

"그 건물 상량식 때 4층 천장엔 내 이름이 쓰여진 마룻대가 설치되어 있었는데, 그 마룻대 끝에 대형 강아지 스누피 그림을 내가 직접 그려 놓았어요."

"그래요. 그러면 지금도 4층 천장엔 그 스누피 강아지가 있겠네요."

"그럼 있겠지. 내가 그렸던 스누피 중 제일 큰 스누피 강아지였지요."

"여보, 정말로 신나는 얘기네요. 바로 그 스누피 그림."

김세화는 평소에도 남편이 가끔씩 스누피 그림을 그리기 좋아한다는 것을 알고 있었다.

"그런데, 그 당시 아버지께서 무슨 생각을 가지고 그 큰 건물을 구입할 생각을 하셨는지 궁금하고 알고 싶지 않아요?"

이태종의 말에 김세화는 반색하며 대답했다.

"예, 알고 싶어요. 말해 주세요."

"우리 식구 모두를 서울로 이사시킨다는 계획은 아버지로서는 일종의 모험이었지. 그런데 이런 계획을 쉽게 만든 건 태수였어. 태수가 경기중학교 다니면서부터 아버지가 서울 나들이를 많이 했거든. 결국 이사 결정한 후 나보고도 서울에 있는 2개의 공과대학 중 한 곳은 갈 수 있어야 한다고 독려하기 시작하였어. 나는 태수가 경기중학교에 합격했다는 소식을 듣는 순간 큰 충격을 입었었거든. 그때부터 나도 하면 된다는 마음으로 공부한 결과 서울 공대 기계과에 합격할 수가 있었던 거야. 어떻든 우리가 서울로 이사하게 된 동기 그리고 내가 서울 공대에 입학하게 된 동기는 모두 다 태수가 모두 제공한 셈이지. 건물 매입은 서울에서 우리의 장래를 위한 것이었고, 아버지 능력을 우리에게 보여 주셨던 것이지."

이태종이 잠시 말을 멈추는 사이 김세화가 한마디 거들었다.

"그 얘기는 나도 누구로부터 언뜻 들은 기억이 나요."

"여보, 그 상가건물 앞으로 어떻게 될 것 같아요?"

이태종의 물음에 김세화의 대답은 간단했다.

"어떻게 하긴요. 당신 것은 찾아야죠."

김세화는 상가건물을 확인하고부터는 욕심이 생겨났다.

"그런데 지금은 그 상가건물이 이선빈 명의로 등기가 되어 있어서. 막내가 쉽게 놓을 것 같지가 않아요."

"그러니까, 어머님 살아 있을 때 찾아야죠."

김세화도 상가건물에 대해 돌아가는 상황을 어느 정도는 알고 있었다.

"쉽지는 않겠지? 그래도 내놓도록 해야지."

"그냥은 안 되고 소송을 해야 될 것 같아요."

여의도 지하철역 4거리에서 음주 단속으로 자동차가 많이 정체되고 있었다.

"말로 안 되면 법으로 그렇게 해야지."

상가건물에 대한 형사소송 1심은 사금자의 패소로 끝나서 이선빈에 의해 항고 중에 있었다. 현재는 상가건물을 되찾기 위한 민사소송이 진행되고 있었으며 이태종은 강 변호사에게 모든 것을 맡기고 있었다. 사실 이태종은 이 건에 대해 이미 그의 친구 강 변호사의 조언과 많은 도움을 받고 있었다.

자동차는 전경련을 지나 메리어트 호텔로 진입하고 있었다. 주차장 지하

1-2-3 층은 빈자리가 없고 지하 4층까지 가서야 겨우 주차할 수가 있었다.

"오늘 무슨 날인데 차가 이렇게 많아?"

"호텔과 음식점 예약 손님이 많은가 봐요. 오늘이 금요일이잖아요."

"집으로 가기 전에 호텔 바에서 와인 한잔할까요?"

"나야 감사하죠."

둘은 호텔 2층 와인 바로 향했다. 와인 바에는 한국 사람들보다 외국 사람들이 더 많았다.

여의도 공원 일부가 눈에 들어온다. 서머타임 피아노 연주가 끝나고 바로 이어서 더 사운드 업 사이렌스가 피아노 건반 위에서 굴러간다. 오늘이 8월 1일, 여름휴가 시작되는 첫날밤이다. 아내의 얼굴이 조명에 어울려 더욱 아름답다.

"당신, 오늘 여기서 보니 정말 아름다워요."

김세화는 지금도 그렇지만 대학생 때는 정말로 미인이었다. 다만 이태종만 그렇게 불러 주지 않았다.

"당신, 술도 안 드시고 벌써 취했어요?"

김세화는 남편의 아름답다는 표현에 이렇게 대답했다. 김세화는 남편이 따라주는 핑크 와인 맛에 취할 것만 같았다. 투명한 유리잔에 적당히 채워진 오래된 와인이 코를 자극하며 입을 통해 감미롭게 목안으로 넘어간다. 오늘따라 남편의 옆모습이 그 어느 배우 못지않게 멋있어 보인다.

"여보, 당신은 배우 신영균보다 더 멋있어요."

"사람들은 나보고 신성일을 많이 닮았다고 하던데."

"하여간 당신은 무드가 없어요."

"뭐 내가 대답을 잘못했나?"

"그래요. 어떨 때 당신은 목석 같아요."

둘은 말없이 와인 서너 잔을 마시다가 김세화가 먼저 말을 꺼냈다.

"여보, 나 예지동 상가건물과 명지 논밭 이야기를 더 듣고 싶어요."

김세화는 상가건물을 눈으로 직접 확인하고 그리고 복덕방 사람들의 이야기를 듣고 나서 궁금한 점이 한두 가지가 아니었다. 건물시가 300억 그리고 재개발 승인이 나서 37층까지 건축이 가능하고 건설업체도 조만간 선정될 것이라고 했다. 거기에다 명지 논밭 6만 평과 돌산을 담보로 은행 융자가 있었다는 이야기는 오늘 처음 듣는 이야기였다.

"어, 그 이야기들, 사연이 너무 많지!"

이태종은 글라스에 와인을 가득 채워 마시고 그 이야기들을 시작했다.

"뭐부터 시작할까? 그렇지, 명지 논밭이 먼저다. 김해 명지 산자락에 조성된 조상 묘들 중에 7대조 할아버지가 장수였는데 왜군을 물리친 공으로 임금님으로부터 큰 벼슬을 하사 받고 또한 전적비가 세워졌는데 그 전적비가 이번에 경상남도에서 문화재로 지정한다고 했어."

이태종은 치즈 한 조각을 씹으면서 말을 계속했다.

"바로 그 할아버지가 임금님이 하사한 땅과 접한 해발 200미터 총면적 40만 평의 명지 돌산 전부를 사들이고 남쪽 산자락 밑으로 조성된 땅이 언제부터인가 형질 변경되면서 6만 평의 논밭이 만들어진 것이야. 명지돌산과 논밭 300마지기 6만 평은 16대 할아버지 때까지 한 세대 건너 다음 세대 장손으로 상속이 잘 이루어지고 있었지. 그런데 명지 산자락에 조성된 묘소가 100기가 넘자 묘역 관리에 문제가 발생하기 시작했어요. 매년 행사의 규모는 커지는데 장손가의 중심으로 매년 행사를 치르다 보니, 장손가와 문중 측에서 묘역 관리로 서로 간의 엇갈린 주장이 나오기 시작한 것이야. 결국은 명지 돌산은 문중에서 관리만을 맡는 것으로 정리되었고 논밭 6만 평은 계속 장손가에서 관리를 하는 것으로 매듭이 지어진 것이지. 그렇지만 내 명의의 돌산과 논밭은 등기상 변한 게 없었어."

이태수는 와인 반 컵을 한 번에 마시고 치즈 한 조각을 집어 들었다.

"16대조 할아버지는 나를 무척 사랑하고 정성을 다해 올바르게 키워 준 친조부님이셔. 바로 이 할아버지가 나에게 상속권을 행사했지. 우리 장손가에서는 아들에게 상속권이 없고 장손자에게만 상속권이 있었거든. 그게 우리의 전통적 미풍양속이야. 대신에 장자는 상속권이 없지만 그이 아들이 40세가 될 때까지는 상속 받을 재산을 관리하도록 하는 게 우리의 관습이지. 그래서 나 역시 아버지가 사망하지 않은 한 상속 재산에 별로 관심이 없었어. 왜냐면 아버지가 다 알아서 처리해 주시니까. 상속 재산은 명의만 내 이름으로 된 것이지 개인 재산이라고 생각하지 못하는 것이지. 그리고 나중에는 나 역시 나의 장손자에게 잘 넘겨주어야 하는 의무감도 반드시 있는 것이고."

김세화는 장손가의 상속 방식이 너무 재미있다는 생각이 들었다. 또한 그 전통방식에 매료되어 있었다.

"여보, 이야기가 너무 재미있어요. 전통적 상속 방식이 마치 역사 드라마를 보는 것 같아요. 그러고 보니, 당신은 아주 귀한 집안의 장손으로 탄생한 것이네요."

김세화는 바로 앞에 놓여 있는 빈 잔에 1/3 정도까지 와인을 부었다. 이태종은 아내가 따라 준 와인을 한 모금 마시고 이야기를 계속했다.

"명지 논밭 이야기인데, 그곳이 얼마나 넓었는지 열 살 때는 다 돌아보지도 못할 정도로 넓은 논밭이었어. 어른들이 하는 말을 듣고 그게 300마지기 논밭이라는 걸 알았어. 그렇게 논밭과 돌산을 은행에 담보로 제공해 받아낸 융자금으로 사들인 상가건물인데 아버지가 갑자기 사망하자 문제가 크게 발생하게 된 것이지. 그다음부터는 당신도 잘 아는 사건 내용들이지. 그때 또 어머니에게 소송에서 패소하고 상가건물을 모두 빼앗기고 난 후 근 1년 동안 나는 완전 정신 나간 상태였어. 심지어는 이렇게도 못났다는 생각에 자살까지 시도했었잖아. 결국 당신이 나를 살려 냈지만."

이태종은 울고 있었다. 김세화도 그때의 일을 생각하며 같이 울고 있었다.

이태종의 부친 이성열은 예지동 상가건물을 세 사람 명의로 등기를 하고 나서 두 가지 사항을 걱정했었다. 자신의 아내 사금자가 욕심이 너무 많아서 조금도 양보심이 없다는 것이다. 이로 인해 큰아들 이태종의 재산에 눈독을 들인다면 그때부터 가정은 풍비박산이 날 것이라는 우려였고, 또 하나는 이성열 자기 자신이 아프거나 이상이 생겨 건물 관리를 못 할 경우에 과연 큰아들 태종이 자기의 재산을 잘 지킬 수 있을까에 대한 우려였다. 그래서 그는 궁여지책으로 빚을 청산할 능력이 있더라도 빚을 갚지 않고 등기부상에 은행 융자 내역을 계속 남겨 두었던 것이다. 거기에는 이태종의 논밭 6만 평 외에도 문중 재산 명지 돌산도 포함되어 있다. 어느 누가 나쁜 마음을 가지고 상가건물을 처분하려고 하여도 문중 재산이 등기부등본에 표기되어 있는 한 문중의 허락 없이 처분이 불가능할 것이고, 그리고 아들 이태종은 장손가의 장손으로 문중의 도움을 반드시 받을 수 있을 거라고 믿었던 것이다. 이성열의 우려는 그가 사망하자 사금자에 의해 실지로 나타났던 것이다. 사금자는 이태종의 인감을 도용하여 가짜 서류를 만들어 이태종의 재산을 갈취했고 문중 원로들을 회유하다 들통이 나서 문중 어른들로부터 "요망한 년이 첩으로 들어와 장손 집안을 말아먹고 있다. 저 년을 그냥 두면 문중 재산도 엿보다 삼킬 첩 년이다."라며 물벼락을 맞고 실신한 적이 있었다. 그래도 끝내는 무진회사 정 지점장을 내세워 그녀의 뜻을 관철시켰던 것이다. 그때 핸드폰에서 진동 소리가 붕붕 울렸다.

"여보, 당신 전화가 울려요."

"이 시간에 누군가?"

"오빠 저예요, 정빈이. 서울에 왔어요. 너무 늦은 시간에 전화했지요?"

"아니야. 지금 집사람하고 와인 한잔하는 중이야."

"오빠, 내일 스케줄이 있어요?"

"거래처 사장님들과 은행 지점장하고 골프 약속이 있어."

"그럼 어떡하지. 내일 만나서 상의하고 전달할 것이 있는데."

"모레 일요일로 약속하면 안 될까?"

"일요일은 변호사와 저녁식사를 같이하기로 했어요."

"그럼 내일 늦게 집으로 와. 저녁을 취소하고 집으로 올 테니까."

"오후 몇 시까지 가면 돼요?"

"일곱 시까지는 도착할 테니까 저녁 먹지 말고 와라."

"그래요. 제가 오후 7시까지 오빠 집으로 갈게요."

"그런데 너 태수하고 같이 한국에 온 거 아니었어?"

"같이 왔는데 그동안 볼일 보고 태수 오빠는 어제 미국으로 떠났어요."

"그래? 한번 만나고 싶었었는데."

"그러면 큰오빠가 나에게 연락을 하지 그랬어요."

"그래야 했었나."

"큰오빠, 태수 오빠 핸드폰 번호를 알려 드려요?"

"아니 그럴 필요는 없어. 그래 그럼 내일 저녁에 보자."

이태종은 전화를 끊고 뭔가 생각하는 것이 있는 듯이 여의도 공원 쪽으로 고개를 돌리고 한참을 그대로 있었다.

"여보, 우리 그만 일어나요."

김세화의 목소리에 이태종이 고개를 돌렸다.

"그래. 집으로 갑시다. 남은 와인은 집으로 가져갑시다."

"그래요. 가서 계산이나 해요. 제가 챙길게요."

둘은 자리에서 일어났다.

이정빈은 엄마를 만난 이후 줄곧 정 변호사를 만나고 있었다. 방금 이태종에게 전화하기 전에도 정 변호사를 만나고 헤어진 후였다. 이정빈은 혼자서 하늘 한 번 쳐다보고 땅 한 번 보며 덕수궁 돌담길을 걸어가고 있었다.

"서울 야경이 왜 이렇게 좋을까?"

이정빈이 지금 그렇게 느끼고 있었다. 미국에서 어려움이 있을 때마다 그녀는 늘 서울을 그리워했다. 그러한 시간이 오면 그녀는 이불을 뒤집어쓰고 잠을 청했다. 서울의 밤하늘을 보니 그녀가 품었던 서울은 역시 환상적이다. 이정빈은 몇 해 전부터 한국으로 역이민을 생각하고 있었다. 미국은 그녀에게 그만큼 생활하기가 어렵고 힘들다는 반증이기도 했지만 그보다는 한국에서 온실에서 형성된 그녀의 성격을 미국이 품어 주지 못하고 있었다. 그런데다 요즘 들어 성장한 아들이 엄마를 기피하는 성향까지 보여 그녀는 혼자라는 애수에 빠져 있을 때가 많았다. 15여 년 전 그녀가 서울 생활을 청산하고 미국 이민을 결심했을 때는 그만한 이유와 희망이 있었다. 그녀에게는 미국에서 목회 활동을 하는 남편과 미국에서 공부를 시켜야 할 자식들이 있었다.

그래서 그녀는 마포에 소유하고 있는 오피스텔 두 채만을 남겨 두고 강남에 있던 아파트 35평과 25평 가게를 각각 3억과 5억에 처분하여 미국으로 이민을 갔던 것이다. 15년이 지난 지금은 큰아들은 대학을 졸업하여 독립 생활을 하고 있고 이혼한 남편을 따라간 둘째 아들은 가끔씩 만나고 있었다. 어머니인 사금자와 같이 살고 있었으나 어머니 마저 병들어 한국에 갔으니 그녀는 대지 300평 주택에 혼자 거주하고 있는 것이다. 그동안 서울의 부동산값은 엄청나게 뛰었다. 그녀가 가지고 있던 강남 아파트값은 15억이 되었고 25평 가게는 30억이 넘었다. 그러나 마포의 오피스텔 가격은 큰 변화가 없었다. 그녀가 15년 전 8억에 처분한 부동산이 지금은 45억이 된 것이다. 그녀가 LA

변두리에 가지고 있는 집을 90만 불에 처분해도 서울 강남 아파트 35평 아파트의 전세에 불과하다. 그래서 이정빈은 한국으로 역이민을 쉽게 생각할 수가 없게 된 것이다. 그녀는 이번 서울 일정은 엄마의 병문안도 중요하지만 그보다 이선빈을 상대로 변호사와 같이 소송에서 승소하는 것이다. 이정빈은 상가건물에 대한 많은 증거를 엄마인 사금자로부터 받아서 갖고 있고, 그리고 상가건물이 자신의 이름으로 명의신탁되어 관리했던 모든 자료도 빠짐 없이 갖고 있었다. 이정빈은 이 모든 증거와 자료를 이태종과 공유하면 이선빈과의 소송에서 확실히 승소하고, 이렇게 되면 이태종 역시 자신의 의도대로 따라 움직여 줄 것이라고 믿고 있었다. 정동길을 빠져나오자 왼쪽에 커다란 카페 간판이 보였다. 늦은 시간인데 사람들이 많았다. 이정빈은 조용한 자리를 골라 앉았다. 이정빈은 어디론가 전화부터 걸기 시작했다.

"언니, 나야. 정빈이."

"이 밤중에 웬일이고?"

이태빈은 잠에서 깨어나 하품 소리를 내며 전화 받는 말투였다.

"언니, 나 서울에 왔어요. 지금 서울 신라 호텔에 묵고 있는데 언니 나 좀 도와줘. 언니 도움이 필요해요."

"무슨 도움인데 나 같은 사람이 필요해?"

"다른 게 아니라 선빈이 이름으로 된 상가건물 있잖아. 그게 엄마 이름으로 다시 변경해야 해요. 그렇지 않으면 앞으로 일년 몇 개월만 더 지나면 완전히 선빈이 것이 되는 거야. 그러면 언니는 물론 형제자매 우리 모두에게 각각 50억씩 상속 지분이 있는데 그것을 모두 잃게 돼요. 그러니 언니가 내일 서울에 올라와서 나하고 호텔에 며칠 동안 같이 있으면서 내가 부탁하는 말을 좀 들어주었으면 좋겠어요."

이태빈은 상속 지분 50억이란 말에 어안이 벙벙했다.

"상속 지분 50억이란 말이 뭐고?"

"언니, 엄마 재산을 선빈이가 차명 관리하고 있었던 것 언니는 모르고 있었어요?"

[우리의 몫과 문중 재산은 돌려주고 죽어야지.]

태종의 말이 생각났다. 이태빈은 가슴이 두근거리기 시작했다. 이태빈은 옆에 있던 물주전자를 들고 물을 벌컥벌컥 들이마셨다. 이정빈이 거절할 수 없도록 부탁하는 말에 이태빈은 가슴을 지긋이 누르며 침착하게 물었다.

"내가 서울에 가면 무엇을 하여야 하는 건데?"

"언니는 내 변호사가 묻는 말에 사실대로 대답만 하면 되고 그리고 별도로 언니가 한 사람의 증언만 받아 오면 돼요."

"그런데 내가 그런 일을 할 수 있을까?"

"언니는 할 수 있어요. 올라올 거지? 교통비도 넉넉히 드릴게요. 지금 대답해 줘요."

"그래 알았다. 내일 서울에 가서 전화할게."

상속 지분 50억이란 말에 그녀는 더 이상 물어볼 말도 없었다.

이태빈은 사금자의 의붓딸이며 사금자의 호적에 맏딸로 되어 있었다. 사금자는 이태빈이 국민학교를 졸업하자 중학교에 진학을 시키지 않고 식모와 같이 집안일을 돌보게 했으며 남편의 묵과하에 괄시와 차별이 많았다. 그러나 이태빈은 그러는 또 어머니의 행동에 불만을 갖거나 거절을 일삼는 일은 거의 없었다. 이태빈은 또 어머니는 그러느니 하고 참고 잘 견디었으며 오히려 그녀의 온화하고 이해심 많은 성격은 어린 배다른 동생들을 잘 돌보곤 했었다. 그래서 지금도 이정빈과 이선빈으로부터 착한 언니로 인정받고 있는 것이다.

그런데 어린 이태종은 이러한 누나의 순종적인 면을 이해하려고 하지 않았었다. 누나가 또 어머니 욕을 먹는 광경을 목격할 때마다 그는 울분이 치밀어 누나를 두둔하고 싶었었다. 그러나 어린 그로서는 어찌 할 수가 없었다.

어린 이태종의 마음을 달래 주는 것은 이 또한 이태빈의 몫이었다. 밤이 되어 혼자일 때 이태빈은 서러워 많이 울기도 했었다. 이태빈은 남편의 사업 실패로 지금은 네 식구가 15평 연립주택에 세 들어 살고 있었다. 이태빈의 현실을 잘 알고 있었던 이태종은 가끔씩 도움을 주었으나 오히려 그러한 도움은 매형을 나태하게 만들었고 매형의 술버릇만 더 키워 주게 되어 지금은 일체 도움을 주지 않고 있었다. 이태빈은 부산 자갈치 시장에서 생선 다듬는 일을 하며 근근이 살아가고 있었던 차에 이정빈으로부터 엄청난 소식을 들었던 것이다.

11. 정빈의 계획

이태빈은 전화를 끊고 난 다음 전화 내용에 대해 다시 한번 되새기다 변호사가 묻는 말에 사실대로 대답하고 별도로 어떤 사람의 증언을 받아 오면 된다는 말이 떠오르자 가슴이 두근거리기 시작했다. 마치 문초받는 사람처럼 죄인이 되는 게 아닌가? 하는 생각에 머리가 혼란스러웠다. 이태빈은 변호사를 만나 본 적이 한 번도 없었다 국민학교를 졸업한 그런 그녀가 변호사가 묻는 말에 잘못 대답이라도 한다면 큰일이 날 수도 있다는 생각이 들었다. 그리고 이정빈이 그렇게 쉬운 일을 자기가 처리하지 않고 못난 언니에게 시킬 이유가 없다는 생각이 들었다. 그런데다가 생판 모르는 사람에게 어떻게 증언을 받아 온단 말인가? 생각이 여기까지 미치자 그녀는 동생 이태종에게 전화를 걸었다.

"누나, 웬일이요?"

"일은 무슨 일. 그냥 전화했다."

"지금 몇 시인지 아세요?"

"아, 그렇구나. 밤 한 시가 넘었네. 난 그것도 모르고 전화했구나. 그냥 끊을까?"

이태빈은 당황했다.

"아뇨, 누나가 그냥 전화할 일은 없을 거고 얘기하세요. 급한 일이 있으시죠?"

이태종은 누나의 성품을 잘 알고 있었다.

"그래. 사실은 정빈이가 뭘 부탁해서."

"정빈이가 누나에게 부탁을 해요?"

"그래. 자기 변호사가 묻는 말에 대답만 하면 된다더라."

"무슨 대답을 하라고 합디까?"

"자세한 것은 모르겠고 잘하면 우리 모두에게 각각 50억 상속 지분이 있으니 변호사가 묻는 말에 대답을 잘하여야 한다고 하더라."

이태종은 상속 지분이란 말에 이정빈이 생각하는 것을 알아차렸다.

"누나, 그래서 뭐라고 대답했어요?"

"알았다고 하고 내일 정빈이가 머무는 호텔로 가기로 했다."

이태종은 오늘 저녁에 이정빈을 만날 것이라고 말하지 않았다.

"잘했어요. 만나면 되고요. 있었던 사실만 대답하면 됩니다. 있었던 사실이 아니고 별도로 정빈이가 꾸며서 부탁하는 말이라면 거절하고, 누나가 실지로 알고 있었거나 알고 있는 말만 하면 됩니다. 혹시 정빈이를 만나서 어려운 부탁을 하거든 대답을 하기 전에 먼저 제게 전화를 주세요. 누나, 그거 알아야 해요. 집안 내에 큰 법정 싸움이 시작됐어요. 그러니 우리가 그 상속 지분을 찾기 위해서는 모든 것이 사실대로 규명되어야 합니다. 이 참에 말씀드리는데 누나의 상속 지분에 대하여 나도 노력하고 있어요. 그러니 큰 걱정 말고 정빈이를 만나 보세요."

"그런데 어떤 사람에게 증언을 받아 와야 한다고 하더라."

"아, 그거요. 신용금고 정 지점장에게 변호사가 써 주는 사실 증명에 도장이나 서명을 받아 오라는 것입니다. 그래야 그 사람이 증언대에 설 수가 있거든요. 누나, 옛날에 그 지점장을 오빠오빠 하면서 잘 알고 있었잖아요. 변호사가 만들어 주는 서류에 그 지점장의 도장이 있어야 누나의 상속 지분을 찾을 수 있다고 하세요. 그러면 그 지점장이 서류를 보면 이미 옛날에 다 해결되었던 문제이기 때문에 흔쾌히 도장을 찍어 줄 거예요. 큰 걱정 안 해도 됩니다."

"알았다. 그렇게 하마."

이태빈은 이태종과의 전화를 끊고서 잠자리에 들었지만 잠이 오지 않았다.

이태종 역시 잠이 오지 않았다. 이태종은 자기가 할 일을 이정빈이 도와주는 것 같아서 한편 마음이 가벼웠다. 37층 높이에서 창밖을 내다보니 높은 밤하늘에 반달이 밝게 떠 있었다. 할머니 생각이 났다. 할머니는 착한 사람이 죽으면 별이 된다고 했었다. 그날은 유난히도 하늘이 맑고 반짝거리는 별이 많았다. 이태종은 정빈이를 안고 있는 할머니와 같이 마루턱에 앉아서 하늘에 무수히 많은 별을 세고 있었다.

"저기 큰 별은 할머니 별, 저기 작은 별은 정빈이 별, 저 쪽에서 혼자서 빤짝이는 별은 나의 별, 그리고 멀리서 구름에 가려진 별은 엄마 별."

이태종의 친어머니는 일본으로 도망치듯이 가 버렸고 엄마 잃은 어린 태종은 늘 엄마를 보고 싶어했었다. 그에게 또 어머니가 있었지만 친엄마를 대신할 수는 없었다. 이태종의 아버지는 그러는 태종을 여름 방학 동안만이라도 시골 할머니와 같이 있게 하면서 태종의 마음을 달래 주곤 했었다.

"우리 태종이는 음력 사월 초파일이 생일이니 부처님이 도와줄 것이고 우리 아가 정빈이는 칠월 칠석에 태어났으니 견우님과 직녀님이 도와주시겠지. 어이구 내 새끼들 무럭무럭 잘 자라서 저 별이 되어야지."

12살 된 태종과 3살인 정빈을 번갈아 보며 할머니는 말했다. 할머니는 또 재미있는 이야기를 해 주었다. 할머니 이야기는 언제나 옛날옛날로 시작했었다.

"옛날옛날에 견우성과 직녀성이 있었는데 별 견우는 착한 남자이고 별 직녀는 착한 여자였는데 두 별은 서로가 많이 사랑을 했었어요. 근데 두 별 사이에 큰 강이 있었는데 그게 은하수였어요. 은하는 두 별 사이를 갈라놓고 있었어요. 은하수는 수많은 별들이 모여서 강이 된 것인데 거기엔 다리가 없었어요. 두 별은 멀리서 쳐다만 볼 뿐 만날 수는 없었어요. 두 별의 딱한 사정을 알고 해마다 칠월 칠석이 되면 까마귀와 까치가 하늘로 올라가 몸을 서로 잇대어 은하수에 다리를 놓아 견우성과 직녀성을 만나게 했어요. 이 다리를 오작교라 하는데 견우와 직녀는 그 다리를 건너와 1년에 한 번을 만나게 되는데 새벽닭이 울면 이 다리가 없어져요. 그러면 견우와 직녀는 슬프지만 다시 이별하고 제자리로 돌아가 동쪽과 서쪽 하늘에서 다시 만날 때까지 1년 동안을 기다려야 해요."

할머니의 사랑 이야기는 항상 슬프게 끝난다. 할머니는 할아버지의 둘째 부인이었다. 그리고 칠석날 저녁에 비가 오면 견우와 직녀가 만나서 기쁘다는 눈물이고, 이튿날 비가 내리면 견우와 직녀의 이별의 눈물이라고 했다. 할머니도 별이 된 지 벌써 55년이 넘고 있었다. 밤 2시가 조금 지났다. 오늘은 칠월 칠석, 이정빈의 생일 날이다. 할머니는 불교 신도였다. 그래서인지 몰라도 부처님 오신 날 생일인 태종과 7월 칠석날 생일인 정빈을 무척 사랑했었다. 할머니는 태종에게 정빈이를 이복이 아닌 친남매처럼 잘 돌보아 주어야 한다고 말했었다. 태종은 할머니 말대로 그렇게 했었다. 어린 정빈이 역시 태종을 잘 따라다녔었다. 그러나 언제부터인가 태종은 의붓어머니와 틀어지면서 자연히 정빈과의 관계도 소원해지기 시작했다. 어쨌든 현재의 둘 사이는 어렸을 때보다 말수가 많이 적어진 편이다. 태종은 이런저런 생각에 밤 두 시가 지나서야 코를 골기 시작했다.

아침 5시 반의 경부 고속도로는 시원하게 뚫려 시속 110km로 놓아도 자동차가 별로 빠른 것 같지가 않았다. 골프장에는 약속한 사람들이 이미 도착하여 식당에 앉아 있었다. 이태종이 식당 안으로 들어서자 그들은 모두 자리에서 일어났다. 그들은 모두 이태종의 거래처 손님들이었다. 그들은 친분을 더욱 돈독히 하자는 다짐을 하면서 모두 아침 식사로 아욱국 백반을 시켰다.

"가을 아욱국은 제 계집 내쫓고 먹는다 했습니다."

이태종이 하는 말에 은행 지점장이 토를 달았다.

"회장님, 지금은 여름입니다."

"Autumn is coming soon."

(가을은 곧 옵니다.)

모두들 이태종의 말에 웃었다. 그날 타당 1천 원 내기를 했는데 이태종은 오만 원을 잃고도 재미있어했다.

그날 저녁 오후 7시 정각이 되자 이태종의 집에 초인종이 울렸다. 이정빈이 빨간 장미 꽃다발을 들고 현관 앞에 서 있었다.

"오빠, 여기가 호텔형 아파트란 집이야? 건물이 6성급 호텔 같아요."

"너는 미국에서 대지가 300평 넘는 저택에서 살고 있다며?"

"땅만 넓지 3룸은 미국에서 보통 수준의 집이야."

이정빈은 현관문을 들어서며 들고 있던 꽃다발을 김세화에게 두 손으로 전했다.

"올케언니, 이곳에 이사 온 것을 축하드립니다."

"아이 아가씨, 이사 온 지가 3년도 넘었어요."

김세화도 이정빈에게 장미꽃과 안개꽃이 어우러진 꽃다발을 건넸다.

"아가씨, 오늘이 생일이시죠? 축하합니다."

"언니, 언니가 제 생일을 기억하고 있었네요. 감사합니다."

"그럼요. 오늘은 음력으로 7월 7일, 견우와 직녀가 상봉하는 날, 바로 칠석 날인데 아가씨 생일을 잊을 수가 있어요?"

"하여간 언니, 감사해요. 꽃다발도 너무 고맙고요."

"아가씨 생일상으로 저녁은 제가 차리고 있으니 꼭 드시고 가야 해요."

"언니, 그렇게 할게요. 고마워요."

이태종은 운동복 차림을 하고 있었다.

"오빠, 운동하고 있었어요?"

"아니야. 퍼팅 연습을 하고 있었어. 오늘 퍼팅에서 많이 실수했어."

"아 맞다. 오늘 오빠가 골프 간다고 했었지. 재미있었어요?"

"재미도 있었지만 그보다 좋은 사람 셋을 만난 거지."

"그러고 보니 오빠 배가 많이 나왔네. 회장님 배네."

"너는 예전 그대로구나. 오히려 지금이 더 예뻐졌다."

"오빠, 이젠 많이 늙었지 뭐. 예쁘다니까 하여간 고마워요."

"그래. 여기로 좀 앉아."

이정빈이 앉을 자리를 손으로 가리키며 이태종은 그 옆에 세로로 놓인 소파에 앉았다.

"밥은 잘 찾아 먹고 다니는 거야?"

"그럼요. 호텔 식사가 미국에서 내가 해서 먹던 것보다 훨씬 맛있어요."

그때 김세화가 커피 세 잔을 탁자에 내려놓았다.

"아가씨, 블랙이에요. 필요하면 설탕과 크림을 넣고 드세요."

"언니, 저는 블랙이 좋아요."

"저도 블랙이 좋아요. 그런데 오빠는 설탕 크림 다 넣고 드셔요."

셋은 커피를 마시며 거실에 걸어 놓은 김세화의 그림 이야기를 하다가 이정빈은 창밖에 펼쳐진 여의도 공원과 국회의사당의 야경에 흠뻑 빠져들었다.

"오빠, 이 집에서 보는 경치가 너무 좋다. 뭐라고 할까, 깨끗하게 보이면서 마음속 깊이 느껴지는 게 있어요. 바로 여기가 2008년도 여의도의 모습이다. 뭐 이런 것이 느껴져요."

"나는 여기 3년간 살다 보니 그게 그런 것 같아서 지금은 예전보다 감흥이

186

덜해."

이태종의 한마디에 김세화가 한마디 했다.

"이 이는요, 옛날하고 많이 달라졌어요. 옛날엔 가끔씩 무드도 있었는데 지금은 꽝이래요. 나는 이 집에서 트인 세 곳에서 밖을 볼 때마다 매일 새로운 것을 찾아 그림 소재로 쓰고 있어요. 얼마나 새록새록한데요. 저는 이 집에서 가능한 한 오래 살고 싶어요."

이태종은 부인이 하는 말에 가슴이 뜨끔했다.

찻잔을 모두 비우자 김세화가 자리에서 일어났다.

"아가씨, 오빠하고 그동안 밀렸던 이야기 더 나누시고 계세요."

"그렇게 할게요. 언니, 커피 맛있었어요."

김세화는 쟁반에 놓인 빈 찻잔을 들고 거실 문을 열고 나갔다. 30평이 넘어 보이는 넓은 거실에 이태종과 이정빈 둘만 앉아 있었다. 태종이 먼저 이정빈의 아들의 안부를 물었다.

"미국명으로 루이스 박이 맞지?"

"오빠, 우리 루이스 이름을 기억하고 있었네."

"그럼 기억하지. 루이스가 존홉킨스 의과대학에 들어가 프리메드 과정 1년 차 때 서울에 와서 우리 집에 일주일 동안 있었잖아."

"맞다. 그때 내가 무척 어려운 일이 있어서 오빠에게 부탁했었지."

"루이스가 대단해. 존홉킨스 대학에 다니는 걸 보면. 그 당시 합격률도 1.8이었다고 루이스가 나에게 말해 주었던 기억도 나는데."

"오빠, 옛날 이야기야. 벌써 의대 대학원 졸업하고 내년에 존홉킨스 병원에서 레지던트 3년 차 과정이야."

"벌써 그렇게 되었구나. 세월 참 빠르다."

"그래요 오빠. 루이스는 내 도움이 필요 없을 정도로 컸어요."

"어떻든 성공했다."

이태종은 조카의 성공에 이정빈에게 진심으로 축하를 했다. 이태종은 둘째 아이에 대하여는 묻지 않았다.

"세종이도 삼성에서 알아주는 인재가 되었잖아."

"글쎄다. 삼성에서는 중요하겠지만 나에게는 별로야."

"오빠, 왜 그래? 세종이는 원래 똑똑하고 성품도 착했잖아."

"삼성에서 충분히 경험했으니 지금은 세종이가 우리 회사를 위해 일을 해 주었으면 하는데 우리 회사는 자기의 일터가 아니라는 것이야."

"오빠 힘들면 전문 경영인 쓰면 되잖아."

"그런 뜻이 아니야. 세종이가 필요해서 그런 거지."

"오빠, 세종이에게 회사를 물려주고 싶어 하는구나."

"꼭 그런 것만은 아니고 세종이면 미래를 맡길 만한 인물이란 거지."

"그렇구나. 오빠는 미래를 생각하는구나! 나는 현재도 힘든데."

"정빈아, 그것보다 세종이에게 이 집안의 맏손자인 만큼 지금부터 맏손자의 역할을 하여 주었으면 좋겠다는 뜻이다."

"오빠, 지금이 어느 땐데 아직도 그런 생각을 가지고 살아요."

"그래. 난 아버지한테 배운 게 그거야. 그런 게 있어야 한다고 생각해."

"역시 우리 큰오빠야!"

"그런데 세종이는 장손이란 생각이 없는 것 같아."

"오빠, 그게 아니고 자기 생각을 먼저 하는 거겠지."

"요즘 세종이는 나하고 그런저런 이야기를 하는 것을 싫어해."

이정빈이 가방에서 녹음 테이프를 꺼내어 탁자에 올려놓았다.

"오빠, 이거 지난번 엄마가 서울로 우리들을 불러서 의논했던 내용을 녹음 한 거예요. 약간 길지만 편집하지 않고 녹음한 그대로인데 녹음 내용을 잘 들어 보면 엄마가 하는 이야기, 태수 오빠 부인이 하는 얘기, 선빈이의 엉뚱한 말 그리고 내가 주장하는 이야기가 녹음되어 있어요. 들어 보면 각자 생각이나 주장이 다르다는 것을 알 수가 있을 거예요. 그렇지만 엄마 생각은 분명히 밝히고 있어요. 그런데 선빈이의 욕심 때문에 결론을 내지 못하고 말았어요. 저번에도 오빠에게 말했었지만 그 애는 저 상가건물을 혼자 먹으려는 생각을 갖고 있어요. 오빠가 이 녹음 내용을 들어야 할 것 같아서 여기까지 가지고 온 거예요. 오빠, 단단히 마음먹고 오빠 재산을 찾아야지 여차하면 선빈으로부터 못 가져올 수도 있어요. 그리고 선빈이는 형사사건에 대해 항소를 했어요. 항소장에는 엄마의 증언이라며 엄마의 지장이 찍힌 확인서와 녹음도 첨부하고 있어요."

"이거는 엄마가 잘 때 선빈이가 엄마의 손 도장을 찍었다는 간병인의 증언 내용과 그 후에 엄마가 확인서에 손 도장을 찍어 준 적이 없다는 내용이 들어 있어요. 오빠가 항소심을 준비하는 검사에게 이 칩을 넘겨야 해요. 그래야 이길 수 있어요. 선빈이는 재산 앞에서 완전 미쳐 있어요. 선빈이는 모든 가족하고도 결별한다고 선언했어요. 녹음 테이프나 USB 칩은 모두 카피고요 원본은 제가 가지고 있어요."

이정빈은 녹음 테이프와 USB 칩을 이태종에게 넘겨주었다. 이것을 넘겨받은 이태종은 이정빈에게 물었다.

"이거 내게 가져온 특별한 너의 바람이 있을 텐데 이야기해 줄래?"

"있지요. 첫째는 오빠가 우리들의 움직임을 정확히 모를 것이라고 생각했고 둘째는 오빠 재산을 찾아야 선빈의 야욕을 중단시킬 수가 있다고 확신하고 있고요. 그리고 마지막으로 이 녹음 테이프와 USB 칩은 나보다 오빠가 더 필요한 것이라고 생각했어요."

이정빈은 여기까지 말하고는 큰 가방에서 또 다른 서류를 꺼냈다.

"이 서류들은 증명서와 영수증 그리고 주변에서의 증언들인데 모두 복사하여 한 권으로 묶은 것인데 지난번 소송 서류에 보충 서류이고요. 그리고 오빠의 증언도 더 필요해요. 이거 읽어 보고 이상 없으면 오빠가 확인했다고 싸인해 주세요."

이정빈은 서류를 이태종에게 내밀었다. 이태종은 한 줄 한 줄 천천히 읽어 내려갔다. 이정빈은 자신이 넘겨준 서류를 읽고 있는 이태종의 얼굴을 자세히 바라보고 있었다. 잘생기고 호감도 만점이었던 젊었던 그 얼굴이 눈밑 주름하며 얼굴 군데군데 점이 있고, 입가 주름도 약간 생겨 나오고 있었다. 그러나 중후한 멋은 여전히 잃지 않고 있었다.

"이거 내가 알고 있는 사실 그대로고 틀린 내용이 없는데 여기 밑에 이름쓰고 싸인해 주면 되는 거야?"

"그래요 오빠. '위 내용을 확인합니다.' 하고 날짜와 이름, 그 밑에 서명하면돼요."

태종은 서류 밑에 이정빈이 말하는 대로 서명까지 하고 서류를 이정빈에게 돌려주었다.

"오빠, 변호사 말에 의하면 나는 부양료를 신청해도 된다고 했어요."

"그건 아닌 것 같다. 그렇게 생각하면 너희 셋 모두가 부양료를 신청하여야 하는데 생각해 봐. 태수도 근 10년간 모셨고 너 역시 10년 넘게 모셨다며. 선빈이도 지금 모시고 있잖아. 자식으로 마땅히 하여야 할 의무이고 어머니가 너희들에게 도와준 거에 비하면 새 발에 피지. 안 그래? 부양료는 포기해라."

이정빈은 어떤 말도 하지 못했다.

"그건 그렇고 정빈이 네가 많이 준비했네."

"오빠, 내가 아니면 선빈이 저 애 막을 사람이 없어요."

"꼭 그런 것은 아닐 거야. 하여간 네가 제일 수고 많이 하는 것 같다."

"이거 계속 끌다가 1년 조금 더 넘기면 그 후에 선빈이하고 타협하려면 씨도 안 먹혀요."

"그건 정빈이 너 말이 맞을 것 같다."

"오빠, 한 가지 추가로 말을 하는 데 그 녹음 테이프에 들어 있는 내용은 선빈이도 녹음하여 가지고 있어요. 그걸 이번에 항소심에 첨부하는 걸로 알고 있어요. 그러한 내용을 오빠 변호사에게 귀띔을 해 주어야 해요. 아마도 선빈이는 그 녹음 테이프를 짜깁기했을 거예요. 그러니 녹음한 거와 칩이 꼭 법정에 제출할 수가 있어야 해요."

이태종은 비슷한 녹음 테이프가 선빈이도 가지고 있다는 말에 약간 놀라기는 했으나 그네들은 충분히 그럴 수 있다고 생각했다.

"어떻든 내일 중으로 이 녹음 내용과 칩을 모두 검토하고 궁금한 것이 있으면 연락할게."

"그래요. 나도 변호사와 상의하다가 오빠 도움이 필요하면 연락할게요."

"그런데 선빈이도 이것들을 알고 있을까?"

"오빠, 그 애는 모르고 간병인만 알고 있어요."

"그 간병인 믿을 수 있어?"

"오빠, 그런 걱정은 하지 마세요. 그 간병인? 워낙 똑똑해서 이중 플레이 하면 안 된다는 것을 자신이 더 잘 알고 있어요. 오빠 그건 왜 물어봐?"

"참고로 알고 있어야 내 변호사가 물으면 대답해야지."

그때 김세화가 거실 문을 열고 들어왔다.

"아가씨, 저녁 준비 다 되었어요. 식당으로 오세요."

"예. 곧 갈게요."

이태종이 일어서려 하자 이정빈이 말했다.

"오빠, 잠깐만요. 이거 테이프하고 칩은 올케에게도 공개 전까지는 비밀로 해 주세요. 절대로 선빈이가 알면 안 돼요."

"난 집사람하고 비밀이 없는데 정 그렇다면 그렇게 하지."

"선빈이가 올케언니에게 전화할까 봐 그러는 거예요."

"알았어요."

이정빈은 이처럼 자신의 계획을 완성하고자 할 수 있는 한 모든 것을 총동원하고 있었다. 이태종은 형사소송 1심에서 승소했다는 이야기를 듣고, 문제가 다 끝났다는 생각에 나머지 일은 강 변호사에게 맡기고, 소송 준비 건에 대하여는 약간 미온적이었으나 정빈의 이야기를 듣고 나서는 선빈과의 타협이 힘들겠다는 생각이 들었다. 그러나 이선빈이의 생각이 정상적으로 바뀌어 모든 소송을 취하하기를 바라는 맘 또한 간절했다.

부엌 식탁에는 시선한 채소와 소고기 된장찌개, 성게 미역국, 갈비찜, 갈치구이, 가자미식해 그리고 여러 가지 밑반찬이 예쁜 접시에 정갈하게 담겨 있었다. 밥은 흰 쌀밥이었다. 별도의 둥그런 테이블에는 이정빈의 59번째 생일을 위한 케이크도 준비되어 있었다.

"아가씨, 식사하기 전에 케이크에 불부터 먼저 붙이세요."

김세화가 케이크 상자에 붙어 있었던 성냥개비를 이정빈에게 주었다.

"언니, 나 미국 생활하는 동안 내 생일을 거의 못 찾아 먹었어요. 이렇게 서울에 와서 언니로부터 생일상을 받으니까, 울고 싶어!"

이정빈은 그동안 미국에서 생활하던 모습이 떠올라 눈시울이 벌개졌다.

"올케, 울고 싶으면 우세요. 오빠 집인데 어때요. 근데 생일상을 너무 간단하게 차린 것 같아 미안해요. 다음에 시간 내어서 오시면 잘 차려 드릴게요."

"아니요 언니, 이런 밥상 오랜만이에요. 너무 감사해요."

"자자, 밥상 이야기는 그만하고, 생일 케이크부터 자르자."

이태종이 이정빈에게 나이프를 쥐여 주며 하는 말이었다.

"여보, 그보다 제가 아가씨를 위해 생일 축하 연주부터 먼저 하고요."

"당신이 그 비싼 피아노 연주를 해 준다고요?"

"예, 그래요. 아가씨를 위해서요."

김세화는 그렇게 대답하면서 피아노 방문을 열고 피아노 건반을 열었다. 김세화는 고등학교 2학년 때까지 대학에서 피아노를 전공할 예정이었다. 그녀는 중학교 1학년부터 국제 피아노 콩쿠르에서 수많은 상을 받았었고 고등학교 1학년 때에는 세계 1위의 영광도 누린 적이 있었다. 그러나 김세화가 대학 입시에서 음대를 선택하지 않고 미대로 진학했던 것이다. 그녀는 음악과 미술에서 많은 고민을 하다가 자신이 평생 하고 싶은 미술을 택했던 것이다. 김세화는 이러한 그녀의 경력이 인정되어 지금도 여러 사람들과 함께 합동 연주회를 갖곤 한다. 잘 꾸며진 피아노 방에서 울려 퍼지는 생일축하 곡이 웅장하게 들렸다. 그녀는 이어서 아드린느를 위한 발라드를 연주하기 시작했다. 김세화의 피아노 음률은 클레이더만의 연주와는 다르게 바람에 물보라를 일으키듯이 탁월한 손가락의 놀림으로 이정빈의 가슴을 어루만지는 듯했다. 작곡가 폴이 김세화의 연주를 들었으면 또 다른 느낌에 분명 그의 딸을 안고 기뻐했을 것이다. 김세화는 폴의 딸 아드린느를 그리듯이 천정을 올려보며 스스로 감정을 조절하고 있었다. 그녀는 연주가 끝나고 나서도 그 자리에 10여 초간 앉아 있었다. 김세화가 피아노 방문을 걸어 나오자 이정빈이 두세 발자국 앞으로 가며 두 손을 크게 벌리며 포옹했다.

"언니, 저도 아이들이 보고 싶을 때 가끔씩 이 곡을 쳐 보는데 실력이 별로라서? 역시 언니의 연주는 남다르네요. 언니, 고마워요."

"아니에요. 아가씨, 내내 행복해야 해요."

그때 현관문 새 소리가 울렸다.

"언니, 누가 왔나 봐요."

김세화가 현관문 쪽으로 걸어 나갔다.

"여보, 해린이하고 세종이가 왔어요."

이해린과 이세종은 이태종의 딸과 아들이었다. 김세화의 뒤를 따라 이세종이 먼저 들어왔다.

"아버지, 누나를 기다리다 좀 늦었습니다."

"그랬구나. 고모에게 인사부터 해야지?"

"고모님, 안녕하셨어요?"

"와아, 몰라보게 많이 컸네. 키가 얼마야?"

"예, 고모님. 185cm입니다."

"미남에다 훤칠한 키에 여자 친구들이 많겠다."

"아니요 고모님. 여자 친구는 한 사람뿐입니다."

"그럼 그 아가씨하고 결혼할 거야?"

"그렇게 하고 싶은데 누나가 시집 가기 전에 안 된다고 아버지께서 말씀하셔서 기다리는 중입니다."

"그런 거 보면 너희 아버지는 너희 할아버지와 꼭 닮았다."

"고모님, 할아버지께서 그렇게 완고하셨어요?"

"완고보다 엄격하셨지."

"그래요. 그래서 아버지가……."

그때 이태종이 아들의 말을 막으셨다.

"너 세종이 고모하고 나의 허물을 들추고 싶어서 그렇지?"

"아니요, 아버지. 아버지는 완벽한 종갓집 장손이잖아요."

"그럼 너는 이 집안에 장손이 아니라는 얘기냐?"

"아니요. 아버지 저도 장손이기는 한데 아직은 주니어잖아요?"

"아이고, 아버지하고 아들 간에 장손 싸움하는 것 같다."

"고모님 그런 것은 아니고요. 여기 고모님 생신 선물입니다."

이세종은 고모에게 은 브로치를 내밀었다.

"고모님, 제 여자 친구가 골라 주었어요."

"정말 앙증맞고 예쁘다. 세종아 고마워."

그때 이해린이 들어왔다.

"고모, 오랜만입니다."

이해린은 이정빈을 꼭 끌어안았다.

이해린은 이정빈보다 반 뼘 정도가 더 커 보였다.

"와아, 해린아, 키도 크지만 세계적인 미인이다."

"고모도 여전히 예뻐요."

"이젠 많이 늙었어."

"고모, 아직은 아니에요. 40대로 보겠어요?"

"어이구 내 귀여운 조카딸 고마워요."

"고모, 이거 고모 맘에 들지 모르겠네요."

블루와 그린 그리고 갈색과 주황이 매치된 실크 스카프였다. 이정빈은 스카프를 길게 늘어뜨렸다.

"해린아, 정말 멋있는 스카프다. 어떡하지? 난 선물을 준비 못 했는데."

"고모, 우리는 옛날에 고모가 주는 선물 많이 받았잖아요."

"그때는 그때고. 그래 다음에 예쁜 선물 약속할게."

"고모, 괜찮아요."

김세화가 수저를 꺼내어 올려놓았다.

"자, 다들 왔으니 저녁 먹자."

이태종이 하는 말에 모두들 자리에 앉았다.

"여보, 찌개와 미역국은 덥혔는데 갈비찜도 조금 덥힐까요?"

김세화가 남편에게 묻는 말이었다. 갈비찜은 짜지 않고 적당한 간이 고르게 베어 있었다. 살짝 달짝지근한 맛이 이태종의 입맛을 당겼다.

"내 입에는 좋은데 정빈이는 어때?"

"언니, 안 덥혀도 되겠어요."

"엄마, 이대로가 좋아요."

이해린의 말에 세종도 한마디 했다.

"엄마, 그냥 앉으세요. 최고의 맛입니다."

모두 다 즐거운 표정들이었다. 이정빈은 자신의 가정과는 다르게 오빠네의 단란한 분위기에 흠뻑 빠져들었다.

"오빠, 오빠네 집 분위기 너무 좋다."

"왜, 너의 집은 이보다 못해?"

"요즘 저는 거의 혼자 식사해요."

이태종은 이정빈의 이야기에 멈칫했다. 이정빈은 이혼한 후 큰아들과 단둘이 산 지가 7년이 넘었다. 그런데다 지금은 아들이 레지던트 과정을 밟고 있어서 잘해야 한 달에 한 번 정도 집에 오는 편이었다.

"아 그렇구나. 루이스가 독립했다고 했지."

생일 만찬은 거의 저녁 아홉 시가 지나서야 끝났다. 태종은 거실로 옮기고 정빈과 담소를 계속 나누고 있었다.

"오빠, 나는 언제 이런 고급 아파트에서 살아 봐?"

"정빈이 너는 미국에서도 알아주는 대학에서 교수인데 이런 걸 부러워하면 안 되지."

이태종은 정빈이 남편과 이혼한 후 어려운 생활을 하고 있다는 소식을 들어서 어느 정도는 그녀의 사정을 알고 있었다. 태종은 경제적인 이야기를 이정빈과 하고 싶지 않았다.

"교수직은 어떻게 보면 인간의 직업 중 최고인데 아무나 할 수 있는 게 아니잖아."

이태종은 이정빈을 일으켜 세우고 베란다로 나와서 천천히 밖을 바라보며 말을 이었다.

"옛날에는 여기 일대가 전부 모래밭이었어. 내가 고등학교 1학년 때 아버지하고 저 건너편 마포나루에 왔었는데 그때는 이곳 전체가 모래밭이었어. 이곳에 여의도 비행장과 밤섬이 있었는데 비행장이 먼저 없어지고 1968년 밤섬이 폭파되면서 여의도가 이렇게 변한 거야. 그 당시 아버지는 내게 이렇게 말한 적이 있었어. '저 모래땅이 개발되면 저곳은 금싸라기 땅이 될 거야.' 약 50년이 지난 지금 이곳은 정말로 아버지의 말씀처럼 금싸라기 땅으로 변모한 거야. 앞으로 서울시 계획에 의하면 이곳 여의도를 세계 최고의 도심지로 개발한다고 했어. 몇십 년 후에는 또 어떻게 변할지 모르지."

이정빈은 이태종의 이야기를 들으며 여의도 일대와 한강 주변의 야경을 자세히 바라보고 있다가 한마디 했다.

"아버지가 그런 생각을 했으면서 왜 그 모래밭을 사 놓지 않았을까?"

"그때는 모래밭이 국가 소유였기 때문에 살 수는 없었겠지."

"오빠, 그건 그렇고 나 오빠한테 할 말이 있어요."

이정빈은 이태종의 얼굴을 바라보며 말을 시작했다.

"오빠, 오빠 재산을 되찾으면 어떻게 할 거야?"

이태종은 갑작스런 이정빈의 질문에 약간 머뭇거렸다.

"난 아직까지 거기까지는 생각을 미쳐 못 했는데."

이태종의 말이 끝나기 전에 이정빈이 말을 이었다.

"오빠, 상가건물을 되찾으면 팔아서 자기 지분만큼 현금으로 나누어 갖도록 해요."

"너는 이번 소송이 잘될 것으로 믿고 있구나."

"그럼요. 내 변호사 말에 의하면 형사 2심에서도 1심과 같이 승소할 것이고, 민사 역시 엄마가 실소유자 역할을 했던 사실증명과 내가 명의수탁자로 있었던 당시의 사실 증명으로 공격하면 이선빈이 아무리 증여했다고 주장해도 법원에서 받아 주겠어요? 그리고 형사공판 결과도 민사에는 아주 중요하다고 하였어요."

"그래도 변수라는 것이 있잖아."

"오빠, 그런 걱정은 하지 말고 내 질문에 대답해 줘요."

"그래. 모든 게 잘되면 그 방법도 좋겠다. 그런데 그 큰 상가건물을 살 사람은 있을까?"

"개인은 안 되고 대형 건설사와 접촉하고 있어요."

"정빈아, 이 문제는 우리 둘만이 생각이 같다고 되는 게 아니고 나중에 우리 5남매가 같이 합의하여 결정할 문제인 것 같다."

"나머지 사람들은 내가 알아서 할 테니 오빠 생각만 대답해 줘요."

"그래. 그러면 그런 방향으로 생각해 보자."

이정빈은 태종의 대답을 구두로 받아 냈다. 이정빈은 그렇게 모든 일을 그녀가 생각했던 대로 끝냈다.

이태종은 기사에게 연락하여 이정빈을 호텔까지 모시고 가도록 했다. 기사가 대기 중에 있다가 이태종이 나오는 것을 보고 뒷문을 열었다. 정빈이 자동차에 올라타며 손을 흔들자 마중 나왔던 이태종도 손짓으로 답례했다. 검정 세단은 여의도 대로를 향해 미끄러지듯이 달려 나갔다. 이정빈이 앉아 있는 뒷좌석은 비행기의 1등석과 같이 퍼스트 클래스 패키지로 갖추어져 있어서 편하고 안락했다. 정빈은 태종이 부자로 잘 살고 있는 현실에 왠지 부아가 치밀었다. 왜일까? 생각을 고쳐 다짐해 보지만 마음은 바뀌지 않는다. 그리고 자신이 100% 승소한다는 말에 태종은 그래도 변수라는 것이 있다고 했다. 자신은 급박한 형편인데 이태종은 그렇지 않은 듯했다. 이런저런 생각에 오늘도 어제처럼 밤잠을 설칠 것만 같았다.

"그래도 변수라는 것이 있잖아."

이정빈의 뇌리에서 떠나지가 않았다.

12. 자매간 끝이야

자동차가 마포대교 남단 초입에 진입하기 전에 정빈이 기사에게 급하게 말을 건넸다.

"기사 아저씨, 갑자기 볼일이 생겨서 그러는데 호텔로 가지 말고 목동 아파트 1단지 주차장으로 가 주세요."

"예. 그렇게 하겠습니다."

자동차는 국회의사당 앞을 지나고 있었다.

"10년 전인가? 그때 오빠 차 기사는 다른 사람이었는데 그 기사는 그만두었어요?"

"서병훈 기사님을 말씀하시는 겁니까?"

"아, 맞아요. 그분이 서씨가 맞아요."

"그분은 기사실 실장님이 되었습니다."

"그래요? 회사에 기사들이 많은가 봐요?"

이정빈은 지나가는 말투로 물었다.

"저까지 15명입니다."

"기사님들이 그렇게나 많아요?"

"자동차가 30대가 넘는데요."

이정빈의 짐작했던 대로 이태수는 크게 성공한 것 같았다.

자동차는 신목동 전철역에서 우회전하고 200미터쯤 지나 주차장 안으로 들어갔다.

"기사 아저씨. 저는 여기서 동생을 만나야 하니까, 여의도로 가세요."

이정빈은 아파트 앞문을 이용해서 엘리베이터를 타고 4층에서 내렸다. 그녀는 이선빈에게 변수의 기회를 주지 않고 단판 승부에 큰 기대를 걸고 있었다. 이정빈은 초인종을 눌렀다. 안에서는 아무런 인기척이 없었다. 이정빈은 또 한 번 초인종을 눌렀다. 이선빈은 언니 이정빈의 얼굴을 화면으로 확인하고 당황했다.

이정빈의 세 번째 초인종을 눌렀을 때 안에서 대답이 있었다.

"언니, 나 언니 만날 생각이 없으니까 돌아가세요."

문은 열리지가 않았다. 이정빈은 안에서 들을 수 있을 정도의 목소리로 말했다.

"선빈아, 이 문 열어 봐. 꼭 할 말이 있어서 왔어."

그래도 문은 열리지 않고 이선빈의 목소리만 들렸다.

"나 이 밤중에 언니 만날 일이 없으니 돌아가요."

이정빈은 생각했다. 초인종을 한 번 더 누르려다 손을 멈추었다. 꼭 만나야 된다는 생각이 없어진 것이다. 밤중에 찾아왔던 것만으로도 어느 정도의 의사를 반영한 것이다.

"정 나를 만나기 싫다면 나 역시 널 꼭 만날 필요가 없다. 그러나 언젠가 후회할 거다."

그리고 2분 정도 문 앞에서 기다렸지만 문은 열리지 않았다. 돌아서 엘리베이터 쪽으로 두세 걸음 옮겼을 때 문이 열리는 소리가 났다. 선빈이 문을 열고 문고리를 잡고 있었다.

"언니, 들어와요."

"그래, 그동안 잘 있었지?"

"그냥 그래."

이정빈은 습관적으로 집을 이리저리 둘러보았다. 수년 전에 보았던 집 구조가 많이 달라져 있었다. 베란다는 트여 있었고 입구 쪽에 있었던 방은 반 타원형 부엌으로 그리고 부엌은 중간 방으로 새롭게 꾸며져 있었다.

"아파트 구조가 많이 바뀌었네."

"안방만 그대로고 다 바꿔 버렸어요."

"인테리어 비용이 만만치가 않았겠다."

"고치는 데 5천만 원 들고 거실과 부엌 그리고 방마다 새 가구로 바꾸는 데 3천만 원이 들었어요."

"그전보다 확 트여 보이고 완전 새 아파트가 됐네."

"부엌에 창문을 새로 만들어 그렇게 보일 거야."

이정빈은 부엌으로 들어가서 창문을 열어 보았다.

"저기가 산이구나. 시원한 바람이 들어오네."

"우리는 한여름만 제외하고 에어컨을 안 켜요. 산에서 내려오는 바람이 아주 좋아요."

"그래. 잘 고쳤다."

이정빈은 소파에 자리 잡고 앉았다.

조금 전에 밖에 있을 때보다는 서로의 기분이 많이 누그러져 있었다.

"언니, 커피 한 잔 줄까?"

"아니 오늘 커피 너무 많이 먹었어. 그보다 앉아 봐."

이선빈은 테이블 옆에 놓여 있던 의자를 끌어다 이정빈과 마주하여 앉았다.

"애들은 자는 거야?"

"명주는 통역 장교로 임관해서 군 생활 중이고 명헌이는 어제 친구들과 같이 캠핑 갔어."

이정빈은 자신도 모르게 한숨이 나왔다.

"우리는 왜 이러냐? 어떻게 하나같이 혼자냐? 남편 복이 없는 것까지."

"그래도 언니는 남자 친구가 있잖아."

"그 백인 친구? 이별한 지 오래되었어."

"그럼 언니 루이스하고 둘만 같이 사는 거야?"

"루이스도 학교 근처에서 혼자서 자취해."

"아, 그렇겠다. 루이스가 레지던트 과정 밟고 있다지."

"명헌이도 많이 컸겠다. 이젠 걱정이 없겠네?"

"언니, 그런 말 하지 마. 명주는 제대하면 복학하여야 하고 명헌이는 미국 국적을 갖고 있잖아. 내년에 조지아 주립 대학교에 입학해. 지금부터 우리 애들은 돈 덩어리야."

이정빈은 더 이상 동생의 말을 거들지 않았다. 이정빈은 가방에서 파일을 꺼냈다.

"선빈아, 이거 내 변호사가 요구해서 미국에서 준비해 온 거야. 지금이라도 네가 우리가 원하는 대로 합의해 준다면 이 서류를 너에게 주려고 왔어. 언니의 마지막 결심이야."

이정빈은 파일을 이선빈에게 내밀었다. 그러나 이선빈은 그 서류를 받지 않았다. 대신 이선빈은 이정빈에게 한마디 했다.

"언니, 헛수고야. 나는 합의할 생각이 전혀 없어. 이왕 밤늦게 왔으니 오늘 밤은 여기서 자고 내일 아침 내가 차려 주는 아침 밥이나 먹고 가. 그렇게 해 주었으면 좋겠어."

거실 벽에는 그녀의 자작시 〈나를 위해〉가 걸려 있었고 그 옆에는 〈이 또한 지나 가리라〉는 글귀도 붙어 있었다.

"선빈아, 네가 아무리 노력해도 상가건물은 네 것으로 만들 수가 없어. 엄마도 태수 오빠도 그리고 나 역시 순리에 따르기로 했거든."

"언니, 대체 그 순리가 뭔데?"

"순리? 그 순리를 모르고 묻는 거야?"

"그래, 언니가 말하는 그 순리가 뭔데?"

"법정에서 판결 난 대로 하자는 거야. 선빈아 너의 이름으로 명의신탁되어 있는 그 상가건물은 엄마가 나에게 명의신탁해 줄 때부터 잘못되었던 거야. 엄마가 아버지의 지분 그리고 태종 오빠의 지분을 모두 가로챘던 거야. 그게 법정에서 밝혀졌고 엄마도 그것을 인정하고 있어. 나 역시 그걸 인정하게 되었어. 이미 법정에서 판결이 났고, 나나 너나 명의수탁자였을 뿐 더 이상 실소유자라고 주장할 수는 없어요. 엄마가 잘못했다고 인정하는데 명의수탁자가 뭘 주장할 수가 있겠니? 현재는 그 명의를 네가 갖고 있지만 엄마가 포기하는데 더는 명의신탁은 소용 없는 거야. 엄마는 가족 모두 이런 사실을 다 알고 있으니 너만 억지 부리지 않는다면 고르게 나누어 주고 싶다고 했어. 네가 지금 포기하면 모양새도 좋고 큰오빠의 성격상 너의 조력자 역할도 해 줄 수 있을 거야. 그러니 순리에 따르자."

이정빈이 말하는 동안 이선빈이 부아를 참고 있는 모습을 그녀의 얼굴에서 알 수 있었다.

"언니, 왜 이래 그걸 순리라고? 그런 것은 이미 옛날에 끝났던 문제들이야. 이제 와서 억지를 쓰면서 그걸 순리라고? 나는 어떤 일이 있어도 항소 포기는 없으니 언니야말로 억지 쓰지 마. 그리고 이 문제로 더 이상 언니하고 이야기하고 싶지 않으니 여기서 끝내자."

이선빈은 자리에서 일어섰다.

"언니는 저 방에서 자도록 해요."

거실에 붙어 있는 방문을 열었다. 이정빈은 동생의 행동에 몹시 불쾌했지만 이왕 큰 마음을 가지고 온 이상 이선빈을 계속 설득시키고 싶었다.

"선빈아, 이렇게 하지 말고 언니 말 조금만 더 들어 봐."

"언니, 내가 그렇게 바보인 줄 알아? 난 이미 언니의 그 엉큼한 속셈을 알고 있어. 언니가 원하는 것을 다 알고 있다고? 조금 있으면 탄로 날 일인데 언니 이득을 챙기기 위해 이 짓거리 하고 다니고 있잖아?"

이선빈의 목소리가 커지기 시작했다.

"선빈이 너 무슨 말을 그렇게 해? 엉큼한 속셈이라니?"

이정빈 역시 목소리가 커지기 시작했다.

"나가! 이 집에서 나가! 더 이상 보기 싫으니 나가!"

이선빈의 성질이 나오기 시작했다. 이정빈 역시 밀리면 안 된다는 생각에 저항의 목소리를 높여 보았지만 이선빈의 이 한마디에 더 이상 말을 계속할 수가 없었다.

"언니는 기생충이야. 이 사람 저 사람 몸에 붙어서 양분을 빨아먹고 사는 그런 벌레라고. 이제 언니하고는 끝이야. 이제부터 자매 관계는 끝이야. 그러니 내 앞에 다시는 나타나지 마. 절대로 앞으로 언니 동생은 없을 거야."

이정빈은 위기감은 느끼기 시작했다. 지난번처럼 몸싸움으로 이어진다면 이 밤중에 누가 말려 줄 사람도 없고 힘으로는 그녀를 당할 수가 없으니 이러지도 저러지도 못하는 어려운 처지가 되었다. 이정빈은 이 궁지에서 벗어나고 싶었다. 그녀는 가방을 챙기고 말없이 현관문 쪽으로 돌아섰다. 이정빈은 1층 엘리베이터에서 내려 아파트 입구의 희미한 전등불을 뒤로하여 어린이 놀이 터를 지나 초등학교 뒷문까지 왔을 때 갑자기 현기증이 나며 식은땀이 흘러

나오기 시작했다.

"괜찮아! 괜찮아."

하면서 마음을 진정시키려고 하였으나 계속되는 식은땀과 밤바람에 온몸이 춥기까지 했다. 그녀는 담벼락에 기대어 하늘을 올려다보았다. 하늘에는 수많은 별들이 반짝이고 있었다. 정신 차리고 시계를 보니 밤 12시 30분이었다. 아파트 밖으로 나와 지나가는 택시를 잡았다. 정빈은 호텔로 향하는 동안 동생이 큰 소리로 내지르던 말이 귓가에 계속 맴돌았다.

"엉큼한 속셈? 기생충?"

그녀는 중얼거렸다.

"내가 그렇게까지 타락한 것일까?"

"속셈? 아니지. 나는 이 집안에서 큰딸로 자란 거야. 그러니까 내가 우리의 권리를 되찾고 나누어 줄 의무가 있는 거야."

"기생충? 말도 안 돼. 기생충은 바로 그 애 이선빈이야."

"그리고 나는 모든 게 정상이고 옳은 일을 하고 있는 거야."

혼자서 하는 말은 정빈의 마음을 더욱 애달프게 했다. 그리고 보채기 시작했다. 가슴이 답답하고, 생각은 많아지고, 계획은 확실한데 정빈의 몸과 마음은 점점 지쳐 가고 있었다.

"손님, 호텔까지 다 왔습니다."

이정빈은 깜박 잠에서 깨어났다. 호텔 로비에는 단체 여행객들이 줄을 서서 체크인을 하고 있었다. 호텔 방에 들어서자 문을 잠그고 가방을 탁자 위로 올려놓고 블라인드 커튼을 모두 내렸다. 겉옷을 벗어서 옷장에 걸고 속옷은 벗어서 침대 위로 던졌다. 그녀는 세수를 하고 양치를 하는 동안 욕조에 더운 물을 받기 시작했다. 욕조에 물이 반 정도 채워졌을 때 새끼손가락을 물에 담그니 뜨거웠다. 뜨거운 쪽에서 찬 쪽으로 수도 꼭지를 살짝 돌렸다. 적당이 따뜻한 물로 채워지자 이정빈은 욕조 안으로 들어가 몸을 담근 채 천장을 올려보며 중얼거렸다.

"정빈아, 너는 잘하고 있어 다만 힘들 뿐이야. 이정빈, 이 정도는 참고 견뎌야 해. 그래야 이정빈이 너야. 그런데 나는 왜 이렇게 외로운 거야!"

그녀의 얼굴에는 땀과 함께 눈물이 흐르고 있었다. 그녀는 새벽 3시가 넘어서 침대 위에 누웠다. 지친 몸에 잠이 금세 찾아들었다. 잠은 모든 걸 잊게 했다.

알람 소리가 계속 울렸다. 아침 7시 30분이었다. 그녀는 알몸으로 자고 있었다. 일어나자마자 큰 거울 앞에 서서 자신의 온몸을 둘러보았다. 헬스장에서 열심히 운동한 보람이 있어서 아직도 나이에 비해서 균형 잡힌 몸이 단단하게 보였다.

헬스복을 입고 그 위에 타올 재킷을 걸치고 피트니스 센터로 향했다. 그녀는 미국에서 하던 대로 몸부터 풀고 런닝머신에서 뛰기 시작했다. 40분이 지나자 온몸에서 땀이 촉촉이 젖어 왔다. 이정빈은 한 시간 반쯤 지나서 호텔 방으로 돌아왔다. 방에는 아침 식사가 배달되어 있었다. 그녀는 샤워부터 했다. 흐르는 물에 머리를 감으면서 오늘의 스케줄을 점검했다. 아침 11시부터 12시까지 소송 서류 점검 및 준비 그리고 오후 한 시에 점심 약속이 있었다. 그녀는 온몸에 비누칠을 하고 시원한 물로 온몸을 닦아 내렸다. 그녀의 아침은 버터 식빵 두 쪽에 에그스크램블 한 접시, 그리고 블랙 커피 한 잔이 전부였다. 그녀는 식사를 하면서 간밤에 들어온 메시지를 확인하며 중요한 것은 수첩에 기록했다. 메시지 중에는 3만 불을 다음 주 중으로 보내라는 루이스의 목소리도 녹음되어 있었다. 스튜디오 재계약 날짜가 다음 달 15일이라는 것이었다. 이정빈은 아들에게 다음 달 초에 송금하겠다는 답장을 보냈다. 그녀에게 걱정거리가 하나 더 생겨난 것이다. 그녀의 통장에는 5천 불이 전부였다. 예전 같았으면 엄마에게 부탁하면 되었는데 지금의 사금자는 입원하고 있는 터라 돈 이야기를 할 수가 없을 것 같았다. 그렇다고 누구에게 마땅히 부탁할 사람도 없었다. 사금자가 병원에 입원하기 전 외손자가 스튜디오에서 살고 싶다고 했을 때 사금자는 외손자 루이스에게 3만 불을 선뜻 내준 적이 있었다. 사금자는 그뿐만 아니라 외손자를 가끔씩 볼 때마다 300불을 용돈으로 주곤 했었다. 지금은 이정빈에게 모든 것을 의존하고 있었다. 이정빈은 루이스의 근황을 사금자에게 알려 주기로 했다. 사정이 허락하지 않는다면 정빈은 그녀의 반지를 팔아야 한다고 생각하고 있었다. 갑작스레 선빈이가 하던 말이 생각났다.

"지금부터 우리 애들은 돈 덩어리야."

아침 식사가 끝나고 병실 간병인에게 전화를 했다.

"아줌마, 엄마 아침 식사하셨어요?"

"예, 교수님. 할머니 오늘 아침은 많이 드셨어요."

"그래요. 특별히 이상 증세는 없으신 거죠?"

"예, 교수님. 할머니께서 큰따님을 기다리고 있는 것 같았어요."

"아줌마, 지금은 바쁜 일이 있어서 못 가고 오늘 저녁에 갈게요."

"예, 교수님. 그렇게 전해 드릴게요."

"저녁 때 봐요."

정빈은 소송 보충서류 준비 내용을 꼼꼼히 검토하기 시작했다. 그녀는 서류 준비를 하는 동안 어젯밤 선빈과의 언쟁이 머릿속에 맴돌아 순간적으로 정신이 흐트러지곤 했다. 그녀는 검토한 것을 반복 정리하다 보니 시간이 많이 걸렸다. 컴퓨터에 저장된 내용을 출력하는 동안에 호텔 방 전화기가 울렸다. 프론 데스크에서 전화였다.

"프론 데스크입니다. 이태빈이란 분이 손님을 찾는데 올려 보내도 되겠습니까?"

"예. 그렇게 하세요."

이정빈은 외출복으로 갈아입고 간단하게 화장을 고쳤다. 벨 소리가 울렸다. 이태빈은 호텔 포터와 같이 문 앞에 서 있었다.

"어서 와요. 언니."

이정빈은 양팔을 벌려 이태빈을 껴안았다. 순간 이태빈의 몸에서 생선 비린내가 풍겼다.

이태빈은 완전 시골 아낙네 옷차림이었다. 그것도 이정빈이 보기에는 아주 초라하고 궁색한 그런 시골 여자 차림이었다.

"언니, 점심 했어요?"

"안 했다. 기차에서 내려 곧장 오는 길이다."

"잘되었어요. 1시에 변호사와 점심 약속이 있는데 같이 가요."

"내가 그런 데 가도 되나?"

"상관 없어요. 오늘은 그냥 밥만 먹기로 했으니 같이 있어도 괜찮아요."

"언니, 부산에서 뭘 하면서 살아요?"

"나, 자갈치 시장에서 생선 장사를 하고 있다."

"아, 그렇구나. 그래서 언니 몸에서 생선 냄새가 났구나."

"내 몸에서 생선 냄새가 나니? 올 때 잘 씻고 왔는데."

이태빈은 약간 부끄러웠다.

"언니 괜찮아요. 생선 파는 사람 몸에서 생선 냄새가 나는 것이 당연하지요. 이걸 뿌리면 생선 냄새가 없어질 거예요."

이태빈의 머리와 옷에 향수를 뿌려 주었다. 그리고 그 향수병을 이태빈에게 주었다.

"언니, 이거 기내에서 구입했는데 언니한테 선물할게."

50mm 뷰티풀 향수였다.

"이거 정빈이 네가 써야 하는 건데 내가 받아도 되나?"

"언니 나는 그거 말고도 또 있어요. 가지고 있다가 화장실에 갈 때마다 한 번씩 겉옷에 뿌리세요."

이태빈은 오래된 핸드백을 열고 향수를 챙겨 넣었다.

"언니 내려가서 별도로 큰언니라고 인사시키겠지만 변호사님은 부장 판사 출신이라 관록이 몸에 밴 사람이라 말을 조심해야 해요. 혹시 묻는 말에도 가급적 간단하게 대답하세요. 나머지는 내가 알아서 할 테니 걱정 마시고. 언니, 양식 먹어 보셨죠?"

"나 양식을 먹을 줄 모른다. 나 혼자 먹으면 안 되나?"

"언니, 그럴 필요 없어요. 좌 빵 우 물만 기억하세요. 왼쪽에 놓인 빵이 언니 것이고 오른쪽에 놓여 있는 물이 언니 거예요. 스푼과 나이프는 내가 하는 대로 집고 식사를 하면 되는 거니까 천천히 따라서 식사하면 돼요. 그렇게 할 수 있지요?"

이태빈은 설명을 들으면서 약간 불안하다는 생각이 들었다. 옛날 아버지가 양식을 사 주시면서 들려주던 식사법을 되새겨 보았다. 할 수 있을 것 같았다.

"언니, 모르면 물어도 되니까 맛있게 식사하면 돼요."

"알았다. 실수를 하지 말아야 되는데."

"언니, 내가 잘 소개하면 걱정 안 해도 돼요."

"그래 알았다."

정빈은 태빈과 함께 1층 양식당으로 출발했다. 식당에는 이미 정 변호사가 자리에 앉아 있었다. 정빈은 목례로 인사하고 언니 이태빈을 소개했다.

"제 배다른 언니입니다. 부산에서 생선 장사를 하시는데 방금 서울에 왔어요. 식사를 같이하고 싶은데 괜찮겠습니까?"

"그럼요, 환영합니다."

"우리 언니에 대해서 한 가지 변호사님께 미리 말씀드릴 게 있어요. 여기 우리 언니는 제가 여렸을 때 저를 업어 키운 분입니다. 그리고 초등학교까지만 졸업했어요. 저하고 나이는 12살 차이고, 혹시 언니가 말실수가 있더라도 양해해 주시면 감사하겠습니다."

정 변호사가 이정빈의 말에 고개를 끄덕였다.

"아, 그러세요. 좋은 언니 두셨네요. 저 역시 저를 업어 키운 누나가 있는데 그 누나는 초등학교도 졸업 못 했어요. 그래도 저는 그 누나를 제일 좋아하고 존경하고 있습니다."

"그랬군요. 정 변호사님에게도 그런 누나가 계셨군요."

이정빈은 가방에서 파일을 꺼내 들었다.

"변호사님, 이거 변호사님이 요구한 서류입니다."

변호사는 몇 장 넘기면서 말했다.

"꼼꼼하게 준비 잘하셨네요."

식사는 약 한 시간 반 정도 걸렸다. 식사가 끝나고 호텔에 도착하자 메시지 불이 반짝거리고 있었다. 호텔 미용 관리실에서 마사지 예약이 확인되었다는 내용이었다.

"언니, 다섯 시에 안마 시술소 약속이 되어 있는데 언니도 같이하자."

"그게 뭐 하는 건데?"

"언니, 마사지 몰라?"

"난 그런 거 한 번도 해 본 적이 없어서 모른다."

"피곤할 때 마사지하고 나면 몸이 훨씬 가볍고 기분이 좋아요. 이참에 언니도 해 봐요."

"그거 옷 벗고 하는 거지?"

"겉옷은 입고 해요."

"그래. 정빈이 네가 있는데. 해 보자."

이정빈은 미용실로 전화를 했다.

"실장님 저 다섯 시에 예약한 이정빈입니다. 언니 한 사람 추가할 수 있어요?"

"예. 이정빈 교수님 옆자리 한 곳이 남아 있어요. 언니 성함을 말씀해 주세요."

"예, 이태빈입니다."

이정빈은 전화를 끊고 언니인 이태빈을 이리저리 살폈다.

"뭘 그렇게 보는 거고?"

"언니, 나하고 백화점 가자. 아무래도 그 옷은 언니 몸에 빡빡하게 끼는 것 같아. 그리고 색깔이 바랬어요. 내가 언니 만난 기념으로 옷 한 벌 선물할게. 언니, 따라나서요."

이정빈은 핸드백을 들고 나갈 차비를 했다.

"이 옷이 보기 싫나? 그래도 나에겐 정든 옷인데."

"언니 그 옷은 나중에 입고 나하고 나가서 새 옷 한 벌 사자?"

이태빈은 동생의 권유에 따라나섰다. 이정빈은 신상으로 걸려 있는 제품을 보다가 워낙 고가라서 포기하고 누워 있는 제품에서 투피스 한 벌을 골랐다.

"언니 이거 어때요? 나는 색깔도 그렇고 맘에 드는데."

"나는 잘 모르겠다. 너무 비싸겠다."

"언니 여기에 있는 옷들은 그렇게 비싸지 않으니 이걸로 하자."

"나야 좋겠지만 정빈이 네가 돈을 많이 쓰는 것 같다."

"언니 돈 걱정은 하지 말고 이것으로 하자."

이태빈에게는 분에 넘치는 백화점 옷 한 벌이 생겼다. 이정빈은 언니에게 속옷과 신발까지 선물했다. 이태빈은 동생 정빈이 하자는 대로 덤덤하게 받아들였지만 맘은 편치 않았다. 그래도 싫지는 않았다.

"언니, 기분이 어때요?"

"나야 좋지. 네가 돈을 많이 써서 그렇지만."

둘은 백화점 밖으로 나왔다.

"언니, 백화점에 중국 사람들이 왜 이렇게 많아?"

"요즘은 부산 자갈치 시장에도 중국 사람들이 많이 온다."

"그 사람들 거기서 무얼 사는데?"

"마른 멸치, 마른 해삼 그런 거 박스채로 사 간다."

그들은 걸어서 호텔 로비에 도착했다. 이정빈은 프론 데스크에서 메시지를 확인했다. 미국에서 두 건의 메시지가 와 있었다. 그중 하나는 다음 학기 수강 신청 학생 수가 마감되었다는 내용과 또 하나는 이정빈 교수의 새로운 논문이 학회지에 새로 채택되었다는 좋은 소식이었다.

"언니, 커피 한잔하고 가자."

그들은 1층 커피 숍에서 커피 두 잔을 시켰다.

"언니, 할 말이 있는데 내 말 잘 들어 봐요."

이태빈은 대답하지 않고 동생의 다음 말을 기다렸다.

"어젯밤에 선빈이를 만났어요. 만난 이유는 항소심 재판을 그만두게 하려고 했는데……."

이정빈은 갑자기 말을 멈추었다.

"그 애가 나를 잡을 듯이 대들면서 위협을 주는 거야. 언니는 잘 모르겠지만 요즘들이 그 애는 성질이 지독히 안 좋아요. 몸싸움으로는 그 애를 당할 수는 없어요. 나보고 재판 이야기를 하지 말라며 항소를 해서 이 재판을 꼭 이겨야 된다는 것이었어요. 그러면서 엄마가 자기에게 상가건물을 구두로 증여한 거래요. 어젯밤 늦게 간병인에게 사실 여부를 알아봤는데 엄마가 잠자는 동안 엄마의 손도장을 백지장에 몰래 찍었다는 거야. 그게 뭐겠어요. 서류를 위조하려는 것이지. 언니, 그뿐만 아니라 나보고 이제부터 의절하고 언니 동생 관계가 끊겠다는 거야. 더는 그 자리에 있을 수가 없어서 그 집을 나왔어요. 언니, 선빈이를 만난 적이 있어요?"

"나는 없었다. 너희들 중에 네가 처음이다."

이태빈은 짧게 대답했다.

"언니, 선빈이가 연락을 하더라도 만나 주지 말아요."

"선빈이가 나 같은 사람을 만나 주기나 하겠나."

"언니, 명심해요. 선빈이 그 애는 자신의 목적을 위해서는 상대의 입장을 전혀 고려하지 않고 자기 맘대로 하는 아이니까 조심해요."

"알았다. 정빈이 너 말은 선빈이를 만나지 말라는 이야기 아니가?"

"그래요. 그리고 무슨 부탁을 해도 절대로 들어주어서는 안 돼요. 대신 언니가 그렇게만 하여 준다면 나는 언니에게 지난번에 약속한 대로 상속 몫으로 50억 원을 보장해 드릴 거예요."

이태빈에게 50억 원이라는 숫자 언뜻 머릿속에 들어오지 않는 그런 큰 금액이었다. 하지만 지난번에 이어 이번에 또 정빈이가 말하는 50억 원이 이태빈의 마음을 부풀리고 가슴을 콩닥거리게 했다.

"알았다. 나는 선빈이를 만나지 않을 거고 부탁이 있어도 들어주지 않을 것이다."

"그리고 언니, 신용금고 정 지점장 알지?"

"신용금고가 아니고 무진회사 정 지점장님을 말하는 거가?"

"그래 맞아요. 그 무진회사가 신용금고로 바뀌었다가 지금은 국민은행으로 되었어요. 그 지점장하고는 오빠 동생처럼 친했다며."

"친하기는 무슨, 어머니, 아버지 돈 심부름하다 보니까 잘 알게 된 게지."

이태빈은 정 지점장의 회현동 집도 알고 있었다. 명절 때면 사금자가 마련해 주는 선물 심부름도 그 집으로 가져가곤 했었다. 벌써 50년 세월이 흘렀다.

"언니, 그 지점장 만날 수 있지?"

"지금도 그 회사에 있나?"

"정년 퇴직했어요. 전화 번호도 알고 회현동 집에 지금도 살고 있다고 했어요. 언니가 심부름 하나 해 주었으면 해요."

이태빈은 이정빈이 하는 이야기를 듣고만 있었다. 심부름이란 말에 옛날 생각이 났다.

명절 때가 되면 이태빈은 도맡아 여러 곳에 선물을 돌렸다. 지금처럼 백화점이나 택배를 이용하는 시절이 아니라 사람이 직접 곳곳을 다니며 전달했었다. 정 지점장 집은 울타리가 벽돌로 높게 둘러친 주택이었으며 대문으로 자가용이 드나드는 넓은 큰 집이었다. 그 집에는 집을 지키는 크고 사나운 개도 두 마리가 있었다. 이태빈은 그 집에 갈 때마다 개가 무서워 초인종을 누를 때도 무서웠다. 그날은 그 집에 선물을 전달하고 지점장 사모님이 차려 주는 과일과 차를 마시고 나오는데 개 줄이 끊어져 셰퍼드가 갑자기 달려들어 이태빈의 허벅지를 물었다. 그 일로 이태빈은 근처의 병원에 입원했었고 정 지점장도 병원까지 찾아와서 위로한 적이 있었다.

이태빈은 그 당시 있었던 사고를 생각하니 저절로 웃음이 나왔다.

"언니 왜 웃어?"

"옛날 생각이 나서."

"옛날 무슨 생각?"

"정 지점장 집에서 개한테 물린 적이 있었거든."

"그래! 언니 그런 적이 있었어."

"병원에 입원하고 광견병 검사를 하고 다음 날 퇴원했는데 옷이 많이 찢어졌다고 지점장님이 새 옷을 사줬어. 용돈도 봉투에 넣어 주길래 안 받겠다고 하다가 결국은 받았었지."

이정빈은 신나게 이야기하는 이태빈을 바라보며 한마디 거들었다.

"와아, 그런 추억이 있었네."

이정빈은 정 지점장이 이태빈의 부탁을 거절하지 않기를 바랐다.

"언니, 마사지 예약 시간이 되었어. 이거 호텔 방에다 넣어 두고 서둘러 가자."

둘은 커피숍을 나와서 엘리베이터를 탔다.

정빈과 이태빈이 사금자가 입원하고 있는 병원에 도착한 시각은 저녁 8시였다. 사금자는 식사를 끝내고 후식으로 과일 칵테일을 스푼으로 떠 먹고 있었다. 사금자는 이태빈을 보는 순간 얼굴이 갑자기 굳어지기 시작했다. 이정빈이 옆에 의붓딸 이태빈이 서 있었기 때문이다.

"엄마, 태빈 언니하고 같이 왔어. 엄마 어디가 안 좋아?"

사금자는 딸의 말에 대답을 하지 않고 간병인을 불렀다.

"아줌마, 이거 치워요."

사금자는 먹고 있던 과일 칵테일 쟁반을 가리켰다.

"엄마 더 먹지. 우리가 와서 그래?"

이정빈도 사금자의 기분을 약간은 알아차렸다. 이정빈은 엄마에게 이태빈과 같이 간다고 사전에 알리고 싶었지만 그러면 반대할 것 같아 그냥 같이 온 것이다. 사금자와 이태빈은 따로 보면 개와 양의 관계로 지금까지 살아온 것이다. 사금자는 이태빈의 잘못으로 딸 하나를 잃었다고 앙심을 품어 왔고 이태빈은 계모에게 온갖 수모를 당하면서 그 집에서 식모살이를 했다고 생각하고 있었다. 사금자는 이러했던 과거를 되새기고 싶지 않은 것이다. 이태빈은 정빈과 약속한 게 있어서 사금자와의 과거를 들추고 싶지 않았다.

"많이 아프고 힘들지요?"

이태빈이 한발 다가서며 하는 말이었다. 사금자는 대답하지 않고 두 손으로 머리를 쓸어 올렸다.

"엄마, 언니가 묻지 않아? 대답해야지."

이정빈이 사금자의 두 손을 잡으며 하는 말이었다.

"어떻게 왔나?"

사금자의 말이었다.

그때서야 사금자는 이태빈의 몸 전체를 살펴보았다. 세련되어 보이는 투피스 정장에 와인 칼라의 구두, 머리는 볼륨 있는 파마를 했고 귀걸이는 유난히 반짝거렸다. 거기에다 세련된 화장은 50-60대의 귀부인을 연상시켰다. 아무튼 이태빈은 70살의 아낙네가 아니라 아름다운 50-60대의 여인으로 변모해 있었다. 사금자에게 이태빈은 잘 살고 있고 신수도 좋은 느낌을 주고 있었다.

"잘 살고 있구나."

사금자의 짧은 반응이었다. 이태빈이 말을 하려고 하자 이정빈이 먼저 말을 했다.

"언니 부산에서 장사를 하고 있어요. 가게가 잘된대요."

이정빈은 말을 계속했다.

"엄마, 언니에게 엄마 심부름 하나 부탁하려고요."

사금자가 심부름 부탁이란 말이 두 눈이 둥그래졌다.

"정 지점장에게 동의서와 예금 거래 증명서를 부탁하려고. 내가 먼저 보자고 했어요."

사금자는 그때서야 이태빈이 정빈과 같이 온 이유를 알아차렸다. 그리고 이태빈이 그 일을 잘할 수 있는 적임자라는 것도 인정했다.

"선빈이를 만나 봤나."

사금자는 궁금했던 이야기를 꺼냈다.

"어렵게 만났는데 나를 빚쟁이 닦달하듯이 경멸하며 싸우자고 대들었어요. 그리고 앞으로는 언니 동생 지간을 의절한다고 했어요."

사금자는 상황파악이 빨랐다.

"변호사와 상의해서 언니에게 심부름을 부탁해라."

사금자는 피곤한 듯 몸을 돌려 자리에 누웠다.

"그래. 엄마 잠깐 쉬어."

이정빈은 간병인과 이태빈을 데리고 병실 밖으로 나갔다

13. 사금자 의중

그녀는 하루에 8종류의 약을 먹고 있었다. 아침 식사 후 9알, 점심 후 6알, 저녁 후 8알 그리고 자기 전에 1알의 약을 복용하고 있다. 처음 한국에 왔을 때만 하여도 3종의 약에 하루에 6알의 처방을 받았었지만 1년 반이 지난 지금은 8종류의 약, 24알을 복용하여야만 하루가 끝나는 것이다. 처음에는 이렇게 늘어난 약을 거절도 하였었지만 통증을 유발하고 숨이 가빠지고 어지럼증이 생기고 손발이 저리고 그리고 위가 쓰리고 아프다 보니 약에 의존할 수밖에 없었다. 지금은 약을 복용하는 것이나, 세끼를 식사하는 것이나, 그녀는 모두 다 똑같이 중요하다고 인정하고 스스로 실천하고 있었다. 사금자는 침대 끝에 앉아서 컵에 물을 따르고 있었다.

그때 이정빈이 이태빈과 간병인과 함께 병실로 들어왔다.

"엄마, 뭐 하려고?"

사금자의 손에는 피를 묽게 하는 약이 쥐어져 있었다. 그녀는 달포 전에 급성 심근경색으로 인해 왼편 관상동맥에 스텐트를 삽입하는 시술을 하였다. 그로부터 아스피린 계열의 약을 계속 복용하고 있었다. 그래서 그녀의 온몸과 손발에는 피멍이 생겨나고 투석을 하고 나면 지혈이 오래 걸려 늘 오른 팔목에 밴드를 감고 있었다.

"엄마, 이젠 혼자서도 약을 챙기네?"

이정빈은 엄마가 예전에 비해 활동이 약간 호전된 느낌을 받았다.

"이걸 먹어야 스텐트에 피딱지 생기지 않는다더라."

"엄마, 의사 선생님 말이 맞아요. 그러니 지금처럼 약을 꼬박꼬박 드셔야 해요."

"의사 선생님이 지금처럼 밥과 약을 잘 먹으면 10년은 더 살 수 있다고 하더라."

"엄마 많이 달라졌네. 언젠가는 빨리 죽고 싶다고 하구선, 이젠 오래 살고 싶어진 거야?"

사금자는 대답하지 않고 약을 입에다 넣고 물을 천천히 마셨다.

"엄마, 우리 매점에 가서 뭐 먹으면서 이야기 좀 하자."

엄마 병실에 선빈이가 설치한 녹음 장치가 있다는 것을 정빈은 이미 알고 있었다.

사금자는 이정빈과 이태빈 두 딸을 번갈아 쳐다보았다.

"엄마, 그래도 언니하고는 오랜만인데 나가자?"

간병인이 재빨리 휠체어를 침대 중앙으로 밀어 넣었다. 정빈이 사금자를 조심스럽게 안아서 휠체어에 앉혔다. 사금자는 예전보다 몸이 많이 가벼웠다. 정빈은 '엄마, 왜 이렇게 가벼워졌어.'라고 말을 하려다가 "엄마 안아 보는 거 오랜만이네."라고 말을 바꾸었다. 하지만 안쓰러운 느낌이 들었다. 옆에 있던 이태빈 역시 옛날을 생각하면 치가 떨릴 정도로 싫었지만 지금은 저렇게 늙고 병들고 작아진 또 어머니를 보며 가여운 생각이 들었다. 매점에는 사람들이 없었다. 주인 아줌마가 탁에 물을 뿌리고 타월로 닦으며 여기저기 치우고 있었다.

"아줌마, 가게 문 닫을 거예요?"

"아니요. 10시까지는 열어요."

"그럼 딸기주스 두 잔과 커피 한 잔만 주세요. 아줌마, 오늘이 며칠이에요?"

주인이 이정빈을 힐끗 한 번 쳐다보며 대답했다.

"8월 3일 일요일입니다. 외국에서 오셨어요?"

주인이 이상하다는 듯이 가볍게 묻는 말투다.

"예. 일주일 전에 미국에서 왔어요."

주인은 휠체어에 앉아 있는 사금자를 바라보며 말했다.

"이 할머니는 가끔 우리 가게에 오시는 분인데요?"

이정빈은 누구와 왔었냐고 묻고 싶었지만 그럴 필요가 없다고 생각했다.

"그랬어요? 우리 엄마 예쁘죠?"

그녀는 웃으며 주방으로 들어갔고, 정빈의 가방 속에서는 녹음기가 돌아가고 있었다.

"엄마, 오늘은 서기 2008년 8월 3일 일요일이고요, 어제는 음력으로 7월 7일, 이정빈이 생일날, 엄마, 내 생일 기억하지? 어제가 바로 칠석날이야. 엄마 나한테 해 줄 말 없어?"

"정빈이 59번째 생일을 축하한다."

사금자는 휠체어 포켓에서 봉투 하나를 꺼냈다.

"이거 생일 축하금이다. 자, 받아라."

사금자는 이정빈이 오면 주려고 며칠 전부터 준비해 놓고 있었다. 이정빈은 봉투를 확인한 후 말했다.

"엄마, 2백만 원이나 되는 많은 돈을 어디서 구했어?"

사금자는 묻지 말라는 뜻으로 오른손을 좌우로 흔들었다.

"엄마, 아무튼 고마워요."

이정빈은 사금자를 살며시 껴안고 얼굴에 입맞춤해 주었다.

"언니, 엄마한테 하고 싶은 이야기나 묻고 싶은 말 없어요?"

이태빈은 사금자와 눈을 한 번 마주치고는 대답했다.

"없다. 내가 무슨 물어볼 말이 있겠나."

이태빈은 어릴 때 버릇처럼 두 손을 만지작거렸다.

"엄마, 언니와는 수십 년 만에 만났는데 할 말이 없어요?"

사금자는 밖을 계속 응시하고 있다가 이태빈을 바라보았다.

"왜 할 말이 없겠나. 그저 태빈이에게는 미안타. 내가 잘못했다."

갑자기 분위기가 무거워지는 듯했다. 사금자는 옛날을 회상하며 눈을 감았다. 약 30초간 그렇게 계속 있었다. 사금자는 탁자에 놓여 있는 물을 조금 마시고 말을 시작했다.

"그때 효빈이가 미군 차에 치여 죽은 걸 그 애 운명이라 생각 못 하고 태빈이 네가 아이를 잘못 챙겨서 그런 큰 사고가 난 것으로 간주했었다. 그 애를 잃었다는 생각에 난 보이는 게 없었다. 분풀이를 모두 태빈이 너에게 했었지만 효빈이를 잃은 나는 그래도 분이 풀리지 않았었다. 결국 너에게 아이를 전적으로 맡긴 내가 죄인이라고 후회했을 때는 이미 효빈이는 이 세상에 없었다. 그래서 태빈이 너를 미워했고 한시도 같이 살고 싶은 생각이 없었다. 지금 와서 생각해 보면 다 내 잘못이고 네가 무슨 죄가 있었나? 하는 생각이 든다."

사금자는 이태빈의 손을 잡으려 하자 이태빈은 손을 뒤로 뺐다. 사금자는 약간 겸연쩍은지 그 손으로 물컵을 쥐었다. 이태빈은 사금자가 그때 사건을 말하는 동안 효빈이 여동생이 차에 치여 죽어 있는 모습도 무서웠지만 그 후 또 어머니의 잔인한 복수는 두고두고 잊을 수가 없었다. 지금도 그 순간들을 생각하면 경풍이 날 것만 같았다. 이태빈은 사금자의 얼굴을 천천히 훑어보았다. 얼굴은 쭈글쭈글하고 머리는 하얗고, 두 눈 밑은 파이고 턱은 팔자 주름이 뚜렷했다. 그 옛날 아름다웠던 사금자의 모습은 찾아볼 수가 없고 또 어머니는 미웠지만 불쌍해 보였다. 이태빈은 손을 잡아 줄까 생각하다가 단념해 버렸다. 사금자의 말소리는 그대로 살아 있었기 때문이다. 이태빈은 탁자에 놓인 주스를 두세 모금 마셨다. 처음은 개운했으나 나중엔 또 갈증이 났다.

"그렇게 미안해할 필요가 없어요. 저도 지금껏 살아 보면서 세상에 잘못하는 것이 많아졌어요. 절에 가면 항상 빌고 또 빌고 있어요. 우리 효빈이가 먼저 이 세상을 떠난 건 제 죄가 더 커요. 그날 효빈이를 업고만 있어도 되는 것인데 땅바닥에 내려놓는 바람에 그렇게 된 거예요. 그래서 내 죄가 큰 거죠. 그러니 너무 미안하게 생각하지 마세요."

이태빈의 말에 사금자는 역시 태빈이 저 딸은 변하지가 않았다는 생각이 들었다.

"고맙구나. 그렇게 생각하고 있다니."

사금자의 또렷한 목소리였다.

"엄마, 할 말이 없다더니 언니에게 할 말이 많았었구나."

사금자는 이정빈의 말에 반응하지 않았다. 간병인이 딸기 주스에 빨대를 꼽고 사금자의 입에 물렸다. 사금자는 목이 말랐는지 계속 주스를 빨며 빨대를 물고 있었다.

"엄마, 선빈이가 백지장에 엄마 손 도장을 찍어 갔다며?"

사금자는 간병인을 쳐다보았다. 간병인은 사금자를 향해 고개를 끄덕였다.

"나는 몰랐는데 아줌마가 그랬다 하드라."

"엄마, 지장을 찍어 줄 의향이 없었는데 선빈이가 엄마가 잠든 사이 몰래 찍었다는 거네."

"그래. 정빈이 네 말이 맞다."

이정빈은 엄마의 의견을 정확히 받아 내고 있었다.

"엄마, 선빈이가 왜 그렇게까지 했을까요?"

사금자는 대답을 못 하고 눈만 끔벅거렸다.

"엄마, 그거 상가건물을 엄마가 선빈에게 증여했다는 가짜 서류를 만들기 위해서 그런 짓을 했다고 생각하지 않으세요?"

사금자는 헛기침을 한 번 하고 나서 말을 했다.

"나는 그 상가건물 정빈이 너에게 관리를 맡길 때도 명의신탁했던 것이고, 정빈이 네가 미국에 들어가면서 선빈이에게 관리를 맡길 때도 정빈이 너 때와 똑같이 명의신탁한 것이다. 나는 처음부터 그 재산은 너희들을 잘 키우려고 내 명의로 만들었던 것이다. 너희는 내 생각대로 잘들 컸고 그만하면 성공했다고 생각한다. 이제는 너희 아버지가 계획했던 대로 태종이 재산은 되돌려 주어야 한다. 그리고서 나머지는 나와 태빈이를 포함하여 모두 여섯이 똑같이 나누어 가지면 되는 것이다."

사금자는 또렷또렷하게 자신의 생각을 힘주어 말했다.

옆에서 듣고 있던 이태빈도 자신의 이름을 거명되며 있는 힘을 다하여 말하는 또 어머니의 모습을 한눈도 떼지 않고 바라보고 있었다. 사금자는 다시 주스를 한 모금 더 빨고 말을 계속했다.

"정빈이 너는 선빈이 친언니다. 그러니 선빈이하고 싸우면 안 된다."

사금자는 힘든지 가쁜 숨을 몰아 쉬며 말하는 것을 멈추었다가 이태빈을 바라보며 말을 이었다.

"태빈이 너도 아이를 낳고 키워 봐서 알겠지만 아이들에겐 엄마가 제일이다. 너도 배다른 딸 하나를 키우고 있다는 이야기를 선빈으로부터 들어서 알고 있다만, 의붓딸은 제일이 아니고 다음이더라. 내가 태빈이 너에게 섭섭하게 한 것은 사실이지만, 너는 공부하는 걸 싫어했었다. 너는 학교 가는 것보다 아이 보는 것이 좋다고 했었다. 그래 나는 잘됐다는 생각에 어린애를 너에게 맡겼던 것이다. 그게 잘못이었다. 너를 태종이와 함께 내가 난 태수처럼 키우겠다는 처음 생각은 시간이 가면서 그 생각이 바뀌더라. 내 손이 너희 둘까지 감당하기는 모자랐던 것이다. 너희 둘은 우리 아이들 다음이더라. 지금 생각해 보면 그때가 어려워서 그랬거니 생각도 해 보지만 어떻든 내가 잘못했다는 것을 인정한다. 늦었지만 태빈이 너한테만은 미안하다. 그리고 내 몫의 재산을 너에게도 똑같이 나누어 줄 것이다."

사금자는 이태빈의 손을 살포시 잡아 끌며 말을 끝냈다. 이번에는 이태빈도 손을 빼지 않고 가만히 있었다. 사금자의 두 눈에서는 눈물이 흘러내리고 있었다. 그녀는 이 순간이 이태빈과 마지막이라는 걸 알고 있는 듯했다. 이태빈은 핸드백에서 수건을 꺼내어 또 어머니의 눈자위를 살살 눌러 주었다.

"엄마, 태빈 언니 무진회사 정 지점에게 엄마 심부름을 시키려고 하는데 엄마 생각은 어때요?"

이정빈은 둘이 있는 자리에서 확인을 시키고 있는 것이다. 사금자는 반대하는 의사 표시를 않고 이태빈을 바라보았다.

"어머니 심부름이라면 내가 갈 수가 있어요."

이태빈은 이미 심부름을 하여야 한다는 생각을 하고 있었다.

"그래라."

사금자의 짧은 대답이었다.

매점 주인이 진열대 전기 스위치를 내리고 주방에 불까지 끄고 홀로 나왔다.

"아줌마, 문 닫을 시간 되었어요?"

"아닙니다. 15분 더 남아 있습니다."

"아줌마, 화장실이 어디에 있어요?"

"나가서 오른쪽으로 돌면 바로 있어요."

이정빈은 테이블에 올려놓았던 가방을 들었다.

"엄마, 언니하고 이야기하고 있어요. 나 잠깐만 화장실 다녀올게요."

이정빈은 밖으로 나갔다.

"정 지점장님을 근래 만난 적이 있어요?"

이태빈이 궁금했던 것을 또 어머니에게 물었다.

"없다. 이 꼴로 그분을 어떻게 만나?"

이태빈은 이상하다는 생각에 다시 물었다.

"그런데 나보고 어떻게 어머니가 시키는 심부름을 하라는 거예요?"

"그거 정빈이하고 변호사가 상의하여 결정했을 거다."

이태빈은 그때서야 상황을 알아차렸다.

한편 화장실에 간 이정빈은 가방에서 녹음기를 꺼내고 테이프를 되돌렸다. 녹음은 깨끗하게 잘되어 있었다.

"이거면 꼼짝 못 할 거야."

이정빈은 서둘러 매점으로 돌아왔다.

"엄마, 루이스가 엄마한테 문자가 왔어요."

이정빈은 자리에 앉기도 전에 사금자에게 핸드폰을 열고 보여 주었다.

"안 보인다. 뭐라고 왔나?"

"스튜디오 재계약을 하여야 한대요."

"맞다. 다음 달이 15일이 만기일 맞다."

"엄마는 루이스 일이라면 기억도 잘해서."

"정빈아, 내일이라도 자영이 엄마를 만나 봐라. 내가 루이스 이름으로 된 통장과 도장을 맡겨 놓았다. KEB LA 지점에 가서 루이스가 직접 찾아 쓰라고 해라."

"엄마, 아직도 그 통장을 가지고 있었어? 엄마 고마워."

이정빈은 사금자의 손을 잡고 몇 번이나 입맞춤을 했다.

병실에는 간호사가 어떤 남자와 같이 산소통을 교체하고 있었다.

"할머니, 주무실 때 산소 마스크를 꼭 쓰고 주무셔요."

언제나 저녁 이맘때면 간호사가 환자를 돌보며 하는 일상의 말이었다.

이정빈과 이태빈은 밤 11시가 되어서야 병실을 떠났다. 떠나기 전 이정빈은 그녀의 오른손에 차고 있던 팔찌를 간병인에게 주었다. 18K 미국산 팔찌였다. 간병인은 이정빈에게 고맙다는 뜻으로 몸을 굽혀 연신 절을 했다.

이태빈이 서울에서 이정빈과 같이 머문 지 3일 만에 정 지점장과의 약속이 결정되었다. 조선 호텔 지하 일식집이었다. 이태빈은 투피스 차림에 이정빈이 선물한 핸드백까지 어깨에 걸치니 잘 차려입은 귀부인 모습이었다. 3일 동안 가꾸어진 그녀의 몸에서는 생선 냄새는 전혀 없고 향수 냄새가 은은히 풍겼다. 이정빈은 이태빈과 같이 조선 호텔까지 걸어갔다. 이정빈은 1층 식당으로 들어가고 이태빈은 지하 1층으로 내려갔다. 정 지점장은 미리 와서 기다리고 있었다. 이태빈은 정 지점장을 단번에 알아보았다.

"정 지점장님 오랜만입니다. 이태빈입니다."

정 지점장은 순간 말을 놓아야 할지 높여야 할지 망설이다 얼결에 높였다.

"정한국입니다."

정 지점장은 머리가 완전 백발이었고 얼굴에 살이 있어서 그런지 풍채가 좋아 보였다.

"옛날보다 얼굴이 더 좋아졌네요."

이태빈의 인사 말에 그는 겸연쩍은 듯이 머리를 몇 번 쓰다듬었다.

"이제 늙었는데 젊었을 때만 하겠어요?"

"아니에요. 정 지점장님은 지금도 곱게 보여요."

이태빈은 상대방이 그냥 듣기 좋게 말을 하는 게 아니었다. 정 한국은 곱게 늙어 가는 노인이었다.

"이태빈 씨는 지금 무얼 하고 있어요?"

이태빈은 어떻게 대답할까 망설였다.

"부산에서 장사하고 있어요."

이태빈은 자세하게 대답하기가 싫었다.

"지점장님은 요즘 어떻게 지내고 계셔요?"

"집에서 놀고 있지요. 친구들이 불러 주면 골프도 하고 등산도 가요. 얼마 전에 한라산 정상도 올랐는데 이젠 힘들어서 그것도 못 하겠어요."

이태빈은 그 당시 정 지점장을 높은 관료직에 있는 사람으로 인식하고 있었다. 그는 항상 감청색 양복에 밝은 타이를 하고 있었다. 심부름 갈 때마다 그는 이태빈을 항상 반갑게 맞이했었다. 그리고 그때마다 은행에 상시 비치해 두었던 작은 선물을 주곤 했었다.

오늘은 그는 노타이 차림에 하늘색 와이셔츠와 얇은 감청색 양복을 입고 있었다.

"이태빈 씨, 뭐 좀 시켜야죠."

"내 동생이 이 집에는 점심 특선이 좋다고 하던데요."

식당 아가씨가 거들었다.

"오늘 점심 특선은 참돔회와 식사로 생대구탕이 준비되었어요."

"그럼 나도 그걸로 합시다."

식당 아가씨가 돌아가자 이태빈은 가방 속에서 준비하여 온 서류를 정 지점장 앞으로 내밀었다. 정한국은 서류를 받아 들고 한참 동안 살폈다. 그는 가방에서 도장과 인주를 꺼내어 서류마다 도장을 찍었다. 그리고 별도로 은행 거래 명세서를 첨부하여 준비해 온 봉투에 넣고 이태빈에게 주었다.

"이거면 사금자 여사가 부탁했던 요구 건이 해결되는 겁니다."

이태빈은 서류가 들어 있는 큰 봉투를 받고 가방 속에 넣었다.

정 한국은 옆에 놓여 있는 물을 마시며 말을 계속했다.

"그런데 이태빈 씨, 궁금한 게 있어요."

"이 거래 내역은 죽을 때까지 비밀로 하자고 사금자 여사가 당부했었는데 왜 따님을 앞세워 왜 공개하는지 도무지 이해가 안 되네요. 처음엔 나도 이정빈 교수의 부탁을 거절했었는데 여사님이 전화로 부탁해서 저도 마음을 바꾸었죠, 어차피 검찰에서 조사가 들어오면 밝혀질 내용이거든요."

이태빈은 대단한 또 어머니의 비밀이 있었다고 생각은 들었지만 봉해진 서류의 내용은 묻지 않았다. 지금도 또 어머니와 지점장 간에는 모종의 거래가 있는 듯했다. 이태빈은 뜬금없이 정한국에게 질문을 했다.

"저희 어머니를 요 근래 만난 적이 있었어요?"

지점장은 웃으면서 대답했다.

"한번 뵈었으면 했는데 병원에 입원 중이라며 따님이 거절하더군요. 따님 이야기로는 엄마가 병든 자신을 보여 주기 싫다고 한다고 했어요. 지금까지 병원도 어디인지 모르고 있어요. 태빈 씨가 병원이 어디인지 알려 줄 수 있어요?"

"제 동생이 병원 이야기는 하지 말라고 해서 그건 곤란하네요."

"저도 사금자 여사를 꼭 만나야 된다는 이유는 없어요."

그때 주문한 음식 회부터 한 접시 나왔다.

"약주 한잔하시겠어요?"

이태빈이 간장에 고추냉이를 풀며 지점장에게 하는 말이었다.

"아니요. 위암 수술하고부터는 술 안 해요."

"위암 수술을 하셨어요?"

"벌써 7년이 넘었어요."

"지금은 완치된 거죠?"

"그럼요. 지금도 1년에 한 번 검진을 받아요."

"저도 1년 전에 어깨 수술을 받았어요"

"왜? 질병이 있었나요?"

"그게 아니고 오래전에 팔이 부러져서 깁스한 적이 있었어요. 깁스를 풀고도 왼쪽 어깨가 아프긴 했지만 후유증인 줄 알고 참고 견뎠는데 어느 날부터는 왼팔을 전혀 쓸 수가 없었어요. 큰 병원에 갔더니 회전근계파열이라고 수술 받아야 한다고 했어요. 수술을 받고 두 달을 고생했어요."

"지금은 괜찮아요?"

"지금도 왼팔로는 무거운 것을 들지 않아요."

"하여간 나이가 들수록 매사 조심해야 해요."

식사가 끝나고 후식으로 과일과 냉매실 차가 나왔다.

"자아, 일이 끝났으니 일어납시다. 차를 안 가져왔으면 내 차로 모셔드리죠."

"동생하고 바로 뒤편에 있는 호텔에 묵고 있는데 걸어가는 게 빨라요."

이태빈은 정 지점장에게 공손하게 인사했다.

이정빈이 1층 로비에서 이태빈을 기다리고 있었다.

"언니, 지금 나가신 저 사람이 정 지점장이라는 분이야?"

이정빈이 회전문을 바라보며 하는 말이었다.

"정 지점장 모르고 있었어?"

"나야 모르지. 이번 일로 통화는 몇 번 했지만 얼굴은 처음 봐요."

"그랬었구나. 나는 알고 있는 줄 알았지."

"언니, 도장을 순순히 찍어 주었어요?"

"아무 말도 않고 서류를 천천히 읽어 보고 찍어 주던데?"

"언니, 그분이 처음에는 오래된 일이라 거절을 했었어요. 그래서 언니가 돈 심부름하던 이야기를 하고 엄마까지도 가세하여 만나게 된 거예요."

"하여간 지점장은 나에겐 별말 없이 잘해 주었어."

이정빈이 엉뚱한 말을 꺼냈다.

"언니, 정 지점장 지금도 멋있어 보이네. 젊었을 때는 더 미남이었겠다. 그러니 우리 엄마가 맘을 주었겠지."

이태빈이 이정빈의 야릇한 말에 한마디 했다.

"정빈이 너 무슨 말을 하는 거고."

"왜, 난 모르는 줄 알았어? 엄마 아버지가 지점장 땜에 싸우는 걸 여러 번 목격했었거든."

이태빈은 자기만 정 지점장과 또 엄마의 관계를 알고 있다고 생각했는데 당시 어린 정빈이도 알고 있었다. 어쩌면 태수도 알고 있었는지 궁금했다. 이태빈은 혼자만 알고 있다고 생각했던 사금자와 지점장과의 관계를 또 어머니의 부탁으로 지금까지 비밀로 하고 있었다. 이태빈의 머릿속에는 젊었던 또 어머니의 얼굴과 정 지점장의 얼굴이 아른거렸다.

호텔 로비에는 외국 단체 손님들이 몰려오기 시작했다.

이정빈이 바쁜 일정이 모두 끝나고 호텔에서 마지막 인사 전화를 여기저기 하고 있었다.

"변호사님, 저 오늘 오후 미국으로 갑니다. 서류하고 은행 거래 내역서 보셨어요?"

"벌써 보았지요. 오래되어 파기된 줄 알았던 옛날 거래 내역서까지 전부 첨부되었으니 이것만 제출하면 변호하는 데 큰 도움이 되겠습니다."

"변호사님, 그 서류만 제출되면 우리 엄마가 원고인으로 법정에 안 나가도 되는 거죠?"

"글쎄요. 이번 소송이 한두 번에 끝나지 않을 것 같아 확신을 못 하겠네요. 하여간 재판이 진행하고 있는 동안 원고의 병세를 감안하도록 할 것입니다. 그런데 환자가 위독해요?"

"아니요. 그런 거는 아니고요. 법정을 드나들다 보면 쇼크도 받을 수 있을 것 같아서요."

"그렇지요. 그럴 수도 있겠네요. 두고 봅시다. 기일은 정해졌으니 제가 돌아가는 상황을 그때마다 바로 연락하겠습니다. 그리고 궁금한 것이 있으시면 언제든지 연락을 주세요."

"그리고 어제 드렸던 서류 중 일부를 복사하여 큰오빠 변호사를 통해 법정에 제출하도록 했는데 정 변호사님도 알고 있어야 할 것 같아 미리 말씀드립니다."

"예. 좋은 생각을 하셨네요. 결국은 우리 소송에도 큰 도움이 될 겁니다."

"예, 정 변호사님. 나머지 일 잘 부탁합니다."

이정빈은 언니의 도움으로 큰일을 해냈다는 생각을 하며 정 변호사와 전화를 끊었다.

"태종 오빠, 나 오늘 미국으로 들어가요."

이태종은 이정빈의 전화를 기다리고 있었었다.

"그래, 서울 일은 잘 끝났고?"

"예. 잘 끝났고 정 변호사에게도 어제 서류를 전달했어요."

"오빠, 오빠 변호사에게 그 서류 전달했어요?"

"그럼. 그다음 날 바로 전달했지."

"오빠, 잘했네. 이젠 안심해도 되겠다."

"정빈이 네가 수고 많았다."

"아니에요. 태빈 언니가 정 지점장을 만나 준 게 잘된 거죠."

"어떻든 너희 둘이 수고 많았다."

"수고는요, 우리가 다 같이 해야 하는 일인 걸요."

"정빈아, 내가 도와줄 일은 없니?"

"지금은 없고요. 나중에 부탁할 일이 있어요."

"그래 알았다. 조심이 잘 가."

"그래요. 태종 오빠도 잘 있어요."

그리고 이정빈은 도움을 주고받았던 여러 사람들과 전화도 잊지 않고 모두 돌렸다. 그런데 뭔가 찝찝한 게 있었다. 바로 동생 선빈과의 복잡한 관계였다. 미국에 있는 이태수에게 전화를 했다.

"태수 오빠, 안 자고 있었어요?"

이태수는 노인 병동 조감도와 설계를 들여다보고 있었다.

"아직 잘 시간이 아니야."

"뭘 하고 있었어요."

"노인 병동 설계를 살펴보고 있었어."

"엄마를 거기로 모시려고."

"처음은 그렇게 생각해서 시작한 일인데 지금은 우리 병원에도 미국 노인들을 위한 병동이 있어야 한다고 생각해."

"그래, 잘되어 가요?"

"근데 자금이 생각보다 많아. 은행 융자를 쓰기도 그렇고."

"오빠 돈이 얼마나 모자라는데 그래요?"

"400만 불 혹은 그 이상?"

"우리 재판에서 승소하면 되겠네. 그리고 오빠가 지분만 준다면 나도 얼마 정도는 투자할 수 있고요."

이태수는 우리 재판에서 승소하면이라는 말에 신경이 쓰였다. 그 역시 별도의 재판을 그의 친구인 김도균 변호사를 통하여 준비하고 있었기 때문이다. 전에 비에 이태수도 재판에 관심을 많이 가지고 있는 듯했다.

"재판 그거 잘되어 가나?"

"태수 오빠가 선빈이 사정만 안 들어주면 돼요."

이태수는 이정빈의 말을 정확히 이해할 수가 없었다.

"선빈이 사정이 뭔데?"

"선빈이가 증명서 같은 거 부탁할 거예요. 들어주면 절대로 안 돼요."

"사정이 그런 거라면 거절하면 되겠네."

"이젠 깨끗이 마무리되는 거야."

이정빈은 혼자 중얼거리며 짐을 챙기기 시작했다.

한편 그 시각 이선빈은 배 변호사를 만나고 있었다. 그녀는 그동안 준비한 문서와 영수증 파일을 배 변호사에게 전했다.

배 변호사는 연, 월별로 정리된 문서와 같이 첨부된 영수증 철을 한 장씩 넘겼다. 첨부된 계산서 영수증을 보는 데 2-3분 정도가 걸렸다.

"그런데 증여세 납세 증명서가 없네요."

"배 변호사님, 그것은 있을 수가 없지요. 왜냐하면 나는 언니 이정빈으로부터 소유권이전등기를 받은 것이니까. 거기 보면 등기료 기타 영수증이 같이 정리되어 있어요."

배 변호사는 이선빈의 말을 다 듣고 말을 했다.

"예. 소유권이전등기에 대한 영수증은 여기 있습니다. 알고 계시겠지만 증여세하고 소유권이전등기 비용은 전혀 다른 것입니다. 어머니께서 써 주셨다는 증여확인서에 증여세가 첨부되어 있어야 한다는 뜻입니다."

이선빈은 배 변호사가 말하는 뜻을 잘 알고 있었다.

"변호사님, 그 언젠가 말씀드렸었지만 엄마는 언니 이름으로 된 상가건물을 제 이름으로 소유권 등기를 하라고 시키기만 했었어요. 모든 것은 언니하고 저하고 이루어진 것이기 때문에 증여세에 대한 영수증은 없었어요. 그 당시 증여 건도 구두로 약속했는데 이번엔 문서로 받고 날짜 확인까지 공증한 것입니다."

배 변호사가 들고 있는 증여확인서에는 2008년 7월 27일 자로 날짜확인이 공증되어 있었다.

"날짜 공증은 잘하셨어요. 그런데 어머니께서 증여와 명의신탁 소유권이전 등기를 구분 못 하고 계신 것이 아닙니까?"

"글쎄요. 그렇지는 않을 것 같은데. 요즘 엄마가 치매 증세가 있어서 뇌 사진을 찍었는데 초기라고 했어요."

"이선빈 교수님 어머니를 오늘 한번 만나 뵈어야 좋겠어요."

이선빈은 배 변호사의 말에 침묵했다.

"어머님을 뵐 수 있겠지요?"

"예. 변호사님이 뵈어야 한다면 같이 가야죠."

"근데 제가 가져온 증여확인서와 첨부된 서류로는 부족한가요?"

"그게 아니고 변호인으로서 피고인이 왜 심경 변화를 일으켰는지 그것을 직접 확인할 필요가 있어서 그럽니다."

이선빈은 배 변호사의 요구를 받아들이기로 했다.

"그렇게 하세요."

그리고 그녀는 간병인에게 전화를 했다. 점심 시간이 가까워서 그런지 올림픽대로는 한가했다. 가로수는 아랫단에 줄줄이 놓인 꽃들이 짙은 색을 내보이며 거리를 아름답게 꾸미고 있다. 나무 위에서 울려 퍼지는 매미들의 사랑의 노래는 그들의 계절임을 말해 주고 있었다. 거리는 밝은 색 자동차가 어울리는 여름이다. 강 바람을 안고 강물을 가르는 작은 요트들이 젊은이 세상을 만들고 있다. 북에서 남으로 향하는 유람선 뒤에는 수십 마리 갈매기 떼가 사람들이 던져 주는 먹이를 놓고 재주를 부린다. 하늘엔 뭉개 구름이 백색 향연을 펼치고 있었다. 병원 근처에 도착하자 어디서부터 들려오는 앰뷸런스 소리가 점점 크게 들리기 시작했다.

이선빈이 식당가 앞에 멈추어 섰다.

"변호사님 점심 식사 하셔야죠?"

변호사는 차 밖을 내다보며 대답했다.

"그렇게 하시지요."

"변호사님은 냉면을 좋아하시니까 이 집이 좋겠어요."

"예, 좋습니다."

"변호사님은 함흥냉면으로 하시고 한우 불고기 한 접시 추가로 시켜 놓고 갈게요. 저는 엄마하고 같이 먹으려고 도시락을 아침에 준비했어요. 변호사님 오신다고 엄마에게 미리 말해 놓을게요."

"예. 그렇게 하세요."

이선빈은 차를 그 식당 주차장에 세워 놓고 걸어서 병원으로 들어갔다.

"엄마, 나 왔어요. 아침에 도시락 싸온 거 우리 둘이 같이 먹자."

간병인은 이선빈에게 점심값을 받고 구내 식당으로 가고 없었다.

"엄마가 제일 좋아하는 걸로 골라 샀어요."

하얀 쌀밥에 제육볶음, 두릅무침, 계란프라이, 잘 다져진 가자미 식해 그리고 보온병에 별도로 준비한 쇠고기 미역국 이였다. 사금자는 미역국 국물부터 한 숟가락 떴다. 따스하고 진한 쇠고기 국물 맛이다. 사금자는 하나하나 골라 먹으면서 말을 했다.

"맛있게 잘했다. 두릅무침도 산 두릅으로 했네."

"엄마, 천천히 많이 먹어야 해. 오전에 투석한다고 배가 많이 고팠지?"

"사금자는 허기진 배를 천천히 채우고 있었다."

식사가 끝나자 이선빈은 사과 반쪽을 깎았다. 사금자는 사과를 끝으로 식탁을 물리라는 시늉을 했다. 이선빈은 휴지 한 장을 꺼내 엄마의 입과 손을 닦아 주었다.

"엄마, 변호사가 와서 건물을 선빈에게 증여했냐고 묻거든 그렇게 했다고 대답하세요."

사금자는 대답하지 않았다.

"엄마, 그렇게 대답해야 해요?"

사금자는 돌아앉았다. 그때 변호사가 노크를 하고 병실로 들어왔다.

"엄마, 배 변호사님 오셨어요."

사금자는 돌아앉은 채 돌아보지 않았다. 변호사가 먼저 말을 했다.

"어머니, 안녕하셨어요? 요즘 건강은 예전보다 좋아요?"

사금자는 그때서야 변호사 얼굴을 처다보았다.

"어머니, 예전보다 얼굴색은 좋아 보이네요."

사금자는 앉으라는 시늉으로 의자를 가리켰다.

"어머니, 변호 준비는 거의 끝나고 몇 가지 확인할 것이 있어서 찾아 뵈었습니다."

변호사는 검은 가방에서 서류철을 꺼내어 사금자에게 보여 주었다. 사금자는 말 대신 목을 두 번 끄덕였다.

"이번 항고심에서는 1심에서 자료 부족으로 보류했던 매매와 증여 건으로 또한 저쪽 검사 측에서 1995년 부동산 실권리자 명의등기에 관한 법률을 추가로 제기하고 있어서 만반의 준비가 필요합니다. 실명제에 관한 준비는 제가 하면 되고요. 증여에 관한 입장 표명은 피고가 해 주어야 합니다."

변호사는 사금자에게 증여확인서 카피를 내보이면서 말을 했다.

"어머니 지난 번에는 증여하지 않고 명의만 빌려준 것이라고 했는데 막내따님하고는 합의가 된 것입니까?"

사금자는 대답하지 않고 변호사 얼굴만 보고 있었다.

"어머니, 왜 마음을 바꾸셨는지 말씀해 주세요."

사금자는 이번 질문에도 대답하지 않았다.

"어머니, 대답해 주셔야 합니다."

변호사는 의뢰인의 확실한 대답을 기다렸다. 사금자는 대답이 없고 그렇다고 증여에 대해 가타부타 말도 없었다.

"이 증여확인서 어머니가 작성하여 이선빈에게 넘겨주신 것입니까? 변호인인 제가 직접 확인하여야 합니다. 말씀해 주세요."

사금자는 입을 굳게 닫은 채 한마디도 하지 않는다. 그때 이정빈이 공항으로 출발하면서 엄마에게 인사차 들렀다.

"엄마, 정빈이 왔어요."

병실 문을 열며 크게 소리 내어 말했다. 방에 있던 이선빈이 놀라며 이정빈을 가로막아 섰다.

"언니, 지금 엄마는 변호사와 상담 중이야. 조금 있다 들어오면 안 돼?"

"안 돼. 비행기 시간이 없어. 엄마에게 가겠다고 인사만 할 거야."

변호사가 이정빈에게 먼저 인사했다.

"안녕하세요. 이정빈 교수님."

"변호사님, 수고가 많으시네요?"

변호사는 사금자에게 물었다.

"마지막으로 한 번만 더 묻겠습니다. 심경 변화가 왜 있었는지 말씀해 주세요."

사금자는 마지막 물음에 답했다.

"말해 드릴 수가 없어요."

배 변호사는 서류를 가방에 넣고는 안에 있던 세 사람에게 인사를 하고 병실을 나갔다. 이선빈은 변호사를 따라나서며 변호사에게 말했다.

"엄마가 대답하려고 했는데 정빈 언니 때문에 안 한 거예요."

변호사는 아무 말도 하지 않고 병원 밖으로 나갔다. 이정빈은 엄마와 작별 인사를 하고 차가 있는 쪽으로 가고 있었다.

"언니, 나 잠깐만 보고 가."

이선빈은 급한 걸음으로 이정빈을 마주했다.

"언니, 하나만 묻자. 왜 정 변호사하고 강 변호사를 법정으로 보냈어?"

"정 변호사는 내 일을 돕고 있으니 가 보는 게 당연한 거 아냐? 강 변호사는 거기 왜 갔는지 나도 몰라."

이정빈은 태연한 척하며 대답했다.

"마지막 경고인데 만약 내 일이 잘못되면 언니를 죽이고 나도 죽을 거야. 내 말 명심해?"

정빈은 선빈의 말에 대꾸하지 않고 기다리고 있던 택시 뒷좌석에 앉으며 택시 문을 닫아 버렸다. 정빈은 공항으로 가는 동안 이선빈의 경고가 귓속에서 계속해서 맴돌고 있었다.

14. 변호사들

　기준 시가 250억 원 상당의 상가건물을 둘러싼 변호사들 간의 다툼이 치열한 경쟁을 유발시키고 있었다. 이들은 변호사 약정 계약서상의 원고 측이든 피고인 측이든 상당 금액의 변호사 성공보수를 보장받기로 되어 있었다. 이미 이정빈은 정병호 변호사에게 사건을 맡기었고, 이선빈은 배상호 변호사를 선임했다. 이태종은 그의 친구인 강상빈 변호사에게 도움을 받고 있었다. 여기에 이태수가 새롭게 선임한 김도균 변호사가 가세한 것이다.

　김도균 변호사는 이태수와 고등학교 동기 동창으로 이태수가 미국 이민 생활 초기부터 유일하게 연락을 지속하고 있는 제일 친한 친구였다. 이태수는 상가건물의 25% 지분을 갖고 있었다. 그는 한국 일정을 마치고 미국에 돌아오자 상가건물 문서를 찾아냈고 이 문서를 김도균 변호사에게 보내면서 몇 가지 부탁을 했었다. 김도균 변호사는 시카고 딸 집에서 며칠 머물다 이태수와 만날 약속을 했던 것이다. 둘은 시카고 북쪽에 위치한 카우보이 스테이크 식당에서 식사를 하고 있었다.

　"미국에 오기 전에 법원 행정관을 통해 상황을 알아봤는데 형사소송 판결 결과는 사금자의 패소로 끝났는데 사금자 사건을 대리하고 있는 이선빈이 공판 결과에 불복하고 항소를 했다고 연락받았네."

이태수는 식사를 이미 끝내고 커피와 디저트 쿠키를 들고 있었다. 김 변호사는 아직도 그가 선택한 메뉴 카우보이 스테이크는 1/3 정도가 남아 있었다.

"천천히 식사해. 나는 커피 한 잔 더 할게."

태수는 테이블에 있는 벨을 눌렀다. 워키토키를 머리에 쓴 웨이터 테이블 앞으로 왔다.

"Sir, what can I do for you?"

"Can I have a cup of coffee and another plate of cookies?"

"Yes, sir. I'll get it right away."

("선생님, 무엇을 도와드릴까요?

"커피 한 잔하고 쿠키 한 접시 더 주시겠습니까?"

"네, 선생님. 지금 바로 가져올게요.")

웨이터의 걸음이 빨랐다. 김도균 변호사는 식사 중에 포도주를 조금씩 여러 번 마셨다.

"그런데 태수야, 검사의 논고를 읽고 난 후에 알았는데 등기부등본에 표기되어 있듯이 너의 지분과 너의 형 이태종의 지분이 모두가 엄마가 횡령한 것으로 되어 있더군. 그리고 이정빈에 이어 이선빈의 이름으로 명의신탁하여 지금까지 관리하고 있었던 거야."

김도균 변호사도 식사를 끝내고 커피를 들고 있었다.

"김 변호사, 그런데 내 동의도 없이 엄마가 나의 건물 지분을 마음대로 할 수 있는 거야?"

"그래서 이태종이 강 변호사란 사람을 통해 검찰에게 고발했고 검찰이 수사에 착수했던 것이지. 당시만 해도 너의 인감도장이나 너의 배다른 형인 이태종의 인감도 너희 엄마가 모두 다 가지고 있으면서 상가건물을 마음대로 처분했던 것이지. 이선빈이 선임한 변호사가 작성한 서류에 보면 태수 네가 위임한 확인증과 너희 형 이태종이 똑같은 내용으로 작성한 위임장 두 장이 첨부되어 있었어."

이태수는 김도균 변호사의 말에 모든 신경을 집중하여 듣고 있었다.

"그런데 말이야. 검사의 반대 논고에 의하면 이태종이 위임한 확인증에는 모든 관리를 위임한다고 쓰여 있었지 매매나 혹은 다른 용도로 처분할 수 있다는 것이 아니라는 주장이야. 이렇게 보면 태수 너의 위임장도 똑같은 효력이 발생할 수 있는 것이지."

이태수는 김 변호사에게 보냈던 등기부등본과 위임장 확인서를 다시 한번 살펴 보았다.

"그거를 보면 너의 지분에 대해 관리를 위임한다고 되어 있는 것이지 타 용도로 허락하는 뜻은 아니라는 것이야. 어머니가 크게 잘못하신 것이지. 우리는 이 내용을 등기소에서 찾아내어 정식으로 소장에 첨부하면 그러면 너의 형이 재판과 똑같은 결과를 얻게 되는 것이지. 나는 한국으로 돌아가면 우리 법무 팀에 이 일을 하도록 할 거야."

둘은 이야기를 끝내고 시카고 외각 거리를 거닐며 가벼운 이야기를 계속하고 있었다.

한편 이태종은 법원의 판결에 안도하고 있었으나 이선빈이 항소했다는 소식을 듣고 불쾌하고 걱정스러웠다. 그는 조상이 물려준 재산을 바탕으로 마련한 예지동 상가건물을 공중분해시키게 되는 것이 아닌가라는 불안한 생각을 갖게 했다.

"강 변호사, 그러면 앞으로 어떻게 되는 건가?"

"크게 걱정할 것이 없어. 대응만 잘하면 돼. 형사공판에서 1심 판결을 되돌리는 경우는 아주 특별한 이유나 증거가 있지 않고는 판사 맘대로 할 수 없는 것이거든. 걱정 안 해도 될 것 같다. 일단 내가 알아서 항소에 대비할 테니 너는 사업이나 열중하서."

강 변호사는 이태종의 걱정을 안심시켜 주었으나, 강 변호사도 걱정이 하나 있었다. 만약에 사금자가 이선빈에게 써 주었다는 증여확인서가 법원에서 받아들여진다면 항소심은 오리무중에 빠질 수가 있기 때문이다. 강 변호사는 이러한 사실을 이태종에게 알리고 싶었지만 아직은 사실 확인 중이라 섣불리 말할 수 없었다. 그가 알고 있는 정황을 분석해 보면, 도저히 시간적으로 납득할 수 없는 일이 벌어지고 있기 때문이다.

"그런데 이 사장, 한 가지만 물어보자. 사금자 어머니를 이선빈이 왜 혼자서 모시고 있는 거야? 그렇게 할 만한 무슨 특별한 이유라도 있는 거야?"

"정확한 이유는 모르겠고 미국에서 정빈 여동생이 모시다가 한국에 왔으니 막내가 모시는 걸로 알고 있지."

이태종은 재산 때문이라고 대답하고 싶었지만 그렇게는 말하지 않았다. 이태종은 강 변호사가 제시하는 진정서에 사인을 하고 그 옆에 도장을 찍었다.

정명호 변호사는 법무 법인의 대표직을 맡고 있으며, 변호사 9명, 사무 국장을 포함한 직원이 20명이었다. 변호사들 중에는 햇병아리 변호사도 2명이 포함되어 있었다. 그는 사무장이 작성해 온 예지동 건물소송 보완 건을 검토하고 있었다. 사무 국장은 보완 서류에 형사재판 1심 결과를 첨부하였다.

"대표님, 명의 환원하는 데 한 발 더 가까워졌습니다."

사무 국장이 자신감을 가지고 하는 보고였다.

"사무 국장, 이 서류와 영수증도 여기에 끼워 놓도록 하세요."

정 변호사는 거의 30장이 넘는 서류를 사무장에게 넘겨주었다.

"대표님, 이정빈 의뢰인이 미국에서 보내온 서류입니까?"

"그래요. 모든 서류를 보기 쉽게 날짜별로 정리하여 첨부토록 하세요."

사무 국장은 결재서류와 새로운 서류를 가지고 대표실을 나갔다.

이선빈은 배 변호사와 여의도에 있는 그의 사무실에서 오후 3시에 만날 약속이 되어 있었다. 그녀는 오전 강의를 일찍 마치고 대학 교정을 나섰다. 약속 시간까지는 아직도 3시간이 남아 있었다. 그녀는 햄버거 가게에서 햄버거 세트를 받아들고 자동차를 여의도 고수부지로 돌렸다. 평일인데도 여의도 고수부지에는 사람들이 많았다.

가족끼리 나와서 텐트를 친 사람들도 있었고, 젊은 연인들이 어깨를 서로 걸고 벤치에 앉아 있는 모습들이 보였고 강에서는 보트 놀이가 신나게 펼쳐지고 있었다. 그녀는 외각에 자동차에서 꺼내온 돗자리를 펴고 앉았다. 사방이 다 다르게 보였다. 앞의 강물이 유유히 흐르는데 뒤의 건물은 벽이 되어 태양을 가리고 있었다. 왼쪽으로는 성산대교가 보이고 오른쪽으로는 관악산이 보였다. 들고 온 햄버거 세트를 가방에서 꺼내어 펼쳐 놓았다. 감자튀김을 먼저 몇 개 먹고 햄버거를 들었다. 햄버거가 너무 크다. 손으로 쪼개어 조금씩 입에 넣었다. 콜라도 마시고 오이 피클도 씹었다. 혼자 먹는 점심은 즐겁지가 않았다. 배고픔을 이기기 위해 먹고 또 먹었다. 위를 보니 구름에 구름이 겹쳐 파란 하늘이 보이질 않았다. 바로 옆에 만발한 꽃에 바람이 스쳐 가도 냄새가 없다. 이제 그녀는 혼자임을 느끼고 있었다. 자매간 의절하겠다고 공언한 그녀는 혼자라는 생각이 머릿속을 꽉 채우고 있다. 엄마에게 자신이 제일인 줄 알았었는데 엄마는 똑같다고 했다. 자신의 큰애도 작은애도 키워 놓으니까 제 세계관이 있다고 했다. 엄마도 나와 같이 그랬을까? 나 혼자였으면 이렇게 하지 않았을 것을⋯⋯. 언니가 두렵다. 오빠가 무섭다. 그녀는 허공에 떠 있는 한 마리 새가 되어 울고 싶었다. 그녀는 공중 화장실에서 화장을 다시 하고 여의도로 향했다. 배 변호사는 그녀를 20분 넘게 기다리고 있었다.

"이 교수님, 약속 시간이 지나서 전화할까 했습니다."

"변호사님 죄송해요. 바쁜 일이 있어서 늦었습니다."

그녀에게 외롭고 슬펐던 것이 바빴던 것이었나 보다.

"이것이 법원에서 받아들여진다면 금상첨화인데 설상가상이 될까? 걱정입니다."

변호사는 탁자 위에 서류철을 보며 말을 했다.

"변호사님 뭐가 문제되는 것이 있나요?"

"예, 있지요. 정리하고 보니 시간적으로 규명이 잘 안되는 것이 있습니다. 예를 들면 증여확인서와 첨부된 각종 영수증 그리고 피고인의 녹음, 이런 것이 시간적인 공백이 발생하고 있습니다."

"변호사님, 그럼 그런 공백을 매워 주면 되지 않을까요?"

이선빈은 이상한 말을 하고 있었다.

"이교수님, 시간적 차이인데 누가 그 공백을 매울 수 있단 말입니까?"

"변호사님, 어떻게 하든 이번 항소심을 이겨야 해요."

이선빈은 승소에 대한 생각 외에 다른 것에는 관심이 없었다.

"그래야죠. 교수님도 힘 내시고 그리고 간병인을 증인으로 세우는 것을 준비하고 있으니 간병인에게 미리 약속을 잡아 두도록 하세요."

"변호사님, 그 이야기 벌써 했고 실수가 없도록 교육도 시키고 있어요."

둘은 두 시간이 넘도록 항고 준비에 만전을 기하고 있었다.

이렇게 항소심 재판이 빨리 끝날 줄로 생각했던 공판 결과는 4개월이 지났는데도 원고 측 검사와 피고인 측 변호사 간의 공방으로 한겨울을 맞이하고 있었다.

이태종의 회사에서는 제43회 수출의 날 기념식에서 3천만 불 수출의 탑 수상 기념으로 만찬회가 성대하게 열리고 있었다. 이 자리에는 회사 임직원 전체와 외부 인사 50명도 같이 참석하고 있었다. 디너파티에 외부 인사 중에는 강상빈 변호사도 가슴에 꽃을 달고 귀빈석에 앉아 있는 보습이 보였다. 목동 사옥 2층 120평에 마련된 만찬회장은 250여 명의 사람들로 가득 차 있었다.

사회자는 귀빈의 소개를 모두 마치고 대표이사 이태종을 소개했다.

"다음은 우리 회사 설립자이며 현재 대표이사직을 맡고 계신 이태종 사장의 인사말씀이 있겠습니다."

이태종은 귀빈석 몇몇 사람들과 악수를 하고 연단에 섰다.

"어제 일기 예보에 의하면 아침부터 하루 종일 비 또는 눈이 온다고 했었는데 아침에 눈이 조금 내렸을 뿐 한겨울치고는 좋은 날씨를 보여 주고 있어 다행입니다. 먼저 어려운 걸음을 하여 주신 무역협회 회장님, 대한 상공회의소 회장님 그리고 귀빈 여러분께 감사를 올립니다. 그리고 회사를 위해 최선을 다하고 있는 임직원 여러분께도 이 자리를 빌려 감사의 말씀을 드립니다. 앞으로 저희 회사는 근무 시간을 한 시간 단축할 예정입니다. 오전 8시에 출근하여 오후 5시에 퇴근하는 계획안이 노사 간 합의가 잘된다면 내년 1월부터 시행하도록 하겠습니다. 이렇게 하기 위해서 점차적으로 20명의 임직원이 증원하여야 합니다. 급여는 1시간 줄인다고 해도 변동이 있을 수 없고 종전과 똑같을 것이라고 보면 됩니다. 아무튼 노사 간에 좋은 결실을 맺어 앞으로 5년 후 5천만 불 달성에 청신호가 켜지기를 바랍니다. 할 말은 많지만 정성껏 준비한 음식 앞에서 오랜 시간을 끄는 것은 예의가 아니라 생각되어 인사말을 여기서 이만 줄이겠습니다. 감사합니다."

박수 소리와 함께 "이태종, 이태종, 이태종······!" 연호하는 소리도 크게 들렸다.

이태종은 건배를 위해 단상 앞에 준비된 독수리 얼음 조각상 앞에 여러 귀빈들과 같이 샴페인 잔을 들고 있었다. 종친회 회장이 건배사에 이어 술잔을 들고 "5천만 불 수출 달성을 위하여."라고 하자 "위하여!"라는 화답과 동시에 큰 박수 소리가 울려 퍼졌다. 이태종은 건배가 끝나자 강상빈 변호사가 앉아 있는 바로 옆으로 식사 자리를 마련했다.

"이 사장, 축하해."

강상빈 변호사가 먼저 말했다.

"고마워. 강 변호사."

이태종은 앞에 있는 잔에 1/3 정도 와인을 채우고 강 변호사에게 권했다. 강 변호사 역시 와인 잔을 이태종에게 권하였다. 둘은 이런저런 이야기를 나누다가 자연스럽게 소송 이야기가 나왔다.

"어떻게, 우리 소송 건은 잘 진행되고 있는 건가?"

이태종이 묻는 말에 강 변호사가 대답했다.

"잘되고 있지요. 자네 여동생으로부터 입수한 녹음과 피고인의 진술서는 항고심을 위해 이미 검사에게 전달되었고 명의 환원 민사소송 역시 형사공판 1심을 참고로 하여 이미 서울 지방 법원에 제출해 놓고 있네. 상대방이 제기한 항소 공판 날짜는 빠르면 다음 달 중순에 잡힐 것 같고 민사는 아직 날짜를 예상할 수가 없으나 늦어도 다음 달 말 전에는 심의 일정을 알 수가 있을 걸세."

이태종은 와인 한 모금을 마시고 나서 치즈 한 조각을 들었다.

"그런데 강 변호사, 항소심도 1심과 같이 오래 끌 것 같은가?"

"반전이 될 만한 증거 제시가 없는 한 그리 오래 갈 것이라고는 생각 않네. 다만 걱정되는 건 피고인 측이 제시한 증여확인서가 조금은 걸리네. 다행히도 자네 동생이 녹음과 피고인 진술서를 검사가 갖고 있으니 재판 과정에서 잘 활용되리라 믿고 있네."

그때 상공회의소 부회장이 와인 병을 들고 와서 이태종 사장에게 와인을 권했다. 이태종은 두 손으로 잔을 내밀었다. 이태종은 그 와인 병을 받아들고 상공회의소 부회장에게 한 잔 올렸다. 이태종 사장은 식장을 돌아다니며 여러 사람들에게 와인을 권하며 담소를 나누었다. 1시간 정도가 지나자 외부 초청 인사들은 거의 다 가고 임직원들이 장기 자랑이 시작되었다. 이태종 사장도 총무 이사를 불러 나머지 일을 부탁하고 그 자리를 떠났다. 이태종은 옥상으로 올라갔다. 옥상은 평상시 그의 쉼터였다. 그가 힘들 때나 즐거울 때 그는 항상 이곳을 이용했다. 술기운에 얼굴이 달아올랐다. 북쪽에서 불어오는 매서운 바람이 차가웠다. 그는 남쪽으로 돌아서서 두 손을 모아 고개를 숙였다. 아버지와 할아버지 그리고 윗대 그 윗대 할아버지들에게 감사의 기도를 올렸다.

내일도 회사 임직원들에게 희망을! 그리고 가족의 안전을! 빌었다. 10여 분이 지나자 섭씨 영하 5도의 냉기는 얼굴도 몸도 차갑게 했다. 온실 문을 열고 들어가자 따뜻한 온기가 그의 온몸을 감싸 안았다. 온실 안에는 수백 종의 분재와 전국 각지에서 수집하여 온 수백 개의 수석이 제자리에 잘 정돈되어 있었다. 수석과 수석 사이사이로 열매 나무 분재에는 열매가 주렁주렁 열렸고, 꽃나무 분재에는 꽃이 아름답게 피었다. 크고 작은 소나무 분재가 이태종을 오늘도 반갑게 맞는 듯했다. 섭씨 20도의 온실 온도를 섭씨 25도에 맞추어 온풍기를 켰다. 온풍기 돌아가는 소리가 윙윙 소리 내며 이곳저곳에서 바람을 일으킨다. 그때 이태종의 핸드폰이 울렸다. 이태빈의 전화였다.

"누나, 서울에서 전화하는 겁니까?"

그는 이틀 전부터 누나의 전화를 기다리고 있었다.

"아니다. 여기 부산이다."

이태빈은 울고 있는 목소리였다.

"누나, 왜 울어요?"

"나, 고 서방 땜에 못살겠다."

"왜? 매형이 또 사고 쳤어요?"

"그런 게 아니고, 내가 서울 간 사이 노점상을 지키라 했더니 사흘 동안 비워 두는 바람에 다른 사람이 밀고 들어와 내 노점상을 먹어 버렸다."

"그 여편네 얼마나 독살스러운지 자갈치 바닥에서 소문난 여자다. 말로나 힘으로는 당할 수 없는 여편네다. 고 서방보고 책임지고 찾아오라고 했더니 어제 저녁에 나가서 아직도 안 들어왔다."

이태빈의 남편은 우유부단하고 한량기가 있는 사람이었다. 이태빈은 수년 전에 남편이 실직하고 살기가 힘들어지자 자갈치 시장에서 생선 손질하는 것부터 시작했었다. 그러나 처음 시작하는 일이라 남들처럼 돈벌이가 쉽지가 않았다. 딱하게 여기던 이웃이 가게를 차리고 나가면서 지금에 이곳을 비워 주자 그녀는 이곳 노점상에서 10년 넘게 일하면서 가족들의 생계를 책임지고 있었다.

"매형이 어디 갔는지 모르고 있어요?"

"모른다. 자기 말로는 상속 재산이 나오면 사업 구상을 하기 위해 사람들을 만나야 한다고 했다만 어디를 갔는지 나는 모른다."

"상속 이야기는 왜 합니까?"

"서울 정빈이 만나러 가는데 변명할 말이 없었다."

"그래도 매형에게는 비밀로 하는 게 좋을 뻔했어요. 그리고 확실히 소송에서 이긴다는 보장도 없어요."

"그렇지. 상속이 그렇게 쉬운 게 아니지?"

"글쎄, 대답하기가 어렵고요. 앞으로 매형에게 경제권 주면 안 됩니다."

"나도 그것은 안다. 그래도 남편을 무시할 수는 없다."

이태종은 더 이상 말하면 남의 가정 간섭으로 비칠까 말을 멈췄다.

"앞으로 그 노점 자리는 영영 못 찾는 겁니까?"

"그 여편네가 순순하게 돌려줄 것 같지가 않다."

"그럼 매형보고 앞으로 책임지라고 하세요."

"태종아, 그 말은 우리를 굶어 죽으라는 말과 같다. 고 서방은 돈이 있어야 무슨 일이든 하지 지금처럼 빈손으로는 아무것도 못 한다."

"그럼 왜 전화한 겁니까?"

"그래서 하는 말인데 5백만 원만 빌려줘라. 자갈치 상인회 사무실 찾아갔다 알았는데 자갈치 시장 왼편 구석에 세네 평 되는 자투리땅이 있는데 보증금 5백만에 월세가 5만 원이라고 하더라. 이것을 얻으면 천막도 칠 수가 있고 천막 앞에 긴 의자도 하나는 놓을 수가 있고 안에는 테이블 두 개에 의자 여덟 개를 놓을 수가 있다고 하더라. 요즘 태종이 너 사정이 어렵지?"

이태종은 누나에게 돈으로 도와준 적이 오래되었다. 전에는 누나가 요구하면 그때마다 도와주곤 했었다. 그런데 그 돈이 매형의 용돈으로 변질되어 다방 여자와의 사이에서 딸을 낳아서 데려왔다는 이야기를 듣고부터는 도움을 끊어 버렸었다. 누나와 전화 왕래가 다시 시작한 것은 이정빈이 서울에 온 이후부터였다.

"누나, 그 돈 제가 해 드릴게요. 단 조건이 하나 있어요."

조건이라는 말에 이태빈은 이자를 달라는 말로 생각했었다.

"큰돈인데 이자라면 나도 생각하고 있었다."

이태종은 웃으면서 말을 했다.

"이번에 계약할 때 매형 말고 누나 이름으로 계약서를 작성하라는 이야기입니다."

"나, 이태빈 이름으로 계약하라는 말이가?"

"예, 그래요. 누나 이름으로 계약서를 작성하세요."

"그렇게 하는 특별한 이유라도 있나?"

"예, 있지요. 누나 이름으로 계약하면 가게를 매형 마음대로 할 수가 없죠."

"그래. 태종이 네 말이 맞을 것 같다."

"돈은 내일 부칩니다."

"그래. 태종아 고맙다."

"누나, 그건 그렇고 정빈이 만난 거 어떻게 되었어요?"

"정빈이가 원하는 대로 정 지점장님 주시는 서류도 받아 오고 정 변호사님이 묻는 말에도 대답을 잘했다."

"변호사가 무엇을 물었는데요?"

"이태종의 지분이 얼마나 있었느냐? 사금자가 언제 이정빈에게 명의신탁했었느냐? 하여간 여러 가지 묻더라. 나는 일찍 결혼을 해서 부산에서 따로 살았기 때문에 그 집 재산에 관한 이야기는 잘 모르고 있어서 대답할 수 없다고 했다."

"정빈이는 뭐라고 했어요?"

"나는 증인으로 안 서도 된다고 하더라. 그리고 정빈이가 차비하라고 30만 원 주더라."

15. 장례식

다음 날 새벽 3시에 사금자의 병실에서 큰일이 일어났다. 사금자가 죽어 있었다. 죽어 있는 그녀를 처음 본 사람은 간병인이었다. 간병인은 어젯밤 11시에 사금자를 잠재워 놓고 10여 분까지 지켜보다가 곤히 잠든 그녀를 확인하고, 병원으로부터 걸어서 20분 거리에 있는 중국 조선족 친구가 일하는 양로원에 갔었다. 그녀의 딸이 조선족 친구 인편으로 보낸 편지와 물품을 수령하기 위해서 갔었던 것이다. 그 조선족 친구도 간병인 일을 하고 있는데 열흘간 휴가를 얻고 중국 심양에 갔다가 어제 서울에 도착했다는 전화가 왔다. 양로원 응접실에서 그 친구가 이야기하는 딸의 소식과 고향 소식을 듣다가 새벽 3시에 병실로 돌아와 보니 사금자의 코에 끼고 있던 호흡기가 빠져 있었고 그녀는 죽어 있었다. 간병인은 즉시 간호사에게 연락했고, 간호사는 당직 의사와 몇몇 사람과 같이 병실로 달려왔다. 그들은 사금자의 가슴에 기계를 올려놓고 인공 호흡을 여러 번 반복했다. 그러나 인공 호흡 시도는 소용이 없었다.

"사망 시간은 한 시간 전 새벽 두 시경입니다."

의사는 침대 옆에 떨어져 있는 인공호흡기를 주워들었다.

"이것이 왜 빠져 있지요?"

"왜 빠졌는지 모르겠어요."

간병인은 몹시 당황했다. 그녀는 중증환자인 사금자의 곁을 지켜야 하는데 근 네 시간 동안 병실을 비워 놓고 친구를 만나고 있었던 것이다. 간병인은 의사에게 병실을 비워 두었다는 말은 하지 않았다. 의사는 먼저 나가자 간호사와 간병인이 사금자의 침대를 밖으로 빼냈다. 죽은 사람은 살아 있는 다른 환자와 병실에 같이 있으면 안 된다고 간호사가 말했다. 간호사도 가족들에게 사망 소식을 알리라고 해 놓고 가 버렸다. 간병인은 이선빈과 이정빈 그리고 자영이 엄마에게 전화로 사망 소식을 알렸다.

병원에 제일 먼저 도착한 사람은 자영이 엄마였다. 89세의 노파인 그녀가 병원에 도착한 시간은 새벽 4시가 조금 지난 시간이었다. 평소 같았으면 딸과 같이 왔었을 텐데 그녀의 딸 자영이는 대구에 강의가 있어서 가고 서울에 없었다. 자영이 엄마는 사금자가 입원하고 있었던 병실부터 찾았다. 거기에는 사금자와 병실을 같이 쓰던 중환자만 누워 있었고 사금자는 없었다. 사금자의 침대는 맞은편 복도 한 구석에 방치되어 있었다. 사금자는 그녀가 사용하던 침대보 하얀 천에 덮여 천정을 향해 누워 있었다. 자영이 엄마는 침대보를 들추고 사금자의 얼굴을 확인했다. 사금자는 눈을 뜨고 죽어 있었다. 사금자의 눈은 자영이 엄마를 보는 것 같았다. 사금자의 눈을 자세히 보니 얇은 막이 씌워져 있는 듯했다. 그녀가 왼손으로 사금자의 눈을 쓸어내렸으나 사금자의 눈은 감기지가 않았다. 자영이 엄마는 통곡을 하기 시작했다.

"어찌하나, 이걸 어찌 할꼬. 금자야 눈 감아라! 아이고 아이고 불쌍해서 어찌하나. 아이고 아이고 이렇게 될 걸 그 고생을 했나? 금자야 금자야, 나도 같이 데려가라!"

자영이 엄마는 가슴에 포개어 얹혀 있는 사금자의 두 손을 만졌다. 그리고 가슴을 열고 사금자의 심장을 눌렀다. 심장은 뛰지 않았으나 얼음처럼 차지는 않았다. 미지근한 온기가 남아 있었다. 자영이 엄마는 두 손으로 사금자의 두 눈을 지긋이 누르고 쓸어내렸다. 몇 번을 그렇게 반복하자 사금자의 눈이 감겼다. 자영이 엄마는 하얀 침대보로 사금자의 가슴과 얼굴을 덮어 주었다. 그녀가 한참을 울고 있을 때 사금자의 간병인이 그녀의 뒤에서 같이 울고 있었다. 간병인의 손에는 큰 옷 가방이 쥐어져 있었다.

"아줌마, 어떻게 해요?"

"어떻게 하긴, 금자는 내가 지킨다."

"시신은 아침 7시에 담당 의사 확인 후에 시체실로 간다고 했어요."

"아이고 아이고 금자가 죽었나, 죽었어. 이걸 어찌해."

자영이 엄마도 곧 쓰러질 것만 같았다.

"아줌마, 선빈 교수님과 정빈 교수님께 할머니 사망 소식을 알렸어요."

"그래 잘했다. 잘했어."

간병인은 자영이 엄마에게 인사하고 가방을 끌고 밖으로 나갔다. 그녀가 나가자 복도 한 구석엔 자영이 엄마 혼자 서럽게 울고 있었다. 아침 7시가 되자 담당 의사가 간호사와 함께 복도 끝에서 사금자의 시신이 있는 쪽을 향해 걸어오고 있었다. 그때까지 자영이 엄마는 사금자의 곁을 지키고 있었다. 의사는 검안을 하고 당직 의사가 기록해 놓은 일지를 보면서 말했다.

"간호사, 환자는 폐렴 증세가 있어서 가래 제거를 위해 거담제를 복용케 했고 저산소중 치료를 위해 산소 호흡기를 사용하도록 했는데 산소 호흡기를 누가 제거한 겁니까?"

의사의 물음에 간호사가 대답했다.

"간병인의 말에 의하면 호흡기가 침대 밑으로 떨어져 있어서 환자의 숨소리를 확인하였더니 죽어 있었다고 했습니다."

의사는 간호사에게 되물었다.

"그러면 산소 호흡기를 누가 제거하였다는 것인데 간호사, 어떻게 생각하세요?"

"선생님, 저도 간병인에게 세 번이나 확인하였는데 간병인도 모른다고 했습니다."

의사는 뭔가를 일지에 메모하고 있었다.

"알았어요. 그런데 저 할머니는 누구입니까?"

의사는 자영이 엄마를 가리키며 하는 말이었다.

"사금자 할머님과 친구이며 의자매지간이라고 했습니다."

간호사는 자영이 엄마를 잘 알고 있었다.

"직계가족은 보이지가 않네요."

"간병인과 병원에서 연락을 했다는데 아직까지 가족들이 오지 않았어요."

의사는 복잡한 집안이며 가족 간에 소송 중이라는 것도 알고 있었다.

"간호사, 시체실 직원에게 연락하여 시신을 거기에 임시 안치하도록 하세요."

간호사가 의사에게 물었다.

"시신을 영안실 안치실로 가지 않고 시체실 냉동고로 보냅니까?"

의사가 대답했다.

"직계가족이 영안실과 계약할 때까지 그렇게 하라는 말입니다."

"예, 선생님. 그렇게 하겠습니다."

의사는 이태수의 후배로 그가 모친의 죽음에 의심할 수 있다고 생각하고 있었던 것이다.

"할머님, 얼굴색이 좋지 않습니다. 어디 가서 좀 쉬셔야겠습니다."

의사는 자영이 엄마에게 한마디 하고는 그곳을 떠났다.

잠시 후 건장한 체구의 중년 남성이 간호사로부터 시신을 인도 받고 침대 전용 승강기로 사금자의 시신을 밀어 넣었다. 시체실은 별관 건물 지하 3층에 있었다. 시체실 앞은 고요하고 쓸쓸함이 느껴질 정도로 조용했다.

"할머님, 안에는 들어갈 수가 없으니 여기에서 망자와 이별하세요."

그녀는 사금자의 머리까지 덮고 있던 하얀 천을 가슴까지 내리고 두 손으로 사금자의 얼굴을 만졌다. 두 눈을 감고 있는 사금자의 얼굴은 차가웠다. 이번엔 가슴 위에 올려놓은 사금자의 두 손을 만졌다. 두 손도 역시 차가웠다. 시체실 자동문이 열리며 망자의 침대가 안으로 감추었다. 자영이 엄마가 한 번 크게 울고는 동시에 그 자리에 쓰러졌다. 마침 그 옆을 지나던 환자복 차림의 남자가 목격하고 달려왔다. 그녀는 입에 거품을 문 채 얕은 숨만 가늘게 쉬고 있었다. 환자복 입은 남자는 일으키는 것을 포기하고 응급실로 연락했다. 그녀는 일시적으로 실신했었던 것이다. 병원 직원들에 의해 자영이 엄마는 응급실로 옮겨졌다. 그녀는 응급 치료를 받고 의식은 돌아왔으나 몸이 움직이지 않았다. 쓰러지면서 머리와 목 부위에 충격으로 인해 침대에 묶여 있었다.

그녀는 그곳에서 응급 치료와 수액을 맞으며 오전을 보내고 있었다. 정오 무렵 자영이 엄마가 기다리던 딸은 오지 않고 이선빈이 나타났다. 이선빈은 간호사로부터 상황 설명을 듣고 찾아온 것이다.

"급한 일이 있어서 지금 왔어요."

아침 새벽에 그녀는 배상호 변호사에게 전화로 모친의 사망 소식을 알렸다. 그리고 배 변호사를 만났다. 그 자리에서 배 변호사는 앞으로의 계획을 이렇게 말했다.

"항소 건은 피고인이 사망으로 공소기각 사유가 발생한 것입니다. 결국 항소 건은 피고인의 사망으로 중단됩니다. 그러나 민사소송은 사금자의 위임을 받고 상속권이 있는 이정빈이 소장을 제출했으니 이 소송은 앞으로 계속됩니다. 그래서 말씀인데 간병인의 증언이 대단히 중요해졌습니다. 간병인을 만나 증언할 수 있도록 교수님이 특별한 관리가 있어야 합니다."

자영이 엄마는 이선빈을 바라보며 힘들게 말했다.

"죽은 엄마를 보는 것보다 더 급한 일이 있었나?"

이선빈은 자영이 엄마의 말에 응대하지 않았다.

"간병인 아줌마 어디 있어요?"

이선빈은 수십 번 전화를 했었는데 간병인은 전화기를 꺼놓고 있었다.

이선빈은 자영이 엄마에게 재차 물었다.

"아줌마, 간병인 아줌마 어디 있어요."

"나는 모른다."

이선빈이 약간 큰 목소리로 자영이 엄마의 귀에 대고 말했다.

"아줌마, 간병인하고 새벽까지 같이 있었잖아요?"

자영이 엄마는 힘들게 대답했다.

"큰 옷 가방 끌고 나간 후로 나는 모른다."

"어디로 간다고 했어요?"

"그런 말 해 주지 않았다."

자영이 엄마는 고문을 당하는 느낌이었다.

"선빈이 너 엄마는 보고 왔나?"

이선빈은 대답하지 않고 자기 말만 했다.

"아줌마 큰 가방을 끌고 나갔다 했죠?"

"그래, 큰 옷 가방이었다."

이선빈은 자영이 엄마의 말에 집히는 게 있는 듯 간다 온다는 말도 없이 그곳을 빠져나갔다. 그녀는 변호사가 했던 말을 되새기며 그녀의 자동차로 어디론가 가고 있었다. 그녀의 머릿속은 항소 건은 끝난 것이고 더 중요한 민사소송만 이기면 된다는 생각뿐이었다.

자영이가 병원에 도착한 시각은 오후 정각 2시였다. 그녀의 엄마는 그때까지 응급실에서 수액을 꼽고 있었다. 자영이는 엄마를 보는 순간 자신도 모르게 울음부터 나왔다. 간호사가 생명에는 지장이 없다고 의사가 얘기했다는 말을 듣고 그제야 울음을 멈추었다. 자영이는 간호사가 넘겨주는 서류에 사인을 하고 영상실에서 CT 촬영과 채혈과 심전도 검사를 하는 동안 엄마를 따라다녔다. 자영이 엄마의 CT 촬영 결과와 채혈, 심전도검사 결과는 오후 늦게 나왔다. 수술복을 입고 있던 의사가 머리는 약간의 외상으로 좌측 중간 부위가 부어 있었으나 이틀 정도만 지나면 가라앉을 것이라 했고 머리와 목은 괜찮다고 자세하게 설명해 주었다. 다만 심전도 검사 결과 부정맥이 발견되었고 기립성 저혈압이 있어서 환자를 하루만 더 입원시켜서 지켜보자고 했다. 자영이는 의사의 말에 그렇게 하겠다고 대답하며 고개를 여러 번 숙이며 고맙다는 인사를 했다.

그날 밤 늦게 자영이는 사금자의 시체가 보관된 시체실로 내려갔다. 시체실을 지키고 있던 직원이 직계가족이 아니면 냉동실에 들어 있는 사체를 볼 수가 없다고 했다. 그날 밤 늦게까지 직계가족은 어느 누구도 볼 수가 없었다. 자영이가 생각하는 엄마와 그들이 생각하는 엄마는 다른 것일까? 사금자가 죽고 사흘 째 되던 날 저녁때가 다 되어서 사금자의 의붓딸 이태빈과 그녀의 남편 고길남이 병원 건물로 들어서고 있었다. 밤 11시가 다 되어서 이선빈이 시체실 앞에 나타났다.

"아이고 힘들어. 선빈이 어디 갔다가 지금 오는 거고?"

이태빈의 얼굴엔 기다리다 지친 표정이 역력했다.

"언니 미안해. 바쁜 일이 있어서 늦었어요. 엄마 보았어요?"

"아니다. 직계가족 증명이 있어야 보여 줄 수 있다고 하더라."

"언니, 형부, 잠깐만 여기서 기다리세요?"

이선빈은 종종 걸음으로 본관 건물로 향했다. 그리고 10분 후에 간호사와 함께 왔다. 그제야 시체실 문이 열리고 냉동실에서 이틀 밤을 넘긴 망자의 사체가 끌려 나왔다. 시체실 직원이 사체에 덮혀 있던 하얀 천을 아래로 내리자 두 눈을 감고 있는 사금자의 얼굴이 보였다.

"영안실로 시신을 옮기실 겁니까?"

사체실 직원의 사무적인 말이었다.

"예? 엄마를 어디로 옮겨요?"

이선빈은 무슨 뜻인지 몰라 그렇게 물었다.

"이곳은 연고자가 없는 사체를 보관하는 곳입니다. 어머니를 확인하였으니 영안실 안치실로 옮기실 거냐고요?"

그때 이태빈 남편이 나섰다.

"예. 옮길 겁니다."

"그러시면 영안실 사무소에 가서서 계약부터 하시고 다시 오세요."

"예, 그렇게 하겠습니다."

사금자의 사체는 다시 냉동고로 밀려 들어갔다. 셋은 영안실 사무소에 앉아 있었다.

"식장은 어떤 것으로 하시겠습니까? 여기 견적서가 있습니다."

장례식장 크기부터 정하라는 이야기였다. 이선빈이 먼저 말했다.

"이걸로 해 주세요."

"제일 작은 룸으로 하시려고요?"

그때 이태빈이 나섰다.

"안 돼요. 제일 큰 걸로 주세요."

영안실 직원이 이선빈과 이태빈을 번갈아 보며 말을 했다.

"문상객을 몇 명으로 잡고 있습니까?"

이태빈이 먼저 대답했다.

"800명에서 900명 정도가 됩니다."

"그러시면 특대로 쓰셔야 합니다. 특대면 지금 비어 있습니다."

직원 말이 끝나자마자 이선빈이 제동을 걸었다.

"언니, 우리가 어떻게 900명 손님이 있어요? 친인척 모두 해 봐야 50명 정도인데. 아니 그보다 적을 수도 있어요."

"친인척만 오겠나. 태종이 손님만 해도 800명이 된다고 하더라."

"언니, 왜 그래. 태종이 오빠가 그렇게 하라고 했어요?"

"태종이보고 만상제 노릇을 하라고 했더니 자기 손님만도 800명이 넘는다고 하더라."

"언니, 태수 오빠와 정빈 언니가 있는데 왜 태종이 오빠가 만상제 역할을 해야 해요?"

"그럼, 그런 법도 모르고 내게 전화하여 엄마의 장례식을 부탁했던 거냐? 선빈이 너, 너희와 우리를 구분 지어 말하는 건 아니겠지?"

앞에 앉아서 듣고 있던 영안실 직원이 한마디 했다.

"죄송합니다. 두 분이 상의하여 결정을 나시면 그때 저를 불러 주세요."

영안실 직원은 그 자리를 피해 밖으로 나갔다. 선빈과 태빈은 식장 크기를 놓고 서로 간의 이견으로 시간만 길게 끌고 있었다.

"언니, 나는 친인척들만 모셔서 조용히 장례식을 치르고 싶어요."

"너는 어머니의 이승에서의 마지막 의식을 조용히 치르고 싶다고 하는데 나는 반대다. 나는 사금자 어머니가 우리 이씨 집에 처음 오던 날을 할머니한테 들어서 기억하는데, 그때 사금자 어머니는 갓난이 태수를 업고 있었는데 여섯 살 난 내가 보기에도 초라했는지 내가 먼저 손을 내밀러 사금자 어머니의 손을 잡았다고 하더라. 지금도 그렇다. 그렇게 들어오신 분이 마지막 가는 길 역시 초라하고 불쌍하게 눈을 감았다. 우리는 아무도 사금자 어머니의 임종을 지켜보지 못했다. 어머니가 병들고 나서 너와 정빈이 때문에 어머니가 얼마나 힘들었는지 나는 알고 있다. 너희들이 그만큼 어머니를 편안하게 못해 주었다는 이야기다. 그런데 마지막 저승 가는 길도 초라하게 치르고 싶다는 것은 너만이 생각했지 죽은 사람은 안중에도 없다는 얘기다. 절대로 그렇게 하면 안 된다. 사금자 어머니는 너희들 셋을 위해 정성을 다해 훌륭한 사람으로 키웠는데 이까짓 장례식장 하나 놓고 옹색한 흥정을 하자는 것이냐? 사금자 어머니의 인생은 너희들이 전부였다. 그런 분에게 마지막 가는 길에 한을 남게 해서는 안 된다. 너희가 생각을 다시 하여 새로운 생각을 가지고 어머니를 모셔야 한다. 그래야 나도 태종이도 마지막 가시는 길에 최선을 다할 것이다. 어떻게 하냐는 네가 결정해야 한다. 내 생각은 이것이 끝이다."

이태빈은 자신의 뜻이 이선빈이 받아들이지 않는다면 부산으로 내려갈 생각도 하고 있었다. 이선빈은 오른손으로 머리를 받치고 한참을 그렇게 있었다. 이선빈은 장례식을 이태종 큰오빠가 주관하에 크게 치를 것인가 아니면 간단하고 조용히 치를 것인가 고민에 고민을 거듭하고 있었다. 이선빈은 생각했다. 정빈 언니와 태수 오빠는 어떻게 하고 싶을까? 이선빈은 의외로 생각을 빨리 굳힐 수가 있었다.

"언니, 태빈 언니 생각대로 해요. 이 집안 장자는 태종이 오빠이니까. 언니가 생각한 대로 하는 것이 좋겠어요. 우리 그 사람 불러서 특실로 계약해요. 언니?"

이태빈은 그때서야 이선빈을 향해 돌아앉았다.

"그래. 잘 생각했다. 그렇게 해야 한다."

모든 이야기를 듣기만 하고 있던 이태빈의 남편이 영안실 직원에게 연락을 했다.

"상제님들, 결정은 하셨습니까?"

이선빈이 대답했다.

"예. 특대로 해 주세요."

사금자가 죽고 나흘째 되던 날 오후 늦게 이태종이 그의 부인과 함께 빈소에 나타나 헌화와 분향을 하고 있는 중이었다. 제단에는 황국 두 줄로 사각 테두리를 했고 가운데 전체를 하얀 국화로 장식하여 넓고 큰 제단이 빈소를 성스럽고 웅장하게 만들어 놓고 있었다. 제단 가운데는 사금자의 영정사진이 놓여 있었다. 40대로 보이는 영정사진은 옥색 치마와 저고리를 입고 있었으며 머리 가르마를 양쪽으로 곱게 빗어 넘긴 사금자의 모습이었다. 그녀의 젊었을 때 아름다운 미모와 우아한 자태는 미의 여신을 보는 듯했다. 이태종의 부인 김세화가 뒤로 물러서며 남편에게 한마디 했다.

"시어머님 정말로 절세미인이셨네요."

이태종은 아내의 말에 겉으로는 말할 수는 없었지만 속으로는 이렇게 말하고 있었다.

'그러니까 아버님이 조강지처를 두고도 바람을 피웠겠지.'

태종 뒤로 돌아서서 너다섯 발자국을 떼었을 때 선자영이 그 앞에 서 있었다.

"태종 오빠, 안녕하세요?"

"어어 자영아, 언제 왔어?"

"며칠 되었어요. 엄마가 저기에서 태종 오빠를 기다리고 있어요."

가리키는 쪽에 그녀의 엄마가 휠체어에 앉아서 태종을 바라보고 있었다.

"아주머니 안녕하셨어요. 근데 왜 이래요?"

자영이 엄마는 링거를 꼽고 있었다.

"어쩌나, 많이 아프신 것 같은데."

이태종은 자영이 엄마를 바라보며 하는 말이었다.

"괜찮다. 넘어져서 잠깐 정신을 잃었었다. 내일이면 퇴원한다."

자영이 엄마가 이태종의 손을 잡고 있었다.

"아이구, 더 크게 다치지 않은 것이 천만다행입니다."

"이 사장이 참배하려 온다고 해서 기다리고 있었네."

그녀는 이태종의 손을 놓지 않고 계속 잡고 있었다.

"아주머니, 미안해요. 자주 찾아 뵈었어야 했는데, 정말로 죄송해요."

"아니다. 많은 식구들 책임지다 보면 정신 없이 바쁠 텐데 이렇게 보는 것만으로도 나는 좋다. 회사는 잘되나?"

"예. 덕분에 많이 발전하고 있습니다."

"그래. 그 말 들으니 참말로 좋다."

"아주머니, 항상 걱정하여 주셔서 늘 고맙게 생각하고 있습니다."

"걱정은 무슨? 태종이 자네가 워낙 잘하는데. 나는 태종이 네가 하는 일이라면 안심이다. 오늘도 금자를 위해 이렇게 큰 빈소를 마련하고 자네가 주관을 하여 장례를 치러 준다니 얼마나 고마운지 모르겠다. 자네는 복 많이 받을 것이다."

자영이 엄마는 그동안 사금자와 이태종 간의 불편한 관계를 잘 알고 있다. 그리고 그들의 관계가 쉽게 고칠 수도 없다는 것도 그녀는 잘 알고 있다. 그런데도 그녀의 귀하게 여기는 사금자의 마지막 길을 이태종이 성대하게 치러 주고 있는 것이다. 태종의 아내 김세화는 두 사람의 이야기를 들으며 자영이의 손을 꼭 잡고 있었다.

넷이 이야기를 나누는 동안 맞은 편에서 갑자기 다투는 소리가 들렸다. 빈소 입구 왼쪽에서 이태빈과 이선빈이 장례 절차에 이견이 있는 것 같았다.

"내일 아침 일찍 입관식을 해야 해요."

이선빈이 큰 소리로 하는 말이었다.

"안 된다. 태수가 오거든 입관식을 치르라고 정빈이가 전화했었다. 기다리는 김에 이틀만 더 기다리자."

263

이선빈의 주장에 이태빈이 대응하는 말이었다.

"언니, 생각해 보세요. 내일이면 수백 명의 문상객이 몰려올 텐데 엄마를 저렇게 내버려 두고 문상을 받을 수가 있어요? 입관식이 끝나야 우리도 상복을 입는 거 아닌가요?"

이태빈은 이선빈의 주장에 대답을 못 하고 주춤했다. 옆에 같이 앉아 있던 이태빈의 남편 한마디 거들었다.

"처제, 처제 말이 옳은데 정빈 처제, 태수 처남이 오늘 아침에 서울로 출발했다고 하니까 하루만 더 기다렸다가 하는 것을 장모님도 바라고 있을 거예요. 그러니 선빈 처제 하루만 더 기다렸다 내일 점심 지나 입관식을 갖도록 합시다."

"형부, 형부는 내 말이 옳다고 하면서 내일 점심 지나 입관식을 하자는 것은 정빈 언니나 태수 오빠가 있어야 입관식을 할 수 있다는 거죠? 그런데 태수 오빠는 그런 걸 모르는 사람입니다."

소리가 크게 들리자 이태종과 자영이 엄마도 합세했다.

"막내야, 왜 이리 목소리가 커. 조용히 해도 될 이야기를 목소리 높이면 어떻게 해. 그리고 태수하고 정빈이가 입관식을 보겠다는데 하루 늦게 하는 게 뭐 그리 큰 문제라고 목소리를 높여?"

이태종이 이선빈을 보고 타이르는 말에 자영이 엄마도 이선빈의 말을 참고 듣고만 있다가 자신의 생각을 선빈에게 일갈했다.

"너, 선빈이 그러면 안 된다. 태수가 엄마에게 어떤 아들이고? 태수는 너의 엄마의 전부다. 그런 아들이 입관식을 지켜보겠다는데 뭣이 어쩌고저쩌고? 그 입 그만 나불거리고 태종이 오빠가 하자는 대로 내일 낮에 모든 가족이 보는 앞에서 입관식을 하도록 해."

자영이 엄마는 자신의 몸은 비록 불편했지만 사금자를 위한 지극한 정성은 끝이 없었다.

이선빈도 이에 질세라 맞대응하고 나섰다.

"아줌마, 아줌마가 우리 가족이에요? 우리 식구도 아니잖아? 우리 집안일에 삼자는 빠지세요. 어디서 감 놔라 배 놔라 간섭이야. 늙은 사람이 분수를 지켜야지."

엄마의 링거를 잡고 있던 자영이가 화가 단단히 났다.

"너 선빈이 우리 엄마한테 그렇게밖에 말 못 해? 우리 엄마는 너희 엄마와 친구이자 언니야. 그런데 늙은 사람이 분수를 지키라고? 너 이곳 여러 사람이 있는 곳에서 망신 한번 나한테 당해 볼래?"

순하게 보이는 자영이가 성나니 무서웠다. 이태종이 두 사람 사이에서 한마디 하려 하자 옆에 있던 이태종의 아내 김세화가 이태종을 잡아당겼다. 이 상황을 처음부터 안타깝게 지켜보던 장례지도사가 나섰다.

"유족님들 제가 나설 일은 아니지만 도움이 될 것 같아서 한말씀 드리겠습니다."

갑자기 모두가 조용해졌다.

"우선 저희가 행하는 입관식 절차부터 간단히 사전에 말씀드리도록 하겠습니다. 장례 절차 중에서 가장 중요 절차가 입관식입니다. 입관식은 자식들이 포함한 모든 유족들이 지켜보는 가운데 한 시간 정도 진행되는데 이번 고인의 경우 이태종 맏상제께서 모든 절차를 생략하지 말고 옛 풍습 그대로 지켜달라고 하여서 저를 포함한 장례지도사 두 명과 보조원 한 명이 한 시간 반에서 두 시간 정도 수시를 하고 염습과 입관을 동시에 진행할 것이며, 그리고 수시와 염습 절차를 우리가 어떻게 진행할 것인지 말씀드리자면 우선 굳어지면서 뒤틀린 망자의 몸을 반듯하게 해 드리고 깨끗이 몸을 닦은 후 입과 코 그리고 귀를 막고 깨끗한 옷으로 입혀 드리는 수시과정이 진행될 것이고 수시가 끝나면 소렴과 대렴으로 구분하는 염습이 있습니다. 소렴은 고인을 옷과 이불로 싸서 묶어서 관에 모실 수 있도록 하는 절차이고 대렴은 소렴한 고인을 관에 입관하는 절차입니다. 그리고 고인을 입관하여 관 속에 안치한 후 뚜껑을 덮기 전에 유족들과 친지들이 모여서 마지막 종교 의식을 갖게 해 드릴 것입니다. 그리고 나서 고인이 관에서 움직이지 않도록 보강하고 관 뚜껑을 덮을 예정입니다. 유족님들 지금부터 제가 하는 말을 잘 들으세요. 소렴 시 고인의 화장한 얼굴을 가리지 않고 관에 입관한 후에도 고인을 보지 못한 유족을 위해서 뚜껑을 임시로 덮겠습니다. 다시 말씀드리면 모든 입관 절차를 끝내고 관 뚜껑을 임시로 덮겠다는 말씀입니다. 그리고 발인 전에 관 뚜껑을 덮으면 됩니다. 이렇게 저희가 입관식을 진행하면 유족들 간에 이견이 없을 것이라고 생각이 되어서 한 말씀드렸습니다."

장례지도사가 말하는 동안 모든 사람이 숙연한 마음을 갖게 했다. 아무도 장례지도사의 말에 토를 달지 않았는데 이선빈이 한마디 했다.

"모든 절차를 끝내면 엄마를 어떻게 할 겁니까? 저는 화장하는 것이 깨끗해서 좋은데."

자영이 엄마가 느닷없이 나서서 한마디 했다.

"그건 안 된다. 너희 엄마가 너희 아버지 곁에 매장하여 달라고 했다."

"예. 저희는 유족들이 원하는 대로 따르고 있습니다. 그런데 이태종 만상제께서 문중 선산에 매장을 원했습니다."

그때 이태종이 이선빈을 바라보며 조용히 말했다.

"선빈아. 우리 집안은 문중 선산이 있어서 대대로 그렇게 매장을 하고 있다. 화장을 택한다면 문중 선산으로 갈 수가 없다. 태수와 정빈이가 화장과 매장 중 어떤 방식을 택할지 모르겠지만 내 생각은 매장으로 하는 게 좋겠다."

이선빈은 이태종의 말에 반대하지 못했다. 그러나 가급적 빨리 끝냈으면 하는 생각뿐이었다. 반면에 이태종은 미국에서 오고 있는 이태수와 이정빈 모두가 같이 장례식을 성대하게 치르기를 바라고 있었다. 이선빈을 제외한 나머지 사람들은 이태수와 이정빈이 내일 아침까지 이곳에 꼭 도착하기만을 기다리고 있었다.

다음 날 낮 12시 조금 지나서 입관식은 순조롭게 끝났고 이태종을 비롯하여 모든 유족이 상복을 입고 조문객을 맞을 준비를 하고 있었다. 오후 2시가 지나자 친인척 조문객이 한꺼번에 몰리기 시작했다. 50평이 남짓해 보이는 장례식장이 친인척들로 거의 차 버렸다. 이태빈과 이선빈이 계산했던 친인척 수가 3배가 넘을 것 같았다. 오후 4시가 넘자 200여 명이 넘는 문상객들이 한꺼번에 몰려들어 복도에 열 지어 서 있었다. 식장 측에 급히 부탁하여 옆 특실을 얻고 칸막이를 트고 새로 밀려드는 문상객을 맞이했다. 시간이 갈수록 문상객은 더 늘어났다.

오후 다섯 시가 되자 여행가방을 끌고 이태수와 이정빈이 장례식장에 나타났다. 결국 태수와 정빈은 엄마의 입관식을 보지 못했다. 그 둘은 많은 문상객들을 보고 놀라고 있었다. 이태빈과 고 서방이 이태수와 이정빈을 맞아들였다.

"언니, 문상객이 왜 이렇게 많아요?"

"거의 태종의 손님들이다. 내일까지 700명이 더 올 것으로 예상하고 있다."

말 그대로 성대한 장례식을 치르고 있었다. 이태빈은 이정빈과 이태수가 잡고 있던 여행가방을 작은방에 보관하고 그들에게 상복으로 갈아입을 것을 권했다. 이정빈은 이태빈이 주는 상복을 받아들고 탈의실로 갔으나 이태수는 고 서방이 건네주는 상복을 거절했다.

"매형, 장례식을 중단시키세요."

이태수의 청천벽력 같은 소리에 고 서방은 놀라서 말문이 막혔다. 이 상황을 지켜보던 이태빈이 한마디 하려고 하자 상복으로 갈아입고 탈의실에서 나오던 이정빈이 언니인 이태빈의 손을 끌어당겼다.

"언니, 놔두세요. 태수 오빠가 크게 노해 있어요."

"이건 살인 행위야. 죽여 놓고 장례식이야. 불쌍한 엄마를 누가 죽였어? 이 안에 살인자가 웃고 있어요."

이태수의 화가 난 소리는 주위 사람들도 들을 수 있을 정도의 큰 소리였다. 고 서방이 이태수의 행동을 자제시키려 하자 그는 밖으로 나가 버렸다. 이태종에게도 곧 이태수의 이러한 돌발 행동이 전해졌다. 이태종은 이태수의 행위에 대해 화내거나 기분 나빠 하지 않았다. 다만 문상객들에게 가족끼리 다투는 모습을 보여 주고 싶지는 않았다. 이태종은 동생 이태수를 빨리 만나야 좋을 것 같다는 생각을 하고 있었다. 그러나 조문객들은 점점 더 많아져 복도 끝까지 열 지어 서 있었다. 밖으로 뛰쳐나간 이태수는 휴게실에서 김도균 변호사를 만나고 있었다. 그는 미국에서 한국행 비행기를 타기 전에 김도균 변호사에게 어머니의 의문사를 알렸고 병원 담당 의사를 만나 자초지종을 부탁했다. 병원 담당 의사는 중고등학교와 대학까지 후배라는 것까지 말해 주었다.

"조금 전에 탈의실 앞에서 난동 부리는 것을 보았는데 그건 아니다."

김도균 변호사는 아직까지 화가 나 있는 이태수에게 점잖게 한마디 했다.

"그건 난동이 아니고 모든 사람들이 알아야 한다고 소리친 거다."

이태수는 자신의 행위에 대해 친구로부터 옳다는 역성을 듣고 싶었다.

"글쎄. 너는 그렇게 생각해서 그런 행동을 했겠지만 내가 보기엔 그건 난동이었다. 아무리 화가 치밀어도 참아야지. 조문객들은 어머니의 빈소에 예를 드리고 유족들을 보려고 왔는데 성스런 장례식이 되도록 해야지 친아들인 네가 방해하면 안 되는 거 아냐?"

친구의 차분하고 성의 있는 말에 이태수는 눈을 감고 있었다. 김도균 변호사가 말한 대로 어머니는 이미 서거하셨다. 중고등학교 시절 김도균은 사금자 어머니를 자신의 어머니처럼 좋아했었다. 그럴 만한 이유가 있었다. 김도균이 어머니는 그가 열살 때 동생을 분만하다가 돌아가셨다. 이런 사실을 사금자도 아들 이태수로부터 들어서 알게 되었다. 사금자는 그때부터 김도균을 아들처럼 생각하며 이태수와 가깝게 지내도록 했었다. 이태수는 친구 김도균이 조심스럽게 하는 말을 받아들이고 있었다.

　"태수야, 눈뜨고 나를 좀 봐."

　김도균 변호사는 울고 있었다. 그는 흐르는 눈물을 닦지 않고 이태수에게 하고 싶은 말을 계속했다.

　"너는 어쩌면 그렇게 독하냐? 어머니가 사망하고 분향소가 마련되어 있는데 우선은 꿇어앉아서 기도부터 먼저하고 그다음에 나를 만나 어머니의 사인을 알아보는 것이 순서가 아냐? 나는 무릎을 꿇고 어머님께 기도를 드리고 영전사진과 양옆에 놓인 어머니의 옛날 사진들을 보는 순간 온몸을 흔들며 나오는 울음을 참을 수 없더라."

　이태수는 친구의 주먹에 한 대 맞는 느낌이었다. 그때 이태종이 상복을 입고 이들 앞에 나타났다. 김도균 변호사는 먼저 일어서서 이태종을 향해 인사를 하는데 이태수는 수십 년 만에 만나는 형을 보고도 그대로 앉아 있었다. 김도균 변호사가 이태수의 팔을 잡고 일으키려고 했다.

　"김 변호사, 그냥 앉으세요."

　이태종은 옆의 의자를 끌어당겨 앉았다.

　"정빈이가 이야기해 주어서 태수 네가 어떤 심정을 갖고 있는지 잘 알겠다. 나도 그래서 나의 변호사를 통해 어머니의 사망 원인을 알아보라고 부탁했었다. 어머님의 사망 원인은 급성 폐렴이고 하나 미심쩍은 것은 어머님이 코에 끼고 있던 인공호흡기가 빠져 있었다는 것이네. 간병인이 최초 목격자인데 간병인이 그날로 행방불명 상태야. 여기까지가 조금 전에 내 변호사로부터 들은 이야기네. 김도균 변호사는 뭐 좀 자세하게 더 알고 있는 게 있어요?"

김도균이 국회의원 시절 이태종은 김도균의 후원자였고 둘은 가끔씩 만나 식사를 같이 하곤 했었다.

"예, 형님. 저도 아는 것이 있습니다. 당시 당직 의사와 담당 의사를 만나 좀 전에 형님께서 말씀하신 내용을 들었고 병원 측에서 이미 경찰에 신고하여 간병인을 수배 중에 있다고 했습니다. 그리고 두 의사의 말에 의하면 사인은 급성 폐렴이고 시신의 검사 결과 이상 여부는 없었다고 했습니다. 다만 급작스럽게 어머니가 사망했다는 것을 두 의사 모두 인정하고 있었습니다. 그리고 또 하나는 간병인의 여권을 이선빈이 갖고 있어서 중국으로 도주는 못 했고 국내 어디에서 은신하고 있는 것으로 파악하고 있습니다. 곧 잡힐 것이라고 합니다. 여기까지만 알고 있습니다."

이태종은 간병인이 중국으로 도망갔을 것이라고 걱정하고 있었는데 김 변호사의 말을 듣고 한시름 덜었다. 이태종은 간병인이 또 엄마의 사인을 밝혀 주리라고 믿고 있었다. 그러나 이태수는 간병인이 없어진 사유를 알고 있었다. 간병인을 도피시킨 것은 이정빈이었다. 이정빈은 경찰이 먼저 간병인을 조사하는 것을 원치 않았다. 그래서 간병인에게 경찰에 잡히지 말고 우선은 피해 있다가 자신과 이태수가 서울에 도착하거든 그때 나타나라고 했다. 그러면 변호사의 도움을 받게 하여 준다고 약속했던 것이다. 이태수는 이러한 모든 내용을 알고 있으면서도 입을 다물고 있었다. 이태종은 한마디도 않고 있는 이태수를 향해 그의 생각을 털어놓았다.

"그런데 태수에게 한 가지 물어보겠다. 혹시 친아들을 제치고 의붓아들인 내가 앞장서서 어머니 장례식을 치르는 것에 못마땅하게 생각하는 것은 아니겠지?"

이태수는 자신의 생각과는 전혀 다른 이태종의 말에 즉시 반응했다.

"형, 전혀 아닙니다. 선빈이를 보는 순간 나를 주체할 수 없도록 행동이 앞선 겁니다. 전혀 형과는 연관성이 없으니 오해하지 마십시오. 그리고 한 가지 더 말한다면 엄마 장례식을 이렇게 크게 진행할 줄은 정말 예상 못 했어요. 형에게 감사하고 있습니다."

이태수의 생각은 한국행 비행기를 타면서부터 복잡했었다. 거기에는 사건 처리도 문제가 있었지만 장례식에 대한 걱정도 있었다. 그러나 의복형인 이태종이 장례식을 성대하게 거행하고 있는 것을 보고 이태수는 한시름 놓게 되었다. 자영이와 자영이 엄마도 어느새 이들 곁에 와 있었다.

"아이고 태종이도 고맙고 태수도 고맙다. 나는 너희 엄마가 무사히 장례식을 잘 치르고 저세상에 잘 보내는 게 소원이다."

자영이 엄마는 이태수의 손을 꼭 잡았다. 그때 자영이가 들고 있던 누런 대봉투를 이태종에게 넘겨주었다.

"사금자 아주머니가 본인이 죽거든 이 서류를 태종 오빠에게 전달하라고 했어요. 가급적이면 태수 오빠도 있는 자리에서 전달하면 더 좋겠다고 했어요."

이태종은 봉투에 실을 풀고 속에 들어 있는 서류 대여섯 장을 꺼냈다. 이태수도 엄마가 형에게 남긴 봉투라는 말을 듣고 약간 긴장했다. 이태종은 한 장씩 읽고 읽고 난 뒤에 서류를 이태수에게 넘겨주었다. 이태종이 생각하기에 이태수가 알고 있어야 좋겠다는 사금자의 편지 내용이 들어 있었다. 그리고 이태종의 친엄마의 집문서와 패물 내역서도 들어 있었으며 은행 보관 금고 번호까지 적혀 있었다. 동석한 사람들은 말없이 두 사람의 행동을 조용히 지켜보고 있었다. 자영이와 자영이 엄마는 이미 봉투에 들어 있는 내역을 다 알고 있었다. 그러나 김도균 변호사는 이태수와 관련된 내용도 그 서류도 포함되어 있는지에 관심을 두고 조용히 지켜보고 있었다. 이태종은 집문서와 패물 목록도 이태수에게 넘겨주었다. 이태수 역시 편지와 서류를 확인 후에 김도균 변호사에게 보라고 넘겨주었다. 김도균 변호사가 하나하나 보고 나서 한마디 했다.

"어머님의 유서로 보아도 완벽합니다. 어머님이 형님과 화해하고 있습니다. 어머님이 태종 형과 태수가 친형제처럼 지내라고 말하고 있습니다."

자영이 엄마는 이태수의 상복 일체를 휠체어 위에 올려놓고 있었다.

"태수야, 엄마가 애타게 너를 기다리고 있을 것이다."

이태종도 자영이 엄마 따라 한마디 했다.

"태수야, 어머니가 입관한 상태로 안치실에 있다. 상복을 입기 전에 먼저 어머니 시신부터 확인하는 게 좋겠다."

이태종의 말에 이태수는 이태종의 뒤를 따라 시신 안치실로 향했다. 안치실 문은 열려 있었고 거기에서 오열하고 있는 두 여자의 목소리가 밖에까지 크게 들렸다. 이정빈과 이태빈이 먼저 와 있었다.

"오빠, 엄마가, 엄마가 정말로 죽었어요. 우리보다 오빠를 더 사랑했던 엄마가 우리 곁을 떠났어요. 오빠 우린 어떻게 해?"

이정빈은 이태수를 보자 가슴을 치며 목 메일 정도로 울기를 계속했다. 이태수가 시신 앞에 서자 임시로 닫혀 있던 관 뚜껑을 장례지도사가 열어 주었다. 누런 베옷을 입고 있는 사금자의 시신은 칠 등분으로 나누어 하얀 광목 끈으로 묶여 있었다. 눈은 감겨 있었고 얼굴은 엷은 파스텔 톤으로 화장을 하고 있었다. 시신의 얼굴은 마치 미국의 엠바밍(embalming) 장례처럼 살아 있을 때와 같은 모습이었다. 이태수는 엄마의 시신 이마에 키스를 하고 무릎을 꿇었다. 이태종의 손짓에 따라 같이 서 있던 사람들이 안치실 밖으로 나갔다. 이태수는 모친이 누워 있는 관을 향해 눈을 감고 두 손을 모았다.

"만남 뒤에는 반드시 이별이 있다는 것을 알고는 있었지만, 만남과 이별의 관계가 막상 나의 것이 되고 보니 왜 이렇게 야속합니까? 엄마는 나를 엄마의 희망이라고 했었지만, 엄마는 나의 안내자였습니다. 엄마가 즐겁게 책을 펼치면 나는 따라 웃었고 우리는 친구처럼 지낸 적도 있었지요. 내가 싫다고 투정 부리면 위인전 이야기로 꿈을 꾸게 했지요. 나에겐 꿈이 많았습니다. 초등학교 전교 1등 하고 경기중학교에 합격했을 때 우리 학교 교문에는 현수막이 걸려 있었지요. 〈축 경기중학교 합격! 장하다 이태수〉 엄마는 좋아했지만 나는 엄마와 이별하는 게 싫었습니다. 엄마의 기도는 계속되었고 그 길 따라 나는 미국에서 의사가 되었지요. 이런 것들을 위해 이별이 있었기에 나는 그다지 외롭지 않았습니다. 엄마 나이 21세에 나를 잉태하고 그 이후 엄마의 고생을 나는 알고 있습니다. 엄마가 13년간 나를 키울 때 나는 엄마를 미워한 적도 있습니다. 이제 엄마를 모시려고 요양 병원을 마련 중인데 나를 어떻게 하라고 벌써 가신 겁니까. 엄마, 누가 엄마를 살해한 겁니까? 엄마가 스스로 죽음을 택한 것입니까? 엄마 아들 이태수는 길을 잃었습니다. 이제 남은 삶도 어둠이 깃들 것 같습니다. 엄마, 어디로 가실 겁니까? 이렇게 엄마의 임종도 못 보고 먼저 보내고 있으니, 나는 불효자식이 분명합니다. 하지만 엄마, 마지막 나의 길을 열어 주십시오. 그래야 성스런 인연으로 다시 만날 수 있습니다. 기도하겠습니다. 하나님 아버지 저희 엄마를 그곳으로 불러 주세요. 그동안 지은 죄를 사하여 주시고 주님 주시는 영원의 옷을 입혀 주십시오. 아버지 하나님, 저희 엄마를 그곳에서 영원한 삶을 잇게 하여 주시옵고, 그리하여 이 세상 순간적 삶에 큰 미련이 없게 하여 주시옵소서. 이 모든 말씀 예수님 이름으로 기도합니다. 아멘."

이태수는 기도가 끝난 후에 노래를 부르기 시작했다. 밖에서 기다리고 있던 이정빈이 노래를 같이 따라 부르며 안치실로 들어갔다. 나머지 사람들은 밖에서 이들의 찬송이 끝나기를 기다리고 있었다. 찬송이 끝나자 이태종이 안치실 문을 열고 안으로 들어갔다.

이태종의 손에는 불린 쌀과 엽전 한 닢을 쥐고 있었다.

"태수야 이건 양식이고 이건 노잣돈이다. 어머니 입에 넣어 드려라."

이태수는 말없이 두 손으로 받아들고 장례지도사가 시키는 대로 엄마의 입에 물려 드렸다. 자영이 엄마가 이태수에게 상복을 입히고 빈소로 향하게 했다. 상복제에 참석하지 못했던 이태수와 이정빈은 조문객들 사이에 끼어 국화 한 송이를 제단에 올려놓고 분향 후에 무릎을 꿇고 눈을 감았다. 이태종은 무릎을 꿇고 기도하는 이들 둘을 지켜보며 또 어머니의 장례식을 끝까지 책임지고 잘 치르기로 마음을 굳혔다. 그러기 위해 유럽 출장도 자신이 직접 가는 것보다 회사의 상무를 대신 보내는 것이 좋겠다고 생각했다. 장례식 진행 현황과 복잡한 끝마무리를 위해 이태종 자신이 끝까지 있어야겠다는 판단을 내린 것이다.

16. 선산 가는 길

어제 저녁부터 내리던 눈이 아침이 되자 엄청나게 쌓였다. 쌓인 눈 위에 또 눈이 쌓이고 있다. 오늘 오전까지 서울에 쌓인 눈이 기상청 발표에 의하면 30년 만에 최고의 기록을 경신했다고 했다. 여전히 추운 한겨울 날씨였다. 현재 영하 10도에 체감 온도는 영하 15도쯤 될 것 같았다. 망자의 한이 차가운 눈이 되어 내리는 것인가? 망자의 노여움이 지금부터 시작인가? 검푸른 하늘은 북쪽에 걸려 있었다. 불빛에 비춰진 세상은 하얀 눈에 묻혀 있었다. 부르릉부르릉 자동차 소리, 구구구 비둘기 소리, 와글와글 사람들이 떠드는 소리, 모두 다 하얀 눈에 묻혀진 조용한 새벽녘이다.

이선빈이 이른 새벽에 거행하는 발인식이 모두 끝날 때까지 보이지가 않았다. 이상하게 여긴 이태빈이 실내 이곳저곳을 찾았으나 이선빈은 보이지가 않아서 밖으로 나갔다. 병원 앞마당에는 제설 작업하는 사람들뿐이고 아무도 보이지 않았다. 이선빈은 병원 뒤뜰 성모상 앞에 무릎 꿇고 앉아 있었다. 그녀의 몸은 온통 눈으로 뒤덮여 있었다. 얼마나 오랫동안 저렇게 앉아 있었던 것일까? 그녀는 성모 마리아 상을 향해 고개를 숙이고 있었다. 병원 뒤편 사잇길로 걸어오던 이태빈이 꿇어앉은 선빈을 보았다.

"아이고 이 추운 날씨에 여기 있었나? 선빈아, 장지로 떠날 시간인데 여기서 뭐하고 있는 거고?"

이선빈은 대답도 없고 움직임도 없었다. 성모상 전등불에 비춰진 그녀의 얼굴엔 눈과 눈물이 흘러내린 자욱이 희미하게 그어져 있었다. 이태빈은 동생의 얼굴을 보는 순간 무서웠다. 눈이 내리는 한겨울 바닷가에 홀로 앉아 있는 눈 덮인 인어의 얼굴처럼 보였다. 이선빈이 흐느끼는 소리에 무서움은 곧 이태빈의 마음이 아플 만큼 쓸쓸하게 했다. 이태빈은 뒤에서 이선빈의 두 손을 감싸 살포시 안았다. 이선빈의 손이 얼음을 만지는 것처럼 차가웠다.

"아이고 선빈아 이렇게 있다가는 추워서 죽는다."

"언니?"

하면서 이선빈이 일어서려다 그대로 주저앉았다. 이선빈의 양쪽 발이 일시적으로 굳어 있었다.

"선빈아 나를 잡고 일어서거라."

이태빈은 이선빈의 양팔을 잡았다.

"언니, 나 이대로 죽고 싶어."

"아이고, 앞날이 창창한 네가 무슨 말을 그렇게 하냐. 절대로 그런 생각하면 안 된다. 나를 봐라. 그렇게 어렵지만 이렇게 살고 있다. 선빈아, 그런 생각하면 안 된다."

"언니, 말할 수는 없었지만 너무 힘들었어요."

이선빈은 누구에게 진실을 털어놓고 싶었지만 들어줄 상대가 없었다.

"어이구 우리 막내가 잘사는 줄만 알았는데 힘들었어. 그래, 언니에게 무슨 말이든 해라. 속이 시원하게 말해라. 그리고 절대로 나쁜 생각을 가지면 안 된다."

이선빈은 거의 실신 상태에 있었다. 이태빈은 추운 이곳을 피해 어떻게 해서라도 동생 선빈을 따뜻한 곳으로 데리고 가야 한다는 생각뿐이었다. 선빈이 태어나서 다섯 살까지는 거의 이태빈의 손에서 자랐다. 또 어머니인 사금자가 일터로 나가면 아기 선빈은 24년 위인 태빈이 하루 종일 돌봐야만 했었다. 아기 선빈은 크면서 말도 잘하고 예쁜 짓도 잘해서 이태빈이 힘들었지만 즐겁게 하여 주었던 딸 같은 어린 동생이었다. 이선빈을 교회 안으로 데리고 가서 긴 걸상에 앉혔다. 교회 안에는 난로가 여러 개 있었고 한 난로 위에는 끓고 있는 주전자가 보였다. 이태빈은 동생에게 뜨거운 물을 천천히 마시도록 했다. 그리고 자신의 외투를 동생에게 입히고 젖어 있는 이선빈의 외투를 작은 의자에 걸치고 난로 앞으로 밀어 놓았다.

"선빈아 이거 불면서 마시고 있어라. 사람들이 영구차에 다 탔는지 확인하고 와야겠다."

"언니, 장지까지 나도 같이 가야 해?"

이선빈은 가족들과 같이 가고 싶지가 않았다. 그녀는 엄마의 죽음이 자신과 연관 지어 의심하고 있다는 것을 알고 있었다. 이태빈도 이정빈으로부터 그와 비슷한 이야기를 들었지만 병원 관계자와 간병인들 사이에서 오가는 말만 듣고 선빈이나 간병인을 함부로 의심해서는 안 된다는 생각을 하고 있었다.

"아이고 막내야, 네가 어머니 장지로 같이 안 가면 누가 가나. 그런 말 말고 언니 옆에 꼭 붙어서 같이 가자."

"태빈 언니, 태수 오빠도 그렇고 정빈 언니도 나를 의심하고 있잖아?"

이태빈은 동생의 찬 얼굴을 두 손으로 만져 주며 달랬다.

"나는 선빈이 너를 안다. 절대로 너는 그런 나쁜 짓을 못 한다는 걸 나는 안다. 너는 어려서부터 거짓말이나 나쁜 짓을 못 하는 아이였다. 그런 것을 지금도 언니는 믿고 있다. 그러니 그런 생각하지 말고 나만 믿고 내 옆에 꼭 붙어서 장지로 같이 가야 한다."

"언니, 알았어. 언니하고 같이 갈게."

이태빈은 출발 상황을 살피려고 이선빈을 남겨 두고 장례식장 건물로 급하게 나갔다.

장례식장에는 장지행 차를 타기 위해 장지로 갈 사람들이 거의 다 빠져나갔고 몇몇 사람들이 남아서 중도에서 나누어 줄 음식을 챙기고 있었다. 아침 다섯 시 정각에 이태종이 탑승한 선도 차량이 출발하고 뒤를 이어 사금자의 시신과 이태수를 태운 리무진 차량이 출발하였다.

1호 대형버스에는 이정빈과 친가 쪽 친척들이 타고 있었다. 이정빈 옆자리에는 조선족 간병인도 앉아 있었다. 이태빈과 이선빈 그리고 외가 쪽 친척들이 타고 있는 2호차가 올림픽 대로에 들어서자 이태빈의 남편 고 서방이 조수석에 앉아서 넉살 좋게 마이크를 잡고 구수한 경상도 말솜씨를 자랑했다. 이선빈도 처음 들어보는 형부의 말솜씨에 새삼 놀라고 있었다.

"우리가 탑승한 이 차는 아침 다섯 시에 병원 장례식장을 출발하여 장지인 선영에 도착 시간은 오후 1시이고 하관 시간은 오후 2시로 예정하고 있습니다. 보통은 일곱 시간 거리이지만 눈이 워낙 많이 쌓여서 한 시간 여유를 잡고 출발했습니다. 도중에 식사를 하고 싶은 사람이나 멀미약이 필요한 사람은 조금도 주저 말고 일 잘하는 맏사위 저를 불러 주세요. 5초 내로 대령하겠습니다. 그리고 피곤하거나 졸리신 분께서는 지금부터 주무셔도 됩니다. 이외에 불편한 사항이나 오늘 일정에 궁금한 사항이 있으면 언제든지 맏사위 저를 찾아주세요. 감사합니다."

남편의 넉살 좋은 안내에 이태빈은 입가에 미소를 지었다.

동이 트려면 아직도 두 시간 이상이 남아 있었다. 올림픽 대로를 지나는 동안 제설 차량들이 300m를 전후하여 수십 센티가 쌓인 눈을 좌우로 밀쳐 놓고 있었다. 양쪽으로 쌓여 있는 눈 더미는 족히 3m는 넘을 듯했다. 시속 80km 도로에 사금자의 운구차량은 시속 20km로 진행하고 있었다.

[하기야 쇠털 같은 허구한 시간, 느리게 지나간들 누가 뭐라고 하리! 남의 복 털러 한세상 치부했어도, 흘러가는 세월이 누가 원망하랴! 그러기에 망자의 눈길이 이다지도 더디고 시리도록 추운가보다. 그래도 물리치지 않고 의붓자식이 불 밝히고 이승 마지막 길목을 넘고 있으니 이렇다 저렇다 원망 말고 아무 불평 말고 잘 가게나.]

이태종은 의구심으로 출발했던 만상제 노릇이 엄숙한 죽음 앞에서 더 이상 형식은 필요치 않았다. 자신도 모르게 의무감에 심취되어 불쌍한 망자와 한 편이 되어 속계가 아닌 선계로 가고 있는 것이다. 한때 사금자는 그의 앙숙이자 방해자였으나, 이젠 방해꾼도 앙숙 관계도 아니다. 삶과 죽음이 그렇게 갈라놓고 있는 것이다. 다만 흔적 정도만 남아 있을 뿐이다. 이태종은 또 어머니를 지우고 아버지가 사랑한 사람, 아버지가 믿었던 사람 그리고 동생들을 키워 준 사람으로 앉히고 싶었다. 그의 마음은 한결 편하고 서광의 길이 열리는 듯했다. 새벽녘 동쪽 하늘에 새벽빛이 열리고 있었다.

이태수에게 사금자는 누구였을까?

엄마? 요람지? 매미의 허물? 껍질을 삼킨 작은 새?

이태수는 영리한 아이였다. 넷 중 하나만 고르라 했어도 그는 넷 전부를 골랐을 것이다. 엄마에 관한 아들은 하나만 고르는 능력은 없었다. 어른이 되기까지 그렇게 살아왔다.

사금자에게 이태수는 누구였을까?

아들? 분신? 사랑의 결실? 꿈과 희망의 세상?

사금자는 행복한 엄마였다. 그녀 역시 넷 중 하나만 고르라 했어도 그녀는 넷 전부를 골랐을 것이다. 아들에 관한 엄마는 하나만 고르는 능력은 없었다. 죽을 때까지 그렇게 살아온 것이다.

되돌아보면 멍청하게 살았던 것 같지만 그들에게 엄마와 아들은 하늘의 뜻이었다. 북쪽에서 바람이 불어와 눈이 내리면 이들에게 이글루는 멋진 보금자리였고, 남쪽 바람에 비가 내려 이글루가 살아지면 이들은 다음을 기약했었다. 북풍과 눈이 엄마의 몫이었다면 남풍과 비는 아들의 몫이었다. 엄마는 추위에 강해 눈 밟기를 좋아했으나 아들은 열이 많아 여름밤 소나비를 좋아했었다. 이태수는 어머니와 함께 리무진 버스를 타고 생전 처음 가는 길을 가고 있다. 죽음의 기로에 서 있던 많은 사람들, 고통에서 벗어 나려고 몸부림치던 많은 사람들, 모두 해방시켜 주었던 닥터 이태수였지만, 정작 어머니의 죽음 앞에서는 모든 게 속수무책이었다. 그가 할 수 있는 것이 어머니를 흙 속으로 매장하는 것일까? 이태수는 분명 망자가 된 엄마와 함께 저승길로 향하고 있다. 죽어 봐야 저승을 안다고 했던가? 개똥밭에 굴러도 이승이 좋다고 했던가? 이승과 저승의 길목도 모르면서 어찌 엄마를 흙 속으로 안내할 것인가? 모르면 물어봐라. 베옷으로 갈아입고 일곱 마디 묶이어 오동나무 관속에 누어 있는 망자에게 물어봐라. 그 엄마는 죽었어도 대답할 것이다. 머릿속에서 윙윙 소리 나는 것은 저승에서 쓰는 말이다. 영리한 아이는 알 수 있지만 멍청한 어른이 되면 그냥 윙윙 소리로 들릴 뿐이다. 그러니 죽어 봐야 저승을 안다고 했고, 개똥밭에 굴러도 이승이 저승보다 좋다고 했다. 그것도 모르면서 이태수는 뜬 눈으로 2박 3일 동안 어머니를 옆에서 지키고 있었다. 소용없는 일이었다. 이태수는 미치광이가 되어 가고 있었다. 그 옛날 어느 때처럼 주절주절 그의 영혼과 긴긴 대화를 시작했다.

"태수야 미치면 안 된다. 미치면 이승에서 죽는 것이다. 공부하다 미쳤던 너, 책을 덮고 어미가 살렸지만 이제 미쳐 버리면 처방 약도 없고 살릴 길도 없다. 낳기는 내가 낳았지만 미치고 죽고 사는 건 네가 정할 문제다. 어서 잠

280

을 자고 일어서거라. 어서 자거라, 우리 태수 어서 자거라."

이태수는 숨소리를 죽여 가며 코를 골기 시작했다. 한국말 같기도 하고 유창한 미국 말 같기도 한 잠꼬대는 운전기사를 대혼란에 빠뜨리며 운전대를 흔들고 있었다. 하늘에서 본 눈밭의 운구 행렬은 아직도 갈 길이 멀어 보였다.

이정빈은 친인척에 둘러싸여 정신이 없었다. 이정빈은 모르는 친척들이었다. 그러나 저들은 상복을 입은 이정빈이 누구인지 알고 있었다.

[살아서 마님소리 듣더니 죽어서도 마님소리 듣는구나. 자식이 많으면 뭘 해. 임종을 지킨 자식이 아무도 없었다는데. 죽은 사람 수백억 재산을 남기고 죽었대요. 자식들 간에 소송으로 집안이 풍비박산 났대요. 그나마 의붓자식들이 나서서 장례식을 치르고 있대요.]

이정빈은 친척들이 하는 말을 듣고만 있었다. 친척들이 하는 말에 틀린 말이 없었다. 틀린 말을 한다면 버럭 화를 내고 저들을 나무라고 싶지만 저들은 옳은 말을 하고 있었다. 그때 맏사위 고 서방이 운전석 근처에서 마이크를 잡고 있었다.

"우리 차는 새벽 다섯 시에 병원 장례식장을 출발하여 지금 강남대로를 지나 경부 고속도로에 진입했습니다. 유리창 너머 산과 들을 보세요. 완전 백설의 세계가 눈앞에 펼쳐 있습니다. 하얗게 쌓인 눈 위에 함박눈이 적당이 내려주고 있습니다. 고인의 명복을 축원하는 눈으로 우리네 마음을 숙연하게 만들고 있습니다. 마음속으로 고인의 명복을 다시 한번 기원합시다. 길이 빙판으로 인해 대전까지는 서행으로 갈 수밖에 없지만 대전이 지나면 길이 뚫린다고 하니 그때까지 백설 구경 많이 하십시오. 장지에 도착 시간은 오후 1시이고 하관 시간은 오후 2시로 예정하고 있습니다. 지금부터 도시락과 음료수를 나누어 드리겠습니다. 식사 후 쓰레기는 동봉된 봉투에 반드시 넣어 옆에 놓아 두시기 바랍니다. 그리고 커피나 멀미 약 기타 필요한 것이 있으시면 저를 불러 주세요. 그럼 목적지까지 안전하고 좋은 시간이 되시길 빌겠습니다."

방송국 아나운서 같은 저음의 매력 있는 목소리에 차 안은 조용해졌다.

이정빈도 도시락과 음료수 한 병을 받아 간이 탁자 위에 올려놓았다. 옆에 앉아 있는 간병인에게 뒤처리를 부탁하고 눈을 감았다. 포만감에 이내 잠이 들었다. 그녀는 어머니 꿈을 꾸는지 알아들을 수 없는 잠꼬대를 계속했다.

이선빈은 많이 지쳐 있었다. 얼었던 몸이 버스 내의 온기와 이태빈의 정성으로 녹기 시작했다. 이태빈은 김밥을 이선빈의 입에 넣어 주며 50번 이상 씹도록 했다. 추위에 얼었던 몸에 갑자기 음식이 들어가면 체할 것 같아 더운 물을 조금씩 먹여 가며 김밥 한 줄을 전부 비웠다. 이선빈은 서서히 기력을 되찾고 있었다. 바윗돌처럼 얼어붙어 있던 머리도 사람들의 말소리에 조금씩 풀렸다. 배 변호사를 만날 때마다 부탁했던 말이 생각났다.

"변호사님, 어떻게 하든 법으로 이겨야 해요. 저는 배 변호사만 믿고 있겠습니다."

'최선을 다하겠습니다.' 그러나 얼마 전에는 최선이라는 말 때신 이런 말을 했었다.

[법 앞에 평등이라는 말이 있지요. 첫째, 우리 각자는 타인과 비교하여 법과 제도적 차별을 받지 않는다. 둘째, 평등 원칙으로 국가 권력이 만인의 평등 원칙과 정의에 합치하도록 청구할 수 있는 규범을 세워 놓고 있다.]

[항소 건은 피고인이 사망으로 인해 법원의 결정으로 공소기각 사

유가 발생한 것입니다. 결국 항소 건은 피고인 사망으로 중단이 됩니다.]

이선빈이 믿고 있었던 희망이 허무하게 무너져 버릴 것 같았다. 그뿐만 아니라 엄마의 갑작스런 사망의 책임이 자신에게 있다고 비관적인 생각을 갖게 했다. 사실 이태수와 이정빈은 노골적으로 이선빈을 의심하고 있었다. 이선빈은 엄마를 책임지고 잘 모시겠다고 언니인 이정빈에게 큰소리치며 주장하여 온 터였다. 이선빈은 기력이 조금씩 회복될수록 이번엔 머리가 찌근찌근 아파 왔다. 이 모든 생각에 몸은 피곤한데 머리가 아파서 잠을 청할 수가 없다. 이태빈이 힘들어하는 동생에게 우황 청심환을 입에 물려주었다.

"이거 언니가 비상시에 먹으려고 가지고 있었는데 선빈이 네가 먹는 게 좋겠다. 입에 물고 있어라 그러면 차차 몸이 풀리고 머리도 좋아질 것이다. 힘들지, 언니가 다 알고 있다. 아무 걱정 말고 언니 옆에서 한숨 붙여라. 그러면 좋아질 것이다."

이태빈은 작은 담요를 이선빈의 앞가슴에 덮어 주었다.

"언니, 고마워요. 나한테 언니뿐이야."

이선빈은 목이 메여 더 이상 말을 못 하고 눈물만 흘리고 있었다. 이태빈은 옛날 그때처럼 이선빈을 다독거리고 있었다. 십여 분이 지나자 이선빈이 아주 작은 소리로 코고는 소리가 들렸다. 오후 정각 1시에 장지인 선산에 도착했다.

서울 날씨는 폭설에 영하 10도인 데 비해 이곳 김해는 눈도 내리지 않고 맑고 냉랭할 정도의 날씨였다. 북쪽에서 불어오는 쌀쌀한 바람은 멀리 북쪽과 동서로 뻗어 내린 높은 산맥이 차단하고 있어서 겨울 날씨치고는 포근한 편이었다.

차에서 내리는 가족들과 친인척들은 선영의 규모를 보고 놀라고 있었다. 이곳까지 내려온 사람들의 대부분은 선영 방문이 처음인 사람이 많았다. 아래 산자락에 조성된 조상의 무덤들은 한눈으로 보아도 족히 100기가 넘을 것 같았다. 부채꼴 모양으로 위에서부터 아래로 펼쳐진 상당한 규모의 무덤들은 친인척에게 긍지와 자부심 그리고 사명감을 갖게 했다. 무덤을 감싸고 있는 주위의 풍광 역시 아름답고 오래된 성지 같은 느낌이 들게 하였다. 무덤들 위쪽으로는 울창한 소나무와 잣나무 숲이 형성되어 있고 무덤의 양옆으로는 잘 정돈된 침엽수가 심겨 있었다. 침엽수 종류에는 소나무, 구상나무, 잣나무, 전나무, 주목, 가문비나무, 향나무 등 이외 이름 모를 침엽수 수백 그루가 산 전체를 도배하고 있었다. 그리고 침엽수와 무덤들 사이로는 수십 종의 과목들이 심겨 있었다. 과일 나무 밭은 침엽수를 병풍 삼아 위와 양옆으로 조성되어 있어서 마치 잘 가꾸어진 넓은 과수원처럼 보였다. 한겨울이라 과일나무 잎은 다 떨어져 앙상하게 헐벗어져 있지만, 그래도 그 모습 하나하나가 이곳의 운치를 더해 주고 있었다. 봄에 꽃이 피고 여름에 열매가 맺고 가을이 오면 열매가 익어 가는 그 풍광은 얼마나 아름다울까? 생각만 해도 친인척들이 다시 오고 싶은 선산으로 꾸며져 있었다.

사람들이 넋 놓고 겨울 풍경을 보다가 성미가 급한 사람들은 이쪽저쪽 방향을 바꾸어 가며 사진 찍기에 분주했다. 선영 입구 오른쪽에는 새로 지어진 2층 기와집이 자리 잡고 있었다. 1층과 2층의 규모는 각각 100평 넓이로 1층은 회의실, 관리실, 식당, 화장실, 그리고 부엌 딸린 방 2개가 설치되어 있고 2층은 역사관, 사무실 그리고 별도 칸막이를 하고 주택 한 채가 잘 꾸며져 있었다. 1층은 선영 관리인 식구들이 항시 주거하고, 2층 주택은 종손 식구들용으로 평상시는 거의 비워 두고 있었다. 2층 사무실에는 선산에 대한 개요와 선조들의 초상 혹은 사진들이 벽에 연대 별로 부쳐 있었다. 하나 특이한 것은 이들 초상화나 인물 사진들은 모두가 종갓집의 장자 혹은 장손들이었다.

선영 규약에 의하면 선영에 묻히는 사람들도 정해져 있었다. 종갓집 장자 혹은 장손과 그 배우자들로 한정되어 있었으며, 정식 혼인이 아닌 후처들의 경우 묘역을 따로 조성하여 그곳에 그들의 묘소를 쓰도록 규정하고 있었다. 정실 부인만 장자 또는 장손과 함께 본영에 매장하도록 정해져 있었다. 이곳엔 해발 200m 산 면적 40만 평의 돌산이 있는데, 이곳 돌산은 중턱 이상은 거의 바위 혹은 자연 석주에 둘러 처져 있어서 사람들은 민둥산 또는 석산으로 불렀으나 지금은 명지 돌산으로 부르고 있다. 산 중턱에는 침엽수가 대부분이고 아래로 쪽으로는 과일 나무가 천여 그루가 심겨 있어서 봄에서 한여름까지는 벌과 나비 그리고 새들의 천국을 방불케 한다. 그리고 돌산 남쪽 산자락과 늪지 사이에 300마지기 논밭이 조성되어 있는데, 대한제국 초기에는 이곳은 밭으로 조성되어 있었다. 이곳에서 생산하는 콩과 보리는 일본군 군량으로 절반을 공출하기도 했다. 일본군은 이곳 밭에서 생산되는 콩과 보리는 군량으로 적합하지가 않다고 하여 밭을 논으로 개간하여 쌀을 생산하기 시작한 것이 오늘의 논밭 6만 평으로 변모한 것이다.

결국 이 논밭 6만 평과 명지 돌산을 담보로 예지동 상가건물을 사들인 것이었다. 1958년도 상가건물을 완공하고 세 사람 명의로 등기하고 난 후 은행은 담보로 제공했던 논밭과 돌산 대신 상가건물로 담보를 변경했으며, 문중은 은행 다음 순위로 이 건물을 가등기 했었다.

사금자가 살아생전 자신이 죽으면 남편 곁에 묻어 달라는 유언이 이제야 조금은 이해할 것 같았다. 그녀는 호적상 정실부인이 된 이후로 종부로서 이곳에서 매년 거행하는 한식과 시제의 상차림을 여러 집사들과 함께 준비했었다. 이날은 어른들이 모여서 재실에서 제사를 지내고 108기의 묘를 돌며 사초하고 각각의 묘를 보수하는 날이었다. 사금자는 사시사철 이곳을 좋아했다. 봄에는 여린 싹에서 피어 오르는 꽃 향기에 취해 좋고, 여름에는 그늘진 곳에서 아이들과 함께 흘러가는 낙동강 물줄기를 그림으로 옮기는 것을 좋아했다. 가을이 되면 철철 넘치는 온갖 과일을 한 차 가득 채우고 동내 사람들에게 나누어 주는 재미도 있었다. 그녀에게 이곳의 겨울은 아주 특별했었다. 겨울이 되어도 침엽수의 푸른빛을 잃지 않고 있었다. 하루 종일 침엽수 사이사이를 걸어도 피곤하지도 지루하지도 않았다. 그녀에게 한겨울 이곳은 고향의 그곳 같은 곳이었다.

그녀는 이곳에 묻히기 위해서는 조상님들의 허락이 필요하다는 것을 미리 알고 있었던 것일까? 종부로서 조상의 재산을 탐했고, 종손의 재산을 가로챘으며, 남편을 억울하게 죽게 했고, 본처를 일본으로 도망치게 했으며, 의붓자식을 괄시했으며, 자신이 난 자식들에는 온갖 정성과 희생을 아끼지 않았었다. 우리가 생각하기에는 그녀의 죄는 끝나지 않았다. 그런대도 자영이 엄마에게 남편 곁에 묻히고 싶다는 유언은 그래도 남편에게 떳떳함이 있었던가? 아니면 자영이 엄마가 태종에게 요청하면 이곳에 묻힐 수 있다는 확신이 있었던 것일까? 사금자는 영리한 여자였으며. 언제나 도전의식이 강한 여자였다. 사금자는 좋고 싫은 것을 분명하게 밝히는 여자였다. 그러나 그것은 살아 있을 때였고, 지금은 죽어서 관속에 일곱 마디로 묶여 있어 꼼짝 못 하는 신세다. 살아 있는 사람의 용서와 죽어 있는 사람의 용서가 같을 수 있을까?

친척들 중에는 지금도 사금자는 본처를 내쫓은 요망한 첩으로 간주하는 사람들이 있었다. 그들은 이태종의 일본인 어머니를 좋아하는 사람들이었다. 우에다는 착한 여자였으며 마음이 넉넉하여 이해심이 많은 여자였다. 그녀는 이웃 사람들과 어울리기를 좋아하는 여자였다. 그러나 그녀는 시앗과의 싸움에서 졌고 남편으로부터 버림받고 자식들을 버리고 일본으로 도망간 여자가 되었다. 일본인 그녀를 좋아했던 그들은 사금자가 이곳에 묻히는 것을 반대할 것이다. 다만 종친들의 막강한 위력에 주장을 못 할 뿐이다. 하기야 이렇게 따진다면 묘역은 다르지만 이곳에 묻힌 첩들이 몇이며 시앗 싸움에서 지고 억울하게 죽은 본처가 몇몇이던가? 이곳에 묻힌 여자들 중에는 본처보다는 첩이 훨씬 더 많다는 것이 이를 증명하고 있다.

하관 행렬이 시작되었다. 어디서 몰려왔는지 하늘을 뒤덮었던 수만 마리의 겨울 까마귀 떼의 군무가 시작되었다. 파란 하늘에 까마귀의 검은 색조의 변화가 이토록 아름다울 수 있을까? 원형에서 타원형으로 그리고 여러 원형으로 나누어졌다가 둥그렇게 모아지는 저들만의 놀이는 하관 행렬이 매장지까지 가는 동안 계속되었다. 관이 내려지고 이태수의 요구에 의해 추도식이 시작되자 까마귀 떼는 흔적도 없이 사라졌다.

추도식이 시작되자 또다시 놀라운 광경이 벌어졌다. 침엽수에 앉아 있던 수백 마리의 백로 떼가 창공을 향해 날아올랐다. 백로 떼는 하늘에서 여러 번 빙빙 돌며 전열을 갖추었다. 추도식에 참석했던 사람들이 눈이 일제히 하늘을 향했다. 백로 떼는 일렬로 남동쪽 바다를 향해 더욱 높이 날아올랐다. 시신이 들어 있는 관이 구덩이에 내려졌다. 가족들이 돌아가며 국화 한 송이를 관위로 던졌다. 그 위에 흙을 덮고 땅을 밟아 다지기 시작했다. 상여꾼들의 소리에 맞추어 땅을 밟고 또 밟았다.

[백년가약 맺은 후에 아들 낳고 딸을 낳아 아들 길러 성취하고 딸을 길러 출가시켜 자녀혼인 시킨 후에 아들 몸에 친손 보고 딸 몸에 외손 보아 고대광실 높은 집을 덩그렇게 지어놓고 대대승승 내려가며⋯⋯. 백약이 무효되고 기도 독경 허사로다. 저승길이 멀다더니 대문 밖이 저승이요 건너 안산이 북망산⋯⋯. 저승 문을 당도하니⋯⋯. 남녀 죄인 갈라 세워 죄목다짐 받을 적에⋯⋯. 세상 인심 야속하고 죽은 혼신 불쌍하네.]

287

상여꾼 노래 소리가 끝나자 빈 하늘엔 검은 구름이 몰려들어 하얀 태양을 가리고 있었다. 북쪽에서 불어오는 바람이 검은 구름을 남쪽으로 밀어내고 있었다. 비가 올 것 같기도 하고 눈이 내릴 것 같기도 하고, 맑은 하늘에 번갯불이 번쩍이고 멀리서 벼락 치는 소리가 들렸다. 일꾼들은 무덤 위로 비닐로 세네 겹 둘러 치고 비나 눈에 대비했다. 오는 사월이 되면 사금자의 무덤에도 봉분이 만들어지고 잔디가 돋아나고 자랄 것이며 그녀의 비석에는 그녀의 이름과 그녀의 자식들의 이름이 새겨 저 이 선영이 존재하는 한 영원히 남겨질 것이다. 안장식이 끝나고 종친 회관에서 가까운 친척과 종친들이 늦은 점심을 하는 동안 하늘에서 함박눈이 내리기 시작했다. 삽시간에 하얀 눈이 쌓이기 시작했다. 푸른 침엽수에도 앙상한 과목에도 산 전체가 점점 하얀색으로 바꿔 놓고 있었다. 세상이 모두 거대한 하얀 솜으로 덮을 모양이다. 이곳 선영 관리인 말에 의하면 12년 만에 처음 보는 눈이라 했다.

이태종과 이태수는 장손 가족들만 사용한다는 작은 응접실에 단둘이 따뜻한 보리차를 앞에 두고 앉아 있었다. 둘은 아무 말도 없이 보리차를 마시다가 이태종이 먼저 말문을 열었다.

"이거 자네가 알아서 처리해 주면 좋겠네."

이태종은 검정 보자기에 싼 하얀 도자기를 이태수에게 내밀었다.

"이 병 속에 어머니의 손톱과 발톱 그리고 머리카락이 들어 있고, 그 밑에는 어머니가 마지막까지 차고 계시던 시계와 약지에 끼고 있던 금 쌍 가락지도 들어 있네."

이태수는 직접 확인하려는 듯 검정 보자기를 풀었다. 그는 도자기 뚜껑을 열고 주먹이 들어갈 정도의 주둥이에 손을 넣고 하나씩 꺼냈다. 손톱과 발톱 그리고 머리카락은 하얀 창호지에 싼 각각의 주머니에 들어 있었고 시계와 반지는 각각 제 케이스에 놓여 있었다.

"형, 어떻게 이런 생각까지 하셨어요."

이태수는 꺼내놓은 유품을 손에 들고 하는 말이었다.

"이 박사, 자네에게 어머니는 아주 특별한 어머니였지! 염하기 전에 어머니를 씻겨 드리고 손톱 발톱도 그리고 머리까지 손질하고 마지막으로 화장까지 해 드렸네. 이건 그때 버리려던 것을 모아 둔 것이고 자네가 필요할 것 같아 준비했네. 자네가 가지고 있어야 한다고 생각하는데 이 박사 자네가 알아서 처리했으면 좋겠네."

이태종은 한마디하고 무슨 생각에서인지 긴 한숨을 크게 쉬었다.

"형, 이렇게까지 세심하게 준비해 주어서 정말 고마워요. 그리고 이번 엄마 장례식 준비한다고 고생 많이 하셨어요. 고마워요. 우리 집사람도 그렇고 제 아들도 이번 장례식을 통해 많은 감동을 받고 있어요. 형의 노력에 선영이 이렇게 잘 관리되고 있는 것이 저도 놀라워요. 엄마를 이곳에 모시길 잘했다고 생각해요."

이태수는 오래전부터 그가 다니는 미국 교회에서 분양하는 가족 묘 용도로 미국 시카고 외곽 지역, 묘지 조성지에 1/4에이커(약 306평)의 땅을 구입해 놓고 있었다. 모친이 사망하면 그곳에 모실 예정이었다. 그러나 엄마 의향에 따라 김해 선영에 모셔진 것이다.

"그렇게 생각하고 있다니 다행이네. 나도 걱정을 많이 했는데 별 탈 없이 이번 장례식이 끝나게 되어 다행으로 생각하고 있어."

이태종은 사금자의 죽음에 대해 의문을 품고 있었던 이태수와 이정빈의 행동에 몹시 걱정했었다. 태수와 정빈은 이선빈이 모친의 재산을 노리고 살해한 것으로 의심하고 있었다. 태종 역시 처음에는 이태수와 같은 생각이었으나 누나로부터 절대 아니라는 말에 긴가민가하고 있었다. 사금자가 사망하자 당직 의사의 일지에 다음과 같이 적혀 있었다.

[환자의 사망 시각은 2008년 12월 30일 오전 2시경이며 사망 원인은 급성폐렴과 심인성 폐 부종으로 판단함. 환자는 계속 호흡기를 착용하고 있었으나 사망 당시 호흡기가 제거되어 있었음. 평소 간병인이 상주하며 환자 곁을 지켰으나 사망 시각 전후하여 간병인이 약 4시간 병실을 비워 놓고 있었음. 심폐 소생기를 이용해 호흡이 정지된 환자를 되살리기 위해 노력했지만 사망한 지 약 1시간 이상이 경과하여 응급처치가 불가능하였음. 정확한 사망 원인을 규명하기 위해 엑스레이 또는 시티 검사가 필요함.]

의사의 소견서에 의해 병원 측은 다음 날 즉시 엑스레이와 시티 촬영을 하였고 경찰에 간병인의 조사를 의뢰하였다. 경찰은 간병인의 신병을 확보한 가운데 병실 내 이선빈에 의해 CCTV가 설치되어 있음을 실토하였다. 이태종은 간병인이 경찰 조사에서 이러한 사실이 밝혀졌다는 것을 이틀 전에 경찰 측으로부터 들어서 알고 있었고 이태수 역시 어제 후배 의사의 전화를 받고 알고 있었다.

이태종은 큰 주전자에서 펄펄 끓고 있는 보리차 물을 조금 남아 있는 이태수의 컵에 따라 주고 자신의 컵에도 가득 채웠다.

"밖에 경찰관 2명과 병원 측에서 온 의사 한 분이 우리 둘과 할 이야기가 있다고 하여 조금만 기다려 달라고 했네."

사복 경찰관 두 명과 병원 측에서 온 의사 한 분은 작은 방에 별도로 차려 준 점심을 들고 있었다.

"나도 알고 있어요. 경찰들과 같이 온 의사 한 분을 이미 만났어요."

이태수는 의사와 만나 대충의 이야기를 들어서 그들이 이곳에 내려온 목적을 알고 있었다. 그들은 이선빈과 간병인을 경찰서로 임의 동행하기 위해 이곳까지 내려온 것이다. 다만 임의 동행하기 위해서 본인과 가족의 동의가 사전에 필요하다고 말을 하고 있었다.

"식사가 끝나는 대로 이리로 오라고 했네. 자네도 나와 같이 그들을 만나야 하네."

이태종은 혼자서 감당할 수 없는 일이 벌어질 수도 있다는 생각에 동생 이태수가 동석하는 것이 좋겠다고 생각했다.

"나도 저들을 만날 생각을 하고 있었어요."

이태수는 엄마의 갑작스런 죽음이 경찰에 의해 어느 정도 밝혀질 수 있을 것이라고 믿고 있었다. 그때 밖에서 노크 소리가 들렸다. 서울에서 내려온 사복 경찰관 두 명과 병원 측에서 온 의사이었다. 그들은 이태종이 안내하는 대로 자리에 착석했다.

"상주님께 말씀드린 대로 우리는 피의자 및 참고인 조사를 위해 이선빈 씨와 간병인을 경찰서까지 데리러 왔습니다. 다만 사전에 본인들 동의와 가족들의 동의서가 필요합니다. 그래서 여기 물증을 사전에 확보했습니다. 필요하다면 직접 보여 드리겠습니다."

경찰관 한 분이 들고 있던 각진 검정색 가방에서 CCTV 카메라 칩과 녹음기에서 녹취한 칩을 들고 있었다.

"간병인을 포함하여 우리 가족 모두가 그 내용을 같이 볼 수 있습니까?"

이태종은 칩을 보며 약간 당황했지만 낮은 목소리였다.

"그럼요. 그런데 우리가 갖고 있는 컴퓨터가 작아서 여러 사람이 보기가 불편할 겁니다."

칩을 들고 있는 경찰관 한 분의 말이었다.

"저의 2층 회의실에 100인치 화면이 준비되어 있습니다."

이태종은 경찰관에게 말하고 있으나 얼굴은 이태수를 바라보고 있었다. 이태수는 동의의 표시로 이태종에게 목례로 답했다.

"그럼 2층으로 자리를 옮겨야 되겠습니다. 그전에 20분 정도만 시간을 주십시오. 친인척들을 먼저 보내고 나서 가족들을 2층으로 모이게 하겠습니다."

이태종은 친인척들에게 이러한 사실을 알리고 싶지 않았다. 이태수가 자리에서 일어났다. 이태종은 밖에서 기다리고 있던 친인척들과 인사를 나누며 대형 버스 두 대에 탑승을 시켰다. 이태빈은 중간에 식사할 음식과 음료수 과일 등등을 차에서 점검하고 있었다. 대형 버스 두 대가 종친 회관을 빠져나가자 선영 주변은 쥐 죽은 듯이 고요했다. 산과 들은 흰 눈이 덮고 있었고 사금자의 묘지 위 텐트에도 흰 눈이 보기 좋을 정도로 눈이 쌓였다. 산자락에 인적이 끊기자 들개 여러 마리가 묘지 주변을 돌아다니며 일꾼들이 고수레로 던져진 음식물을 찾아 게걸스럽게 먹다가 서로 으르렁거리며 싸우기도 했다. 하늘에서 간간이 내리던 눈이 그치고 바람에 검은 구름이 걷히자 하늘은 파란 창이 군데군데 뚫리고 있었다.

회관 2층 회의실에는 20여 명의 상제들이 모두 자리에 착석하고 있었다. 간병인도 이정빈의 옆자리에 나란히 앉아 있었다. 이선빈은 언니 이태빈의 손을 잡고 중간에 앉아 있었다. 가족들끼리는 어느 누구도 서로에게 말을 하지 않았다. CCTV의 화면에서 사금자의 임종 순간이 보이기 시작했다. 사금자는 침대에서 몸부림치며 검지를 입에 놓고 반복적으로 캭캭 하며 무언가 뱉으려고 했다. 캭캭거리는 소리가 계속할수록 양쪽 눈에서는 눈물이 흘러 내리고 소리가 커지기 시작했다. 가족들 중에는 훌쩍이는 사람, 수건으로 눈물을 훔치는 사람, 입술을 깨물며 참는 사람도 보였다. 모두 다 화면에서 한순간도 눈을 떼지 않고 사금자의 움직임 하나하나를 놓치지 않고 주시하고 있었다. 사금자는 두 손을 위로 뻗어 허공을 만지다가 양쪽 코에 끼어 있는 호흡기 줄을 빼내려고 여러 번 허우적거렸다. 양손은 움직임이 느려지며 가슴 위로 내려졌다. 기운을 축적하는지 숨소리가 조금은 빨라지는 듯하더니 오른손으로 머리 뒤에 묶여 있는 줄을 잡아당겨 호흡기 줄을 코에서 빼내었다. 호흡기를 들고 있는 사금자는 코에서 흥흥 소리를 여러 번 시도했다. 그러나 코에서는 나오는 분비물은 없었다. 사금자는 많이 지쳐 있었다. 카칵하는 소리도 없어지고 흥흥 하는 콧소리도 없어지고 오른손에 들고 있던 호흡기도 침대 밑으로 떨어졌다.

"주여, 주여." 이정빈은 두 손을 잡고 작은 소리로, 이태수는 아멘 소리만 반복했다.

"나무아미타불 관세음보살." 이태빈은 두 손을 모아 아주 작은 소리를 내고 있었다. 이태종은 사금자의 얼굴에서 죽음이 임박했음을 인지하고 있었다. 그러나 이선빈은 흐르는 눈물을 참지 못해 이를 악물고 있었다. 이선빈은 흘러내리는 눈물을 훔치지 않고 검은 치마를 적시고 있다. 사금자는 입술을 계속 움직이며 무슨 말인지 같은 속도로 그 모양을 반복했다. 말소리가 너무 작아서 무슨 말을 하고 있는 것인지 알아들을 수가 없었다. 그러나 이태수는 그 말이 무슨 말인지 알아듣고 있었다. 사금자는 이승에서 이렇게 마지막 말을 계속하고 있었던 것이다.

[태수야 어미가 미안타. 태수야 어미가 부탁한다. 태수야 미안타.]

허공을 만지던 손의 움직임이 느려지고 숨소리도 느려지며 임종의 숨소리로 변하기 시작했다. 입술을 움직여 알아들을 수 없는 말을 계속하고 있었다. 사금자는 이렇게 10여 분간 누워서 임종의 숨소리를 띄엄띄엄 반복하다 갑자기 느려지며 좌측으로 얼굴을 떨구었다. 사금자는 죽었고 그녀의 두 눈은 감지 않고 벽 쪽 모서리 위를 보고 있었다.

"엄마……." 하는 이정빈의 울부짖음이 회관 천정을 뚫을 것만 같았다. 회관 안은 울음바다로 변했다. 냉정을 유지하며 화면을 주시하던 이태종도 손수건을 들고 있었다. 사금자의 사망 원인이 이선빈의 음모가 아님을 밝혀졌다. 그러나 경찰관은 이선빈에 대하여 조사할 내용이 있다고 하며 임의동행을 요구했다. 간병인 역시 경찰차에 태우고 있었다. 경찰의 말에 의하면 이선빈이 몰래 장치한 CCTV와 녹음장치는 불법행위로 조사를 받아야 한다고 했다. 간병인 역시 병실을 이탈하여 환자의 사망에 직간접적인 영향을 주었으므로 자유로울 수가 없다고 했다. 경찰관 두 사람과 병원 의사는 이런 말을 남기고 그곳을 떠났다.

17. 단합과 결별

삼우제가 끝나고 문상 왔었던 친인척들도 모두 떠나고 가족들은 서울 여기저기에 흩어져 있었다. 삼우제가 끝난 다음다음 날 이태수는 이정빈과 함께 이태종의 여의도 사무실을 방문했다. 여의도 사무실에는 때마침 이태빈도 와 있었다. 이들 넷은 이선빈을 상대로 민사소송을 법원에 제출해 놓은 상태이며 그 이전에 변호사와 상의하여 재산 보전처분의 신청도 각각 완료하여 사금자의 명의신탁 재산은 물론 이선빈의 개인 재산까지 가압류를 해 놓고 있었다. 이들은 서로 다른 변호사에게 자신들의 소송을 의뢰하고 있었으나 이태종은 강 변호사에게 일을 맡기고 있었다. 이선빈은 사금자의 사망으로 항소가 중단되면서 그녀의 입지가 불리한 입장이었다. 그러나 그녀는 그동안의 녹음 테이프와 사금자의 증여확인서를 첨부하여 민사소송에 대한 답변서를 배 변호사를 통해 법원에 제출해 놓고 있었다. 오늘 모임에 이선빈은 자의 반 타의 반으로 참석하지 못하고 있었다. 넷은 응접실에서 커피를 들면서 부모님에 대한 가벼운 담소만을 나누고 있을 뿐 어느 누구도 소송에 관한 이야기는 꺼내지 못하고 있었다. 그들은 이번 민사소송 건이 자신들에게 얼마나 중요한지를 모두들 알고 있었다.

그렇지만 이번 사금자의 장례식을 치르면서 모두가 느슨한 마음을 갖도록 그 무엇인가 그렇게 만들고 있었다. 그러나 그들은 이미 그들의 변호사를 통해 그들의 목적한 바를 충분히 관철시키기 위해 최선을 다해 준비해 놓은 상태였다. 이태빈이 먼저 무거운 분위기를 파악한 듯 다른 말로 입을 열었다.

"정빈아, 경찰서에 잡혀간 선빈이하고 간병인은 어떻게 되었나?"

이태빈은 정빈에게 묻는 것이 편하다고 생각했다.

이정빈은 손에 들고 있던 커피잔을 앞접시에 내려놓으며 대답했다.

"언니, 모르고 있었어요?"

이정빈은 이태종과 이태수를 바라보며 하는 말이었다.

"나는 모른다."

"언니, 간병인은 그날 저녁에 나왔고 선빈이는 다음 날 오후까지 경찰서 유치장에 감금되어 있다가 우리들이 가서야 풀려났어요."

우리들이란 이태종과 이태수 그리고 이정빈 세 사람이다. 그날 이들 셋은 이선빈이 유치장에 감금되어 있다는 연락을 받고 서울에 도착하자마자 바로 경찰서로 급히 갔다. 그들 셋은 조사관이 꾸며 놓은 조서를 이선빈의 변호사와 같이 확인한 후 별지 확인서에 이선빈이 다음 조사에 언제든지 응할 수 있도록 책임과 보장을 하겠다고 서명 날인 한 후에 이선빈을 방면하게 하였다. 이선빈은 형사 피의자 신분으로 조사를 받던 상태였고, 그러나 간병인은 CCTV와 병원 측 재검에서 사금자의 최종 사망 원인이 급성폐렴으로 밝혀지면서 그녀를 계속 조사할 필요가 없다고 하였다. 사망 원인 중 하나였던 심인성 부종은 투석을 하는 사람들에게 흔히 발생할 수 있는 병명으로 사망하던 날 당시에는 투석으로 폐에 고인 물이 제거된 상태였다고 했다. 폐부종이 사망 원인에서 제외되면서 간병인은 경찰 조사가 끝났다. 그러나 이선빈은 피의자 신분으로 전환되는 바람에 그 많은 분량의 녹음과 CCTV 내용을 조사하는 동안 기소 여부에 관계 없이 경찰서 유치장에 감금되어 있어야만 했었다.

이들 셋이 경찰서에 도착했을 당시 이선빈은 많이 지쳐 있었고 무서움에 떨고 있었다. 그러나 이선빈은 자신의 행위에 대해 오빠나 언니에게 잘못했다는 말은 하지 않고 울음부터 터트렸었다.

[태수야 미안타, 미안타. 태수야 부탁한다.]

사금자가 임종 전에 그에게 부탁하던 그 말이 시도 때도 없이 이태수의 귓전을 맴돌기 시작했다. 이태수는 고심 끝에 내린 결론은 그 말은 모친의 마지막 유언이며 자신이 해결할 과제라고 생각했다. 그래서 그는 이 자리에서 어떤 방도를 찾고, 또한 그가 생각한 대로 엄마의 마지막 바람을 해결하고 싶었다.

"형, 나 내일 미국으로 갑니다. 떠나기 전에 부탁할 말이 있어서 여기 왔어요."

이태종은 생전 처음 자신에게 태수의 부탁한다는 말을 듣는 순간 몸이 오싹할 정도였다.

"그래. 부탁할 이야기가 뭔가?"

이태종은 조심스럽게 물었다.

"엄마에 관한 이야기도 되겠지만, 선빈과의 소송에 관한 이야기입니다."

이정빈은 이태수가 무슨 말을 할지 알고 있었다.

"무슨 중요한 이야기인가 본데 말해 보게나."

이태빈도 이태수의 다음 말에 귀를 세우고 있었다.

"형, 선빈이 저렇게 계속하는 거 어떻게 생각하세요?"

이태종은 즉시 대답할 수가 없어서 한참 생각했어야만 했다. 그때 이태빈이 불쑥 끼어들었다.

"선빈이를 어떻게 생각하긴, 욕심이 많아서 그렇지. 하지만 선빈이는 원래 착한 동생이라는 걸 알아야 해요. 거짓말할 줄 모르고 불평은 하고 있지만 우리들에게 원망 같은 건 갖고 있지 않아요. 그게 뭐겠어. 선빈이가 착하다는 거 아냐? 선빈이 요구를 우리가 조금만 이해하고 들어준다면 곧 풀릴 거야. 지금에 와서 생각해 보면 나는 정빈이도 좋지만 어릴 때 생각하면 선빈이가 안쓰럽다."

"언니, 오빠들 간에 이야기할 수 있게 가만있어 봐요."

이정빈의 말에 이태빈은 더 이상 말을 하지 않았다.

"태수 자네가 무슨 말을 하고 싶은지 좀 더 자세하게 말해 보게."

이태종은 이태수의 의중을 더 알고 싶었다.

"형, 나는 이번 소송을 포기할 겁니다. 어제 제 변호사하고 그렇게 결정했어요. 다만 이 소송이 끝날 때까지 그동안의 증거 서류는 변호사가 가지고 있다가 정빈이 변호사 혹은 형의 변호사가 부탁하면 언제든지 제공할 겁니다. 왜냐하면 그게 엄마가 원하는 것이었고 엄마의 치부책에 그렇게 쓰여 있어요. 형의 재산 몫도 거기에는 분명 적혀 있었어요. 나의 몫은 아버지께서 주신 것이 아니고 엄마가 문서를 억지로 꿰 맞춘 것이라고 고백하고 있어요. 이런 상황을 알면서 계속 소송에 가담하는 것은 아니라고 생각합니다. 그래서 형에게 부탁 하나만 하겠습니다. 형의 몫은 엄마가 증거를 남긴 대로 건물의 1/2을 돌려받고, 나머지 엄마의 몫과 아버지의 몫은 엄마를 포함한 6등분으로 나누어 갖도록 하자는 것입니다. 엄마의 몫은 그동안의 병원비, 형의 적금 배상 건 그리고 남는 돈은 문중에 기부하면 됩니다. 이게 엄마의 해결책입니다. 사실 그동안 엄마는 형이나 누나의 재산을 빼돌려 관리한다는 명목으로 우리 셋만을 도왔던 것은 사실이고, 우리 셋은 그 사실을 지금은 다 알고 있어요. 그래서 형한테는 말씀드리는 것이니, 형으로서 이번 소송 건을 책임지고 해결해 주었으면 합니다. 그리고 이번 소송에서 어떤 결론이 나와도 우리들끼리는 제가 말한 대로 해결해 주었으면 합니다. 이게 엄마의 바람입니다. 그러니 형님의 생각을 이 자리에서 말해 주든지 좀 더 생각해서 결정해 주세요."

이태수의 말이 끝나자 쥐 죽은 듯이 조용했다. 서로가 서로의 얼굴만 쳐다볼 뿐 아무도 말하려 하지 않았다.

"태수, 자네 생각을 많이 했구나. 자네가 자네의 지분을 포기하며 내놓은 제안인데 여기에 있는 세 사람은 당연히 받아들여야 한다고 생각해요. 문제는 선빈이가 자네의 제안을 순순히 받아 줄까? 선빈이만 받아 준다면 소송도 중단할 수가 있지. 이 자리에서 내 생각을 지금 말해 줄게. 태빈 누나, 정빈이, 선빈이 셋이 모두 받아들인다면 자네 제안대로 그렇게 노력해 보겠네."

"내 제안은 형이 선빈이를 그렇게 설득해 달라는 요구도 포함된 것입니다."

이태종과 이태수의 평생 처음 의견 일치는 이렇게 이루어지는 듯했다. 이정빈은 이미 이태수로부터 들어서 알고 있는 내용이었으나 그러나 이태빈은 이태수의 말에 내색은 하지 않았지만 크게 감격하고 있었다.

"태수 오빠, 그런데 올케언니가 반대하면 어떻게 되는 거야?"

이태수의 미국인 아내는 이번 소송에 대해서 잘 알고 있었고 조언도 많이 하고 있었다.

"그것은 약간의 문제가 있지만 우리 부부 알아서 해결할 문제니 그렇게 알고, 정빈이 너도 선빈이를 어떻게 달래서 이번 일이 잘되도록 해 봐."

이정빈은 동생 이선빈을 설득시킬 자신이 없었다.

"선빈이는 내가 말하면 반대로 가는 애야. 모르지. 태빈 언니 말은 들을지 몰라."

"정빈아, 너도 못 하는 일을. 내가 선빈이를 어떻게 해?"

"아니야, 언니는 이것만 있으면 선빈이를 설득할 수 있을 거야."

이정빈이 꺼내든 것은 사금자의 치부책 복사본이었다.

"치부책은 안 돼. 오히려 선빈에게 반감만 더할 거야."

이태빈은 이태종과 이태수를 번갈아 쳐다보았다.

"나도 같은 생각인데. 치부책으로 반감을 사는 일은 안 되고, 태빈 누나가 선빈이를 먼저 만나는 게 낫겠어요."

태종의 말이 끝나자 태수가 태빈을 바라보며 말했다.

"누나, 선빈이를 만나거든 내 소송 건은 취하할 것이라고 말해 주세요."

"알았다. 누가 나에게 더 이상 할 말이 없나?"

누구도 더 이상 이태빈의 말에 토를 다는 사람이 없었다. 이태빈은 동기 간에 성격상 가난한 것 말고는 흠이 없었다. 그들 모두는 선빈이 문제를 이태빈에게 맡겼다.

이태종은 어려운 과제를 해결한 것 같았다.

"자네가 이번에 미국에 들어가면서 언제 또 한국에 나올 계획을 가지고 있는 거야?"

이태수는 바로 대답했다.

"그런 계획 없어요. 형이 소송 건 때문에 묻는 것 같은데, 그 건이라면 내 변호사에게 모든 것을 일임했어요. 그리고 한국도 많이 발전해서 좋은데, 미국에서 오래 살다 보니 그곳이 한국의 서울보다 모든 게 편리하고 내가 살기가 좋아요."

이태수는 자신의 심경까지 전해 주었다.

이태종은 생각했던 말을 태수에게 계속했다.

"태수 자네에게 아직 말은 안 했지만 명지 우리 논밭 근처까지 아파트 단지가 야금야금 먹어 들어오고 있어. 잘못하면 우리 논밭도 LH 공사 측에 의해 강제 수용당할 위험이 있었네. 그래서 고심 끝에 우리 논밭과 연접한 낙동강 줄기 하구에 땅 5천 평을 구입하여 거기에 철새 도래지 전망대를 짓고, 공원을 조성하여 도청에서 관리하기로 합의를 보았네. 그래야 그곳에 아파트가

들어서지 못하고 우리의 조상의 묘를 안전하게 지킬 수 있다고 생각했던 것이
네. 그리고 약 5천 평 부지에 공원이 조성되면서 우리의 논밭 전체를 대지로
형질변경하고 그곳 6만 평 대지에 세계 5개국의 첨단 기업을 유치하는 데 성
공하였네. 현재는 그들의 요구대로 건물과 숙소가 거의 완성단계에 있으며 늦
어도 1년 이내에 모든 회사가 입주를 끝내고 첨단 제품을 생산하게 될 걸세.
미국 회사는 전기 전자 제품, 영국 회사는 의료기와 의약품, 독일 회사는 반
도체와 광속 제품, 프랑스에서는 항공기와 선박의 첨단 부품을 생산하기로 사
전 약정이 되어 있네. 우리 회사도 3년 전부터 연구개발에 착수하여 성공한 2
차 전지를 이곳에서 생산하게 될 걸세. 우리가 생산하는 전지는 지금은 승용
차에 한정하고 있으나, 앞으로는 여객기, 군용기 그리고 선박용까지 범위를 넓
힐 걸세. 그리고 자네가 보았듯이 종친회관은 새로 지어진 기와집 건물이네.
건축한 지가 2년도 아직 안 되었네. 그리고 이번에 계획하고 있는데 종친회관
뒤쪽으로 지하 1층 지상 7층의 건평 2천4백 평의 건물을 세울 계획을 하고 있
네. 지하와 5층까지는 임대할 예정이고 6층과 7층은 우리가 사용할 수 있도
록 주택과 사무실 그리고 공용 응접실을 만들 걸세. 그래서 휴가 때나 우리
가 약속하면 언제든지 이곳에서 모일 수 있도록 하는 것이 나의 바람이네. 물
론 자네 식구들도 이곳을 별장으로 사용할 수 있는 거지. 그렇게 하여 조상님
들이 남겨 놓은 재산을 지키고 개발하여 가문의 영속적 발전을 기하고 싶네.
자네 생각은 어떠한가?”

이태수는 잠깐 침묵하다 대답했다.

“형, 나를 관심에서 빼 주었으면 좋겠어요. 내 아내와 내 자식에게 말은 하
겠지만 대답은 바라지 않는 게 좋겠어요. 나 역시 경제적으로 사회적으로 미
국에서 모든 혜택을 받고 있어요. 그러니 형의 계획은 환영하지만 거기에 나
를 끼워 놓지 않았으면 좋겠어요.”

이태수는 자신의 입장을 분명히 했다. 둘은 말없이 커피를 들고 있었으나 마음은 이미 서로를 확인하고 있었다. 이번 만남이 이번이 끝이라고 이태수는 그렇게 설정하고 있었던 것이다. 이태수는 수십 년 만에 찾았던 서울을 예정대로 가족과 함께 떠났다. 그는 한국에 올 때도 그랬지만 한국을 떠날 때도 단출한 차림새였다. 다만 그의 손에는 고인이 된 엄마의 유품과 오낭 주머니가 들어 있는 함이 들려 있었다.

사금자의 시신 안장이 끝나고 열흘이 지난 1월 중순 서울의 날씨는 영하 10도를 오르내리는 한겨울 혹한 날씨가 계속되고 있었다.

이태종은 강 변호사와 함께 언덕바지에 있는 카페에서 뜨거운 커피 한 잔을 하며 소송 서류를 검토한 후에 서울중앙지검 정문을 향해 힘겹게 올라가고 있었다.

그들이 412호 법정에 도착했을 때 법정 안에는 이미 이선빈과 그녀의 변호사, 이정빈과 정 변호사 그리고 이태수의 변호사 김도균도 자리에 착석하고 있었다. 이태종도 강 변호사와 함께 법정 오른쪽 끝자리에 자리를 잡았다. 10여 분이 지나자 좌측 문을 통해 판사가 들어왔다. 판사가 자리에 앉아 미리 준비한 파일을 펼쳐보며 조용히 앉아 있던 원고 측과 피고 측을 향해 재판 시작을 알리고 통상적 일련의 소장과 답변 그리고 준비 서면과 증거물들을 열거하고 나서 말을 시작했다.

판사: 지금부터 원고 이태종의 통장 금액 환불 및 상가건물 지분 1/2의 환원 청구의 소, 이태수의 상가건물 지분 1/4의 환원 청구의 소 그리고 원고 이정빈의 상속재산분할 청구의 소에 대한 심리를 시작하겠습니다. 먼저 출석 여부를 확인 하겠습니다. 이태종, 이태수, 이정빈 원

고 측 소송 대리인들 모두 참석하셨습니까?

원고 대리인들: 예. 원고 측 소송 대리인 3명 모두 참석했습니다.

판사: 이선빈 피고 측 대리인 참석하셨습니까?

피고 대리인: 예. 피고 측 소송 대리인 배상호 변호사입니다.

판사: 예. 알겠습니다. 그런데 본 재판에 앞서 판사로서 두 가지 당부의 말을 드리고 싶습니다. 하나는 본 사건에 대한 양해 사항입니다. 앞에서 열거한 것과 같이 본 재판 건은 피고 이선빈을 상대로 3남매가 원고로 소송을 하고 있습니다. 결과적으로 제목은 다르나 소송 결과는 같을 것으로 보아 판사 1명으로 병합 배당되었음을 사전에 알려 드립니다. 두 번째는 본 재판 건은 5남매 간에 조정 기간이 필요하다는 것입니다. 본 민사재판에 앞서 본 소송 관련 5남매의 모친인 사금자의 형사재판 1심 결과가 있었습니다. 사금자는 형사재판에서 패소했습니다. 패소의 원인은 사금자 본인 스스로 불법으로 예지동 상가건물 취득했고, 그 밖에도 여러 범죄 사실을 실토를 함으로써 탈취 및 사취에 해당되었던 것입니다. 그러나 막내딸 이선빈이 결과에 불복하여 항소하였으나 상급 법원에서 사금자 사망으로 공소권 없음을 기각하고 종결된 상태입니다. 본 판사는 앞으로 있을 민사재판에 대비하여 형사재판 결과를 소상히 살펴보던 중 5남매의 현재의 위상을 접하고 많이 놀랐습니다. 본인들의 학력이나 재력 그리고 유명도에 있어서 타 집안의 다툼과는 확연히 다르다는 것을 본 판사는 인지하였습니다. 그래서 본 판사는 재판에 앞서서 대략의 말씀을 다음과 같이 권고합니다. 첫째, 5남매 서로 간의 조정이 잘 이루어졌으면 합니다. 둘째, 본 소송의 증거는 넘칠 정도의 자료와 증인 신청을 받아 놓고 있습니다. 셋째, 이대로 재판이 진행된다면 원

고들의 승소가 거의 결정적이라 말할 수 있습니다. 넷째, 그러나 피고 측이 현재 제출 증거와 증인 이외에 또 다른 것이 있으면 변수로 작용할 수도 있을 것입니다. 본 판사가 말하고 있는 것은 여러분의 제출 소장에 열거된 부분을 일반적으로 설명하는 것입니다. 그러하오니 각자의 견해에 참조하여 조정에 참고가 되었으면 합니다. 조정 기간은 이달 25일까지입니다. 다음 변론 준비 기일은 다음 달 02월 01일 14:00 본 법정 412호 실입니다.

18. 판결 다음은?

2009년 2월 1일 14:00 412호 법정.

판사가 좌측 문을 통하여 들어와서 자리에 앉았다. 판사는 소송 대리인 출석 확인을 하고 미리 준비한 서류를 훑어보며 말을 시작했다.

판사: 지난달 25일까지 조정 기간을 드렸으나 조정의 결과는 전무합니다. 그래서 오늘은 준비 서면 제출 및 진술을 바로 시작합니다. 준비 서면 제출 및 진술은 원고 이태종과 피고 이선빈, 원고 이태수와 피고 이선빈, 원고 이정빈과 피고 이선빈 순으로 진행하여야 하나, 본 소송 3건은 하나로 이미 병합되었고 그리고 본원의 중재로 원고와 피고 측이 합의하에 증인의 심문도 병합하여 사전에 고지했음을 재차 알려 드립니다. 그럼 원고 측의 준비 서면부터 시작합니다. 원고 측 소송 대리인 2008년 9월 1일 자 준비 서면 각 진술하시겠습니까?

원고 대리인: 예. 진술하겠습니다.

판사: 증거자료 갑 제1호 증과 제2호 증 제3호 증을 제출하시겠습니까?

원고 대리인: 예. 제출하겠습니다.

판사: 피고 측 소송 대리인 2008년 10월 1일 자 답변서, 2008년 11월 1일

자 준비 서면 각 진술하시겠습니까?

피고 대리인: 예. 진술하겠습니다.

판사: 피고 측 증거자료 제1호증과 증거자료 제2호증을 제출하시겠습니까?

피고 대리인: 예. 제출하겠습니다.

판사: 원고 측 소송 대리인 강상빈 변호사, 원고 측 청구 요지를 진술해 주십시오.

원고 대리인: 원고 이태종은 성종 임금의 둘째 아들 계성군의 제18대 손으로 종가 집안의 장손으로 태어났습니다. 그는 어려서부터 총명하고 영리했으며 그의 아버지 이성열의 훈육에 순응하여 문중에 각별한 관심을 갖게 되었으며, 그는 문중의 대소사에 적극적으로 참여하여 그의 아버지를 자랑스럽게 하였으며 이러한 그의 태도는 문중으로부터 장손의 입지를 굳건히 하는 결과를 가져오게 됩니다. 그리하여 장손 대대로 물려받는 재산을 그가 넘겨받게 되었으며 아무도 이에 반대하거나 이의를 제기하는 사람이 없었습니다. 이렇게 대대로 상속하는 것은 조상의 재산뿐만 아니라 백여 기가 넘는 조상의 묘의 관리를 위해 장손의 역할은 문중의 안녕을 위해 꼭 필요했습니다. 그러기 때문에 그는 장손으로서 지켜야 할 다섯 가지의 도리를 충실이 실천하여 왔던 것입니다. 그의 아버지 이성열은 조상의 상속재산 김해시 명지에 위치한 논밭과 명지 돌산을 담보로 종로구 예지동에 위치한 지하 1층 지상 4층 상가건물을 증거자료 갑 제1호증과 같이 매입하고 장자 이태종에게 1/2 그리고 자신과 부인 자에게 각각 1/4의 지분으로 등기하여 14년간 보존하고 있었습니다. 불의의 사고로 이성열이 사망하자 부인인 사금자는 남편의 1/4 지분과 자신의 지분 1/4 그리고 이태종의 지분 1/2를 모두 합하여 남편의 은행 빚을 청산한

다는 명목으로 처분했다가 3년 후 본인 명의로 상가건물을 취득하는 형태로 등재하여 그녀의 딸 내리순으로 2명에게 명의신탁하여 관리해 오다 형사재판에서 사금자의 사문서 위조와 갈취로 밝혀져 이태종의 1/2 지분은 당사자인 이태종에게 환원하라는 판결을 받았습니다. 그러나 사금자의 재산을 명의신탁 관리하는 이선빈은 지금까지 형사재판 결과에 따르지 않고 있습니다. 이에 따라 원고는 정신적 물질적으로 많은 피해를 입고 있습니다. 피고인은 이태종의 기존 재산인 상가건물의 1/2 지분을 즉시 환원 및 이전 등기에 응하도록 신청합니다. 증거로 실소유주 사금자와 명의수탁자 이선빈 간에는 상호 계약서가 있습니다. 실소유주가 사금자가 사업자의 임대차계약금을 대신 지불했습니다. 명의수탁자 이선빈은 수익금도 정기적으로 실소유주에게 입금을 했습니다. 그런데 명의수탁자 이선빈은 사업자등록을 유지하고 실소유주에게 사업체를 돌려주지 않고 그대로 본인이 소유하려 합니다. 재판에 참조를 위해 계약서 2건과 형사재판 결과를 별도로 제출합니다. 이상입니다.

판사: 피고 측 소송 대리인 배상호 변호사, 피고 측 답변의 요지를 진술해 주십시오.

피고 대리인: 사금자는 1998년 6월 1일부터 새로운 수탁자로 막내딸 이선빈을 지정하여 상가건물을 관리하게 하였습니다. 이렇게 수탁자를 막내딸 이선빈 씨로 변경한 제일 큰 원인은 두 가지가 있었습니다. 하나는 아들 이태수와 딸 이정빈 그리고 사금자는 미국에서 살고 있어서 서울에 소재한 상가건물 직접 관리를 할 수 없었고, 또 하나의 이유는 아들 이태수와 딸 이정빈은 그녀의 충분한 도움으로 부유한 경제적 생활을 하고 있었으나 결혼 생활 12년 차인 막내딸 이선빈은 어

려운 상태에 있었습니다. 그리하여 어머니 사금자는 아들 이태수와 딸 이정빈과 상의하여 상가건물을 막내에게 주기로 결정했던 것입니다. 그러나 사정상 당시는 서류화하지 못하여 구두상으로만 행하여졌던 것입니다. 이상은 이미 제출한 사금자의 육성 녹음에서 발취한 내용입니다. 형사재판 1심 결과는 사금자의 제출서류 및 증언 누락으로 패소 결과를 얻었으나 이는 잘못된 재판 결과이므로 모든 서류를 재정비하여 항소했던 것입니다. 불행하게도 사금자 본인이 사망함으로써 항소심의 좋은 결과를 얻지 못했습니다. 원고측이 주장하는 계약서는 이정빈과 이선빈과의 계약서를 인용하고 있음을 밝힙니다. 존경하는 판사님 그러므로 현재 상가건물 소유자인 이선빈은 등기이전에 응할 하등에 이유가 없다고 밝히는 바입니다. 이상입니다.

판사: 알겠습니다. 이 사건의 쟁점은 이태종의 상가건물 1/2 지분이 정당하게 환원되어야 하나 아니면 사금자의 재산으로 인정되어 딸 이선빈에게 증여한 것이 정당한 것이냐에 대한 판가름입니다. 원고 및 피고 측 소송 대리인은 추가로 제출할 증거나 신청할 증인이 있습니까?

원고 대리인: 원고가 주장하는 사실을 입증하기 위하여 피고의 모친 사금자와 60년간 고락을 같이했던 자영이 엄마 한순덕과 피고의 모친 사금자의 회사 경영에 깊숙이 관여했던 국민은행 전 지점장 정한국 씨를 사금자의 증인으로 신청하도록 하겠습니다.

판사: 증인 채택합니다. 피고 측 소송 대리인은 신청할 증인 있습니까?

피고 대리인: 예, 있습니다. 피고가 주장하는 사실을 입증하기 위해 본인 이선빈과 고 사금자 씨를 1년 6개월 동안 간병했던 간병인 왕재순 씨를 증인으로 신청합니다.

판사: 채택합니다. 양측, 더 이상 신청할 증거 있습니까?

원고와 피고 측 대리인: 없습니다.

판사: 그럼 이것으로 변론준비 기일을 마치고 변론 기일은 증인 심문을 위해서 2009년 02월 10일 오후 2시에 이곳 412호 법정에서 진행하도록 하겠습니다. 양측 모두 다 가능한가요?

원고와 피고 대리인을 각각: 예, 가능합니다.

2009년 2월 10일, 간밤에 내린 눈으로 서울은 온통 하얀 눈의 세상을 만들고 있었다. 서울 중앙 지방법원 앞마당은 사람들이 다니는 통행로를 제외하고 모두 하얀 눈으로 덮여 있었다. 쌓여 있는 눈은 30cm를 넘어 아이들의 무릎 정도의 깊이가 족히 될 듯했다. 그러나 다행히 바람이 없어서 영하의 기온이지만 그다지 춥지 않은 약간 차가운 느낌이 드는 겨울 날씨였다. 눈이 치워진 법원 입구 왼쪽에 누가 놓고 간 시루떡을 비둘기 다섯 마리가 이리저리 굴리며 쪼아대고 있었다. 법정 안은 여러 명이 자리에 앉아 있었다.

재판을 담당할 재판부 일행이 들어와 자리에 앉고 이어서 판사가 좌측 문을 통해 들어와 주위를 살피며 자리에 앉는다.

재판장: 지금부터 민사합의 제7부 사건 번호 2008가합1788호 원고의 상가 건물 1/2 지분에 관한 환원 청구의 소에 대한 심리를 시작하겠습니다. 그럼 먼저 출석 여부를 확인하겠습니다. 원고 측 소송 대리인 그리고 피고 측 소송 대리인 모두 참석하셨습니까?

원고 피고 측 대리인들: 예, 모두 참석했습니다.

재판장: 원고 측 증인부터 호명하겠습니다. 증인 한순덕 씨 그리고 정한국 씨 오셨습니까?

자영이 엄마 한순덕은 "예." 하고 일어서 대답했으나 정한국 전 지점장은 앉아서 대답했다.

재판장: 피고인 측 증인 피고인 이선빈 씨 그리고 간병인 왕재순 씨 오셨습니까?

이선빈은 앉은 자세로 대답했고 간병인은 일어서며 대답했다.

재판장: 양측 소송 대리인은 각 증인에 대하여 심문을 해 주시고 필요하면 대질 심문도 가능합니다. 증인 심문 순서는 원고 측, 피고 측 순서로 한순덕 씨부터 진행하겠습니다. 이에 양측 이의 있습니까?

원고 그리고 피고 측 소송 대리인: 없습니다.

재판장: 증인은 진술서를 보고 증언해서는 안 되며, 양측 소송 대리인은 제출한 증인 심문 사항에 따라 심문하며, 또한 내용에 없는 질문은 제한할 것임을 미리 밝힙니다.

원고 측·피고 측 소송 대리인: 예, 그렇게 하겠습니다.

재판장: 원고 측 증인 한순덕 씨와 정한국 씨, 그리고 피고 본인 이선빈 씨 그리고 왕재순 씨 증인석으로 나와 주세요.

이들 네 명은 증인석으로 가서 앉아서 서기로부터 증인 선서 용지를 받았다. 그리고 재판장은 이들의 집 주소와 주민등록번호 확인하고 증인선서를 하도록 했다.

재판장: 증인 한순덕 씨, 대표로 증인 선서를 낭독하시고 정한국 씨, 이선

빈 씨 그리고 왕재순 씨는 증인 선서를 눈으로 따라 읽고 각자 증인 선서에 서명을 하십시오.

한순덕: 본인은 양심에 따라 숨김과 보탬이 없이 사실 그대로 말하고, 만일 거짓이 있으면 위증의 벌을 받기로 맹세합니다.

재판장: 피고 이선빈 씨 바로 옆에 있는 피고 본인의 선서문을 낭독하여 주시고 그 밑에 서명날인 하십시오.

이선빈: 본인은 양심에 따라 숨김과 보탬 없이 사실 그대로 말하고, 만약 거짓이 있으면 허위진술의 제재를 받기로 맹세합니다.

재판장: 그럼, 공정한 심문을 위해 원고 측 증인 한순덕 씨를 심문할 동안 공정한 심문을 위해 이외 증인들은 잠시 법정 밖으로 나가 계십시오. 원고 측 소송 대리인, 증인 한순덕 씨의 심문을 시작하세요.

원고 대리인: 증인은 피고의 모친 사금자와 의자매 관계를 맺고 60년간 언니 역할을 하고 있다고 하던데 그게 사실입니까?

한순덕: 예. 사실입니다.

원고 대리인: 증인은 피고의 모친 사금자의 재산에 대하여도 어느 정도 알고 있었겠네요?

한순덕: 예. 동생 사금자가 죽기 전에 수십 년 동안 기록한 치부책을 저에게 주면서 치부책에 적혀 있는 내용을 태종과 태수에게 사실대로 말해 달라는 부탁이 있었습니다. 그렇기 때문에 동생의 재산에 대해서 어느 정도 잘 알고 있었습니다.

원고 대리인: 종로 예지동 상가거물에 대하여도 잘 알고 있었겠네요. 그렇다면 그 건물은 누구의 것이었습니까?

한순덕: 태종의 아버지가 사망하자 후에 사금자가 이 상가건물을 매수하는 형식적인 절차를 밟아 전부를 소유하게 되었고, 그녀의 딸 이정빈

그리고 이선빈에게 순차적으로 명의신탁하여 관리하게 했습니다.

원고 대리인: 후에 사금자가 이 건물을 매수하여 딸에게 명의신탁하여 관리하게 했다고 했는데 사금자의 건물 매수 자금은 어떻게 마련했는지 알고 있습니까?

한순덕: 예. 금자가 직접 제게 말해 주어서 알게 되었고 그 내용은 치부책에 자세하게 기록되어 있습니다.

원고 대리인: 사금자의 치부책에 기록된 내용을 자세히 말씀해 주실 수 있습니까?

한순덕: 1972년 7월 남편 이성열이 사망하자 사금자는 친자식들의 장래를 자신이 책임져야 한다고 했습니다. 그러기 위해서 예지동 상가건물을 자신의 소유로 만들어야 상가건물을 끝까지 보존할 수 있고 그 건물이 보존되어야 자식들의 장래를 보장받을 수 있다고 했습니다. 그래서 편법을 써서라도 그 건물을 자신의 소유로 만들 수 있는 방법을 당시 국민은행 정한국 지점장과 상의했다고 했습니다. 그 상가건물을 1975년 7월에 매도하고 그리고 3년 후 그 건물을 매입하는 편법을 써서 결국 사금자 소유의 건물이 되었습니다. 1978년 7월에 사금자의 명의로 법원 등기를 마치고 그때부터 예지동 상가건물을 사금자의 명의로 소유하게 된 것입니다. 그러다가 사금자가 1983년 미국으로 떠나기 전에 딸 이정빈에게 명의신탁하여 1998년까지 이 건물의 관리를 하다가 이정빈이 미국 이민을 가게 되자 1998년부터 현재까지 명의신탁을 이정빈으로부터 이어받아 이선빈이 관리권을 행사해 오고 있습니다.

원고 대리인: 증인, 방금 증언 중에 편법을 써서라도 그 건물을 사금자의 소유로 하겠다고 했는데 그 편법이 어떤 것이었는지 설명해 줄 수 있

습니까?

한순덕: 예. 태수 아버지가 사망하고 49제는 절에서 치렀습니다. 그날 절에서 점심을 같이하며 금자는 나에게 예지동 건물을 팔아서 태수 아버지가 진 빚을 갚아야 한다고 했습니다. 태수 아버지 지분은 태수에게 정상적으로 넘겨서 아무 문제가 없는데 태종이 반대하고 있다고 했습니다. 그러면서 빚을 갚기 위해서 법적으로 해결하겠다고 했습니다. 태종이 아버지는 빚이 없었고 오히려 원자재용으로 많은 현금이 별도 금고에 보관되어 있었다고 합니다. 사금자씨가 이 많은 돈을 빼돌리고 이태종의 지분도 정 지점장의 도움을 받아 편법을 사취했다고 우리 옆에서 우리 말을 듣던 태종 아버지의 여비서 겸 경리 과장이 귀띔해 주었어요. 그 후 상가건물을 팔고 태종 아버지 빚을 모두 청산한 것처럼 꾸민 것이지요. 이 내용은 금자가 내게 넘겨준 치부책에도 자세히 적혀 있어요.

원고 대리인: 증인, 그렇다면 사금자는 이태종의 재산을 갈취했던 것이고, 지금까지 딸들에 의해 이 상가건물을 관리 운영토록 한 것이 맞습니까?

한순덕: 예, 변호사님. 그렇게 한 것입니다.

피고 대리인: 재판장님, 이의 있습니다. 증인은 지금 자의적 발언을 난발하고 있습니다. 자제 요청합니다.

재판장: 네, 인정합니다. 증인은 증거에 있는 확실한 사실만 증언하여 주시기 바랍니다.

한순덕: 예, 재판장님 그렇게 하고 있습니다.

원고 대리인: 증인이 언급한 사금자의 치부책 증거자료 복사본 갑 제1호증 제출합니다.

재판장: 네. 채택합니다.

원고 대리인: 자 그럼 화면을 보시겠습니다. 고 사금자의 치부책 5페이지의 셋째 줄부터 12째 줄까지 먼저 보시도록 하겠습니다.

[오늘 드디어 상가건물을 내 명의로 등기 완성했다. 태수 아버지나 태종에게는 약간 미안하지만 이렇게 하여야만 상가건물을 안전하게 보존할 수 있고 그래야 내 아이들 셋의 장래를 보장받을 수 있는 것이다. 태종이 유능한 사회인이 되면 제 재산을 찾으려고 싸움을 걸어올 것이다. 태종이는 이제부터 더 이상 우리와 같이 한집에 있게 하여서는 안 되겠다. 이달부터는 상가건물이 없으니 상가건물에 대한 지분이 없다는 것을 말해 주고 관계를 끊어야 한다.]

원고 대리인: 계속하여 55페이지 첫째 줄부터 열다섯 번째 줄까지 보겠습니다.

[무진회사 정한국 지점장을 만났다. 태종이가 친구 강상빈 검사를 시켜 나를 형사고발을 하고 사전 계좌 추적 조사가 있었다고 했다. 영장을 제시하며 갑자기 형사들이 들이닥치는 바람에 어떻게 할 수가 없었다고 정 지점장이 말해 주었다. 남편의 거래 출납장과 예금통장 두 개 그리고 내 통장 거래 내역도 모두 챙겨 갔다고 했다. 형사들이 나를 체포하려고 곧 올 것이라고 말했다. 가능한 형사들이 찾을 수 없는 곳으로 앞으로 10년간 피해 있어야 한다고 했다. 은행 예금, 적금 모두 해약했다. 은행에서 여행자 수표 9천 불. 미화 5만 달라. 현금 8천만 원 정빈에게 보관하게 했다.]

원고 대리인: 계속하여 77페이지 첫째 줄부터 같은 페이지 열째 줄까지 보시겠습니다.

[일이 예정대로 모두 끝났다. 태수에게 5만 달라 송금 완료. 정빈 예금통장에 3천만 원 불입. 선빈이 영등포 건물 계약금과 잔금 합계 7천 5백만 원. 자영이게 5만 불 송금하고 2-3년간 같이 기거하기로 함. 지니고 갈 미화 5천 불 그리고 비행기 표 가방 모두 준비되었다. 내일이면 서울을 떠난다. 모든 자료와 문서는 조흥은행 비빌 금고에 보관했다. 금전 치부책 일기는 비빌 금고에 같이 보관하고 복사하여 출국한다. 내일만 잘 지내면 된다.]

원고 대리인: 재판장님, 증인이 앞서 말한 내용이 모두 다 사금자의 치부책에서 혹은 직접 들어서 알고 있었다는 증언을 하고 있습니다. 증인 한순덕 씨의 증언을 토대로 미루어 보건대, 피고의 모친 사금자는 이태종의 재산을 갈취하여 모든 상가건물 지분을 피고인 이선빈에게 명의신탁하여 관리했던 것이 이미 증인에 의에서 사실로 판명되었고, 그리고 형사재판 1심에서도 이미 확정된 판결입니다. 따라서 피고는 이유 없이 원고의 요구대로 상가건물의 1/2 지분을 환원 및 이전 등기를 즉시 원고에게 응하여야 합니다. 나머지 1/2은 이정빈 원고와 고 사금자의 주장대로 1/6으로 분배하여야 합니다. 이상입니다.

재판장: 그럼 피고 측 소송 대리인, 반대 심문 있습니까?

피고 측 대리인: 예, 있습니다. 고 사금자의 치부책 원본은 한 권인데, 편집된 복사본은 여러 권이 있습니다. 증인 한순덕이 가지고 있는 치부책은 편집된 가짜 복사본입니다. 증인 한순덕은 가짜로 편집된 내

용을 증언하고 있습니다. 따라서 증인 한순덕은 거짓말로 사실을 왜곡하고 있으며 이는 결코 용서할 수 없는 거짓말을 하고 있습니다. 재판장님, 증인 한순덕의 거짓말을 바로잡아 주시기 바랍니다.

재판장: 증인 한순덕 씨 확실한 사실만을 말하고 거짓말을 할 경우 위증죄를 받을 수 있다는 것을 유념하시기 바랍니다.

원고 대리인: 재판장님, 증인 한순덕은 거짓 증언을 하고 있지 않습니다. 한순덕이 가지고 있던 치부책은 고 사금자로부터 직접 받은 치부책입니다. 따라서 피고인 측 대리인이 말하는 가짜 치부책 운운은 천부당만부당한 주장입니다. 바로잡아 주시기 바랍니다.

재판장: 피고 측 대리인은 본원이 보관하고 있는 치부책 원본과 대조한 후 본인의 주장을 하시기 바랍니다. 피고인 측에 참고를 위해 말씀드리면, 원고 측이 본원에 제출된 치부책은 이미 사금자의 친필로 확인되었습니다.

재판장: 피고 측 대리인 더 이상 반대 심문이 있습니까?

피고 대리인: 예, 있습니다. 증인 한순덕은 일방적으로 원고 이태종을 이롭게 두둔하여 증언하고 있습니다. 여기에는 그만한 이유가 있습니다. 증인 한순덕과 피고인 이선빈은 고 사금자의 간병 문제로 심하게 다툰 적이 있습니다. 당시 증인 한순덕은 고 사금자의 재산이 많다는 것을 알고 이정빈의 사주를 받아 증인의 딸 자영이에게 간병하도록 하였습니다. 이 대가로 증인 한순덕은 피고의 모친 사금자로부터 수표로 거금 1억 원을 받았고 그 1억 원은 증인 한순덕의 딸의 통장에 입금되어 있었습니다. 이 모든 정황을 파악한 막내딸 이선빈은 언니 이정빈과 증인 한순덕이 서로 짜고서 이태종 편에 서도록 하여 증언하게 하고 있다고 주장하고 있습니다. 증인 한순덕에게 묻겠습

니다. 그 1억은 누구로부터 받은 돈입니까?

한순덕: 그 돈은 금자가 오장동 가게를 팔고 내게 권리금 조로 직접 준 돈입니다. 오장동 냉면집은 수십 년간 제가 금자로부터 임대하여 운영하던 냉면집 식당으로 권리금이 1억 원 이상이 붙어 있었습니다. 금자가 그 가게를 팔고 나서 권리금 조로 내게 준다며 준 것이지 절대로 이 돈은 이정빈이나 이태종과는 아무런 관계가 없습니다.

원고 대리인: 재판장님, 이의 있습니다. 피고 측 대리인은 피고의 추측 말만 믿고 증인을 심문하고 있습니다. 증인은 피고의 모친 사금자로부터 임차한 오장동 가게를 냉면집으로 개조하여 40년 이상 운영해 오다, 사금자의 필요에 의해서 매각하게 되었고 그 가게는 그동안 권리금이 1억 이상이 붙어 있었습니다. 망자 사금자는 권리금 중 1억 원을 증인 한순덕에 주었고 한순덕은 딸 자영이에게 보관하도록 했던 것입니다. 사금자가 사망하자 한순덕은 장례 비용에 보태라며 사금자로부터 받은 1억 원에서 맏상제인 이태종에게 5천만 원을 위로금 조로 내놓았습니다. 이렇게 하여 사금자의 장례식은 일반 문상객들로부터 일체의 조위금을 받지 않고 치러졌던 것입니다. 그 1억 원은 사금자의 장례식 비용 충당뿐만 아니라 그 외 사금자의 병원비 일부 및 기타 경비로 모두 쓰여졌음이 밝혀졌습니다. 재판장님 이상의 사실을 존중하여 더 이상 추측과 확인되지 않은 대응으로 증인을 강압 심문하는 것을 중단시켜 주시기 바랍니다. 이상입니다.

재판장: 피고 측 대리인 변호사는 정황만으로 강압 심문은 할 수 없으며 확실한 사실만을 심문하도록 하세요. 피고 측 대리인 한순덕 증인에 대한 심문이 더 있습니까?

피고 대리인: 없습니다.

재판장: 원고 측 대리인 재반대 심문 있습니까?

원고 대리인: 없습니다.

재판장: 증인 수고하셨습니다. 내려가셔도 좋습니다. 다음은 원고 측 두 번째 증인을 심문을 하겠습니다. 원고 측 증인 정한국 씨 나오세요.

재판장: 원고 측 대리인은 증인 심문을 시작하세요.

원고 대리인: 증인은 원고 이태종과 어떤 관계로 만났습니까?

정한국: 이태종을 만난 적이 없고 얼굴도 본 적이 없는 그런 관계입니다.

원고 대리인: 한 번도 만난 적이 없는 원고의 증인으로 응한 이유를 말해 줄 수 있습니까?

정한국: 예. 이태종은 고 사금자 씨의 호적상 큰아들입니다. 즉 고 사금자 씨의 의붓아들입니다. 피고의 모친 고 사금자 씨는 저희 은행의 VIP 고객이었습니다. 그런 그녀가 사망하기 전에 편지로 제게 의붓아들 이태종의 증인으로 서 달라는 간곡한 부탁이 있었습니다. 처음에는 법에 휘말리는 것이 싫어서 거절할까 생각을 하였으나, 그녀가 과거 은행 지점장 시절 제게 베풀어 준 은덕을 생각하니 차마 거절할 수가 없었습니다. 고 사금자 씨는 저에게는 아주 고맙고 특별한 고객이었으니까요.

원고 대리인: 증인, 특별한 고객이라니 좀 더 구체적으로 말씀해 줄 수 있습니까?

정한국: 고 사금자 씨는 저희 지점에 제일 큰 고객으로 매월 평균 2억 원 정도의 예금 잔고를 유지하고 있었으며, 또한 우수 고객도 여러 사람 소개해 주셔서 신임 지점장으로서 크게 도움을 받았던 적이 있었습니다. 그뿐만 아니라 오래전에 한 건설사의 금품비리에 연유되어 억울하게 구속당할 위기에 그녀는 나의 억울한 사정 이야기를 듣고 변

호사를 선임해 주었으며 나는 그 변호사를 통해 억울하게 뒤집어쓴 누명을 벗을 수가 있었습니다. 그리고 사금자 씨는 금은방과 수출 회사를 운영하는 동안 자금 계획을 제게 의논할 정도로 가까웠습니다. 그리고 저 또한 제 능력이 닿는 데까지 최선을 다해 상생하기로 스스로 약속했습니다.

원고 대리인: 증인, 그렇다면 예지동 상가건물에 대해서도 잘 알고 있었겠네요?

정한국: 예, 그렇습니다. 그 건물의 일부가 수출 회사의 담보로 되어 있어서 잘 알고 있었습니다.

원고 대리인: 증인, 건물의 일부가 수출 회사 담보로 되어 있었다고 했는데 건물의 일부는 무엇을 뜻하는 말입니까?

정한국: 건축물 토지대장과 등기부등본에 의하면 세 사람의 지분으로 나누어 등기가 되어 있었는데 이태종의 상가건물 지분 1/2을 제외한 사금자와 그의 남편의 지분만 담보로 되어 있었습니다. 그리고 이태종의 지분 1/2 지분은 이씨 종친회 회장명으로 가압류가 된 상태였습니다.

원고 대리인: 그 후에 수출 회사의 은행 담보 사항은 어떻게 변경이 있었습니까?

정한국: 어느 날 사금자 씨는 상가건물을 매도한다며 대출금을 모두 갚고 담보 해제 요청을 한 적이 있습니다. 그리고 3년 후에 그 상가건물은 사금자 씨의 명의로 등기되어 나중에는 딸 이정빈에 이어 이선빈의 이름으로 명의신탁하여 상가건물이 존속하고 있었던 것입니다. 이런 모든 변화를 거처 지금까지 그 상가건물이 존속하게 된 것입니다. 그 당시 사금자 씨는 법적 모든 절차를 제게 의논했던 것이지요.

원고 대리인: 이태종의 상가 지분 1/2은 어떻게 사금자 씨가 가지게 된 것

입니까?

정한국: 한마디로 말한다면 억지로 빼앗은 것이지요. 당시 본인 사금자 씨가 그렇게 할 요량으로 요식적 합법적 절차를 거친 것이지요. 그때 사금자 씨는 이태종의 재산을 뺏는 것이 아니고 자신이 맡아 두는 것이라고 내게 분명히 말한 적이 있어요. 그런데 당시 어려웠던 것이 한 가지 있었습니다. 바로 문중의 가압류이었는데 종친회에서 못 풀어준다고 하여 3개월 고생한 적이 있습니다. 결국 사금자씨가 종친 회장을 직접 만나서 돈으로 해결했다는 이야기를 들은 적이 있습니다.

원고 대리인: 증인 정한국 씨는 고 사금자 씨에게 보은하는 의미로 증언에 나섰다며 고인의 치부를 낱낱이 까발리고 있습니다. 그 이유를 말씀하여 주실 수 있습니까?

정한국: 예. 고 사금자 씨는 형제자매 간의 다툼을 끝내기 위해서 솔직한 증언이 필요하다고 심신 당부하셨습니다.

원고 대리인: 재판장님, 상가건물 1/2의 이태종의 지분은 사금자의 장부에 의해 그리고 사금자와 절친했던 정한국 증인에 의해 이태종의 재산으로 확인되었습니다. 또한 이선빈이 명의신탁하여 관리되고 있었음이 자세히 밝혀졌습니다. 피고인 이선빈은 상가건물 1/2 지분을 원고 이태종에게 즉시 이전등기하여야 합니다. 사금자의 편지 제2호증을 제출합니다.

재판장: 네, 채택합니다.

원고 대리인: 이것은 피고의 모친 사금자 씨가 사망 전에 정한국 씨에게 보낸 편지입니다. 내용은 다음과 같습니다.

[정한국 지점장님 귀하. 그동안 안녕하셨습니까? 저는 병으로 여

러 해 고생하고 있습니다. 심신이 예전에 비해 엉망이지요. 지난번에 문병을 거절한 것도 이 때문입니다. 벌써 수십 년 세월이 흘렀지만 사실 저는 지점장님을 사랑했었습니다. 그래서 저는 지점장님을 만날 때마다 곱게 보이려고 무던히 노력을 했었습니다. 그럴 때마다 마음은 설레고 행복했었습니다. 지금도 그때를 생각하면 스스로 얼굴이 붉어지고 열이 오르는 듯합니다. 병치레하는 모습을 보여 드리기 싫어서 면회 거절한 것 이해하여 주시고 또한 용서를 빕니다. 저는 이제 죽음이 임박하였음을 스스로 알고 있습니다. 그런데 죽음을 앞두고 처리 못 한 일이 있습니다. 다름이 아니라 아직까지 제 재산 문제를 풀지 못하고 있습니다. 지점장님은 제 재산이 어떻게 마련되었고 어떻게 운영했었는지 잘 알고 있었기에 예전에 그랬듯이 지금도 나의 문제 해결에 많은 도움을 주실 것 같아서 간절히 부탁합니다. 정 지점장님. 제 큰아들 이태종과 제 막내딸 이선빈 간에 소송이 벌어지고 있습니다. 그런데 태종에게 태종의 재산을 돌려주고 싶습니다. 지금은 막내 선빈이 이름으로 되어 있어서 아무리 선빈에게 말하여도 돌려주지 않습니다. 법적으로 해결할 수밖에 없는 지경에 왔습니다. 정 지점장님은 이 상가건물을 은행에 담보했을 때부터 잘 알고 있었기에 정 지점장님이 증인으로 도와주신다면 나의 당시 은행 거래 장부와 나의 치부책 일기를 대조하면 상가건물 1/2 지분이 태종의 재산임을 확실히 입증할 수 있다고 생각합니다. 염치없는 부탁이지만 그전처럼 한 번만 더 도와주시기 바랍니다. 지점장님 부디 건강하시고 행복하시길 기도합니다. 2008년 10월 18일 사금자 올림. 추신: 지점장님의 솔직하고 꾸밈없는 증언을 부탁드립니다.]

원고 대리인: 이상의 편지에서 피고의 모친 사금자는 이태종의 재산을 확실히 돌려주기를 원하고 있습니다. 재판장님, 이미 제출된 사금자의 은행 거래 장부와 그녀의 치부책 일기를 증거로 더 이상 피고 이선빈은 원고 이태종의 재산을 소유할 수 없음을 이미 밝혀졌습니다. 더 이상 피고 이선빈은 원고 이태종에게 등기이전에 즉시 응하여야 합니다. 이상입니다.

재판장: 피고 측 대리인 반대 심문 있습니까?

피고 대리인: 네, 있습니다. 증인 정한국 씨는 지금은 고인이 된 사금자 씨와 좋게 말하면 연인 관계이고 나쁘게 말하면 불륜 관계였다고 사금자 씨의 막내딸 이선빈은 말하고 있습니다. 증인 정한국 씨, 이 말이 사실인가요? 그래서 옛정을 못 잊어 그녀의 요구대로 이태종의 증인으로 임한 것인가요?

정한국: 고 사금자 씨는 저희 은행에 특별한 VIP 고객이었습니다. 고 사금자 씨가 운영하는 금은방은 제가 새로 부임한 지점의 최고의 거래처였으며, 저희 지점을 전국 최고의 지점으로 또한 저를 전국 최고의 지점장으로 최우수 표창장을 받는 데 절대적 도움을 주었습니다. 연인 관계나 불륜 그런 관계는 절대로 아니었습니다. 저는 저희 아버지의 무분별한 여자 관계로 세 어머니의 몸 속에서 태어난 형제자매를 가지고 있었습니다. 저는 청년이 되기까지 작은어머니 집에서 같이 살았는데 어려움이 많았었습니다. 그래서 여자 관계라면 절대로 아버지와 같아서는 안 된다는 생각을 갖고 있었습니다. 그리고 당시 저에게는 어린 아들과 딸 그리고 사랑하는 아내가 있었습니다. 내 가족에게 다른 여자관계 절대로 불미스런 일이 있어서는 안 된다는 게 제 지론이고 지금까지 그것을 지켜 오고 있습니다. 제가 생각하는

사금자 씨는 은행 고객 그 이상도 그 이하도 아니었고 저에게 아주 고맙고 친절한 사람이었습니다. 고인의 생애에 절대로 욕되게 하여서는 안 된다고 생각합니다. 부디 그녀의 깨끗한 삶에 흠을 주는 상상 발언은 삼가 주시기를 간절한 부탁을 드립니다. 다만 정신적인 사랑을 나누었다는 걸 부인은 않겠습니다. 그리고 그녀의 증인 부탁을 수락한 가장 큰 이유는 병아리 지점장 시절 저는 그녀로부터 많은 도움을 받았기에 인간으로서 거절할 수가 없었습니다. 마음을 다해 고인의 명복을 빕니다.

피고 대리인: 정한국 증인, 증인은 은행 재직하는 동안 여러 번 법정에 선 적이 있었지요. 그때마다 정계 혹은 재계의 묘한 도움으로 풀려났었고 결국은 업무상 배임 및 사기 혐의로 구속 기소되어 1년 만에 출소한 적이 있었지요. 그로 인해 은행에서 면직 처분받고 정년도 채우지 못하고 은행을 떠나야만 했지요.

원고 대리인: 재판장님, 피고 측 대리인은 본 사건과는 관계없는 심문으로 증인을 압박 유도하고 있습니다.

재판장: 인정합니다. 피고 측 대리인은 본 건과 관계없는 심문은 자제해 주시오.

재판장: 원고 측 대리인, 재심문을 하시겠습니까?

원고 대리인: 없습니다.

재판장: 피고 측 대리인, 재심문 있습니까?

피고 대리인: 없습니다.

재판장: 네. 증인 정한국 씨 수고하셨습니다. 내려가셔도 좋습니다. 다음 피고 측 증인 왕재순 씨 나오세요. 피고 측 대리인 심문하세요.

피고 대리인: 증인 왕재순 씨는 원고 이태종을 언제부터 사금자 할머니에

게 의붓아들이 있다는 것을 알게 되었나요?

왕재순: 그러니까 할머니를 간병한 지 6개월째 되던 달로 기억합니다. 당시 교수님이 저에게 배다른 큰오빠가 온다고 할머니에게 환자복 대신 한복을 입히라고 했어요. 그래서 그때 오셨던 분이 할머니의 의붓아들이고 선빈 교수님의 배다른 큰오빠라는 것을 알았어요.

피고 측 대리인: 그날 증인은 사금자 할머니 곁에 있었지요?

왕재순: 네. 그렇습니다.

피고 대리인: 그럼 그날 할머니가 했던 말을 모두 기억하십니까?

왕재순: 네.

피고 대리인: 그럼 사금자 할머니가 큰아들에게 예지동 상가건물을 되돌려 주겠다는 이야기도 있었습니까?

왕재순: 아니요. 그런 말은 없었습니다.

피고 대리인: 증인 왕재순 씨는 사금자 할머니가 사망할 때까지 거의 1년 반 동안 간병인으로 있었지요?

왕재순: 네. 그렇습니다.

피고 대리인: 그럼 살아 계실 때 사금자 할머니께서 단 한 번이라도 예지동 상가건물에 대해 원고 이태종이 1/2 지분을 가지고 있다는 말을 들어 본 적이 있습니까?

왕재순: 전혀 없었고요, 그보다는 이태종 큰아들이 찾아올까 걱정을 많이 했습니다.

피고 측 대리인: 왜 그렇게 걱정을 많이 했을까요?

왕재순: 한 번 만난 이후로 의붓아들이 무섭다고 했어요.

피고 대리인: 원고 이태종은 형사소송과 민사소송을 진행하는 동안 중환자를 위협하여 그녀의 치부책을 내놓게 했습니다. 또한 의자매 한순

덕을 이용해 극락과 지옥을 일깨워 죽음에 임박한 사금자에게 회개 지심을 갖도록 했던 것입니다. 원고 이태종의 이러한 절차를 이용한 욕심은 인생을 다한 인간에게 또 다른 죄를 짓고 있는 것입니다. 재판장님, 피고 이선빈은 형제자매 간의 일시적 절연을 후회하고 있습니다. 또한 피고 이선빈은 엄마 사금자의 마음을 헤아려 부모님이 남겨준 재산을 공명정대하게 나누어 갖기를 원하고 있습니다. 재판장님의 현명한 판단을 기대합니다. 이상입니다.

재판장: 원고 측 대리인 반대 심문 있습니까?

원고 대리인: 없습니다.

재판장: 수고하셨습니다. 증인은 내려가도 좋습니다. 다음은 당사자 본인을 심문하겠습니다. 피고 이선빈 씨 나오세요. 자, 피고 측 소송 대리인 심문을 시작하시오.

피고 대리인: 피고 이선빈 씨는 사금자 씨의 막내딸이고 모친으로부터 제일 많은 사랑을 받았다고 하던데 그 말이 맞습니까?

이선빈: 예. 저는 막내딸로 엄마의 극진한 사랑을 받고 자랐습니다. 지금도 엄마만 생각하며 가슴이 미어지고 먹먹합니다.

피고 대리인: 증인 이선빈 씨는 어머니 사금자로부터 예지동 상가건물을 인수 받고 운영한 것이 얼마나 되었습니까?

이선빈은 사전 조율이 없었던 배상호 변호사의 질문에 조금은 당황하였으나 이내 그녀의 빠른 머릿속에서 산출해 냈다.

이선빈: 예. 10년 1개월이 조금 넘고 있습니다.

피고 대리인: 그렇다면 예지동 상가건물은 이선빈 씨 재산이 이제는 법적으

로 확실한데 왜 형제자매들과 법정 다툼을 하고 있다고 생각합니까?

이선빈: 형제자매들은 예지동 상가건물이 엄마가 저에게 증여한 것이 아니라 제 이름으로 명의신탁하여 관리권만 저에게 부여한 것이라고 주장하고 있습니다. 그래서 이태종 큰오빠가 오래전에 형사소송을 제일먼저 했었고 그다음에는 이태수 작은오빠가 민사소송 그리고 정빈언니가 10년이 되기 전에 민사소송을 제기한 것입니다.

피고 대리인: 그렇다면 이선빈 씨는 오빠와 언니의 소송이 정당하다고 생각합니까?

이선빈: 아니요. 절대로 옳지 않고 정당하지도 않다고 생각합니다.

피고 대리: 이선빈 씨 그렇게 생각하는 이유를 소상히 말해 줄 수 있습니까?

이선빈: 우선 이태종 큰오빠는 상가건물의 1/2 지분은 이미 수십 년 전에 아버지의 빚 청산으로 지금은 실체가 없는 것입니다. 그리고 이태종 오빠는 예지동 상가건물과 아무런 관계도 없는 두 증인을 내세워 거짓말과 상상 증언을 하고 있습니다. 한순덕 아줌마는 평생 우리 엄마의 도움으로 이제까지 호의호식하며 그렇게 살아온 사람이며 정한국 아저씨는 은행 재직 시에 고객의 맡긴 예금으로 주식 투자를 몰래 하다가 금강원에 적발되어 감옥살이를 했으며, 그 당시 저희 엄마의 도움으로 1년 만에 병보석으로 출소한 적이 있는 사람입니다. 본인들은 우리 엄마의 부탁으로 증언대에 섰다고 하나 저 두 사람은 예전에 우리 엄마에게 도움을 받은 것처럼 이번에는 태종 큰오빠로부터 뇌물을 받고 증언을 하고 있습니다. 그 증거로 최근에 한순덕은 강남 대치동에 38평 아파트를 새로 구입했으며 정한국 아저씨는 세운상가 30평 가게를 얼마 전에 구입했습니다. 저 두 사람은 아파트나 상가를 살 만한 능력이 없는 사람들입니다. 저 두 사람의 자금 출처

를 조사하여 준다면 제 말이 사실임을 당장 확인할 수 있을 겁니다.

피고 측 대리인: 재판장님. 증인 이선빈의 주장을 증명하기 위해 한순덕 씨의 대치동 아파트 등기부등본과 정한국 씨의 세운상가 가게 계약서 사본을 제출합니다. 공정한 재판을 위해 원고 이태종과 증인 한순덕 그리고 증인 정한국의 자금 흐름을 조사하여 주시기 바랍니다.

원고 대리인: 재판장님, 이의 있습니다.

재판장: 예. 원고 측 대리인 말씀하세요.

원고 대리인: 피고 측 변호사는 본 법전에서 실행이 불가능한 자금출처를 내세워 원고 측 증인들을 위협하고 있습니다. 본 재판의 공명정대한 증언을 위해 으름장 식의 요구를 당장 중지시켜 주시기 바랍니다.

재판장: 원고 측 대리인의 요구를 일부 수용합니다. 원고 측 증인의 자금출처 조사는 본 법정에서 조사할 일이 아니며, 피고 측에서 이를 주장하기 위해서 별도 조사권을 이용하시기 바랍니다. 피고 측 대리인, 증인에 대한 심문이 더 있습니까?

피고 대리인: 피고는 앞서 원고의 두 증인이 거짓말과 추측 증언을 하고 있다고 했는데, 그 이유를 설명하실 수 있습니까?

이선빈: 원고의 두 증인 한순덕 아줌마와 정한국 아저씨는 예지동 상가건물과는 어떠한 관련도 없었던 사람들이며 특히 정한국 씨는 이태종 큰오빠와 생면부지의 사람입니다.

피고 대리인: 피고 이선빈은 재판장에게 할 말이 있다고 하며 본 변호인에게 자신의 견해를 밝힌 적이 있습니다. 그 내용을 재판장에게 소상하게 말씀하여 주실 수 있습니까?

이선빈: 예. 변호사님, 소송을 준비하는 동안 두 번이나 병원에 입원할 정도로 힘들었습니다. 정말로 괴롭고 힘든 6개월을 보내야만 했습니다.

그러다 재판장님이 말씀하신 조정 기한에 대해 심도 있는 관심을 갖게 해 주었습니다. 그래서 단순하게 두 개의 안을 가지고 이정빈 언니와 상의했었습니다. 하나의 안은 예지동 상가건물을 1/5씩 똑같이 나누는 것이고 또 하나의 안은 엄마의 의붓자식인 태종 오빠와 태빈 언니에게 친양자 유류 지분으로 1/10씩 나누어 주고 나머지는 엄마의 친자식 태수 오빠와 정빈 언니 그리고 나 셋이서 똑같이 나누어 갖는 그러한 안이었습니다. 그러나 언니는 일고의 재고도 없이 그 자리에서 거절했습니다. 요 근래 간병인을 통해 알아낸 사실이지만 태종 오빠와 태빈 언니, 태수 오빠 그리고 정빈 언니 이렇게 넷이 여러 번 만나 모종의 합의가 있었던 것입니다. 어떻게 보면 정빈 언니의 계략에 셋 모두가 넘어간 것이지요. 태빈 언니를 통해 큰오빠와 작은오빠를 만나 그 합의를 되돌려 볼 생각도 했었지만 이미 늦었다는 판단을 하였습니다. 지금의 심정은 형제자매의 인연을 끊고 재판에 승소하는 것만이 제가 살길이라 판단하고 있습니다.

피고 대리인: 증인 이선빈 씨 조금 전에 이태종과 이태수 그리고 이정빈과 이태빈이 모종의 합의가 있었다고 하셨는데 그 합의가 무엇인지 구체적으로 말해 줄 수가 있습니까?

이선빈: 예. 정빈 언니는 태종 오빠의 지분 1/2, 태수 오빠의 지분 1/4은 법적 다툼에서 두 오빠가 이길 가능성이 크다는 것을 알고 그 대신 다른 목표를 세우고 두 오빠를 설득했습니다. 그래서 합의된 것이 정빈 언니 식 엄마의 지분 나누기입니다. 다시 말씀드리면 엄마의 지분 1/4에서 두 오빠의 상속 지분을 모두 정빈 언니에게 양보하겠다는 약속을 두 오빠로부터 모두 각각 받아낸 것입니다. 이 내용은 간병인이 갖고 있던 정빈 언니의 녹음기에 녹음되어 있었습니다.

피고 대리인: 그러니까 이태종은 상가건물 첫 등기부 내용대로 1/2을, 그리고 이태수는 아버지 이성열의 지분 1/4 모두를 상속 받는 것으로 인정해 주는 대신 이정빈은 어머니 지분 1/4에서 이태종과 이태수의 상속 지분을 두 오빠 모두 이정빈에게 양보하겠다는 약속을 받아낸 것이라는 말씀이시지요?

이선빈: 예. 그렇습니다.

피고 대리인: 재판장님. 이태종과 이태수 그리고 이정빈은 피고인 이선빈 몰래 이상과 같이 유산 공작을 자행했던 것입니다. 재판장님의 준엄한 심판을 바랍니다. 이상입니다.

재판장: 원고 측 대리인, 피고 이선빈에게 반대 심문이 있습니까?

원고 대리인: 예. 있습니다.

재판장: 원고 측 변호인. 심문을 시작하세요.

원고 대리인: 우선 피고 측에서 주장하는 유산 공작 운운하는 것은 말도 안 되는 주장입니다. 이정빈은 엄마를 약 10년 넘게 최선을 다해 모시고 살았던 것입니다. 그것을 두 오빠들은 잘 알고 있었습니다. 엄마 사금자는 그녀의 지분 중 두 아들에게 나누어 줄 유산을 이정빈에게 주고 싶다는 의사를 표명했었고 두 오빠는 이정빈의 이러한 헌신적 노력을 인정하여 모친의 요구를 흔쾌히 동의했던 것입니다. 모친 사금자는 이렇게 하여 그녀의 재산 중 이태종과 이태수의 지분을 이정빈에게 상속하겠다는 의사를 이정빈에게 녹음하도록 했고 별도로 그녀의 유서에도 남겼던 것입니다. 재판장님 이미 제출된 서류를 검토하여 바로잡아 주시기 바랍니다.

재판장: 원고 측 대리인. 피고 이선빈에게 심문을 더 하시겠습니까?

원고 대리인: 없습니다.

재판장: 피고 측 대리인. 증인 이선빈에게 심문할 게 더 있습니까?

피고 측 대리인: 없습니다.

재판장: 네. 피고 이선빈 씨 수고하셨습니다. 피고는 내려가도 좋습니다. 양측 소송 대리인은 최종 변론을 하십시오.

원고 대리인: 존경하는 재판장님, 원고 이태종은 계성군의 18대 장손으로 아주 특별한 사주를 가지고 태어났습니다. 아기가 태어나고 80일째가 되던 날 문중에서는 태조 이성계 임금님의 기신제가 있었습니다. 아기의 신묘일주의 사주는 태종 이방원의 환생으로 이어지며, 아기는 마치 궁궐에서 세자가 탄생한 것처럼 귀한 존재감 돋우어, 태조의 기신 제에서 아기는 이태종이라는 이름으로 명명되어 제관의 입을 통해 조상님께 고해졌습니다. 이로써 아기 이태종은 전주 이씨 성종 임금의 제19대 후손으로 문중의 희망이 됩니다. 그래서 그는 장손에게 대대로 상속되는 유산을 그의 조부로부터 받았으며 동시에 장손 이태종은 108구의 조상의 묘가 안치되어 있는 문중 산을 후대에까지 책임을 져야 합니다. 그러나 이태종의 어린 시절을 포함한 지난 수십 세월은 괄시와 편견 그리고 핍박으로 점철된 삶 바로 그 자체였습니다. 그 원인의 중심에는 항상 피고의 모친인 사금자가 있었습니다. 사금자는 그녀의 남편 이성열이 사망하자 그녀의 친자식들을 위한다는 명목하에 이태종의 재산은 물론이고 죽은 남편의 재산마저 빼앗아 버립니다. 갈취하는 과정은 편법과 불법은 물론 온갖 수단과 방법을 총 동원하여 이태종을 완전 항거 불능자로 만들어 집안에 접근조차 못 하게 만들어 버립니다. 이상은 이미 법원에 제출된 사금자의 치부책에 잘 열거되어 있습니다. 참으로 안타깝고 답답한 일들이 사금자에 의해 자행되었던 것입니다. 원고 이태종은 이러한 현실을 자

신이 잘못하여 발생한 사건으로 받아들여 한때 방황과 장손으로서의 자책도 많이 했었습니다. 그러나 이태종은 여러 사람들의 도움을 받아 힘든 형사 재판을 통해 그의 재산을 되찾을 가능성이 커지게 되었지만 이번엔 사금자의 막내딸 피고 이선빈에 의해 예지동 상가 건물이 강제 점령되어 아직까지 재판이 진행되고 있는 것입니다. 원고 이태종은 아직까지도 이 재판으로 인해 5남매 간 원망이나 불평이 생기지 않도록 재판이 원만이 끝나기를 바라고 있습니다. 그러나 조부로부터 물려받은 유산은 다음 대로 그대로 넘겨 문중 어른들의 걱정을 또한 피하고 싶은 심정을 가지고 있습니다. 존경하는 재판장님, 원고 이태종의 바람은 조상의 유산을 정상적으로 되돌려 놓아야 한다고 주장하고 있는 것입니다. 그래서 본인의 책임을 다해 조상님들의 뜻을 계승하여야 한다는 생각뿐입니다. 또한 이러한 생각은 원고 이태종은 물론 피고의 모친 사금자 역시 같은 생각을 가지고 그녀의 수첩에 기록하고 있습니다. 따라서 한 가정의 질서와 한 문중의 전통을 지키기 위해 고유의 유산은 반듯이 대대손손 이어지고 지켜져야 하는 것입니다. 이상 변론을 마치며 피고에게 정신적 피해와 실질적 피해보상을 청구할 수 있으나 원고의 배려로 이를 중단한다 하여도 민법 제1234조제1항과 2항 그리고 민법 제1255조제1항에 따라 피고인은 이태종의 기존 재산인 예지동 상가건물 1/2 지분을 즉시 환원 및 이전등기하여 줄 것을 요청하며, 아울러 나머지 고 이성열 지분 1/4, 고 사금자 1/4 지분은 이정빈의 주장한 대로 5남매와 고 사금자에게 똑같이 1/6 분할 이전할 것을 요청합니다. 이상입니다.

재판장: 피고 측 소송 대리인 최종 변론을 하십시오.

피고 대리인: 존경하는 재판장님, 피고 이선빈은 어머니 사금자로부터 신

탁받은 재산을 잘 관리하여 온 죄밖에 없습니다. 원고 이태종은 불법과 편법으로 예지동 상가건물을 갈취하였다고 하지만 이미 법원에 제출한 증거 서류와 같이 매우 정상적으로 이루어진 매매 취득 상가건물입니다. 그러나 피고 이선빈을 제외한 나머지 4남매는 모친 사금자를 죄인 취급하며 법정에 세웠으며 망자가 된 지금도 심판을 받도록 하고 있습니다. 어머니 사금자는 이태종과 이태빈을 자신의 호적에 입적한 것은 자신의 친자식 이태수를 위한 것이었다고 그녀의 오래된 빛 바랜 생활 수첩에서 말해 주고 있습니다. 피고의 엄마 사금자는 오래고 그 어려운 생활을 누구의 도움도 없이 오로지 친자식 3남매를 위해 살아온 분입니다. 세 아이는 엄마의 꿈처럼 성장하여 세상에 빛과 등불이 되고 있습니다. 다만 의붓자식 이태종과 이태빈을 친자식 3남매처럼 동등하게 키우지 못한 것은 역부족이었다고 죽음을 앞둔 시점에서 그녀는 그녀의 일기장에 잘 정리해 놓고 있습니다. 이러한 사실은 5남매 모두 다 일기장 내용을 보아서 알고 있으며 어른 된 입장에서 누구도 이제는 잘 이해하고 있습니다. 사금자는 예지동 상가건물은 5남매에게 똑같이 나누어 주고 싶으나 서로의 다툼으로 속상하다는 말을 일기장에 쓰여 있습니다. 그리고 자식들이 본인 말을 듣지 않아 속상하다는 말과 더 이상 어떻게 할 수가 없다고 체념하고 법의 심판에 의뢰하고 있습니다. 재판장님, 피고 이선빈은 재판장님의 조정 기간의 의도를 충분히 받아들이고 사금자 엄마의 의견을 존중하여 백 번 양보하는 마음을 가지고 자신의 재산정리를 하기로 결정하였습니다. 본 변호사와 상의하여 5등분하는 데 동의했습니다. 따라서 민사 제1255조제1항과 제2항에 의거하여 5남매 똑같이 나누는 방식을 택하여 주시기 바랍니다. 이상입니다.

재판장: 좋습니다. 이것으로 변론을 종결하고, 선고는 2009년 5월 01일 오전 10시에 이곳 412호 법정에서 하겠습니다.

선고 기일 2009년 5월 1일. 10:00시 412호 법정.
재판장이 입장하여 재판장 주위를 둘러보며 자리에 앉는다.

재판장: 지금부터 민사합의 제7부 사건번호 2008가합1236호 원고 이태종, 이태수 그리고 이정빈이 제기한 예지동 상가건물의 1/2 지분에 관한 환원 청구의 소, 이태수의 동 상가건물 1/4 지분에 관한 청구의 소, 원고 이정빈 제기한 동 상가건물 상속재산분할 청구의 소 그리고 이태종이 제기한 정기 적금 반환의 소에 관한 판결을 병합하여 선고한다.

「판결 요지」
예지동 100번지 부동산은 원고의 부친인 고 이성열이 신축하여 3명이 공동 보유했던 상가건물이다. 즉 큰아들 이태종이 건물 지분 1/2, 본인 이성열이 1/4 그리고 사금자가 1/4를 보유하고 있던 상가건물이다. 신축건물은 세 사람 공동으로 등기하여 보유하다 원고들의 부친 이성열이 사망하자 사금자가 이실직고한 대로 불법적으로 이성열의 지분 1/4을 차남 이태수 명의로 등기 변경하였고 최종적으로 그녀가 독차지하여 건물 전체를 그녀의 이름으로 등기하였다. 이후 그녀의 딸 이정빈과 이선빈에게 순차적으로 명의신탁하여 현존하고 있으며 지금은 서울시의 재정비 사업으로 분류된 지역에 속해 있다. 현재 이 상가건물은 막내딸 이선빈의 이름으로 명의신탁되어 있으나 실질 소유자는 사금자이다. 명의신탁자 이선빈과 사금자 사이에는 별도로 공증된 내부계약서가 존재하고 있음이 밝혀졌다. 중간 형사재판에 의해 이 모든 사실이 증명되었으며 본 판결은 위에 열거한 내용들을 참고함이 적합하다고 판단하고 있다.

(주문)

1. 피고는 원고 이태종에게 상가건물 1/2 지분을 당장 반환하라.

2. 원고 이태수의 상가건물 1/4 지분 신청을 기각한다.

3. 상가건물 중 이태종의 1/2 지분을 제외한 나머지 1/2 지분은 5남매와 망자 사금자가 공히 1/6씩 똑같이 배분한다.

4. 이태종의 적금은 법이 정한 이자를 포함하여 망자 사금자의 지분에서 지불한다.

(이유)

1. 법 적용

본원은 민법 제1234조제1항과 제2항과 같이 불법취득 부동산 반환법에 따라 피고는 명의신탁으로 임시 점유한 예지동 상가건물 중 반이 형사재판과 증거에 의해 원고 이태종의 재산임을 인정한다. 또한 민법 제1255조제1항에서 3항에 의해 이태종의 지분을 제외한 1/2은 5남매와 고 사금자가 공히 1/6씩 배분하여야 한다. 따라서 피고인은 원고의 반환 및 등기이전에 즉시 응하여야 한다.

2. 판단

피고의 모친 사금자는 그녀의 치부책 및 병원 수첩 일기에서 편법으로 예지동 상가건물을 점유했었음을 인정 기록하고 있으며 또한 반성의 의미로 이태종의 지분을 반환을 약속했으며 이태수 지분은 편법 취득한 것이므로 자신이 갖고 있던 지분과 함께 5남매와 자신에게 똑같이 분배하기를 정리하여 놓았음. 이를 바탕으로 당원은 고 사금자의 뜻을 존중하여 모든 증거와 증인의 증언에 의해 판단하였음.

3. 배상 범위

예지동 상가건물 전체와 이태종 정기적금.

4. 결론

피고 이선빈은 원고 이태종에게 예지동 상가건물 1/2 지분을 즉시 반환하라.

또한 나머지 상가건물 1/2 지분은 사금자와 5남매가 각각 1/6씩 똑같이 분배한다.

이태종의 정기 적금은 법이 정한 이자를 포함하여 사금자 개인 몫으로 반환한다.

이상과 같이 판결을 선고한다.

사금자가 남기고 간 숙제가 법에 의해 판결이 나는 순간이었다. 이태수를 제외한 4남매 모두의 표정은 조금씩은 달랐지만 웃거나, 슬픈 표정을 짓거나, 소리를 지르거나 눈물을 흘리는 자식은 한 사람도 없었다.

법원 담장에는 하얀 꽃잎들이 하늘에서 내려와 세찬 바람을 막아 주고 있었다. 그중에 몇몇 꽃잎은 큰 바람에 휘날리다 아이들의 손에서 녹아 버린다. 겨울이 가고 새봄이 오면 저 하늘에 검은 구름은 다섯 개의 하얀 뭉게구름으로 변하려나? 하늘을 가르는 기러기 떼가 있어서 겨울 하늘이 그래도 아름답다.

끝

엄마와 어머니

ⓒ 이명직, 2023

초판 1쇄 발행 2023년 3월 22일

지은이   이명직
펴낸이   이기봉
편집   좋은땅 편집팀
펴낸곳   도서출판 좋은땅
주소   서울특별시 마포구 양화로12길 26 지월드빌딩 (서교동 395-7)
전화   02)374-8616~7
팩스   02)374-8614
이메일   gworldbook@naver.com
홈페이지 www.g-world.co.kr

ISBN   979-11-388-1715-8 (03810)